MIRA®

Die Reise ins Paradies

Von Boston nach Rio de Janeiro führt die abenteuerliche Reise, auf der Isadora Dudley Peabody sich und ihrer Familie endlich ihre Unabhängigkeit beweisen will. Als Dolmetscherin gelingt es ihr sogar, Kapitän Ryan Calhoun zu beeindrucken, einen Mann mit Prinzipien, zu denen gehört, dass junge Damen eigentlich nichts an Bord zu suchen haben. Aber mit jeder Seemeile, die sie zurücklegen, wächst die Bewunderung des Kapitäns für Isadora. Gemeinsam teilen sie ihre Ansichten über die Unmenschlichkeit des Sklavenhandels, den Ryan auf seine Weise bekämpft. Doch gerade weil er weiß, wie gefährlich sein Einsatz im Namen der Freiheit ist, will er Isadora auf keinen Fall an sich binden.

Susan Wiggs

Die Reise ins Paradies

Roman

MIRA® TASCHENBUCH
Band 25010
1. Auflage: Juni 2002

MIRA® TASCHENBÜCHER
erscheinen in der Cora Verlag GmbH & Co. KG,
Axel-Springer-Platz 1, 20350 Hamburg
Deutsche Taschenbucherstausgabe

Titel der nordamerikanischen Originalausgabe:
The Charm School

erschienen bei: Mira Books, Toronto
Published by arrangement with
Harlequin Enterprises II B.V., Amsterdam

Übersetzung: Roy Gottwald
Konzeption/Reihengestaltung: fredeboldpartner.network, Köln
Umschlaggestaltung: pecher und soiron, Köln
Titelabbildung und Autorenfoto: © by Harlequin Enterprise S.A., Schweiz
Satz: Berger Grafikpartner GmbH, Köln
Druck und Bindearbeiten: Elsnerdruck, Berlin
Printed in Germany
ISBN 3-89941-010-6

1. KAPITEL

Boston, Oktober 1851

Unsichtbar zu sein hatte Vorteile. Isadora Dudley Peabody wusste, niemand würde sie bemerken, nicht einmal dann, wenn das glänzende Parkett des Ballsaals sich öffnete und sie verschluckte. Natürlich würde das nicht geschehen. Es würde sehr viel Mut erfordern, mitten in einem überfüllten Ballsaal zu verschwinden, aber Isadora war alles andere als couragiert.

Im Übrigen hatte sie etwas ganz anderes im Sinn.

Sie widerstand dem Wunsch, sich unsichtbar zu machen, und verdrängte ihn in den Bereich der Unmöglichkeiten, der in ihrer Welt ein großes Ausmaß hatte. Es erschien ihr ausgeschlossen, nicht gezwungen zu lächeln oder ein Kompliment zu machen, das nicht aufgesetzt war, und Träume zu haben, die nicht durch grausame Enttäuschungen gestört wurden.

Sie drückte sich in eine Fensternische, empfand einen Niesreiz und presste sich hastig das rasch hervorgezogene Taschentuch auf die Nase. Das Gerede der alten Klatschtanten war immer noch zu hören, und bekümmert fragte sie sich, ob die Schandmäuler niemand anderen finden konnten, über den sie herziehen mochten.

„Sie unterscheidet sich sehr von den anderen Peabodys und ist in mancherlei Hinsicht das schwarze Schaf der Familie“, flüsterte jemand empört. „Sie hat dunkles Haar und ist hässlich, wohingegen ihre Geschwister hübsch wie der junge Frühling sind.“

„Ihr Vater hat es selbst mit seinem Reichtum nicht geschafft, ihr einen Gatten zu kaufen“, erwiderte die andere Person.

„Es ist mehr nötig als nur Geld.“

Isadora widerstand dem Niesreiz nicht mehr, gab ihm nach und verließ, da ihr Versteck jetzt verraten war, geschwind die Nische.

Die verblüfften Damen, zwei Freundinnen ihrer Mutter, räusperten sich betreten und wedelten echauffiert die Fächer vor sich hin und her.

Sie rückte die Brille zurecht und täuschte vor, das boshafte Gerede nicht gehört zu haben. An sich hätte sie diese Art der Erniedrigung mittlerweile gewohnt sein müssen und sich nicht mehr so verletzt fühlen dürfen. Aber leider konnte sie sich immer noch nicht damit abfinden, erst recht nicht bei diesem Fest, das an diesem Abend anlässlich der Verlobung ihrer jüngeren Schwester stattfand. Arabellas Glück feiern zu müssen trug nur dazu bei, Isadoras Elend zu vergrößern.

Das Korsett belästigte sie, weil zwischen ihren Brüsten ein Fischbeinstäbchen gebrochen war, dessen eine Hälfte sie nun unangenehm stach. Es kostete sie sehr viel Selbstbeherrschung, sittsam die gefalteten Hände vor sich zu halten, während sie verzweifelt darauf wartete, dass ein nicht sehr willig aussehender, grimmig lächelnder Herr zu ihr kam und sie zum Tanz aufforderte.

Es war selten der Fall, dass jemand sie darum bat. Kein junger Mann wollte mit einer unansehnlichen, blässlichen Frau tanzen, die zu schüchtern war, um unbefangen zu plaudern, banale Oberflächlichkeiten jedoch als langweilig empfand und sich daher nicht anstrengte, einfach nur Konversation zu machen.

Sie stand vor der marmorierten Wand und zog nicht mehr Aufmerksamkeit auf sich als die mit Japanlack überzogene Aufsatzkommode der Mutter. Das Gelächter der Gäste, die Gespräche und die klirrenden Gläser waren ein angenehmer Hintergrund für die von dem zwölfköpfigen Orchester dargebotene Musik.

Unbemerkt schaute Isadora durch das Atrium zum Arbeitszimmer des Vaters und fand die Aussicht verlockend, sich dort hinzuflüchten.

In dem düsteren Raum konnte sie sich vielleicht etwas sammeln und kühn die Hand unter das Korsett schieben, um sich zu kratzen.

Sie bewegte sich auf den Eingang des Ballsaales zu und hielt unter dem aus Walnussholz geschnitzten Hauptbogen an. Sie hatte das Arbeitszimmer fast erreicht, musste nur noch durch das Atrium und den Korridor hinunter. Niemand würde sie vermissen oder wissen, wo sie sich befand.

Den Blick fest auf ihr Ziel richtend, wich sie einer Gruppe von Freunden ihres in Harvard studierenden Bruders aus, eilte an guten Bekannten des Vaters aus dem Somerset Club vorbei und wäre fast von einer Schar kichernder Debütantinnen aufgehalten worden. Sie zwängte sich an einem mit Putten verzierten, vergoldeten Spiegel und einem in einem vierfüßigen Blumentopf wachsenden, anmutigen Farn vorbei und strebte in das Atrium.

Noch ein Schritt, und dann ein weiterer, und sie war nicht mehr sichtbar. Sie war unsichtbar und konnte wie ein Vogel fliegen, wie eine Schlange gleiten, geschmeidig und graziös, behände, nur einen Lufthauch erzeugend, wenn sie im Nichts verschwand, in die Freiheit.

Tief in diesem Traum versunken, dachte sie nicht mehr an ihre Polonaise, die mit nachschleppenden Bouillonieren am Kleid befestigt war.

Sie spürte ein Rucken am Rock, drehte sich hastig um und sah, dass ein Band sich um einen Fuß des Farnbehälters gewickelt hatte. Die Zeit schien langsamer abzulaufen, und Isadora glaubte, den Verlauf des ihr widerfahrenen Missgeschicks wie durch Wasser gebrochen zu sehen. Einen Moment zu spät streckte sie die Hand nach der sich schlängelnden Bouilloniere aus, die sich straffte und den Alabastertopf umriss. Die große Pflanze neigte sich, und der Behälter zerschellte auf dem Marmorboden.

Das Umsturzen des Farns und der Knall des zerberstenden

Topfes ließen die im Ballsaal Anwesenden jäh erstarren. Einen Herzschlag später richteten sich die Augen der jungen Männer aus Harvard, der Freundinnen der Mutter, der Geschäftsleute, der Damen der Gesellschaft und der übrigen Gäste auf Isadora. Reglos verharrte sie, wie durch die Blicke gelähmt, auf der Stelle, einer Gefangenen gleich, die vor einem Erschießungskommando stand.

„O Dora!" Wie üblich nahm die ältere Schwester Lucinda die Sache in die Hand. „So ein Pech, noch dazu bei Arabellas Fest! Komm, ich befreie dich!" Einen Moment später erschien ein Hausmädchen mit Besen und Kehrschaufel, und gleich darauf setzte die Musik wieder ein.

Isadora brauchte nur einige Sekunden, um sich von dem Schreck zu erholen, doch sie kamen ihr wie eine Ewigkeit vor, in der sie das gleiche ungehaltene Gemurmel hörte, das belustigte Gekicher und missbilligende Räuspern, das sie während ihrer Jugendzeit verfolgt hatte.

Sehnlichst wünschte sie sich, verschwinden zu können, doch wie entrann man dem eigenen Dasein?

„Vielen Dank, Lucinda", äußerte sie pflichtbewusst. „Wie ungeschickt von mir!"

Lucinda widersprach ihr nicht, lächelte sie an und glättete ihr geschickt Polonaise und Rock. „Das war keine Katastrophe, Liebes. Es bedarf mehr als einer umgefallenen Pflanze, um diesen Abend zu ruinieren. Es ist alles in Ordnung."

Ohne jeden Groll merkte Isadora, dass die Schwester es ehrlich meinte. Die gertenschlanke blonde Lucinda war das älteste ihrer Geschwister und mit dem reichsten Fabrikbesitzer aus Framingham verheiratet, lebte dort in der waldigen Umgebung in einem aus Backsteinen und Marmor erbauten Palast und brachte in jedem Frühjahr ein gesundes, rosiges Kind zur Welt.

Isadora zwang sich, das Lächeln der Schwester zu erwidern,

dachte jedoch daran, welch seltsames Bild sie abgeben mussten. Lucinda sah wie ein Porzellanpüppchen aus, wohingegen sie selbst den Eindruck erweckte, an unstillbarem Appetit zu leiden.

Da der peinliche Augenblick vorüber war, floh Isadora in das Arbeitszimmer, das typische Büro eines Bostoner Kaufmannes. Es enthielt erlesen geschnitztes Mobiliar, viele ledergebundene Bücher und einen umfangreichen Vorrat an alkoholischen Getränken und Tabaken. Erleichtert seufzend atmete sie den ihr vertrauten Geruch ein, schloss die Augen und lehnte sich an die walnussgetäfelte Wand.

„Drehen Sie bei, junge Dame“, sagte jemand in freundlichem Ton. „Ihre Takelage sieht ein bisschen in Unordnung geraten aus. Sind Sie mit etwas kollidiert?“

Isadora schlug die Augen auf und sah einen graubärtigen Herrn in einem mit braunem Leder bezogenen Ohrensessel sitzen, eine emaillierte Schnupftabakdose in der einen und ein Glas mit Punsch in der anderen Hand.

„Guten Tag, Mr. Easterbrook“, erwiderte sie. „Wie geht es Ihnen?“

Sie bildete sich ein, seine rheumatischen Gelenke knarren zu hören, als er aufstand und sich herzlich lächelnd vor ihr verneigte. „Ich bin in guter Verfassung, Miss Isadora, in sehr guter sogar“, antwortete er und setzte sich schwer auf die Armlehne des Sessels. „Und Sie?“

Im Stillen gestand sie sich ein, dass sie noch immer sehr in seinen Sohn verliebt war, äußerte das jedoch nicht. Ein gesellschaftlicher Fauxpas pro Stunde war selbst für sie genug.

Kläglich wies sie auf die offene Tür, durch die man sah, wie der ramponierte Farn fortgeschafft wurde, und antwortete: „Abgesehen davon, dass mir ein peinlicher Patzer unterlaufen ist, geht es mir recht gut. Allerdings habe ich mich bei diesem herbstlichen

Wetter leicht erkältet. Ist der ‚Silberne Schwan' eingelaufen, Sir?" fügte sie hinzu, weil sie wusste, dass er unruhig auf die Ankunft seines größten Dreimasters wartete.

„Ja", sagte er und hob das Glas. „Heute Abend hat er am Liegeplatz festgemacht und wird morgen entladen. Er ist in Rekordzeit hier eingetroffen", setzte er, die Stimme verschwörisch dämpfend, hinzu. „Er hat mir in einhundertundneunzig Tagen neunzigtausend Dollar brutto eingebracht."

Da geschäftliche Dinge Isadora interessierten, schaute sie Abel Easterbrook ehrlich beeindruckt an. „Allmächtiger! Das ist wirklich ein Erfolg!"

„Das würde ich auch sagen. Ich habe ihn dem neuen Kapitän zu verdanken", erwiderte Abel und spielte mit dem Gegengewicht der neben ihm auf dem Klapptisch stehenden Goldwaage. Isadora mochte ihn, da er der Vater von Chad war, dem perfektesten Mann, der je den Fuß auf diese Erde gesetzt hatte, und weil er sie eher wie eine Teilhaberin denn eine nicht mehr ganz junge Frau behandelte. Den einen wie den anderen Grund hätte sie nicht einmal unter Androhung der Todesstrafe eingestanden.

„Der ‚Silberne Schwan' hat einen neuen Master?" erkundigte sie sich höflich.

„Ja, einen draufgängerischen Südstaatler aus Virginia, der Ryan Calhoun heißt. Er verfügte über so eindrucksvolle Heuerpapiere, dass ich ihn vom Fleck weg eingestellt habe. Ich beurteile einen Mann nach seinem Äußeren, und er hat einen gut aufgegeiten Eindruck auf mich gemacht."

Isadora stellte sich einen verwitterten alten Kapitän vor und lächelte, denn nur ein so konservativ eingestellter Mensch wie Mr. Easterbrook würde einen seiner Arbeitnehmer draufgängerisch nennen.

Er zog ein Taschentuch hervor und polierte seine mit dem Zeichen seiner Reederei, einem silbernen Schwan auf blauem Grund, bemalte Schnupftabakdose, bis sie glänzte. „Captain Calhoun hält sich heute Abend noch an Bord auf, weil er den Seeleuten die Heuer auszahlt. Ich hoffe, noch vor Ende der Woche einen neuen Kursplan von ihm unterbreitet zu bekommen. Die nächste Fahrt geht nach Rio de Janeiro."

„Herzlichen Glückwunsch zu Ihrem großen Erfolg", sagte Isadora lächelnd.

„Danke", erwiderte Abel strahlend und prostete ihr zu. „Auf Sie, Miss Isadora, und auf meinen schnellen neuen Skipper. Vielen Dank, dass Sie einem alten Seebären Gesellschaft leisten."

Es blieb ihm jedoch kaum die Zeit, einen Schluck zu trinken, da ein Diener hereinkam und ihm diskret eine Nachricht aushändigte. Er entschuldigte sich bei Isadora, brummte etwas über ein Geschäft, das ohne ihn nicht abgewickelt werden könne, und verließ das Arbeitszimmer.

Sie verweilte, genoss das Alleinsein und dachte über die Neuigkeit nach, die Mr. Easterbrook ihr mitgeteilt hatte. Sein neuer Kapitän hieß Ryan Calhoun und war ein draufgängerischer Mann aus Virginia. Leider war sie alles andere als beherzt, wenngleich sie sich manchmal wünschte, verwegen zu sein.

Sie nutzte die Gelegenheit, ungestört zu sein, um den Schaden am Korsett einigermaßen zu beheben, und bedauerte, dass sie kein ihr geeignet erscheinendes Schimpfwort kannte, mit dem sie das sie einengende Fischbeingestänge hätte belegen können. Impulsiv nahm sie einen dolchförmigen Brieföffner vom Schreibtisch, schob ihn, unfähig, dem Drang zu widerstehen, sich Erleichterung zu verschaffen, unter das Vorderteil ihres Kleides und kratzte sich mit der Spitze an der Stelle, wo die Haut gereizt war.

Zufällig fiel ihr Blick über die dicken Gläser ihrer randlosen

Brille in den hinter dem Schreibtisch des Vaters an der Wand angebrachten ovalen Spiegel.

Sie sah sich so, wie sie war – mit Haaren, deren Farbe einer Schmutzpfütze glich, mit Augen, die nicht das von den Eltern so geschätzte helle, klare Blau ihrer Geschwister hatten, und mit der vom vielen Schnäuzen geröteten Nase. Sie hatte weder die Fröhlichkeit noch die Schönheit ihrer Brüder und Schwestern, sondern trug meist eine mürrische Miene zur Schau.

Sie lebte in einer anständigen Bostoner Familie, die nicht an übernatürliche Dinge glaubte, war jedoch überzeugt, dass ihre engsten Angehörigen, wären sie abergläubisch gewesen, sie als Wechselbalg bezeichnet hätten. Sie hatte braunes Haar, während alle anderen Mitglieder der Familie blond waren. Ihr Teint war käsig weiß, die Haut ihrer Schwestern und ihrer Mutter hingegen modisch blass. Sie neigte zur Fülle und war hoch aufgeschossen, während alle anderen schlank waren und eine straffe, feste Figur hatten.

Der unbarmherzige Spiegel zeigte ihr ein verdrossenes Geschöpf in einem sie viel zu alt machenden Kleid aus schwarzem Bombassin, das sich über dem Fischbeinkorsett spannte. Auf Betreiben der Mutter hin trug sie das Haar zu einem hochgesteckten Knoten frisiert, aus dem Locken herunterfielen, da griechisch anmutende Frisuren sehr in Mode waren. Der Problem war nur, dass ihr langes Haar kaum zu bändigen war, und die Stöpsellocken, die zierlich und anmutig hätten aussehen sollen, widerspenstig und unattraktiv wirkten. Sie bot den Anblick einer jungen Frau, die dazu verdammt war, ein altes Mädchen zu werden, und das sie beschämende Ebenbild erfüllte sie mit solchem Abscheu, dass sie aus Verzweiflung am liebsten sofort etwas dagegen unternommen hätte.

Beklommen überlegte sie, was sie tun, wie sie auf einfallsreiche Weise ihr Elend beheben könne.

Sie fand es müßig, länger darüber nachzudenken, kratzte sich noch einmal mit dem Brieföffner und sah im gleichen Moment die Tür zum Arbeitszimmer sich wie von selbst öffnen. Neue Gäste gingen im Atrium vorbei, und viel zu spät fiel ihr auf, dass man sie im Büro sehen konnte. Sie erstarrte, den Brieföffner noch halb unter das Mieder geschoben, und vernahm aus dem Atrium lautes Männerlachen.

„Du lieber Gott, Izzie", rief Quentin ihr aus der Gruppe der ihn umgebenden Universitätsfreunde zu. „Imitierst du so die entzückende Juliet?"

Viel zu entsetzt, um einen Laut herauszubringen, zog sie den Brieföffner hervor und ließ ihn auf den Teppich fallen. Mit einem Heiterkeitsausbruch setzten der Bruder und seine Freunde den Weg in den Ballsaal fort.

Isadora starrte den auf dem Fußboden liegenden Brieföffner an und wäre am liebsten gestorben. Im nächsten Augenblick sah sie jedoch Chad Easterbrook, den einzigen Menschen, der ihr die tiefe Niedergeschlagenheit nehmen konnte.

Mit langen, forschen Schritten folgte er Quentin und dessen Freunden zum Ballsaal, strebte zu dem Tisch mit den Erfrischungen und verhalf sich zu einem Glas Punsch. Da sich sogleich mehrere Damen in pastellfarbenen Kleidern in seiner Nähe einfanden, kehrte Isadora in der Hoffnung, er habe ihren Fauxpas nicht bemerkt, in den Ballsaal zurück.

Sie trug Chads Bild im Herzen; sah sein Lächeln in ihren Träumen, und sein Name ging ihr immer wieder durch den Sinn. Er hatte schimmerndes schwarzes Haar, trug Kleidung, die von schlichter Eleganz geprägt war, und bewegte sich mit einer natürlichen Geschmeidigkeit. Wenn Isadora ihn anschaute, sah sie die außerordentliche Personifizierung von Charme, Kultiviertheit und Esprit. Chad Easterbrook sah nicht nur gut aus, sondern hatte auch innere Qualitäten. In seiner Gesellschaft fühlte man sich wohl und hatte den Eindruck, das eigene Leben würde allein durch die Tatsache, ihn zu kennen, bereichert, schöner und erfreulicher. Mit seiner männlichen Schönheit verkörperte er das Ideal, das die Präraffaeliten in ihren Gemälden widerzugeben anstrebten. Er verfügte über den Charme eines Gesellschaftslöwen und bezauberte seine Zuhörer mit seinen geistreichen Bemerkungen und seinem fröhlichen Lachen.

Isadora zog die Brille tiefer auf die Nase, starrte ihn an und sehnte sich derart inbrünstig nach ihm, dass ihr das Herz wehtat. Sie wünschte sich, er könne ihr ins Innerste sehen und erkennen, was sie ihm alles zu bieten hatte.

Ein Mann dürfte jedoch Schwierigkeiten haben, einer Frau ins Innerste zu sehen, wenn sein Blick Bombassin und Steifleinen und, was am schlimmsten war, eine Mauer der Schüchternheit durchdringen musste. Bei den wenigen Malen, als Chad sich herabgelassen hatte, mit Isadora zu sprechen, war sie von ihm gebeten worden, Arabella eine Nachricht zu übermitteln. Im Wettbewerb um die Hand der Schwester hatte er knapp den Kürzeren gezogen, weil ihre Entscheidung für Robert Hallowell III. ausgefallen war.

Isadora wünschte sich, wenigstens einmal die Vielumworbene, der umschwärmte Mittelpunkt zu sein, mit Chad tanzen zu können, seine Arme um sich zu spüren und von ihm ein ihr zugedachtes Lächeln zu sehen, nur um erleben zu können, wie es war, hofiert zu werden.

Er und seine Freunde brachen oft ihn lautes Gelächter aus oder unterhielten sich in verschwörischem Flüsterton. Nach einer Weile forderte jeder der jungen Herren eine Dame zum Tanz auf. Das Orchester spielte „Sail We Away“, ein Stück, das einen unwiderstehlichen Rhythmus hatte und noch so neu war, dass selbst die blasiertesten Mitglieder der Crème de la crème danach tanzten.

Erstaunlicherweise löste Chad sich ohne weibliche Begleitung von der Gruppe seiner Freunde, stellte das Kristallglas ab und kam auf Isadora zu. Hingerissen sah sie ihn sich ihr durch den Raum nähern und hielt den Atem an, als er vor ihr stehen blieb und sich verneigte. Im Lampenlicht hatte sein schwarzes Haar einen bläulichen Schimmer.

„Ich nehme nicht an, Miss Peabody, dass Sie in Betracht ziehen werden, mir einen großen Gefallen zu erweisen", sagte er mit seiner melodisch klingenden Stimme.

Sie blickte über die Schulter, sah jedoch nur die Trophäe des Elches, den der Vater in Maine geschossen hatte. Hochrot werdend, wandte sie Chad wieder das Gesicht zu und fragte mit bebender Stimme: „Ich?"

Er lächelte geduldig und nickte.

„Sie wenden sich an mich?" fragte sie, und vor Überraschung wurden ihr die Knie weich.

„Ja, es sei denn, dieser Elchkopf dort drüben heißt ebenfalls Isadora Peabody", antwortete er in diesem leicht gedehnten, etwas spöttisch klingenden Ton, den man so oft bei den Mitgliedern des Harvard-Clubs hörte. „Spannen Sie mich nicht länger auf die Folter, Miss Isadora, und zwingen Sie mich nicht, Sie bitten zu müssen!"

Verdutzt überlegte sie, ob er mit ihr tanzen wolle, und kam zu der Erkenntnis, dass er sie tatsächlich aufforderte. „Ich... ich bin entzückt!" brachte sie heraus und kam sich eigenartigerweise so vor, als erlebe nicht sie diesen Moment, sondern beobachte wie eine dritte Person die langweilig gekleidete Hockenbleiberin im Gespräch mit dem feschen Studenten. Wenn dieses Wunder sich nicht vor ihren Augen abspielte, würde sie es nicht glauben.

Chad verneigte sich und reichte ihr die Hand. Sie ergriff sie und war froh, dass er durch ihre baumwollenen Handschuhe, die sie auf Drängen der Mutter hin angezogen hatte, nicht spüren konnte, wie kalt und klamm ihre Finger waren.

Da er ein bisschen kleiner war als sie, senkte sie leicht die Schultern und harrte, atemlos vor Überraschung und Entzücken, auf den Tanz mit ihm. Die Musik berauschte sie, und sie wähnte sich wie in einem jäh Wirklichkeit gewordenen Traum.

Chads Aufmerksamkeit gab ihr das Gefühl, in die Lüfte getragen zu werden, und sie kam sich vor, als sei sie schwerelos. Endlich war es ihr gelungen, die Gleichgültigkeit, die Chad ihr bisher gegenüber an den Tag gelegt hatte, zu durchbrechen, und nun würde sie mit ihm auf das Parkett schreiten.

Er geleitete sie indes nicht auf die Tanzfläche, sondern führte sie in die Nische, in die sie sich zu Beginn des Balls geflüchtet hatte. Allmächtiger! Hatte er ein Schäferstündchen mit ihr im Sinn? Fast hätte sie vor Wonne laut aufgelacht.

Der mit einer goldenen Bordüre verzierte Vorhang verbarg sie und Mr. Easterbrook junior vor neugierigen Blicken. Die Augen wurden ihr feucht, und innerlich zitternd zog sie die Brille tiefer auf die Nase, während sie ihn gespannt ansah. „Was möchten Sie von mir, Mr. Easterbrook?“ erkundigte sie sich erwartungsvoll.

Er suchte etwas in seiner Westentasche und erwiderte: „Es wird nur einen kurzen Moment Ihrer Zeit in Anspruch nehmen. Nanu, ich hatte es doch irgendwo!“

Er zog die Taschenuhr hervor und danach einen kleinen Goldring, in den ein blauer Topas gefasst war. Staunend überlegte Isadora, ob er sie um ihre Hand bitten wolle. Der Schweiß brach ihr aus, und zum ersten Mal im Leben begriff sie, warum eine Dame einen Fächer brauchte.

„Ich möchte, dass Sie diesen Ring an sich nehmen", äußerte Chad und drückte ihn ihr in die Hand.

„Oh, Mr. Easterbrook! Ich weiß nicht, was ich sagen soll", erwiderte sie hingerissen, und vor Glück floss das Herz ihr über.

„Versprechen Sie nur, mir den Gefallen zu tun." Chad lächelte schwach, zog den Vorhang zur Seite und ließ suchend den Blick über die Gäste schweifen.

Das Schmuckstück passte nicht auf den zu dicken Ringfinger. „Natürlich!" sagte Isadora bewegt. „Aber..."

„Lydia Haven ist dort", unterbrach Chad, legte Isadora die Hand auf die Schulter und wies, sich etwas vorbeugend, auf eine junge Dame. „Sie trägt ein lavendelfarbenes Kleid und tanzt mit Foster Candy. Ich habe ihr diesen Ring im Scherz entwendet, und nun ist sie mir so böse, dass sie mich nicht einmal in ihre Nähe lässt, damit ich ihn ihr zurückgeben kann. Sagen Sie ihr, es täte mir Leid..."

Isadora hörte nicht mehr, was Chad Easterbroke noch äußerte, weil das Blut ihr viel zu laut in den Ohren rauschte. Mit dem Gefühl tiefster Erniedrigung sah sie verschwommen die in dem lavendelfarbenen Kleid bezaubernd aussehende Miss Haven den Kopf in den Nacken werfen und über eine scherzhafte Bemerkung ihres Tanzpartners lachen.

„Sie wollen, dass ich ihr diesen Ring überbringe?" fragte sie entgeistert.

„Ja, wenn Sie so nett wären", antwortete Chad, legte ihr die Hand in Höhe der Taille auf den Rücken und wollte sie aus der Nische schieben.

Sie sträubte sich, und das gebrochene Fischbeinstäbchen stach sie ins Brustbein. „Mr. Easterbrook!" sagte sie heftig.

„Ja, bitte?"

Am liebsten hätte sie ihm den Ring in das ungemein attraktive

Gesicht geschleudert, unterließ es indes und tat stattdessen etwas sehr viel Schlimmeres.

„Wie Sie möchten“, äußerte sie kleinmütig und sah ihm in die Augen.

„Ich wusste, dass ich mich auf Sie verlassen kann, Miss Isadora“, erwiderte er zufrieden und wies auf die Menschenmenge. „Der Tanz ist vorbei. Sie werden sich sputen müssen!“

Sich hassend verließ Isadora die Nische, kam Mr. Easterbrooks Bitte nach und händigte den Ring Miss Haven aus.

„Oh! Vielen Dank, Dora!“ sagte Lydia und schenkte ihr ein reizendes Lächeln. „Ich dachte, Sie wollten mir Chad Easterbrook ausspannen.“ Sie kicherte wie ihre Freundinnen, und Isadora empfand das leise Gelächter wie sie ins Herz treffende Dolchstiche. Lydia griff nach dem Band aus grob geripptem Seidentuch an Miss Peabodys Rock und fuhr amüsiert fort: „Sehen Sie sich doch nur in diesem schwarzen Kleid an, Dora! Was betrauern Sie, meine Liebe?“

Den Untergang der guten Manieren. Isadora fühlte sich indes viel zu gedemütigt, um den Gedanken auszusprechen. Verfolgt vom boshaften Gekicher der jungen Damen wollte sie sich rasch entfernen, sah jedoch, dass der Weg ihr durch eine blonde Frau versperrt wurde, die ein Glockenrockkleid trug und einen Fächer aus Elfenbein und Spitze in der Hand hielt. Die Dame lächelte zögernd, als sei sie unschlüssig, ob sie Isadora begrüßen solle.

Isadora nickte ihr zu und hoffte, die ihr einige Augenblicke zuvor in die Wangen gestiegene Röte möge schwinden. Hätte sie nicht das steife Korsett getragen, wäre sie bestimmt vor Scham zusammengebrochen, sah sich nun jedoch gezwungen, hoch aufgerichtet an der Frau vorbeizugehen. Sie hatte nur den Wunsch, möglichst schnell zu verschwinden.

Zu ihrem Entsetzen hörte sie Mrs. Hester Hallowell, die Mutter von Arabellas Verlobtem, ihr zurufen: „Meine herzallerliebste Miss Isadora, sehen wir heute Abend nicht entzückend aus?"

Sie schaute die sie anstrahlende Mrs. Hallowell an und antwortete halblaut: „Auf einige der Gäste trifft das zu, Madam."

„Wie glücklich Sie darüber sein müssen, dass Ihre jüngere Schwester sich verlobt hat. Nun, bald werden Sie und Ihre herzallerliebsten Eltern allein in diesem Haus sein. Wird das nicht gemütlich werden?"

„Wir werden es bestimmt gemütlich haben", erwiderte Isadora. „Wie außerordentlich liebenswürdig von Ihnen, Madam, mich darauf hinzuweisen."

„Kommen Sie", forderte Hester sie auf. „Wir wollen einen Toast auf die Verlobten ausbringen."

Isadora war überzeugt, jetzt niemanden ertragen zu können. Sie war nie fähig gewesen, ihre Gefühle zu verbergen, so dass ihre Eltern und Geschwister sofort merken würden, wie aufgeregt sie war. Dann würde sie in der zwar gut gemeinten, aber ihr lästigen Weise ausgefragt werden und gewiss die Fassung verlieren.

„Haben Sie mich nicht gehört, Miss Isadora? Sie müssen mitkommen und sich im Kreis der Familien einfinden. Wo sind eigentlich Ihre Brüder?"

Jemand ergriff Isadora am Arm. Erschrocken schrie sie halblaut auf, wich zurück und blickte der blonden Frau in die Augen, mit der sie bei dem Versuch, dem Ballsaal zu entfliehen, beinahe zusammengestoßen wäre.

Die Dame hatte wundervolle Locken, ein reifes, ungemein schönes Gesicht und Augen, aus denen Mitgefühl sprach, ein Zeichen dafür, dass Isadoras Argwohn zutraf. Die Frau hatte miterlebt, auf welch niederschmetternde Weise sie gedemütigt worden war.

„Kann ich Ihnen behilflich sein?" fragte Isadora höflich.

„Ja, das können Sie“, antwortete Lily und wandte sich Mrs. Hallowell zu. „Ich fühle mich ein wenig schwindlig, Hester. Miss Peabody war so nett, mir ihr Schlafzimmer anzubieten, damit ich mich dort ein Weilchen ausruhen kann.“

Hester verengte die Augen. „Aber wir wollen doch einen Toast auf die Vergrößerung von Miss Peabodys Familie ausbringen!“ entgegnete sie irritiert.

„Ich bin sicher, das Wohlergehen der Gäste ist vorrangig“, murmelte Isadora, ging, Erleichterung und Dankbarkeit empfindend, mit der Dame durch den Ballsaal und führte sie die Treppe zu ihrem großen, luftigen Schlafzimmer hinauf. Sie bat sie in den Raum, schloss die Tür und lehnte sich dagegen. „Vielen Dank“, sagte sie leise.

Lächelnd tat Lily den Dank mit einer freundlichen Geste ab, drehte die Flamme einer Gaslampe höher und stellte sich vor: „Ich bin Mrs. Lily Raines Calhoun.“

Aus ihrer Stimme hatte ein leichter Südstaatenakzent geklungen. „Sehr erfreut“, erwiderte Isadora. „Sie weilen zu Besuch in der Stadt?“

„Ja“, bestätigte Lily. „Ich stamme aus Virginia und bin vor Kurzem von einem dreijährigen Aufenthalt in Europa zurückgekehrt. Mr. und Mrs. Hallowell waren so liebenswürdig, mich zu diesem Fest einzuladen.“

„Ich hoffe, Sie amüsieren sich gut.“ Musik und Applaus drangen aus dem Ballsaal herauf, und Isadora widerstand dem Drang, sich die Ohren zuzuhalten. Sie wusste, dass Arabella und deren gut aussehender Verlobter jetzt, vor Stolz platzend, im Mittelpunkt der allgemeinen Aufmerksamkeit standen, umgeben von Lucinda, Quentin, Bronson und den Eltern.

„Ehrlich gesagt, ist der Abend für mich nicht das reinste Vergnügen", entgegnete Lily ernst. „Ich hatte gehofft, mit Mr. Abel Easterbrook sprechen zu können."

„Oje! Er hat das Fest aus geschäftlichen Gründen verlassen müssen."

Lily zog die Handschuhe aus, ergriff einen mit Rosenwasser gefüllten Kristallflakon und fragte höflich: „Gestatten Sie?"

„Selbstverständlich."

Lily träufelte sich etwas von dem Duftwasser auf die Handgelenke und sagte bekümmert: „Nun, dann werde ich auf Mr. Easterbrook warten müssen. Ich bin es gewohnt zu warten." Sie senkte den Kopf, und im Licht der Gaslampe wirkte ihr feines Gesicht etwas betrübt. „An sich bin ich auf der Suche nach Mr. Calhoun", fuhr sie leise fort. „Wie sich herausgestellt hat, ist er auf einem von Mr. Easterbrooks Schiffen zur See gegangen."

Isadora bedauerte Mrs. Calhoun, die nach der langen Reise über den Atlantik hergekommen war, um ihren Gatten zu sehen, nur um feststellen zu müssen, dass er nicht greifbar war. Im Nu wurde für sie das Problem, das sie mit Chad Easterbrook hatte, zu einer unbedeutenden Kleinigkeit.

„Oh, das tut mir sehr Leid, Mrs. Calhoun", erwiderte sie, ging zu ihr und ergriff ihre Hände. „Ich... Wie lautet der volle Name?"

„Ryan Michael Calhoun."

„Welch wunderbarer Zufall!" äußerte Isadora überrascht und war unversehens voller Tatendrang. „Sie müssen sich nicht mehr die Mühe machen, auf Mr. Easterbrook zu warten. Ich kann Sie zu Mr. Calhoun bringen, noch heute Abend, wenn Sie das möchten."

„Wie bitte?"

„Ja", versicherte Isadora. „Ich weiß genau, wo er sich aufhält, Madam!"

2. *KAPITEL*

„Wie war dein Name, Zuckerpüppchen?" fragte Ryan die auf seinem Schoß sitzende Frau, die mit anderen Liebesdienerinnen auf Bumbooten eingetroffen war, noch ehe der „Silberne Schwan" angelegt hatte. Die Schönen des Hafens hatten nicht darauf gewartet, dass der Segler vertäut wurde, da sie am schnellsten ins Geschäft kamen, wenn sie sich an Bord eines Schiffes einfanden, das monatelang auf See gewesen war.

Folglich hatte der „Silberne Schwan" seinen Liegeplatz einem geplagten Lotsen zu verdanken, der von einem halben Dutzend Kokotten begleitet worden war.

„Zuckerpüppchen gefällt mir", antwortete die Frau lachend, hob Ryan den gravierten Silberflakon, den er in Havanna erstanden hatte, an die Lippen und nötigte ihn, einen großen Schluck Rum zu trinken.

Er hatte nichts dagegen, als sie den teuren Flakon dann unter ihren mit Seide verarbeiteten Wollstrumpf schob. Er fand, das Leben meine es gut mit ihm, und daher hätte ihm an diesem Abend nichts die gute Laune verderben können. Er saß, den Oberkörper nur mit seiner limonengrünen Lieblingsweste bekleidet, auf dem Oberdeck der schnellsten Bark von Boston, schaute seiner sich wild vergnügenden Mannschaft zu und spürte die Auswirkungen des bereits in großen Mengen genossenen Alkohols.

„Das gehört alles dir, Zuckerpüppchen", sagte er freundlich. „Das ist alles deins."

„Aye, aye, Skipper", erwiderte die Frau kichernd.

Er beugte sich vor, so dass seine Nase fast zwischen ihren Brüsten verschwand, schloss die Augen und hatte das Gefühl, noch immer auf den schwankenden Brettern des Schiffes zu stehen, das in den verflossenen neun Monaten sein Heim gewesen war. Er hätte sich kein besseres Dasein wünschen können. Die Reise war erfolgreich gewesen; ein üppig gerundetes, willfähriges Weib saß auf seinem Schoß, und er hatte eine Flasche besten Jamaikarums.

Auf der ganzen Welt gab es nichts sinnlich Erregenderes als den Geruch eines Weibes, und tief atmete er den dieser Frau ein, die leicht verschwitzt roch. Was machte es aus, dass sie keinen Vornamen hatte, derb war und ihn vielleicht bestahl, denn sie bot ihm das Einzige, das zu besitzen ihm wert erschien. Er war kein Mann, der sich dem eigenen Trieb widersetzte, und so berührte er sie, küsste erst die eine, dann die andere durch das raffiniert geschnürte Korsett hochgedrückte Brust.

„Oh, Skipper!“ Ohne jedes Erröten schlang die Frau ihm ein Bein um die Taille. „Ich bin nicht nur zum Schäkern hergekommen!“

Er schlug die Augen auf und schaute ihr blinzelnd in das stark geschminkte Gesicht. Abgesehen von ihrer Figur, ihrem Namen und der Tatsache, dass sie ein Weib war, hatte sie wenige der Vorzüge, die man mit einer Frau in Verbindung brachte.

Ryan grübelte darüber nach, ob er noch nüchtern genug sei, um mit ihr zu seiner Kajüte zu gehen, lehnte sich im Deckstuhl zurück und blickte in den zum Orlopdeck führenden Niedergang. Ein Paar schaukelte sich in einer Hängematte. Die Beine der Frau hingen über den Rand des Geflechts und waren bis zu den Oberschenkeln entblößt. Mittschiffs machten Chips Pole und Luigi Conti Musik auf einer Mundharmonika und einer Pfeife, während Journey, der Steward, dazu den Takt auf einer Rolltrommel schlug. Tanzende Paare wirbelten lachend im Kreis und stießen gegen Kisten und Fässer. Jemand hatte das Hühnergatter aufgemacht, und einige Küken rannten verstört auf dem Deck herum.

Plötzlich hatte Ryan einen Anflug von Nüchternheit und sagte sich, er sei ausnahmsweise einmal in seinem miserablen Leben erfolgreich gewesen, nicht nur in kleinem Ausmaß, sondern auf eine

Weise, die alle Welt bemerken würde. Er hatte die Reise in Rekordzeit zurückgelegt und dem Schiffseigner ein Vermögen eingebracht.

Er bedauerte, dass der Vater nicht mehr lebte, der diesmal seinen Erfolg hätte anerkennen müssen, verspürte einen Druck in der Brust und wünschte sich, diesen Augenblick des Erfolges für immer im Herzen einschließen und bewahren zu können, jemand bei sich zu haben, mit dem er ihn teilen konnte, nicht nur diese namenlose Person.

Er verdrängte die trüben Gedanken und beschloss, seinen Triumph zu genießen.

„Einen Trinkspruch!“ brüllte er und riss die gekrümmte Hand der Frau hoch. „Auf den ‚Silbernen Schwan‘ und jeden braven Mann der Besatzung!“

„Auf uns!“ schrien die Männer und stießen die Krüger aneinander.

Mit schiefem Lächeln sah er die sich verführerisch auf seinem Schoß regende Frau an und sagte: „Meine Beine werden taub, Zuckerpüppchen.“

Sie lachte kreischend und erwiderte: „Ich hoffe, das betrifft nicht den Rest deines Körpers!“

„Das wird sich zeigen, wenn wir in meiner Kajüte sind.“

Hart drückte die Frau das Gesäß auf ihn und fragte grinsend: „Brauchen wir deine Kajüte?“

Flüchtig dachte er daran, ungestört sein zu wollen, doch der Rum und die ihn animierenden Finger der Dirne brachten ihn dazu, rau und voller Begierde aufzulachen. Langsam, aufreizend, schob er ihr die Hand unter die Röcke und stieß auf den von ihr entwendeten Flakon, beachtete ihn jedoch nicht, da er auf der Suche nach einem größeren Schatz war.

Der puritanisch denkende Mr. Easterbrook würde bestimmt

entsetzt sein, wenn er das lose Treiben auf seinem Schiff sehen könnte. Ryan verdrängte jedoch die letzten Hemmungen, weil er sicher war, dass kein sittenstrenger Bostoner sich jetzt an Bord des „Silbernen Schwans" einfinden werde. Jeder, der zu dieser nächtlichen Stunde die Kais entlangschlenderte, hatte nichts Besseres als das verdient, was sich seinen Augen bot.

„Ich komme mir ziemlich kühn vor, noch so spät außerhalb des Hauses zu sein", gestand Isadora Mrs. Calhoun, lehnte sich an die mit burgunderfarbenem Leder bezogene Sitzbank der Kutsche und blickte wie ihre Begleiterin durch das vordere Sichtfenster auf die Häuser der Stadt.

Der abnehmende Mond tauchte das Parlamentsgebäude in bleiches Licht. Schwach leuchteten die beiderseits der State Street aufgestellten Gaslampen, während die Seitenstraßen und die Merchants' Row im Dunklen lagen.

„Ihr Kutscher sah etwas überrascht aus, nachdem wir ihm gesagt hatten, dass wir zum Hafen wollen", erwiderte Lily. „Ich hoffe, Sie bekommen keinen Ärger mit Ihren Eltern."

„Glauben Sie mir, Mrs. Calhoun, seit meinem vierzehnten Lebensjahr habe ich ihnen nur Ärger gemacht."

Lily wandte Miss Peabody das Gesicht zu, und durch den flackernden Schein der schwankenden Kutschlaternen wurde es abwechselnd in fahles und rötlich gelbes Licht getaucht. „Wie soll ich das verstehen?" erkundigte sie sich irritiert.

„Bis zu diesem Zeitpunkt habe ich in Salem bei einer unverheirateten Großtante gelebt", antwortete Isadora und spielte mit den Bändern ihrer Spitzenhaube. „Ich habe meine Eltern und Geschwister nur hin und wieder gesehen." Sie entsann sich der langen, traumhaften Jahre, die sie bei der Großtante geweilt hatte, und in denen nichts von größerer Bedeutung gewesen war, als Stunden damit zu verbringen, ein wunderbares Buch zu lesen. „Dieses Arrangement war allen Beteiligten sehr recht“, fuhr sie fort. „Nach dem Tod meiner Großtante musste ich dann jedoch nach Haus zurück, und ich befürchte, dass ich seither für meine Familie eine ziemliche Plage bin.“

„Das kann ich mir nicht vorstellen“, entgegnete Lily lächelnd.

„Leider muss ich Ihnen widersprechen“, äußerte Isadora bekümmert. „Aber es war sehr nett von Ihnen, das zu sagen. Ich bin eine Plage, ganz besonders für meine Familie, weil ich unansehnlich bin, noch ledig, im Gespräch nicht sehr gewandt und obendrein unbeholfen, wenn ich tanze.“

„Jedermann hat seine ganz besonderen Begabungen, und es obliegt anderen Menschen, sie zu entdecken.“

„Und was ist, wenn niemand sich dazu bereit findet?“

Lily drehte sich halb zu Miss Peabody um, streckte zögernd die Hand aus und nahm ihr dann die Brille ab.

Sie ließ sie an dem schwarzen Seidenband herunterfallen, das Miss Peabody um den Hals trug, und antwortete freundlich: „Nun, dann hat sich eben niemand die Mühe gemacht, Sie richtig anzusehen.“

Isadora schluckte, weil auch die Großtante ihr etwas Ähnliches erwidert hätte.

„Wir sind die Peabodys vom Beacon Hill“, äußerte sie in derart herablassendem Ton, dass Mrs. Calhoun schmunzelte. „Meine Familie sieht die Welt so, wie sie ihrer Meinung nach gesehen werden muss.“

„Vielleicht leben Sie dann in der falschen Welt.“

„Eine andere kenne ich nicht, Mrs. Calhoun“, erwiderte Isadora und blickte verlegen lächelnd aus dem Fenster. Jemand, der neu in der Bostoner Gesellschaft war und noch dazu aus den Südstaaten stammte, konnte ihre Situation natürlich nicht verstehen. In einer Familie wie der ihren änderte sich nie etwas. Für jede neue Generation war es eine geheiligte Tradition, genau das zu tun, was die vorherige gemacht hatte, und so würde es bis zum Ende der Welt weitergehen.

Sonderlinge wie Isadora wurden von der Gemeinschaft ausgeschlossen, irgendwohin verbannt, bis sie das mittlere Alter erreicht und resigniert hatten und somit harmlos geworden waren. In höherem Alter konnte sie sich dann so nützlich machen wie die Großtante und auf heranwachsende Außenseiter Acht geben.

Im Leben musste es noch etwas anderes geben, aber Isadora fragte sich oft, was das sein könne. Sie sehnte sich danach, frei zu sein, doch ihr war klar, dass sie ihrem augenblicklichen Dasein entfliehen wollte, und das würde sie nie zuwege bringen.

Sie tadelte sich, weil sie überhaupt daran gedacht hatte, zwang sich, die trüben Gedanken zu verdrängen, und richtete die Aufmerksamkeit wieder auf Mrs. Calhoun, die starr nach vorn schaute.

„Ich glaube, es ist ratsamer, Sie vor Ryan zu warnen“, sagte Lily. „Er ist das schwarze Schaf der Familie, wenngleich ich diesen Ausdruck unpassend finde.“

Isadora wurde neugierig und vermutete, sie und Mr. Calhoun konnten Gemeinsamkeiten haben. „Ist er Ihnen eine ständige Last?“ fragte sie gespannt.

„Eine Last? Nein, meine Liebe, mit seinem Charme könnte er eine Auster dazu überreden, ihm die Perle zu überlassen.“

Isadora verlor das Interesse an ihm, da sie mit einem charmanten Menschen nichts gemein hatte.

„Ich hatte gehofft, er werde, wenn er in den Norden kommt, Verantwortungsbewusstsein entwickeln. Das Erste, das er vor der Abreise aus Virginia indes getan hat, war, seinen Kammerdiener zu entlassen.“

„Er hatte einen Sklaven?“ fragte Isadora innerlich angewidert.

„Ja“, antwortete Lily nickend. „Er und Journey waren wie Brüder.“

„Und hat seinem so genannten Bruder die Freiheit geschenkt?“

„Ja.“

„Bravo!“ sagte Isadora nachdrücklich.

„Sind Sie Abolitionistin?“

„Ja.“

„Jetzt weiß ich, welches Thema wir meiden sollten, wenn wir Freundinnen sein möchten!“ erwiderte Lily. Sie schwieg einen Moment und fuhr dann fort: „Es ist seltsam, hier in Gesellschaft von Yankees zu sein. Die meisten betrachten mich als halbgebildetete Sklavenhalterin aus dem Süden.“

„Das bezweifele ich“, widersprach Isadora. „Die vornehmsten Familien von Beacon Hill haben Sklaven beim Anbau von Baumwolle beschäftigt, mit deren Fabrikation sie dann ihr Vermögen machten. Es wird als peinlich betrachtet, dieses Thema anzuschneiden, wiewohl ich mich nie davon habe abhalten lasse, mich ablehnend dazu zu äußern.“

Die Kutsche bog um eine Häuserecke in die India Street. Die dunklen Piers ragten wie lange ausgestreckte Finger in die Town Cove und den Bostoner Hafen, und die Masten und Spieren der Klipper, Briggs, Schaluppen und Schoner hoben sich vom Nachthimmel ab.

„Ach herrje!“ Lily blickte auf die Fülle von Positionslampen, deren Licht sich auf dem Wasser spiegelte. „Jetzt wird es tatsächlich Realität für mich, dass mein Ryan zur See gegangen ist.“

„Mr. Easterbrook war sehr mit Mr. Calhouns Leistung zufrieden“, erwiderte Isadora aus dem Bedürfnis, einen Mann zu verteidigen, der den Mut gehabt hatte, einem Sklaven die Freiheit zu geben. „Mr. Calhoun hat die Reise in Rekordzeit zurückgelegt. Wie ich hörte, soll die nächste Fahrt nach Rio de Janeiro gehen."

Diese Stadt war für Isadora nicht nur ein Punkt auf einer Landkarte. Die Großtante und sie pflegten Berichte über ferne Länder zu lesen, und Rio de Janeiro war bei ihnen der Schilderungen über das berühmte Karnevalstreiben wegen sehr beliebt gewesen. Man war oft sehr lange aufgeblieben und hatte darüber geredet, wie frisch gerösteter Kaffee duften müsse, Samba-Musik klänge, und die Männer mit betörenden Tenorstimmen sängen. Als die Großtante nicht mehr richtig sehen konnte, hatte Isadora sich zu ihr gesetzt und ihr stundenlang vorgelesen. Der Schauplatz eines der letzten Bücher war Rio de Janeiro gewesen.

Sie betätigte die Sprechverbindung zum Kutscher, als man sich dem Kai der Easterbrook-Rederei näherte, und wies ihn an, beim „Silbernen Schwan" zu halten. Sie war gespannt darauf, den Mann kennen zu lernen, der seinen Sklaven in die Freiheit entlassen, Mr. Easterbrook zufrieden gestellt und ihm ein Vermögen eingebracht hatte. Ein so genanntes Schwarzes Schaf, das in dem von ihm gewählten Beruf derart erfolgreich war, würde sie gewiss inspirieren.

Vielleicht hielt Mr. Calhoun sich in seiner achtern gelegenen Kajüte auf und pflegte nach der gewinnbringenden Reise der Ruhe, oder er saß am Zahltisch und händigte der Mannschaft die Heuer aus.

Das Klirren berstenden Glases brachte die Pferde zum Scheuen. Hastig lehnte Isadora sich aus dem Fenster und schaute sich um.

Der „Silberne Schwan" war länger, als seine Positionslampen es hatten vermuten lassen. Helle japanische Lampen schwankten an den Spieren, Falls und Auslegern und beleuchteten die Decks. Hin und wieder schickte jemand eine Rakete zum Himmel, die pfeifend aufstieg und in einem Funkenregen aus gelblich gefärbtem Schwefellicht zerstob.

Als der Wagen anhielt, wartete Isadora nicht darauf, vom Kutscher den Schlag geöffnet zu bekommen, sondern stieg gleich aus und blieb ein wenig schwankend stehen.

Lily wartete auf den Kutscher und verließ dann graziös das Fahrzeug. Vom Oberdeck der Bark hallten die hohen Töne einer Pfeife und der dumpfe Schlag einer Trommel herunter.

„Kutsche in Sicht!“ schrie jemand und lachte dröhnend.

„Wo?“ rief ein anderer Mann.

„Steuerbords!“ Eine schattenhafte Gestalt erschien an der Reling. Verlegen zupfte Isadora an den verknüpften Bändern der Haube und zupfte sich die zerdrückten Schillerlocken zurecht.

„Noch mehr Weiber! Noch mehr Weiber!“ brüllte jemand mit trunken klingender Stimme. „Willkommen an Bord!“

Noch mehr Weiber?

Isadora straffte die Schultern, reichte Mrs. Calhoun den Arm und murmelte: „Ich denke, wir gehen an Bord.“

Lily presste die Lippen zusammen, und Isadora fragte sich, was ihrer Begleiterin durch den Sinn gehen mochte. Von dem entschwundenen Gatten war zu erwarten, dass er sich demütig entschuldigte und nach Haus zurückkehrte, aber nicht, seine Frau zu nötigen, ihn aufzusuchen.

„Kommt und erweist uns einen Gefallen, meine Hübschen!“ rief der bezechte Mann. „Wir sind nach langer Fahrt soeben vor Anker gegangen.“

Lily blieb stehen und sagte eindringlich: „Ich schlage vor, Miss Peabody, Sie gehen zur Kutsche zurück, weil die Situation auf dem Schiff unerfreulich sein dürfte.“

„Unsinn! Es war mein Einfall, Sie herzubringen. Wenn Sie auf den ‚Silbernen Schwan‘ gehen, komme ich mit!“ Fest ergriff Isadora Mrs. Calhoun am Arm, ging mit ihr über die schräge Gangway und hielt sich dabei an den Spanntauen fest. Die Musik und das

Gelächter waren lauter zu hören, und den süßlichen Geruch des Rums konnte man nun deutlicher wahrnehmen.

Verwirrt furchte Isadora die Stirn. Mr. Easterbrook hatte durchblicken lassen, Mr. Calhoun sei ein erfahrener, disziplinierter Kapitän, der doch gewiss nicht gestatten würde...

„Ach, du lieber Gott!“ Jäh blieb Lily auf dem Mitteldeck stehen und krampfte die Hand fester um Miss Peabodys Arm.

Das Bild, das sich ihr und ihrer Begleiterin bot, erinnerte an ein Gemälde von Hogarth – das niederste Gesindel war mit den verwerflichsten Tätigkeiten beschäftigt. Die schrille Pfeife wurde von einem schnauzbärtigen Matrosen geblasen, begleitet von einem Neger auf der Rührtrommel und einem anderen Mann, der Mundharmonika spielte.

Isadora starrte durch die Brillengläser und war sicher, dass sie sich selbst mit größter Phantasie ein solches Bild nicht hätte vorstellen können. Seeleute in weiten Hosen und gestreiften Hemden tanzten mit barfüßigen Frauen, die ihnen Küsse gaben; aufgescheuchte Hühner rannten auf dem Deck herum, und ein riesiger, kahlköpfiger Mann, der einen schimmernden goldenen Ohrring trug, trank aus einem entstöpselten Fass, das er sich mit der Öffnung nach unten auf die nackte Schulter gehoben hatte.

Schockiert ließ Isadora den Blick im Kreis über das hell erleuchtete Deck schweifen und schließlich offenen Mundes auf einem sehr ungewöhnlichen, lachenden Mann verweilen, der, von hinten durch das Licht brennender Fackeln angestrahlt, wie ein König auf einem Thron auf einem großen Sessel ohne Armlehnen saß. Mit seinen langen rötlich braunen Haaren, die ihm auf die breiten Schultern fielen, wirkte er mit seinem gut geschnittenen Gesicht beinahe überirdisch schön. Er trug eine Weste in grellem Grün, die entschieden zu viel von seinen kräftigen Armen und seiner muskulösen Brust unbedeckt ließ. Auf seinem Schoß lag eine

Frau, deren Brüste aus dem Dekolletee quollen. Er hielt sie mit dem linken Arm um die üppige Taille fest und hatte skandalöserweise die andere Hand tief unter ihre Röcke geschoben.

Auch wenn dieser Anblick erschütternd war, fühlte Isadora sich doch vom Gesicht des Mannes und seinem Verhalten angezogen. Er hatte sie und Mrs. Calhoun noch nicht bemerkt, da er viel zu sehr mit der Frau auf seinem Schoß beschäftigt war. Die Art, wie er sich auf das leichte Mädchen konzentrierte, hatte etwas unheimlich Bezwingendes an sich, denn er war derart von der Frau in Anspruch genommen, als habe er vor, mit der Person intim zu werden.

Der Trommler schlug einen Rhythmus, der eigenartig an das warnende Geräusch einer Klapperschlange erinnerte.

Schließlich hob der Mann den Kopf vom drallen Busen der Dirne, sah zu Isadora hinüber und betrachtete sie einen Moment. Dann richtete er, nicht mehr an ihr interessiert, die Augen auf Mrs. Calhoun und sagte unschuldig lächelnd: „Hallo, Mutter!"

3. KAPITEL

Die Musik verstummte, und Ryan merkte, dass die über seinem Schoß liegende Dirne sich halb aufrichtete, um die Neuankömmlinge zu sehen. Finster starrte sie trüben Blicks auf die hochwüchsige Frau mit den unter dem Haubenrand hervorquellenden Korkenzieherlocken und fragte: „Die Dicke ist deine Mutter?"

„Nein." So würdevoll wie möglich schob Ryan die Hure von seinem Schoß auf das Deck, stand auf und drückte die Kniekehlen an den Sessel, um sich abzustützen. Mr. Pole, der Zimmermann, hatte die Geistesgegenwart, sich zu nähern, die Dirne wegzuführen und mit einer vollen Flasche Rum zu beschwichtigen.

„Welch unerwartete Überraschung, Mutter", sagte Ryan, um ein freundliches Lächeln bemüht.

„Das bin ich offensichtlich für dich", erwiderte sie.

Wiewohl er bezecht war, entging ihm doch ihre enttäuschte Miene nicht. Einen herzzerbrechenden Augenblick lang zögerte sie, ehe sie die Hände ausstreckte und Ryan in die Arme schloss.

Er roch nach Rum und billigem Parfüm und entzog sich ihr rasch, weil er sie nicht belästigen wollte. Seit er sie zum letzten Mal gesehen hatte, war nichts anders geworden. Beim Abschied hatte er mit ihr am Anlegeplatz von Albion im südlichen Bereich der Chesapeake-Bucht gestanden und war von ihr gewarnt worden, wenn er die Universität von Virginia verlassen und im Norden in Harvard studieren wolle, würde das sehr viel mehr von ihm verlangen, als er sich überhaupt vorstellen könne, möglicherweise sogar seine Kräfte übersteigen.

Es war sein Los, sie zu enttäuschen, ganz gleich, was er tat, ob nüchtern oder betrunken, und er bedauerte, dass er das jetzt vor allen Leuten getan hatte. Er wies auf das Achterdeck und sagte: „Komm in die Kajüte, wo wir besser reden können."

„Beim heiligen Elmo! Was ist hier los?" fragte ein Mann wütend.

Ryan zwinkerte und stöhnte auf. Mr. Easterbrook hatte ihm noch gefehlt! Zum ersten Mal empfand er großes Unbehagen, denn durch die Feier auf dem „Silbernen Schwan" gefährdete er seinen Auftrag. Journey und er waren so kurz vor dem Ziel! Noch eine Fahrt, und dann konnten sie über das benötigte Geld verfügen. Nun jedoch schien die nächste Reise aufgrund seines Mangels an Zucht in Frage gestellt zu sein.

Ryan ließ sich nicht anmerken, was er dachte, setzte wieder ein schiefes Lächeln auf und verneigte sich vor dem Reeder. Den klebrigen Geschmack des Rums unangenehm im Mund, schluckte er und hoffte, sich nicht noch mehr zu blamieren, als das ohnehin schon der Fall war. „Aus Anlass unserer sicheren Rückkehr habe ich ein kleines Fest gegeben, Sir", sagte er, jedes Wort besonders deutlich artikulierend, damit man die Aussprache eher auf seinen Südstaatenakzent denn den genossenen Rum zurückführte. „Ich dachte, ein bisschen Unterhaltung sei gut für die Stimmung der Mannschaft."

„Sie werden nicht fürs Denken bezahlt", entgegnete Abel und ließ zornig den Blick über die Decks, die sich in dunklen Ecken herumdrückenden halbbekleideten Paare, die begierig um das Fass versammelten Matrosen, die Krümel aufpickenden Hühner schweifen. „Ich bin entsetzt! Ich muss sagen, ich bin zutiefst erschüttert! Wirklich! Das nennen Sie ein kleines Fest?"

„Ja, Sir. Wissen Sie, dort, von wo ich herkomme..." Ryan hielt inne. Er hatte Mr. Easterbrook so viele Lügen aufgetischt, um ihn dazu zu bewegen, ihn anzuheuern, dass er einen Moment Zeit brauchte, um sich an alle zu erinnern. „Hm, an Bord der berühmten ‚Twyla' wurde es als schwerer Fehler betrachtet, die Mannschaft nüchtern an Land zu schicken, weil dann die Gefahr bestanden hätte, dass die Männer sich dort Arbeit gesucht und nicht mehr für die nächste Fahrt angeheuert hätten", fuhr er fort und wies mit weit ausholender Geste über das mit trunkenen Matrosen und kreischenden Huren übersäte Deck. „Das sind die Männer, die dem ‚Silbernen Schwan' die Auflistung im Buch der Rekorde ermöglicht und sich daher eine Belohnung verdient haben." Er fing einen Blick von Ralph Izard, dem ersten Maat, auf und sah ihn flehend an.

Der Obermaat klatschte in die Hände und scheuchte die torkelnden und stolpernden Leute unter Deck.

Ryan machte eine Verbeugung, trat einen Schritt zurück und sagte: „Gestatten Sie mir, Mr. Easterbrook, Sie mit Mrs. Lily Raines Calhoun, meiner Mutter, und ihrer Begleiterin..." Er hielt inne und schaute die dunkel gekleidete, bebrillte Frau an, die ihre behandschuhten Hände fest verschränkt hatte, als bete sie für das Wohl seiner unsterblichen Seele.

Hätte sie ihn gut gekannt, wäre ihr klar gewesen, dass ihre Bemühungen fruchtlos waren. Er war dem Untergang geweiht, und es hätte mehr denn des Gebetes einer Dame bedurft, um ihn vor der ewigen Verdammnis zu retten.

Abel verneigte sich vor Mrs. Calhoun, gab ihr einen formvollendeten Handkuss und wandte sich dann an Miss Peabody. „Beim Klabautermann, Miss Isadora! Was in aller Welt machen Sie hier?"

„Sie kennen sich?" fragte Ryan verdutzt, taumelte gegen eine Lukenkimming und streckte die Hand aus, um sich abzustützen.

„Verdammt! Ich wurde von einem Fest, das im Haus von Miss Isadoras Vater stattfindet, hergerufen und habe keine Ahnung, warum sie sich hier befindet."

Isadora räusperte sich und stammelte: „Nun, ich dachte... das heißt, Mrs. Calhoun hat sich zufällig nach ihrem... Sohn erkundigt, und da Sie erwähnt hatten, Sir, dass er auf dem ‚Silbernen Schwan' eingetroffen ist, habe ich... Nun, sie war wie Sie auch bei unserem Fest zu Gast, allerdings in Begleitung der Hallowells. Ihr war so viel daran gelegen, Mr.... hm... Captain Calhoun zu finden, dass ich natürlich davon ausgegangen bin, wir würden ihn hier an Bord antreffen..."

Ryan fragte sich, ob diese Miss Isadora ebenfalls zu viel getrunken hatte, weil sie so unzusammenhängend redete, betrachtete ihre hängenden Schultern, die fest verschränkten Hände, und gelangte zu der Erkenntnis, dass sie schreckliche Angst hatte.

„Nachdem Miss Peabody erfahren hatte, dass ich auf der Suche nach meinem Sohn bin, war sie so reizend, mich herzubringen, Sir", warf Lily ein.

Der sanfte Klang ihrer Stimme entlockte dem alten Griesgram ein wohlwollendes Lächeln. Sie vermochte es bestens, Menschen mit ihrer Stimme zu bezaubern, mit ihrem weichen Akzent, ihrer charmanten Art zu sprechen, und jemanden mit einer Anmerkung für sich einzunehmen. Nur Ryan wusste, welche harte Entschlossenheit hinter ihrem liebenswürdigen Ton verborgen war, besonders dann, wenn sie „mein Sohn“ sagte.

Jetzt wusste er, dass er in großen Schwierigkeiten war, doch wie üblich bekümmerte ihn das nicht.

„Nun habe ich meinen Sohn gefunden, und das ist Ihnen zu verdanken, Sir“, fuhr sie fort und lächelte strahlend Mr. Easterbrook an. „Vielleicht hätten Sie die Güte, Miss Peabody und mich nach Haus zu fahren.“

„Es wäre mir eine Ehre“, erwiderte Abel. „Ich werde mein geschäftliches Anliegen in wenigen Augenblicken erledigt haben“, fügte er an und wandte sich dem Kapitän zu. „Ich wurde von meinem Hausdiener genötigt, den Ball zu verlassen“, erklärte er, verschränkte wie ein Admiral die Hände auf dem Rücken und ging aufgeregt hin und her. „Offenbar sucht die Polizei, die zur Zeit entlaufene Sklaven aufspürt, nach Mr. Rivera, um ihn zu verhören.“

Aufgrund des in Ryans Abwesenheit in Kraft getretenen Gesetzes über entflohene Sklaven war es verboten, solchen Leuten Beistand oder Unterschlupf zu gewähren. „Mr. Rivera ist von dem Gesetz nicht betroffen“, erwiderte Ryan rasch. „Er hat seine Hände bei vielen Dingen im Spiel, doch keine seiner Unternehmungen hat etwas mit entflohenen Sklaven zu tun.“

„Zum Teufel, wo hält er sich auf?“

„Er ist nicht mit uns zurückgekommen, weil er in Havana geheiratet hat und seine Frau nicht verlassen wollte“, antwortete Ryan. Natürlich steckte weitaus mehr hinter der Sache, ein Duell, eine Bestechung, ein wütender Vater, eine erzwungene Hochzeit, doch er hielt es für richtiger, die Geschichte nicht in allen Einzelheiten zu erzählen, erst recht nicht in Anwesenheit von Damen.

„Nun, Mr. Rivera ist ein Verbrecher, und ich bin froh, ihn los zu sein!"

„Er war ein ausgezeichneter Dolmetscher, der beste, den wir hatten", gab Ryan Mr. Easterbrook zu bedenken und bemühte sich, endlich einen klaren Kopf zu bekommen.

„Jetzt muss ich also für seine Schulden aufkommen und habe obendrein für die weiteren Fahrten keinen Dolmetscher für Spanisch!" entrüstete sich Abel. „Wirklich, das habt Ihr vorzüglich eingerichtet, Captain!"

„Ich spreche Spanisch, Mr. Easterbrook", schaltete Isadora sich ein und erschrak über sich, weil sie gewagt hatte, sich in das Gespräch zu mischen. „Meine Großtante hat mich auch Französisch, Italienisch und Portugiesisch gelehrt, und später habe ich meine Kenntnisse am Mount-Holyoke-Seminar vervollkommnet. Entschuldigen Sie mein Geplapper, Sir. Ich wollte damit nur zum Ausdruck bringen, dass ich Ihnen vielleicht bei der Übersetzung von Dokumenten behilflich sein kann."

„Vielen Dank für das Angebot, meine Liebe, doch eine Dame kann ich mit solchen Dingen nicht belästigen", erwiderte Abel und wandte sich wieder dem Skipper zu. „Ihr seid ein unverbesserlicher Schürzenjäger und Schlimmeres!" sagte er schroff.

Ryan bemühte sich, mit stoischer Ruhe auf die Beleidigung zu reagieren, doch das gelang ihm nicht. Er brach in Lachen aus, zog sein Taschentuch hervor und wischte sich die Augen aus. „Verzeihen Sie meine Heiterkeit, Sir", entschuldigte er sich. „Aber ich bitte Sie zu berücksichtigen, dass diese kleine Feier das einzige Vergnügen ist, das wir nach endlosen Reisetagen hatten, und..."

„Seien Sie still, Captain!" unterbrach Abel ihn ungehalten.

„Ich bin mir darüber im Klaren, Sir", sagte Isadora unbehaglich, „dass es der falsche Moment ist, Sie daran zu erinnern, aber vor noch nicht langer Zeit haben Sie geäußert, Mr. Calhoun eigne sich hervorragend dafür, ein schnelles Schiff gewinnbringend zu befehligen."

„Ich kenne Sie nicht, Miss, muss Ihnen jedoch zubilligen, dass Sie ein sehr gutes Urteilsvermögen haben", äußerte Ryan und straffte die Schultern.

Flüchtig schaute sie ihn misstrauisch an und wandte dann den Blick von ihm ab, ob aus Verärgerung oder Unsicherheit, ließ sich nicht erkennen.

Abel räusperte sich und sagte anerkennend: „Ich gebe zu, dass Sie die schwierige Fahrt in kürzester Zeit zurückgelegt und der Reederei ein Vermögen eingebracht haben, Captain. Ich werde überlegen, ob ich Ihnen eine zweite Chance geben soll. Wahrscheinlich komme ich am Dienstag um fünf Uhr her und werde dann mit Ihnen einen neuen Fahrtenplan besprechen. Ich erwarte, dass Sie bis dahin einen anderen Dolmetscher engagiert, die Fracht gelöscht, die Schiffspapiere in Ordnung gebracht und die neue Ladung für die Reise nach Rio de Janeiro verstaut haben."

Ryan hatte keine Ahnung, wie er all diese Aufgaben in so kurzer Zeit bewältigen sollte. Er brauchte jedoch dringender, als irgendjemand sich vorstellen konnte, einen neuen Oberbefehl über ein Schiff, und bereute, dass er nicht an seine prekäre Lage gedacht hatte, ehe die Hafenhuren an Bord des „Silbernen Schwans" gekommen waren.

Sein Leben lang hatten sein Charme, sein gutes Aussehen und seine Missachtung aller Konventionen ihm weitergeholfen, doch von nun an konnte er sich nicht mehr auf solche Oberflächlichkeiten verlassen. Er sah sich genötigt, in sich zu gehen und herauszufinden, ob er die Fähigkeit hatte, erfolgreich zu sein. „Sie können auf mich zählen, Mr. Easterbrook", erwiderte er und nickte zustimmend. „Alles wird Ihren Wünschen entsprechend erledigt."

„Enttäuschen Sie mich nicht, Mr. Calhoun."

„Das verspreche ich Ihnen, Sir."

Abel warf dem Kapitän einen argwöhnischen Blick zu, reichte jeder Dame einen Arm und sagte: „Gehen wir, Ladys."

Ryan lehnte sich an den Deckstuhl, seufzte erleichtert und fragte sich, wie schwierig es sein mochte, den nächsten Tag zu überstehen, nachdem es ihm gelungen war, die Begegnung mit der Mutter und Mr. Easterbrook so glimpflich hinter sich zu bringen.

Isadora gelangte zu der Schlussfolgerung, es sei ausgeschlossen, dass Chad Easterbrook an ihr interessiert war. Sie nieste, drückte das Taschentuch auf die Nase und verwünschte die sie plagende anhaltende Erkältung. Dann blickte sie zum ungezählten Male auf Chads hastig verfasstes Schreiben, das ihr an diesem Vormittag ausgehändigt worden war.

Nach der am vergangenen Abend erlebten Demütigung war die Einladung Balsam auf ihre verwundete Seele, und plötzlich sah die Welt nicht mehr so trübe aus. Es war ein herrlicher Tag, und unvermittelt schienen die Farben des Herbstes noch leuchtender geworden zu sein. Die Sonne schien auf Squire Pickerings Weißdornhecke, und rötlich verfärbtes Laub fiel, im Wind wirbelnd, zur Erde. Im eingezäunten Hintergarten standen Astern, Rosen und andere Blumen in voller Blüte.

Isadora musste wieder niesen und fand es bedauerlich, dass sie ausgerechnet zu dieser farbenfrohen Jahreszeit von einer Erkältung heimgesucht wurde.

Chad Easterbrooks Mitteilung hatte bei ihr die gleichen Auswirkungen wie die prächtigen Farben des Herbstes in der Landschaft – ihre Welt war durch seine Einladung heller und strahlender geworden. Nach der am verflossenen Abend geführten Unterhaltung hatte sie eigentlich keinen Anlass zu der Hoffnung gehabt, Chad werde sich um sie bemühen. Doch nun war sie voller Sehnsucht und hoffte, dass die nächste Begegnung mit ihm anders verlaufen möge. Es würde ihn für sie einnehmen, wenn sie seiner Bitte entsprach.

Sie musste nur fest daran glauben und überzeugt sein, ihre Einsamkeit werde ein Ende haben, jemand oder etwas ihr die innere Leere nehmen, und Chad Easterbrook dieser Jemand sein.

Seufzend hielt sie sich sehr gerade, damit die Korsettstäbchen sie nicht stachen, schloss die Augen und setzte ein leicht triumphierendes Lächeln auf. Chad Easterbrook hatte sie gebeten, an dem Krocketspiel teilzunehmen, das am Nachmittag auf dem Kimball Green stattfinden sollte.

Unwillkürlich fiel ihr der bezechte imposante Mann aus Virginia ein, auf dessen Schoß das halb entblößte leichte Mädchen gesessen hatte, und angewidert verzog sie den Mund. So tief wie diese Person war sie noch nie gesunken, ganz gleich, wie unmöglich sie sich bisher aufgeführt hatte.

Endlich hatte sie jemanden gesehen, der sich noch peinlicher benahm als sie.

Er würde nie erfahren, wie tröstlich dieses Wissen für sie war.

Sie straffte die Schultern, unterdrückte einen neuen Niesreiz und nahm sich vor, an diesem Tag alles besser zu machen, einen Ausgleich für das am letzten Abend erlittene Fiasko zu schaffen.

Als Erstes musste sie ein Kleid auswählen, und ihr war klar, dass sie zu einem Krocketspiel nicht Schwarz tragen konnte. Aber alle ihre Sachen waren schwarz, bis auf ein Nachmittagskleid aus Ekrüseide, das einmal für einen inzwischen längst vergessenen Anlass angefertigt worden war.

Sie läutete Thankful und ließ sich von dem einen Moment später erscheinenden Hausmädchen aus dem schwarzen Tageskleid und in das andere helfen.

„Wissen Sie, Ihre Schwester Arabella hat in dieser Farbe immer sehr hübsch ausgesehen", sagte Thankful, während sie Miss Isadora ein Knie in den Rücken drückte und kräftig an den Verschnürungen des Korsetts zog, um es schließen zu können.

Isadora hielt sich am Bettpfosten fest und hörte Thankful nicht mehr zu, weil sie die Geschichten längst kannte, die Berichte über Lucindas gesellschaftliche Erfolge, die Schilderung des Duells, zu dem es fast zwischen zwei von Arabellas Verehrern gekommen wäre, die Kommentare über die Tatsache, dass Quentin die Angewohnheit hatte, an jedem Abend eine andere Dame auszuführen, und die Äußerungen über Bronsons Verhältnisse mit den besten jungen Damen der Stadt.

„Ich glaube, Thankful, das Korsett sitzt jetzt eng genug", sagte sie ächzend.

„Ich bin gleich fertig", erwiderte Thankful. „Sie sollten dem Beispiel Ihrer Mutter und Schwestern folgen, Miss, die nie etwas dagegen haben, sich der Mode zuliebe ein Opfer aufzuerlegen."

Isadora schwieg und wartete darauf, dass Thankful ihre Aufgabe beendete.

„So, fertig", verkündete die Zofe, trat einen Schritt zurück und wischte sich den Schweiß von der Stirn. „Haben Sie sonst noch einen Wunsch, Miss?"

„Nein, danke", antwortete Isadora und strich, sich wohler fühlend, den Rock glatt. Das hübsche Kleid mit den Puffärmeln, dem gerippten Einsatzstreifen, dem eng anliegenden Oberteil und dem bauschigen Rock war ganz dazu angetan, Chad Easterbrooks Aufmerksamkeit auf sie zu lenken.

Unvermittelt fiel ihr auf, dass Thankful den zuvor mitgebrachten Federwisch vergessen hatte. Kurz entschlossen nahm sie ihn an sich, verließ das Zimmer und eilte zur Dienstbotentreppe. Plötzlich hörte sie Thankful und Tilly, das Küchenmädchen, auf der Treppe reden, und erstarrte, als sie vernahm, wie Thankful kichernd äußerte: „Ich habe befürchtet, ich müsste dich zu Hilfe rufen, um sie einzuschnüren."

„Ich bin froh, dass du das nicht getan hast", erwiderte Tilly. „Ich wäre vor Lachen gestorben."

„Und dieses Kleid! Warte, bis du es zu Gesicht bekommst! Sie sieht darin wie eine alte Fregatte unter vollen Segeln aus!"

Leise machte Isadora kehrt und ging langsam die Treppe zurück, obwohl sie den Drang verspürte, vor dem vom Treppenpodest heraufschallenden Gelächter davonzulaufen. Geräuschlos betrat sie Arabellas Zimmer, stellte sich vor den Wandspiegel und schaute sich an.

Sie schluchzte auf.

Durch den Schnitt des Kleides sah sie noch plumper aus, und die Farbe machte sie noch blasser. Zwei rote Flecken zeichneten sich auf ihren bleichen Wangen ab; Haare hatten sich aus dem Knoten im griechischen Stil gelöst, und die Korkenzieherlocken beiderseits ihres Gesichts sahen schlaff und wirr aus.

Was hatte sie sich dabei gedacht, dieses Kleid zu wählen? Wer würde sich je für ein so abscheulich aussehendes Wesen wie das interessieren, das ihr im Spiegel entgegenblickte?

Verstohlen kehrte sie in ihr Zimmer zurück, machte die französischen Türen auf und ging auf den Balkon. Der Herbsttag war so wundervoll, dass sie sich durch das sich ihren Augen bietende liebliche Bild verhöhnt fühlte.

Sie blickte über die Balustrade und fragte sich, wer sie vermissen mochte, falls sie sich in die Tiefe stürzte. Unschlüssig harrte sie aus und hatte den Eindruck, das Licht trübe sich jäh, und Dunkelheit enge sie langsam ein. Wie verlockend die Vorstellung war, ihrem Elend rasch, ein für alle Mal und auf sehr dramatische Weise, Chads unter das Kleid geschobene Einladung auf dem Herzen tragend, ein Ende zu machen!

Schließlich wandte sie sich jedoch, wie immer feige Abstand von allem nehmend, das Rückgrat erforderte, von der Balkonbrüstung ab und überlegte, wie lange sie sich schon verachtete.

Ihr war klar, dass sie den Abscheu vor sich selbst nicht von heute auf morgen und unbewusst entwickelt hatte. Er war über die endlos langen Jahre ihrer Jungmädchenzeit entstanden.

Es war sündhaft, so zu denken, und sie ließ sich gehen, wenn sie sich so schrecklich fühlte. Aber sie war ein sündhaftes Geschöpf, das viele ungute Regungen empfand – Trägheit, Neid, Begierde, Sehnsucht, Verlangen. Und nicht nur dieser verwerflichen Gefühle hatte sie sich schuldig gemacht.

Einst war sie jedoch glücklich gewesen, zu der Zeit, als sie mit der Großtante gelebt hatte.

Sie schloss die Augen und erinnerte sich an ihre Kindheit. Als sie fünf Jahre alt gewesen war, hatte die so sachlich wie ein General denkende Großtante aus Salem sich zu Besuch eingefunden und sie damit überrascht, dass sie keinen Wert auf hübsche Dinge legte, den Charme und die Schönheit der Schwestern nicht bevorzugte, sondern mehr von Isadoras Interessen und Aufgeschlossenheit im Gespräch angetan gewesen war. Isadora war von ihr nach Salem mitgenommen worden und sicher gewesen, dass ihre Abwesenheit weder den Eltern noch den Geschwistern sonderlich auffiel.

Sie war besser denn jeder Junge von der Großtante ausgebildet worden, die ihr erklärt hatte, daran sei nichts Ungebührliches. Das Erscheinungsbild der Großnichte war ihr gleich gewesen, und auch sie selbst hatte sich nicht um ihr Äußeres gekümmert, jedenfalls bis zu dem Tag, als die Großtante starb und sie gezwungen gewesen war, in das Haus der Eltern auf dem Beacon Hill zurückzukehren.

Sie würde nie den Blick vergessen, den die Mutter ihr zugeworfen hatte, als sie durch die Haustür gekommen war, und deren befremdete Miene. Der damals gewonnene Eindruck hatte sich ihr unauslöschlich im Gedächtnis eingegraben und jeden ihrer folgenden Tage, die Monate und endlosen Jahre geprägt.

Das aufgeweckte, aber unordentlich gekleidete vierzehnjährige Mädchen, das sie damals gewesen war, hatte keine Ahnung gehabt, wie es sich in eine viel umworbene Schönheit verwandeln solle. Sie war im Griechischen, Latein, Hebräischen und in der Mathematik viel zu bewandert gewesen, um beliebt zu werden, und ihr hatte zu viel an gesellschaftlichem Verantwortungsbewusstsein gelegen, als dass man ihr Vertrauen entgegengebracht hätte.

Sie hatte sich gewünscht, die Eltern würden sie ihren Büchern und Studien überlassen, war jedoch immer wieder gezwungen worden, an gesellschaftlichen Anlässen teilzunehmen, wo sie sich dann vollkommen hilflos vorkam. Indem man sie mit Erben von Schifffahrtslinien und Harvard-Studenten konfrontierte, hatten die Eltern unabsichtlich in ihr einen Traum geweckt, der sich ausschließlich um Chad Easterbrook drehte. Natürlich war es absurd, sich nach einem so perfekten Mann zu sehnen, doch Isadora vermochte nicht, die Gedanken an ihn zu verdrängen, und war überzeugt, dass sie ihm, wenn sie sich sehr um ihn bemühte, eines Tages etwas bedeuten werde.

Sie versuchte, einen der Hakenverschlüsse im Rücken zu öffnen, hörte Stoff reißen und zuckte gleichmütig mit den Schultern. Dieses abscheuliche Kleid würde sie ohnehin nie mehr anziehen. Sobald sie es abgelegt hatte, fiel ihr Chad Easterbrooks zwischen die Brüste geschobenes Billett ein, das jetzt leicht feucht war.

„Oh, was soll ich tun, Tante?“ flüsterte sie. „Was kann mich jetzt noch retten?“

Sie fühlte sich versucht, die Einladung zu verbrennen, was ratsam gewesen wäre. Dann entschied sie sich indes, etwas sehr viel Besseres zu tun, genau das, was die Großtante gemacht hätte. Auf ihre Vorzüge bauend, ging sie zielstrebig zu dem vor dem Fenster stehenden Schreibtisch, tauchte den Federkiel in die Tinte und verfasste ihrerseits eine Nachricht.

4. KAPITEL

„Der Kragen kratzt“, beschwerte sich Journey, „und die Weste klemmt in den Achselhöhlen.“

„Hör mit dem Gejammer auf“, erwiderte Ryan. „Ich habe schreckliche Kopfschmerzen und keine Ahnung, was wir hier treiben.“

„Wir vergeuden unsere Zeit, obwohl wir versuchen sollten, deine Haut zu retten“, sagte Journey erbost und fuhr sich mit dem Zeigefinger unter den verschmutzten Kragen. „Meine Schuhe drücken“, setzte er unwirsch hinzu.

Ryan drehte sich zu ihm um, und durch die hastige Bewegung wurde ihm schwindlig. Nach einem Augenblick hatte er sich gefasst und sah, dass er tatsächlich an der Belknap-Kreuzung war, auf halbem Weg nach Beacon Hill, noch dazu eines so lächerlichen Vorhabens wegen, dass er sich fragte, ob er noch immer unter den Auswirkungen des am vergangenen Abend genossenen Rums litt.

„Meine Haut muss nicht gerettet werden“, entgegnete er barsch.

Der hoch gewachsene Journey schaute herablassend den etwas kleineren Captain an und sagte: „Dann erklär mir, warum ich heute Morgen deine Gläubiger abwimmeln musste.“

„Welche Gläubiger?“ fragte Ryan mit Unschuldsmiene. „Und wie zum Teufel konnten sie mich überhaupt finden?“

„Unsere Ankunft war bei einem Ball in einer dieser Festungen bekannt gegeben worden“, antwortete Journey und wies auf die Seite an Seite stehenden, aus Backstein errichteten Herrenhäuser, die wie eine Barriere gegen andringendes Gesindel wirkten. Ihre Fassaden und die gepflegten Rasenflächen des öffentlichen Parks von Boston straften die Behauptung Lügen, es gäbe so etwas wie Armut auf der Welt.

Während der Studienzeit in Harvard war Ryan oft hier gewesen und hatte in dieser vergeistigten Umgebung an öden Vorlesungen und langweiligen Musiksoireen teilgenommen. Nachdem er jedoch dummerweise versucht hatte, Freundschaften zu schließen, die auf ernsteren Grundlagen beruhten als nur Reichtum und physischen Leistungen, war er auf eine tief verwurzelte Überheblichkeit gestoßen, die ihn so sehr störte wie das Kratzen der Scheuersteine auf Deck.

„Die Gläubiger von heute Morgen waren Mr. de Launcey vom Harvard Trust und sein Teilhaber Mr. Keith“, erklärte Journey. „Offenbar endet ihre Großzügigkeit, wenn jemand Harvard verlässt.“

Ryan trottete weiter und brummte: „Und zu allem Übel hat meine Mutter beschlossen, aus Europa zurückzukehren!“

„Weißt du was? Sie kommt mit uns nach Rio!“ verkündete Journey grinsend.

Jäh hielt Ryan an, und wieder überkam ihn das Schwindelgefühl. „Was hast du gesagt?“ fragte er und starrte ungläubig den Freund an.

„Ja, sie und ihre Zofe Fayette haben sich als Passagiere gebucht. Deine Mutter möchte deine in Rio lebende Tante besuchen.“

„Ausgezeichnet! Ich habe stets davon geträumt, Wochen auf

See mit ihr zu verbringen!“ sagte Ryan und ging langsam weiter. Er hatte sie immer gern gehabt, doch sie beide lebten in verschiedenen Welten. Sie sah schön, zart und zerbrechlich aus, konnte jedoch hart und unnachgiebig sein.

Im Übrigen hatte sie keine Ahnung, was er mit dieser Reise beabsichtigte und weshalb sie so wichtig für ihn war. Er konnte nur inständig hoffen, dass sie ihm nicht in die Quere kommen würde.

„Glaubst du, sie wird Mr. Easterbrook verraten, dass du bezüglich deiner Heuerpapiere gelogen hast?“

Finster schaute Ryan seinen Steward an. „Mit solchen Fragen verstärkst du nur meine Kopfschmerzen“, murrte er. „Das Geld, das ich Mr. Easterbrook eingebracht habe, sollte ihn davon abhalten, Erkundigungen über mich einzuholen.“

Eine schwarz lackierte Kutsche fuhr vorbei, gezogen von zwei kräftigen Pferden, die sich anstrengten, die mit Backsteinen gepflasterte Straße hinaufzukommen. Es war eigenartig, auf diesen Straßen zu sein, inmitten dieses Ortes der Heuchelei. Die Bewohner waren wohlhabende Kaufleute, ihr Reichtum jedoch ererbt, gewonnen durch den Handel mit Opium und Sklaven. Darin unterschieden sie sich nicht sehr von Ryans Vater, der allerdings Sklaven nur besessen hatte, statt mit ihnen zu handeln.

In seiner Gesellschaftsschicht wurde Ryan als Abtrünniger betrachtet, weil er sich an der radikalen Yankee-Universität eingeschrieben hatte. Nachdem er relegiert worden war, hatte er nie mehr den Wunsch gehabt, nach Beacon Hill zurückzukehren. Dort wäre er ohnehin nicht willkommen, da er sich dadurch Schande gemacht hatte, dass er zur See gegangen war.

„Ich weiß nicht, warum wir das tun“, knurrte Journey. „Du hättest der lästigen Person einen Brief schreiben und ihr Angebot ablehnen sollen.“

Beim Vorübergehen ließ Ryan den Blick über die eleganten

Messingtafeln mit den Namen der Hausbesitzer schweifen. Die Greenwoods, Appletons, Kimballs und Lowells zählten zu den ersten und weit verzweigten Familien Bostons.

„Manche Dinge, mein lieber Journey, verlangen, dass man persönlich dazu Stellung nimmt", erwiderte Ryan und klopfte auf den Brief in seiner Westentasche. „Außerdem bin ich neugierig auf Miss Peabody, die du eine lästige Person nennst. Welche andere Frau würde einen so unerhörten Vorschlag machen?"

„Du musst sie so beeindruckt haben, dass ihr die Unterhosen heruntergerutscht sind", antwortete Journey feixend.

„Welch Furcht erregender Gedanke!"

Ryan ging mit dem Freund an einer pedantisch gerade geschnittenen Hecke vorbei und gelangte zu einem einschüchternd wirkenden Gebäude, dem Anwesen der Peabodys, das an der Ecke zwischen der Chestnut und der Beacon Street stand. An der Universität hatte er Quentin und Bronson Peabody kennen gelernt und überlegte nun, ob die beiden mit Miss Peabody verwandt sein mochten.

Er trat einen Schritt zurück, legte den Kopf in den Nacken und blickte an dem hoch aufragenden Haus entlang. Die gleißende Sonne blendete ihn und ließ seine Kopfschmerzen stärker werden. „Ich vermute, Journey, dass Miss Peabody ihr Angebot nicht gemacht hat, weil sie in Geldnöten ist", meinte er ironisch.

„Nein, wahrscheinlich nicht", stimmte Journey ihm zu, zog an dem polierten schmiedeeisernen Tor und öffnete es. Ryan und er gingen auf das Grundstück, durchquerten einen rigoros gezähmten, im griechischen Stil gehaltenen Garten mit einem aus Buchsbaumhecken gebildeten Labyrinth, in dessen Mitte auf einem Podest eine schimmernde Silberkugel angebracht war.

Der Türklopfer stellte den die Stirn runzelnden Neptun mit

aufgeblasenen Wangen dar. Ryan hob ihn an, doch ehe er ihn fallen lassen konnte, sagte Journey: „Ich habe eine Frage."

„Ja?"

„Hast du für die nächste Reise einen Dolmetscher gefunden?"

Ryan verfluchte die starken Kopfschmerzen und den schalen Geschmack des Rums, den er im Mund hatte. „Heute Morgen hatte ich die größte Mühe, mein Freund, mich überhaupt auf den Beinen zu halten", antwortete er seufzend.

Journey betrachtete ihn mit einem Ausdruck in den braunen Augen, der von ihrer beider jahrelangen Freundschaft kündete. „Warum trinkst du überhaupt so viel, mein Lieber, dass du hinterher halb von Sinnen bist?" fragte er leise.

„Das ist einfacher, als bei Vernunft bleiben zu wollen", antwortete Ryan und betätigte den Türklopfer. Sein Leben hätte nicht diese Wende nehmen müssen. An sich hätte er auf seiner Vorderveranda sitzen und einen Mint Julep trinken sollen, während ein schweigender Diener ihm mit einem Punkahfächer Kühlung zuwedelte. Stattdessen war er Kapitän einer erschreckend zusammengewürfelten Mannschaft, ein Mann aus dem Süden, der sich einem Anliegen verschrieben hatte, durch das seine Familie buchstäblich zerstört worden war.

Geräuschlos öffnete sich die Haustür, und Ryan wurde von einem Butler empfangen, der eine Uniform aus feinstem Wollstoff trug. Der Diener schien gut damit vertraut zu sein, welche Leute gesellschaftsfähig waren, denn nach einem flüchtigen Blick auf Ryans gut geschnittenen, teuren Anzug hielt er den Besucher offensichtlich für akzeptabel.

„Sie wünschen, Sir?" erkundigte er sich.

„Ich bin Ryan Calhoun", stellte er sich vor und verneigte sich knapp. „Ich möchte Miss Peabody sprechen."

Der Butler trat beiseite und ließ Mr. Calhoun eintreten. Das

Entree war mit einem dicken, rot und violett gemusterten türkischen Teppich ausgelegt; ein vergoldeter Spiegel schmückte eine Wand, und in einer Ecke des Vestibüls stand eine Blumensäule ohne Pflanze.

„Ich werde nachsehen, ob Miss Arabella daheim ist", verkündete der Butler.

Der Name kam weder Ryan noch Journey vertraut vor.

Journey stieß den Freund mit dem Ellbogen an und raunte ihm zu: „Das muss Miss Isadora sein, oder nicht?"

Der Butler riss die Augen auf, aber es war nicht ersichtlich, ob über Mr. Calhouns Südstaatenaussprache oder über die Erwähnung von Miss Isadora.

„Sie möchten zu Miss Isadora?"

„Ganz recht", antwortete Ryan und lächelte geduldig. „Ist sie zu Haus?"

„Ich..." Der kleinwüchsige Diener räusperte sich. „Ich werde mich erkundigen. Wenn Sie möchten, Sir, können Sie im Salon warten", fügte er hinzu und wies auf die entsprechende Tür. „Ihr Kammerdiener kann um das Haus herum zum an der Rückseite gelegenen Dienstboteneingang gehen."

Ryan hatte mit diesem Irrtum gerechnet. „Das ist kein Bediensteter", widersprach er, „sondern mein Geschäftspartner Journey Calhoun."

Der Butler, der bisher so ruhig und selbstsicher gewirkt hatte, schien unvermittelt nervös zu werden und knackte mit den Fingerknöcheln der linken Hand. „Ich... ich verstehe", murmelte er. „Würden Sie mich bitte entschuldigen, meine Herren?"

„Du hättest mich zu den Dienstboten schicken sollen", flüsterte Journey. „Bei ihnen isst und unterhält man sich besser."

„Verdammt, du bist kein Diener!" entgegnete Ryan und begab sich dreist in den Salon, der von einem großen Kristalllüster beherrscht wurde und mit teuren Möbelstücken und Kunstwerken eingerichtet war.

„Ich wollte nicht undankbar erscheinen“, erwiderte Journey. „Du hast dein ganzes Leben umgestellt, damit ich kein Diener mehr sein muss“, fügte er hinzu und stützte den Ellbogen auf den blaugold verzierten Kaminssims, in dessen Mitte eine zierliche Vase aus Meißener Porzellen stand.

Ein eigenartiges Gefühl überkam Ryan. Er mochte Journey und empfand eine Zuneigung für ihn, wie er sie nie für seinen Halbbruder aufgebracht hatte. Ihre Wege hatten sich nicht getrennt, seit sie freche, unbändige Siebenjährige gewesen waren.

Die Tatsache, dass Ryan der Herr und Journey der Sklave gewesen war, hatte ihrer Freundschaft keinen Abbruch getan, jedenfalls anfänglich nicht.

Ryan überprüfte sein Erscheinungsbild in dem goldgerahmten Spiegel und fand, er sähe nach der verflossenen Nacht bemerkenswert gut aus. Timothy Datty, der Kajütjunge, hatte ihm das Haar geschnitten; der Hemdkragen war gestärkt und der himmelblaue Gehrock sauber. Beides hatte er Luigi Conti, dem Segelmacher, zu verdanken, der in solchen Dingen besonders eigen war.

Er erinnerte sich, dass er an dem Tag, an dem man Journey zu ihm gebracht hatte, formell gekleidet gewesen war. Der Vater hatte ihn genötigt, in der Sommerhitze im Salon auszuharren, und pünktlich um zwölf Uhr mittags war ein kleiner Junge mit dürrem Hals und großen Augen von Purdy in den Raum geführt worden.

„Das ist mein Neffe Journey“, hatte sie erklärt, wie die meisten Sklaven den Blick schräg nach unten haltend. „Er ist ein wirklich guter Junge. Das bist du doch, nicht wahr, Journey? Du bist ein wirklich guter Junge.“

Ryan war über Journey überrascht gewesen, da der Junge, statt die ehrerbietige, unterwürfige Haltung an den Tag zu legen, die man Hausdienern und Feldarbeitern einprügelte, ihm voll in die Augen gesehen und mit heller, klarer Stimme gesagt hatte: „Ja, ich bin der beste Junge, den es gibt."

Das war der Anfang der Freundschaft gewesen. Die müßiggängerischen Jahre des Heranwachsens waren eine hitzige, turbulente Zeit gewesen, in denen es jedoch auch Phasen wunderbarer, friedlicher Ruhe gegeben hatte. Ryan und Journey hatten sich gebalgt, in der Mockjack-Bucht gerudert und gefischt. Ryan hatte in einem Himmelbett aus Mahagoni geschlafen, Journey auf einem Strohlager auf dem Fußboden. Wenn Purdy das Frühstück gebracht hatte, waren die Jungen jedoch wiederholt von ihr dabei ertappt worden, dass sie zu zweit auf dem großen Bett lagen. War Ryan beim Gottesdienst gewesen, hatte Journey vor der Kirche in der Kutsche gewartet. Als Journey lesen, schreiben und rechnen hatte lernen wollen, war er insgeheim von Ryan im Licht einer aus der Küche entwendeten Kerze unterrichtet worden.

Nach dem Verkauf von Journeys Vater, der erfolgt war, um die Schulden seines Herrn begleichen zu können, hatte Ryan mit Journey geweint und getobt.

Als sie sechzehn Jahre alt gewesen waren, hatte Journey geheiratet und ein Kind gezeugt, Ryan hingegen eine Reihe von ortsansässigen Mädchen verführt, und war erstmals von den in die Gesellschaft eingeführten jungen Damen aus den besten Familien zur Kenntnis genommen worden.

Das Leben wäre in diesem Stil weiterverlaufen, hätten sich nicht zwei ungewöhnliche Dinge ereignet. Zum einen hatte Ryan sich entschieden, in Harvard zu studieren, und zum anderen darauf bestanden, Journey mitzunehmen.

Journey hatte sich ihm heftig widersetzt, weil er nicht willens gewesen war, seine auf einer benachbarten Plantage lebende geliebte Frau und seine Kinder zu verlassen. Ryan war jedoch hartnäckiggeblieben und hatte sich sogar von seiner gebieterischen Seite gezeigt, da kein vornehmer Mann sich ohne Kammerdiener an einer Universität einschrieb. Journey hatte keine andere Wahl gehabt, als ihn zu begleiten und seiner Pflicht zu genügen.

Ryan hatte einen Plan gehabt, den er selbst Journey nicht anvertrauen konnte, weil der Zorn und Kummer des Sklaven überzeugend wirken mussten.

Er lächelte sich im Spiegel an und entsann sich des Tages, an dem er die Mason-Dixon-Linie überquert und Journey die Freiheit gegeben hatte. Unfähig, etwas zu äußern, hatte der Freund die Freilassungspapiere an die Brust gedrückt, und die Tränen waren ihm über das Gesicht geströmt.

Nun hatte die Schiffsreise ihn und Journey dem gemeinsamen Ziel einen Schritt näher gebracht. Sie wollten Journeys Frau und Kinder kaufen, in den Norden bringen und dort freilassen.

„Mit ihr muss etwas nicht stimmen", meinte Journey und riss mit dieser Bemerkung Ryan aus den Erinnerungen.

„Mit wem stimmt etwas nicht?"

„Mit dieser Plage von Frau", antwortete Journey und ließ den Blick über eine Wand schweifen, die vollkommen von gefüllten Bücherborden bedeckt war. „Warum sollte jemand ein Haus wie dieses verlassen wollen?"

„Das Leben, das sie hier führt, muss etwas an sich haben, das sie nicht ausstehen kann", flüsterte Ryan und dachte an die Gründe, derentwegen er Albion verlassen hatte. „Vielleicht sollten wir Miss Peabody fragen..."

„Miss Peabody wird Sie im Garten empfangen", verkündete der Butler von der offenen Salontür her. „Bitte, hier entlang."

Ryan und Journey folgten ihm einen hohen, schmalen, mit Porträts geschmückten Korridor entlang. Er nahm an, dass es sich bei den Gemälden um die Bildnisse der Vorfahren der Peabodys handelte. Jeder Dargestellte schien außerordentlich gut auszusehen. Entweder hatten die Maler den Porträtierten geschmeichelt, oder diese Familie bestand tatsächlich nur aus sehr attraktiven Menschen.

Man ging über eine verglaste Veranda und gelangte in einen mit Skulpturen geschmückten Hof, der von beschnittenen Hecken umgeben war. Der Garten war wie ein Miniaturparadies. Es gab von wildem Wein überwachsene Pergolen und Buchsbäume, und am anderen Ende stand ein offener Kuppelpavillon, in dessen Mitte eine schwarz gekleidete Frau saß, die geneigten Kopfes in einem auf ihrem Schoß liegenden dicken Buch las.

„Miss Peabody?“ fragte Ryan.

Sie hob den Kopf und blinzelte, als sei sie soeben aus dem Dunklen ins Helle gekommen. Ihre Brille befand sich tief auf ihrer Nase, und sie schien besser zu sehen, wenn sie über die Gläser hinwegschaute.

„Ja“, antwortete sie spröde und räusperte sich. „Ja“, wiederholte sie. „Guten Tag, Captain Calhoun. Ich bin sehr erfreut, dass Sie hergekommen sind.“

Er blieb vor ihr stehen, betrachtete ihre Hände und rechnete damit, dass sie ihm die Rechte zum Kuss reichen würde. Sie umklammerte jedoch nur fest das Buch, und er bemerkte, dass sie an den Fingernägeln gekaut hatte. Außerdem hatte sie ausgerechnet noch die duckmäuserische Art einer Sklavin, den Blick nach unten gerichtet zu halten, ganz so, als befürchte sie, jeden Augenblick Prügel zu bekommen.

Der Gedanke erzeugte Ryan Unbehagen. Er verneigte sich förmlich und stellte den Freund vor: „Das ist Mr. Journey Calhoun, der Steward des ‚Silbernen Schwans‘ und mein Geschäftspartner.“

Isadora presste die Finger noch fester um das Buch. „Oh! Ich hatte mit einer Nachricht, aber nicht mit zwei erwachsenen Männern gerechnet", erwiderte sie. „Hm, ich bin erfreut, Sie kennen zu lernen."

Nie zuvor hatte Ryan eine sich unbeholfener gebende Frau getroffen. Er wagte nicht, Journey anzusehen, weil er befürchtete, dass sie beide sonst Miss Peabody durch einen Lachanfall kränken würden.

Sie räusperte sich erneut und schob mit dem Zeigefinger die Brille höher auf den Rücken der Nase, die rot und geschwollen war. Entweder fühlte Miss Peabody sich nicht wohl, oder der Inhalt des Buches hatte sie zu Tränen gerührt.

Sie nieste heftig in ein zerknittertes Taschentuch, und Ryan zog den Schluss, dass es ihr nicht gut ging.

Sie stopfte das Taschentuch in den Ärmel des Kleides und sagte verlegen: „Entschuldigen Sie. Ich befürchte, ich habe mich stark verkühlt."

„Leiden Sie öfter an Erkältungen?"

„Dauernd, Captain Calhoun, und im Frühling werde ich vom Heuschnupfen geplagt. Manchmal fällt es mir schwer, zwischen einer Erkältung und dem Heuschnupfen zu unterscheiden." Isadora hielt inne und machte ein entsetztes Gesicht. „Verzeihen Sie, meine Herren, dass ich mich so lange mit diesem unerfreulichen Thema aufgehalten habe."

„Ich finde nichts Unerfreuliches daran, über Sie zu reden, Miss Peabody", entgegnete Ryan, seine Höflichkeit bis an ihre Grenze strapazierend. Er war hergekommen, um das Angebot der jungen Dame abzulehnen, und fand daher, er könne das ebensogut auf nette Weise tun.

Schließlich schien sie sich des auf ihrem Schoß liegenden Buches zu erinnern und murmelte, während sie es zuklappte und neben sich auf den Marmortisch legte: „Oh, Pardon!"

Ryan bemühte sich, den Titel zu lesen, aber die Buchstaben kamen ihm nur vage bekannt vor, da er sich bei den geisteswissenschaftlichen Vorlesungen bemüht hatte, sie zu verschlafen.

„Claudius Ptolemäus", erklärte Isadora.

„Ich nehme an, Sie lesen ihn in der Originalsprache, nicht wahr?"

„Ja, natürlich! Ich würde ihn in keiner Übersetzung lesen wollen. Im Original ist er viel authentischer und überzeugender."

„Ich könnte Ihnen nicht mehr zustimmen", erwiderte Ryan und hörte Journey verhalten lachen. „Ich nehme an, Sie sind sprachbegabt, nicht wahr?"

„Ja, ja! Das bin ich! Ich hatte das Glück, von meiner inzwischen verstorbenen Großtante unterrichtet zu werden, die zu ihrer Zeit eine sehr wissensdurstige Schülerin gewesen ist. Außerdem habe ich das Mount-Holyoke-Seminar besucht. Ich spreche fließend Spanisch, Französisch, Portugiesisch und Italienisch und kann Latein, Griechisch und Hebräisch lesen."

Miss Peabody war wahrscheinlich gebildeter als die meisten Harvard-Absolventen. Ryan fand es eigenartig, dass ihre reichen Eltern ihr gestattet hatten, sich ein so breit gefächertes Wissen anzueignen.

„Ich bin persönlich hier, Miss Peabody", sagte er, „weil jede andere Reaktion auf Ihr unglaublich großzügiges Angebot ihm nicht gerecht geworden wäre."

Sie legte die Fingerspitzen mit den abgekauten Fingernägeln zusammen und fragte: „Dann werden Sie mich einstellen? Ich fahre mit Ihnen nach Rio de Janeiro?"

„Nein!" antwortete er sofort, um den Hoffnungsschimmer, der sich in ihren Augen zeigte, im Keim zu ersticken. „Es ist nicht so, dass Sie den Voraussetzungen nicht entsprechen würden", fügte er hastig hinzu. „Der Grund für die Ablehnung liegt eher bei mir, meinem Schiff und seiner Mannschaft. Der ‚Silberne Schwan' ist ein Frachter, auf dem sich nur Seeleute befinden. Wir könnten nie den Ansprüchen einer so vornehmen Dame entsprechen."

Sie zuckte zusammen, richtete den Blick schräg nach unten und wirkte dadurch geschlagen und unterwürfig. Ryan kam sich vor, als habe er eine Katze ertränkt, und dieser Gedanke verstimmte ihn.

„Ich meine, darüber sollten Sie mich befinden lassen", entgegnete Isadora zaghaft.

Er wies über den Hof zum Haus und erwiderte: „Auf dem ‚Silbernen Schwan' gibt es nichts Vergleichbares. Sie können ein Paradies nicht gegen den monatelangen Aufenthalt in einem engen Schiffsquartier und in Gesellschaft von Seemännern eintauschen wollen."

„Das kann ich sehr wohl, vorausgesetzt, Sie gestatten es mir."

Sie war eine irritierende, halsstarrige Person. Nervös ging Ryan in dem Pavillon auf und ab und sagte: „Sie scheinen zu glauben, Madam, dass auf dieser Reise nur Ihre Dienste als Dolmetscherin erforderlich sein werden. Mr. Rivera, unser vorheriger Dolmetscher, war aber auch ein sehr fähiger Navigator."

„Beherrschte er die Astronavigation oder nur die mit Instrumenten?"

„Beides", antwortete Ryan unwirsch.

„Gut! Auch ich kenne mich in beidem aus. Ich habe den Bowditch studiert und Vorlesungen in sphärischer Trigonometrie gehört", sagte Isadora und spürte ihre Schüchternheit schwinden.

Journey, der im Hof in der Nähe des Pavillons stand, pfiff leise.

„Ich benutze dieses Segelhandbuch nicht", entgegnete Ryan, bemüht, seine Überraschung zu verhehlen.

„Dazu besteht keine Notwendigkeit", meinte Isadora. „Die Position kann auch ohne die Hilfe des Bowditch bestimmt werden."

In Wahrheit waren trigonometrische Formeln Ryan ein Buch mit sieben Siegeln, doch das gedachte er nicht, vor dieser selbstgefälligen Frau einzugestehen. „Gut, Sie verstehen also das eine oder andere von Navigation", erwiderte er. „Aber das qualifiziert Sie noch längst nicht für diese Reise."

„Ich wage zu behaupten, dass ich nicht nur das eine oder andere weiß." Trotzig reckte Isadora das Kinn.

Sie war aufsässig, und Ryan stellte sie sich auf seinem Schiff vor, wie sie sich gegen seine Befehle auflehnte.

„Was ist die richtige Position für die Royalrah?"

„Sechsunddreißig Grad backbord, jedenfalls bis das Schiff den Äquator erreicht. Dann wechselt man nach Steuerbord."

Ryan wandte Miss Peabody den Rücken zu, um sein Erstaunen zu verbergen, blickte über den Rasen und fragte: „Dann sagen Sie mir, welchen Kurs man in die Strömung nimmt."

„Man refft die Leesegel."

Bewusst schaute Ryan den Freund nicht an, weil er ahnte, dass dieser von einem Ohr zum anderen grinste. „Ich muss einräumen, Miss Peabody, dass Sie mich mit Ihrem Wissen überrascht und beeindruckt haben. Aber das Verständnis für die feinsinnigeren Probleme der Seefahrt erfordert mehr als..."

„Großer Gott! Mr. Calhoun! Sie sind es wirklich!" rief Quentin von der Veranda her.

Miss Peabody gab einen Laut des Unbehagens von sich. Ryan überschattete die Augen und sah eine Gruppe weiß gekleideter junger Leute auf den Pavillon zueilen.

Er erkannte Kommilitonen aus seiner Studienzeit in Harvard. In der Gruppe befanden sich der für seinen Aufschlag beim Tennis berühmte und für seine Trunksucht berüchtigte Quentin Peabody, dann dessen höchst gebildeter und sehr beliebter Bruder Bronson, der so attraktiv war, dass man ihn hübsch hätte nennen können, außerdem Foster Candy, ein dreister Aufschneider und klatschsüchtiger Intrigant, sowie Robert Hallowell, dessen bemerkenswertester Vorzug im Reichtum seiner Familie bestand, und schließlich der fast göttlich aussehende, aber erschreckend hohlköpfige Chad Easterbrook, Sohn und Erbe des Schiffskaufmanns.

Die jungen Leute trafen lachend ein, und man stellte sich vor. Ryan machte die Bekanntschaft von Lydia Haven und Miss Peabodys Schwester Arabella, die wie ein in einem Schneideratelier herausgeputztes Püppchen aussah.

„Welches Vergnügen, Sie wieder zu sehen, Mr. Calhoun", sagte Quentin im lässigen, blasierten Ton eines langjährigen Studenten. „Sie haben gewaltiges Aufsehen erregt, alter Junge, als Sie Harvard den Rücken kehrten."

„Die Leute in Harvard reden schnell über etwas", erwiderte Ryan und wies auf Journey. „Erlauben Sie, dass ich Ihnen Mr. Journey Calhoun vorstelle, meinen Geschäftspartner."

Die jungen Leute starrten Journey nur an, bis schließlich Foster sich leicht verneigte und laut, jedes Wort betonend, äußerte: „Ich bin sicher, es ist uns allen ein Vergnügen."

„Ich bin Afrikaner, Sir, aber nicht taub", sagte Journey grinsend.

Das Gelächter der jungen Leute klang leicht nervös. Quentin gelang es, die Aufmerksamkeit von Mr. Journey Calhoun abzulenken und auf seine Schwester Isadora zu richten, die blassen Gesichts, mit niedergeschlagenen Augen, wie eine Statue dasaß. Die Lebhaftigkeit, die sie noch vor einigen Augenblicken an den Tag gelegt hatte, war vollkommen verschwunden.

„Täuschen mich die Augen?" fragte er leise lachend. „Oder sehe ich richtig? Habe ich meine Schwester tatsächlich im Gespräch mit einem Gentleman statt mit der Nase in einem Buch angetroffen?"

Die Umstehenden lachten. Sie rang sich ein unbehagliches, gequält wirkendes Lächeln ab.

„Ach, hör auf!“ warf Arabella kokett ein und drohte Quentin mit dem weißen Spitzenfächer. „Kannst du nicht sehen, dass du die arme Izzie in Verlegenheit bringst?“

Isadora nieste heftig in ihr Taschentuch.

„Gesundheit!“ sagte Chad automatisch.

Sie schenkte ihm ein zittriges Lächeln, das schüchtern und eigenartig herzlich wirkte. Der Miene nach zu urteilen, die Chad Easterbrook machte, hatte er sichtlich keine Ahnung, was für jeden anderen Anwesenden augenfällig war. Das arme Mädchen war bis über die Ohren in ihn verliebt.

„Wie war das Krocketspiel?“ erkundigte Isadora sich leise und mit leicht bebender Stimme.

„Oh, wunderbar!“ antwortete Chad. „Natürlich wurden Sie vermisst“, fügte er beiläufig hinzu.

„Ja, wirklich!“ Lydia strich sich den weißen Rock glatt. „Sie wurden wirklich vermisst, weil es immer so amüsant ist, Sie um sich zu haben, Izzie!“

„Danke. Ich fühlte mich jedoch unwohl, wie ich Mr. Easterbrook notgedrungenermaßen mitteilen musste. Ich bin... ah!“ Isadora nieste wieder und drückte das zerknautschte Taschentuch auf die gerötete Nase.

„Wo bleiben die Erfrischungen?“ wunderte sich Bronson. „Ich hatte Anweisung erteilt, uns hier Limonade zu servieren. Ich werde ins Haus gehen und mich erkundigen.“

Die Frauen versammelten sich im Pavillon, und die Männer schlenderten davon. Foster und Robert zündeten sich ihre Pfeifen an, und man begann sich zu unterhalten. Keines der Gespräche war sonderlich interessant. Ryan hörte nur mit halbem Ohr zu und stellte fest, dass die Unterhaltung mit Miss Peabody über Navigation entschieden gewinnbringender gewesen war.

„Man hat mir erzählt", sagte Foster plötzlich, „dass ein Gentleman, wenn er gezwungen wird, das College zu verlassen, sich in argen Schwierigkeiten wieder findet. Natürlich kann ich das nicht beurteilen, weil ich in dieser Hinsicht keine Erfahrungen habe."

Ryan zog eine Augenbraue hoch und entgegnete: „Ich bin gut zurechtgekommen."

„Trifft es denn nicht zu, dass Ihre Schneider und die Leute, mit denen Sie sich beim Spiel zusammengefunden haben und die sonst Harvard-Studenten gegenüber so wohlwollend eingestellt sind, plötzlich Ihre Schuldscheine eingelöst haben wollten?" erkundigte sich Foster und schaute Mr. Calhoun verschlagen aus verengten Augen an. „Nun, vielleicht war das nicht der Fall. Möglicherweise haben diese Leute Ihre Schuldscheine an Ihre liebe Mama geschickt."

Ryan ballte die Hand und machte einen Schritt auf Mr. Candy zu. Rasch stellte Journey sich zwischen die beiden und sagte leise: „Ruhig, Skipper. Vergiss nicht, weshalb wir hergekommen sind, und denk daran, was von Wichtigkeit ist."

Ryan atmete tief durch und sagte sich, er müsse sich auf sein geschaftliches Anliegen konzentrieren.

Er achtete nicht mehr auf die Unterhaltung, bis unvermittelt Miss Isadora Peabodys Name fiel.

„In unserer Familie wird die lustige Geschichte erzählt", sagte Quentin mit gedämpfter Stimme, „dass unsere Eltern Isadora eine aus Kabeljau gemachte Pastete um den Hals binden mussten, damit wenigstens die Katze mit ihr spielte."

Foster lachte unterdrückt und erwiderte: „Ich wage zu behaupten, alter Junge, dass ich mehr verlangen würde als nur eine Fischpastete."

„Limonade!“ rief Bronson, während er dem Butler folgte, der die Holzkarre über den Rasen schob.

Die Erfrischungen trafen ein, und man begann erneut, sich zu unterhalten. Das Getränk hatte für Ryan jedoch einen bitteren Geschmack. Er hielt sich abseits, beobachtete die lachenden, weiß gekleideten Teilnehmer des Krocketspiels sowie die wie eine schwarze Krähe auf dem Stuhl sitzende Miss Isadora Peabody und wünschte sich, nicht hergekommen zu sein.

„Sie lebt in der Hölle“, raunte er Journey zu.

„Es gibt viele Arten von Höllen, und manche sind schlimmer als andere“, erwiderte Journey.

Ryan war klar, dass der Freund an seine Familie gedacht hatte, die immer noch in Virginia in der Sklaverei lebte und deren einzige Hoffnung auf Freiheit auf den Erfolgen des „Silbernen Schwans“ beruhte. Es war jedoch augenfällig, dass Miss Isadora Peabody auf ihre Art litt. Die Südstaatenfamilien institutionalisierten die Unmenschlichkeit, indem sie für sich ein moralisches Recht in Anspruch nahmen, Sklaven halten zu können, und dieses Vorgehen rechtfertigten sie in der seltsamsten Form. Die eingebildete Yankee-Gesellschaft hingegen hatte ihre ganz eigene subtile Form, jemanden zu quälen.

Diese Art der sich gegen die verwundbarsten Mitglieder der Gesellschaft richtenden Niedertracht war bewusst grausam und verletzend. Miss Isadora Peabody konnte sich nicht gegen die bissigen Bosheiten der Krocket spielenden, Limonade trinkenden Leute ihres Standes zur Wehr setzen. Gesellschaftlich unbeholfen, doch mit scharfem Verstand ausgestattet, wurde sie als andersartiger, nicht vertrauenswürdiger Fremdkörper betrachtet.

Man sah in ihr die „arme Izzie“, doch Ryan hatte längst begriffen, dass sie die „nicht so dumme Dora“ war.

Chad Easterbrook in seiner ungeheuren Hohlköpfigkeit hatte

eindeutig keine Ahnung, dass Miss Peabody ihn anhimmelte. Vielleicht würde die Verbindung zwischen beiden die perfekte Ehe sein. Ryan lehnte sich an eine Pergola und beobachtete die erneut niesende Miss Peabody und den ihr wieder Gesundheit wünschenden Mr. Chad Easterbrock. Sie schaute den jungen Mann an, als habe er ihr den Mond auf einem Silbertablett gereicht. Mr. Easterbrook war ausgesprochen selbstsüchtig, sie hingegen viel zu aufmerksam und rücksichtsvoll. Das konnte bedeuten, dass sie, wenn sie heirateten, sich wunderbar ergänzten und vielleicht sogar ein interessantes Paar abgaben.

Ryan war jedoch klar, dass sie bis jetzt noch kein Liebespaar waren. Miss Haven beanspruchte mit der Entschlossenheit eines kommandieren Feldherrn Mr. Easterbrooks Aufmerksamkeit für sich. Er gehörte zu ihr, folgte ihr wie ein gut erzogener Spaniel über den Rasen und ließ Miss Peabody wenig damenhaft in ihr Taschentuch schniefend zurück.

„Wir sollten gehen", sagte Ryan, ergriff ihre Hand und hob sie zum Kuss an die Lippen. „Ihr Angebot war sehr freundlich, Miss Peabody, und dafür danke ich Ihnen. Leben Sie wohl."

„Aber wir haben noch nicht... Sie können doch nicht..."

Es bereitete ihm Unbehagen, dass sie so vor sich hinstammelte. Er hörte eine der jungen Damen geziert seufzen, während er mit Journey das Grundstück verließ, und war schließlich froh, die auf dem Anwesen der Peabodys herrschende erdrückende Atmosphäre hinter sich gelassen zu haben.

„Denkst du das Gleiche wie ich?" fragte Journey.

„Wag nicht, es auszusprechen", antwortete Ryan. „Alter Junge", fügte er hinzu, gekonnt die Bostoner Aussprache nachäffend.

„Aber Miss Peabody spricht sechs Sprachen!"

„Nein!"

„Sie fühlt sich hier elend."

„Nein!“

„Sie ist tausendmal interessanter als die Frauen, die du letzte Nacht an Bord gebracht hast.“

„Verdammt nochmal, nein!“ schrie Ryan beinahe.

Isadora war nicht gewillt, sich mit einem Nein abspeisen zu lassen. Es war ihr gleich, ob Mr. Calhoun sich als ebenso oberflächlich und spöttisch herausstellen sollte, wie ihr Bruder Quentin und dessen Freunde das waren. Er konnte ihr die Flucht aus Boston ermöglichen, und sie war entschlossen, ihr Ziel zu erreichen.

Derweil sie in Mr. Abel Easterbrooks Büro wartete, das sich in dem aus Backstein errichteten Handelskontor des Reeders befand, gestattete sie sich einen Augenblick des Triumphes. Captain Calhoun hatte ihr die Möglichkeit verschafft, die Anstellung als Übersetzerin zu bekommen, wenngleich er sich dessen nicht gewahr war.

„Ahoy, Miss Isadora!“ begrüßte Abel sie und hielt ihr lächelnd die Tür zu seinem Privatbüro auf. „Willkommen an Bord!“

„Ich werde Sie nicht lange aufhalten, Sir, da ich weiß, wie beschäftigt Sie sind“, erwiderte sie und ließ sich in dem Sessel nieder, den er für sie herangezogen hatte. Lithographien von Schiffen und Leuchttürmen schmückten die mit geprägtem Leder bezogenen Bürowände, und in den Regalen standen Reihen von Abrechnungsbüchern. Isadora faltete die behandschuhten Hände und atmete tief den für ein Handelskontor typischen Geruch von Tinte, Tabak und Papier ein.

„Sie haben ein wunderbares Büro“, stellte sie fest und schüttelte kurz den Kopf, als Mr. Easterbrook ihr ein Glas Sherry anbot.

„Die Schifffahrtsgesellschaft ist schon seit drei Generationen im Besitz der Familie“, erklärte Abel, „und eines Tages wird sie Chad gehören.“

Isadora merkte, dass sie innerlich aufgeregt wurde. Falls Mr. Abel Easterbrook mit ihrer Absicht einverstanden war, konnte sie endlich die Wertschätzung von dessen Sohn gewinnen. Sie hatte vor, für die Reederei unersetzlich geworden zu sein, bis Chad Easterbrook die Handelsgesellschaft übernahm. Mit ihrem geschäftlichen Wissen würde sie für ihn von großem Vorteil sein. Vielleicht war sie ihm sogar so sehr von Nutzen, dass er sie zur Gattin nahm.

Rasch verdrängte sie diesen Gedanken und sagte sich, sie müsse einen Schritt nach dem anderen tun. „Hatten Sie bereits Gelegenheit, Sir, meinen Vorschlag zu prüfen?“ erkundigte sie sich.

Er klopfte seine Pfeife auf einem Tablett aus und antwortete: „Ja, Miss Isadora. Ihre Zeugnisse sind hervorragend und tadellos. Allerdings ist das, was Sie von mir verlangen, ein Ding der Unmöglichkeit. Ich kann Ihnen nicht gestatten, als Mitglied der Mannschaft auf dem ‚Silbernen Schwan‘ anzuheuern.“

Trotzig reckte Isadora das Kinn, obwohl sie niedergeschlagen war, und fragte: „Darf ich den Grund wissen, Sir?“

„Das Schiff ist kein Ort für eine Dame.“

„Ah, doch!“ widersprach sie, entspannte sich und war froh, dass sie sich auf diesen Einwand vorbereitet hatte. „Die ‚Fairacre‘ hat nicht nur einen weiblichen Bootsmann, sondern auch eine Köchin.“

„Die Köchin ist die Frau des Skippers“, hielt Abel Miss Peabody vor.

„Das war sie noch nicht, als sie anheuerte“, gab Isadora ihm zu bedenken.

„Wie dem auch sei, ich bleibe bei meinem Standpunkt. Ich kann nicht zulassen, dass Sie mit einer Horde Teerjacken auf Reisen gehen. Gott bewahre! Es könnte doch sein, dass Sie bei der Rückkehr mit einem Seemann verheiratet sind.“

Der Scherz machte Isadora lächeln. „Mr. Easterbrook, Sie können mir glauben, dass nicht die Gefahr besteht, ich könne mich irgendwie binden", erwiderte sie und dachte an die üppige, lachende Frau, die sie bei der ersten Begegnung mit Captain Calhoun auf dessen Schoß sitzen gesehen hatte. Wenn das die Art Frau war, die er bevorzugte, würde er sie selbst keines zweiten Blickes würdigen. „Und wussten Sie, Sir", fuhr sie fort, „dass die ‚Pandora', obwohl sich drei Frauen an Bord befinden, im letzten Jahr einhunderttausend Pfund Sterling eingefahren hat?"

„Schon gut! Ich gebe zu, dass manche Besatzungen weibliche Mitglieder haben. Aber Mr. Calhoun ist ein Schürzenjäger! Sie haben ihn doch neulich gesehen! Auf seinem Schiff wird die Hölle los sein, so dass Ihnen Hören und Sehen vergeht."

„Genau das ist der Grund, warum Sie mich brauchen, Sir", sagte Isadora. „Ich allein weiß, wie wichtig diese Fahrt nach Rio de Janeiro für Sie ist. Folglich kann ich auf dem Schiff Augen und Ohren für Sie offen halten, Ihnen laufend Bericht über Captain Calhouns Benehmen erstatten und Ihnen mitteilen, welches geschäftliche Verhalten er an den Tag legt."

Abel wurde unschlüssig. „Hm, ich hätte nichts dagegen, dass bei dieser Reise eine Entenmuschel am Schiffsrumpf sitzt", gestand er. „Es wäre jedoch nicht recht, einer Dame wie Ihnen diese Aufgabe zu übertragen. Der Skipper könnte Sie beschämen."

„Seine Mutter fährt als Passagier mit."

„Wahrscheinlich wird er auch sie beschämen."

„Ich versichere Ihnen, Sir, dass Mrs. Calhoun und ich bestens auf unseren guten Ruf achten können. Captain Calhoun ist derjenige, den man im Auge behalten muss."

„Ich ahne, dass die Reise stürmisch werden wird", murmelte Abel.

„Das muss ganz und gar nicht der Fall sein", widersprach Isadora. „Sie kann glatt verlaufen, und Ihnen zuliebe habe ich vor, dafür zu sorgen. Machen Sie sich Captain Calhouns Fähigkeiten als Skipper zunutze, aber lassen Sie nicht zu, dass er Ihre Position als führender Schiffskaufmann gefährdet."

Dieser Rat appellierte an den Stolz des freundlichen alten Mannes, und Isadora hatte das Gefühl, kurz vor dem Sieg zu sein. „Sie waren stets ein Visionär, Sir", fuhr sie fort, „und in geschäftlichen Dingen immer tonangebend. Der nächste für Sie logische Schritt wäre, sich meiner Dienste zu versichern."

5. KAPITEL

„Ka... ka... kann ich Ihnen he... helf... fen, Madam?" fragte Timothy.

Isadora drehte sich um, schaute den mageren, vielleicht fünfzehn Jahre alten, nervös wirkenden Jungen an und erkundigte sich: „Ist das dort der ‚Silberne Schwan'?"

Er riss sich die Segeltuchmütze vom Kopf. „Ja, Madam. Ich bin Ti... timo... mothy Datty, zu Ih... Ihren Diensten, Madam."

„Ich suche Captain Calhoun."

„Er ist an Bo... bo... bord, a... aber..."

„Gut! Das hatte ich gehofft." Isadora wich breitschultrigen Hafenarbeitern aus, die Waren entluden, und versuchte, die Männer auf dem Weg zur Gangway nicht anzustarren. Es gelang ihr jedoch nicht, da die Stauer nicht wie vornehme Salonlöwen eng anliegende Gehröcke, seidene Hüte und Glacéhandschuhe trugen, sondern weite Hosen, Hemden und Halstücher, die durch einen Ring gezogen waren. Sie hatten grobkantige Gesichter und redeten in einer Fülle fremder Sprachen.

„Ma... madam", sagte Timothy, während er neben ihr hertrottete. „Der Ka... ka... pi... pitän ist nicht..."

„Du musst meinetwegen deine Arbeit nicht unterbrechen, nur um mich zu begleiten", unterbrach sie. „Ich kenne den Weg."

Timothy machte den Mund zu und eine resignierende Geste. Er strahlte etwas Ernstes und Anrührendes aus, und Isadora fand es bedauerlich, dass er so stotterte. Vielleicht würden Unterricht in Sprechtechnik und Leseübungen ihm helfen, doch sie mochte ihm das aus Sorge, ihn zu kränken, nicht vorschlagen. Zudem war sie in Eile, weil sie Mr. Calhoun sprechen wollte.

Mit einem Anflug von Vorfreude überlegte sie, ob es ihn überraschen würde, sie zu sehen. Sie entsann sich der Art, wie er nach dem Treffen mit ihr über den Rasen zu ihr zurückgekehrt war, gebieterisch und würdevoll wie ein junger Prinz wirkend, und ihr zum Abschied einen Handkuss gegeben hatte. Sogar Miss Haven hatte lange genug, um diese galante Geste zu bemerken, ihre Aufmerksamkeit nicht mehr Chad Easterbrook gewidmet.

Im Stillen war Isadora von Mr. Calhouns forschem Gehabe fasziniert. Sie fügte sich duckmäuserisch den gesellschaftlichen Spielregeln und Anweisungen der Eltern, wohingegen Captain Calhoun gegen alle Konventionen verstieß und einen eigenen Weg ging. Vielleicht brachte ihn sein fehlendes Verständnis für Etikette dazu, ihren Plan gutzuheißen.

Einer der Schauermänner stimmte in Portugiesisch ein zotiges Lied an, und seine laute, tragende Stimme hallte über den Kai. Die Wörter für weibliche Körperteile klangen sehr viel poetischer, wenn sie in Portugiesisch ausgesprochen wurden. Isadora bemühte sich, nicht rot zu werden, schritt zum Hauptdeck hinauf und stieg dann zum Achterdeck! Man gelangte über eine Gangway und ein Fallreep hinauf.

In der vergangenen Nacht war sie lange aufgeblieben und hatte in einem Buch mit nautischen Fachausdrücken gelesen. Beim Treffen im Pavillon hatte Captain Calhoun fast ihre gesamten maritimen Kenntnisse erschöpft, und daher war sie entschlossen gewesen, sie zu vergrößern. Das war ein riskantes Täuschungsmanöver, aber sie legte den größten Wert darauf, an der Reise nach Rio de Janeiro teilzunehmen.

Sie hörte den jungen Timothy Datty ihr etwas vom Kai zurufen, konnte ihn jedoch aufgrund des lauten Gesanges des Schauermanns und des Quietschens der Lastkrähne nicht verstehen. Es verwunderte sie jedoch, dass er dauernd hochsprang und wild mit den Armen wedelte.

Das Hauptdeck, auf dem sich niemand befand, war frei von Kisten und Fässern. Überreste der Feier, herumliegende Hühnerfedern, eine zersprunge Flasche, eine ausgetretene Zigarre, waren indes noch zu sehen. Isadora strebte zur Kajüte, fand die Tür einen Spalt geöffnet und hörte aus dem Inneren des Raums ein schwaches, rhythmisches Knarren.

Sie räusperte sich, klopfte an die Tür und rief: „Captain Calhoun, sind Sie...“

„So gut wie! Gleich!“ Seine Stimme hatte spröde geklungen, und plötzlich stöhnte er laut auf.

Er war krank. Du lieber Himmel, vielleicht lag er im Sterben! Isadora riss die Tür auf, betrat die Kajüte und sagte rasch: „Ich bin hier, Captain. Brauchen Sie Hilfe?“

„Ich... Oh, Herrgott noch mal!“ Der Fluch war hinter dem Vorhang der Koje ausgestoßen worden.

„Zum Teufel, was ist hier los?“ fragte eine Frau, die sich ebenfalls hinter dem Vorhang befand.

Jäh blieb Isadora stehen und erstarrte auf der Stelle. Du lieber Gott, der Skipper trieb es mit einer Frau! Sie hatte ihn in flagranti erwischt! Vermutlich hatte Timothy sie darauf hinweisen wollen. Sie wollte flüchten, eilends den Raum verlassen, war jedoch viel zu erschüttert, um vernünftig reagieren zu können.

Erst erschien eine Hand, dann ein Kopf zwischen den Hälften

des Vorhanges, und Isadora erkannte das blonde, geschminkte Weib, das sie bei der Feier auf dem Schiff gesehen hatte.

„Oh, es tut mir Leid“, brachte sie verlegen heraus.

„Ihnen kann es längst nicht so Leid tun, wie es mir Leid tut“, erwiderte die Frau schroff, verließ die Koje und schob die Füße in Pantoffeln. „Ruf mich nicht noch einmal, es sei denn, du hast Zeit für mich!“ sagte sie wütend über die Schulter, hob auf dem Weg zur Tür ihr Mieder auf und stürmte aus dem Raum.

Isadora war sich bewusst, dass sie ihr hätte folgen müssen, fühlte sich vor Entsetzen jedoch wie gelähmt. Sie schaute überall hin, nur nicht auf die Koje, und versuchte, sich dadurch abzulenken, indem sie sich die einzelnen Gegenstände in ihrer Umgebung einprägte. Sie nahm sie indes nur verschwommen wahr und konnte sich nicht konzentrieren.

„Sie sind wie die Krätze“, sagte Ryan beim Verlassen der Koje und zerrte hinter sich den Vorhang zu. „Sie wird man auch nie los!“ Erbost vor sich hinmurmelnd, zog er sich einen Schaftstiefel an.

Isadora verschlug es den Atem, als sie ihn mit zerzaustem Haar, das am Hals offene Hemd über die Hosen hängend, sah. Dieser für sie neue Anblick beeindruckte sie derart, dass sie sich nicht einmal durch Mr. Calhouns ungehörige Bemerkung beleidigt fühlte.

Ryan zog den zweiten Stiefel an, warf ihr einen finsteren Blick zu und sagte unwirsch: „Ich habe Ihnen die Ehre erwiesen, Miss Peabody, persönlich bei Ihnen vorzusprechen und Ihnen zu erklären, weshalb ich Sie nicht nach Rio mitnehmen kann. Weshalb sind Sie jetzt hergekommen?“

„Ich brauche Sie“, platzte sie heraus, räusperte sich betreten und versuchte, sich zu sammeln. „Ich hatte gehofft, Sie würden von sich aus begreifen, wie vernünftig es wäre, mich als Dolmetscherin zu engagieren, damit ich mich nicht an Mr. Easterbrook wenden muss."

„Das haben Sie doch wohl nicht getan?"

„Sie haben mir keine andere Wahl gelassen", antwortete sie, nahm ein zusammengeknicktes Couvert aus dem Ridikül und händigte es dem Kapitän aus. „Durch Ihre Weigerung war ich genötigt, die Sache in meine Hände zu nehmen."

Zornig brach Ryan das Wachssiegel, riss den Umschlag auf und zog das Blatt heraus. Er hielt das cremefarbene Papier ins Licht und las den Brief.

Isadora ermahnte sich, nicht nervös zu sein, und schaute sich im Raum um. Die Kajüte erinnerte an ein Kaufmannsbüro und gleichzeitig an einen Salon en miniature. Der achtern stehende, von Bänken umgebene lange Tisch war leicht gebogen, um sich dem Schnitt des Bugs anzupassen. In der Mitte befand sich ein Tablett mit Kristallkaraffen, die in Behältern aus Silberfiligran standen. Es gab einen kleinen Schreibtisch mit zahlreichen Gefachen, und eine schmale Tür führte vermutlich zum Wasserklosett. In der Nähe der achtern stehenden Polsterbank sah Isadora eine niedrige Seekiste, an der ein abschreckend aussehendes Schloss angebracht war.

Das schwach durch die aus bleiverglastem Flaschenbodenglas gemachten Bugfenster dringende Licht der Nachmittagssonne fiel auf den lässig dastehenden, unordentlich gekleideten und beim Lesen unwirsch die Stirn furchenden Kapitän.

Wiewohl seine Miene sich zunehmend verfinsterte, gestand Isadora sich ein, dass er ein ungewöhnlicher Mensch war, den man vielleicht im klassischen Sinne schön hätte nennen können. Seine rotbraunen Locken erinnerten sie an griechische Frisuren, und die hohe Stirn sowie die ausgeprägten Wangenknochen hatten etwas Aristokratisches an sich. Und angesichts der eng anliegenden Hosen aus feiner Wolle, die unter dem herabhängenden Hemd zu sehen waren, hatte die zuvor mit dem Kapitän zusammen gewesene Frauensperson jedes Recht gehabt, über die Unterbrechung des Tête-à-tête wütend zu sein.

„Sie haben also auf Mr. Easterbrook Druck ausgeübt!" stellte Ryan fest und bemerkte, dass Miss Peabody ihn anstarrte. „Wie charmant!"

„Die Unterstellung stört mich", erwiderte Isadora befremdet. „Ich habe ihm lediglich meine Meinung vorgetragen, und er hat mir zugestimmt." Im Stillen hoffte sie, Captain Calhoun möge nie erfahren, dass ihr Angebot beinhaltete, ihm nachzuspionieren. „Mr. Easterbrook ist Kaufmann, ein sehr erfolgreicher, wie Sie wissen, und hat meinen Standpunkt voll und ganz gebilligt."

„Und was hält sein Sohn von dieser Sache, Miss Peabody?" fragte Ryan scharf. „Was denkt Mr. Chad Easterbrook, falls er überhaupt denken kann? Ich bin mir nicht sicher, ob er dazu imstande ist."

Isadora hatte plötzlich einen trockenen Mund und schluckte. „Mr. Easterbrook senior hat die Entscheidung getroffen", erwiderte sie. „Es entzieht sich meiner Kenntnis, was sein Sohn denkt."

„Wie können Sie es ertragen, so lange von dem galanten Mr. Chad Easterbrook getrennt zu sein? Haben Sie darüber nachgedacht?"

Isadora zuckte zusammen und fragte sich, wie der unhöfliche, sich so freimütig äußernde Captain herausgefunden hatte, dass sie Chad im Stillen verehrte. Das durfte niemand wissen, niemand!

Ryan zerknüllte den Brief und sagte kategorisch: „Ich erlaube das nicht!"

Im ersten Moment empfand Isadora den Wunsch, sich hastig zurückzuziehen, hielt sich dann jedoch vor, diesmal nicht klein beigeben zu dürfen. Sie straffte die Schultern, nahm allen Mut zusammen und entgegnete: „Ich befürchte, Ihnen bleibt keine andere Wahl, Sir!“

Er warf das Schreiben in die Richtung des neben dem Schreibtisch stehenden Papierkorbs. Es flatterte einen Augenblick lang durch die Luft und fiel dann in den Korb. Ryan ging zur Tür, öffnete sie übertrieben dienstbeflissen und erwiderte barsch: „Ich werde Ihnen beweisen, dass Sie nicht für das Leben auf See geschaffen sind, und koste es mich meinen letzten Atemzug, Miss Peadbody! Mit dieser Warnung können Sie heute Nacht zu Bett gehen!“

Isadora war nicht auf ihre Überredungskunst stolz, und wenngleich Captain Calhouns Reaktion nicht ihren Vorstellungen entsprach, konnte sie sich doch sagen, sie habe gewonnen.

Sie schloss die Augen, während sie im Salon auf die Besucher wartete, und stellte sich das Schiff vor, das in den kommenden sechs Monaten ihr Zuhause sein würde, die hohen Masten, Segel, so bauschig und hell wie Wölkchen, und den schlanken Schiffsrumpf, der eine schäumende Bugwelle erzeugte. Das Leben auf der Bark unterlag einem eigenen Rhythmus und war eine Welt für sich.

Allein der Name „Der Silberne Schwan“ rief bereits Vorstellungen exotisch wundersamer Bilder hervor. Isadora malte sich aus, wie sie den Ort, wo sie nie akzeptiert worden war, hinter sich lassen und in eine fremde, märchenhafte Welt versetzt werden würde.

„Du siehst sehr mit dir zufrieden aus, Isadora“, bemerkte Sophia Peabody beim Betreten des Sommersalons. „Kann ich zu hoffen wagen, dass du dich tatsächlich darauf freust, Gesellschaft zu bekommen?“

Isadora machte die Augen auf, und ihre Phantasien zerstoben wie Staub im wirbelnden Wind. „Ja, ich freue mich darauf, Mutter“, antwortete sie ruhig.

Sophia fächelte sich mit dem Fächer Kühlung zu. „Das ist eine mir sehr willkommene Sinnesänderung“, erwiderte sie erleichtert. „Vielleicht kann ich jetzt auch damit rechnen, dass du an Mrs. Fullers literarischem Salon teilnimmst.“

„Nein, Mutter. Ich bezweifele, dass ich ihr nach den Vorträgen, die ich bei der letzten Zusammenkunft gehalten habe, willkommen sein werde.“

Literarische Salons waren als gesellschaftlicher Zeitvertreib die große Mode. Die Belesenen vom Louisberg Square und Beacon Hill versammelten sich, um Gedanken auszutauschen, Freundschaften zu pflegen und manchmal sogar Liebeleien zu beginnen.

„Wundert dich das?“ fragte Sophia in gleichermaßen zuneigungsvollem wie entnervtem Ton. „Du kannst doch nicht allen Ernstes denken, dass Dr. Channing mit dir seine Theorie über die Natur menschlicher Gefühle diskutieren wollte!“

„Wie hätte ich das nicht annehmen sollen? Wie absurd zu behaupten, Frauen ließen sich so sehr von ihren Gefühlen leiten, dass dabei ihr Verstand nicht mehr zum Zuge kommt! Dr. Channings Behauptungen müssen Diskussionen auslösen!“

„Aber es wird nicht vor dir erwartet, seine Behauptungen zu widerlegen.“

„Wieso sollte ich ihm nicht beweisen, dass seine Theorien falsch sind?“ entgegnete Isadora verdutzt. „Derjenige, der eine These aufstellt, muss auch imstande sein, sie zu vertreten. Dr. Channing war nur deshalb so verärgert, weil er meine Gegenargumente nicht entkräften konnte.“

„Verärgert ist milde ausgedrückt“, meinte Sophia und zupfte eine Falte von Isadoras schwarzem Kleid zurecht. „Ich nehme an, die Schuld für diesen Vorfall ist bei mir zu suchen, weil ich dich all diese Jahre in Salem habe leben lassen. Deine Großtante hat es nicht vermocht, dir die fundamentalsten Lebensansichten beizubringen. Gewiss, eine Dame kann sehr viel klüger sein als ein Mann, aber wenn sie das zu demonstrieren wagt, wird sie zu einer Außenseiterin."

Isadora drückte der Mutter die Hand. „Dann bin ich dazu bestimmt, eine Ausgestoßene zu sein. Mir fehlt das Begriffsvermögen für eine solche Einstellung. Woher sollte ich wissen, dass Dr. Channing nicht herausgefordert werden wollte?"

„Kein Mann will gereizt werden, meine Liebe", antwortete Sophia und lächelte leicht gequält. Ihr Lächeln wurde jedoch herzlicher, als sie an der Tochter vorbeisah und den Gatten erblickte. Sie begab sich zu ihm und raunte Isadora im Vorbeigehen zu: „Nicht einmal dein Vater!"

Zuneigungsvoll beobachtete Isadora die Eltern, war sich jedoch der inneren Distanz bewusst, die es stets zwischen ihnen und ihr gegeben hatte. Der gegenseitige Respekt, den sie füreinander hatten, war unübersehbar, und sie wusste auch, dass sie einander zugetan waren, hatte jedoch keine Ahnung, welche Art Liebe sie verband. Sie hätte nicht sagen können, ob sie Leidenschaft füreinander empfanden. Für einen Außenstehenden waren sie ein ungewöhnlich gut aussehendes Paar, das geschäftlich erfolgreich, weltgewandt und sich seines Platzes in der Welt sehr bewusst war. Aber wussten die Eltern, was Leidenschaft war?

Diskret klopfte Thankful an die Salontür und verkündete: „Die Gäste sind eingetroffen."

Isadora bekam einen trockenen Mund. Jetzt war es also so weit. Der Moment, vor dem ihr gegraust und auf den sie gewartet hatte, war gekommen. Sie brauchte die Einwilligung der Eltern für die Reise nach Rio de Janeiro.

„Wie reizend", sagte Sophia, die vollkommen im Ungewissen über den wahren Zweck der Zusammenkunft war und glaubte, es handele sich nur um einen Höflichkeitsbesuch. „Führ die Gäste herein!“

Wie ein Lichtstrahl schwebte Mrs. Calhoun in den Raum und sagte lächelnd: „Guten Tag, Mr. und Mrs. Peabody, Miss Peabody. Wie freundlich von Ihnen, uns so kurzfristig zu empfangen.“

Ihr Sohn folgte ihr mit dem wiegenden, für einen Seemann typischen Gang und sah noch anziehender aus als tags zuvor. Er trug einen gut geschnittenen Anzug, dazu eine auffällige, mit gelben Bananen und exotischen Blumen geschmückte Weste und eine nicht minder ins Auge stechende grelle königsblaue Krawatte.

Aus dem Augenwinkel nahm Isadora wahr, dass der Vater Captain Calhoun prüfend betrachtete.

„Das ist mein Sohn Ryan“, stellte Lily ihn vor, nahm ihn graziös am Arm und zog ihn zu sich. Erst gab er Mrs. Peabody, dann Miss Peabody einen formvollendeten Handkuss. Die galante Höflichkeitsgeste hatte etwas brennend Intimes an sich, und Isadora dankte Gott, dass sie fingerlose schwarze Glacéhandschuhe trug, weil das Leder ihre Finger zumindest vor einer direkten Berührung mit Mr. Calhouns Lippen schützte.

Als er sie anschaute, drückte sein Gesicht Spott aus. Sie zwang sich, ihn unbeirrt anzusehen, und ahnte, dass er ihr die Sache nicht leicht machen würde. Wie er wollte! Sie würde ihn ertragen.

Jäh empfand sie den ihr mittlerweile vertrauten Niesreiz, zog hastig ein Taschentuch hervor und unterdrückte noch gerade rechtzeitig das Niesen.

„Gesundheit, meine Liebe“, sagte Lily und lächelte sie an.

Die gedehnte Art, wie sie „meine Liebe“ ausgesprochen hatte, war reizend gewesen und hinterließ den Eindruck, sie habe die beiden Worte auch so gemeint. Isadora hoffte, in ihr eine Verbündete zu bekommen.

Sobald man auf dem weiß und burgunderrot gestreiften Sofa,

dem Settée und in den vor dem Kamin stehenden Ohrensesseln Platz genommen hatte, schenkte Thankful den starken, mit Milch versetzten Kaffee ein und servierte dazu mit reichlich Honig und Haselnüssen gebackenes Teegebäck.

„Wie hieß doch gleich der Ort in Virginia, wo Sie leben?“ fragte Sophia neugierig.

Isadora hielt den Atem an. Die Mutter wusste zweifellos mehr über die Calhouns als Mrs. Calhoun selbst. Dank etlicher nicht sehr diskret vorgenommener Nachforschungen war ihr bekannt, dass die Calhouns eine ausgedehnte Plantage an der Mockjack-Bucht in Virginia besaßen. Nachdem die Mutter festgestellt hatte, der gesellschaftliche Status der Calhouns sei nur etwas unbedeutender als der Gottvaters persönlich, war sie zu der Erkenntnis gelangt, es mit den richtigen Leuten zu tun zu haben.

„Unser Besitz heißt Albion. Nach dem Tod meines Gatten hat sein ältester Sohn Hunter ihn geerbt. Hunter ist mein Stiefsohn, und Ryan sein Halbbruder.“

Verstohlen beobachtete Isadora Captain Calhoun und überlegte, ob er mit seinem Halbbruder gut auskommen mochte. Vermutlich nicht, wenn sie die von seiner Mutter erzählte Geschichte in Betracht zog, wie er sich, statt der in Virginia gepflegten Tradition zu folgen, durch die Entscheidung für Harvard unmöglich gemacht hatte.

Er zwinkerte ihr zu.

Allmächtiger! Was hatte er nun im Sinn?

Isadora kräuselte die Lippen, starrte geradeaus und bemühte sich, nicht zu erröten. Die Eltern und Geschwister waren sehr wortgewandt, sie hingegen hatte es nie vermocht, oberflächlich Konversation zu machen, und auch jetzt keine Ahnung, was sie zu jemandem sagen solle, der ihr zugezwinkert hatte. Sprach sie aus, was sie dachte, wurde sie als zu dreist empfunden. Stimmte sie der

Meinung eines Gesprächspartners zu, hielt man sie für langweilig. Daher schwieg sie, wann immer es ihr möglich erschien, und hing den Gedanken nach.

Ihr war klar, dass sie sich nun nicht Träumen hätte hingeben dürfen, doch die Unterhaltung schläferte sie ein, und in kürzester Zeit malte sie sich aus, eine Südstaatenschönheit auf einem Besitz namens Albion zu sein, wo stets die Sonne schien, die Arbeiter fröhlich sangen und die Luft erfüllt war von Vogelgezwitscher und dem Duft der Magnolien. In Gedanken sah sie sich in einem von einem Pariser Couturier gefertigten Tüllkleid auf der Veranda warten, derweil der von ihr bevorzugte Verehrer auf einem Schimmel zu ihr galoppiert kam.

„Hallo, Chad!" würde sie ihn züchtig begrüßen. Der Reiter war jedoch nicht Chad Easterbrook, sondern hatte kastanienbraunes Haar, ein schiefes Lächeln und... du lieber Gott! Wie war Ryan Calhoun in ihre Traum geraten?

„Würdest du das nicht auch sagen, Isadora?" fragte Sophia.

Jäh aus den Träumen gerissen, nickte sie heftig, wenngleich sie keine Ahnung hatte, wem oder was sie zustimmte. „Ja, das würde ich, Mutter", antwortete sie.

Finster schaute Ryan sie an.

„Das heißt", fuhr sie hastig fort, „abgesehen davon, dass ich das nicht tun würde."

Captain Calhoun verdrehte die Augen, ein Zeichen dafür, dass er Isadora vermutlich für schwachsinnig hielt. „Und was meinen Sie, Mr. Calhoun?" erkundigte sie sich.

„Wenn ich mir erlauben darf, Ihrer Mutter beizupflichten, so muss ich gestehen, dass ich Seereisen für sehr gefährlich und ungesund halte, besonders für eine Dame von zarter Konstitution", sagte er und neigte leicht vor Mrs. Calhoun den Kopf.

Isadora bedachte ihn mit einem giftigen Blick und fragte sich, ob er sich nicht an den Inhalt von Mr. Easterbrooks Schreiben erinnerte. Entweder er nahm sie auf die Reise mit, oder er würde zum zweiten Maat heruntergestuft werden.

„Ich habe jahrelang Europa bereist", warf Lily ein, „bin von Gibraltar nach Athen gefahren und nie an etwas anderem erkrankt als der Seekrankheit. Ich hoffe sehr, Mr. und Mrs. Peabody, dass Sie Ihrer Tochter gestatten, mit mir nach Rio de Janeiro zu fahren."

Dankbar für die Unterstützung rutschte Isadora an den Rand des Sessels und hielt dem Vater vor: „Du hast immer den Standpunkt vertreten, Reisen bilde und erweitere den Horizont eines Menschen, Papa."

„Es ist sehr lange her, seit ich meine liebe Schwester zum letzten Mal sah", fuhr Lily fort. „Sie ist die Witwe eines brasilianischen Pflanzers und lebt in einer herrlichen Villa, die hoch in den bewaldeten Bergen über der Guanabara-Bucht steht. Ihre Tochter, Mr. Peabody, wäre meinem Sohn und mir auf der Reise sehr willkommen. Er benötigt sie als Übersetzerin, doch selbst wenn sie nur ihre Muttersprache beherrschte, würde ich Sie bitten, sie mir als Gesellschafterin und meinen Gast anzuvertrauen."

„Ich erinnere mich nicht, erwähnt zu haben, dass ich ihre Dienste benötige", warf Ryan süffisant ein.

Isadora hielt es nicht für nötig, auf die unverschämte Äußerung einzugehen, wandte sich an die Mutter und sagte eindringlich: „Ich muss nach Rio, Mutter! Natürlich weiß ich, wie sehr ich bekümmert wäre, würde man mich der Gesellschaft meiner lieben Schwestern berauben", fügte sie hinzu und brachte es fertig, dabei ehrlich zu wirken.

„Was meinst du?" richtete Sophia das Wort an den Gatten. Gewiss, er war von ihr um seine Meinung gebeten worden, doch Isadora wusste, dass die Mutter sich bereits entschieden hatte.

„Nun, ich billige Isadoras Absicht", antwortete er. „Du weißt,

Sophia, wie viel ich davon halte, unseren Töchtern größere Lebenserfahrung zu vermitteln."

„Muss Ihre Tochter mehr Lebenserfahrung gewinnen, Sir?" fragte Ryan mit Unschuldsmiene, starrte Miss Peabody an und forderte sie durch seinen Blick heraus, sich gegen seine Kränkungen zur Wehr zu setzen.

„Vielleicht muss ich lernen, Mitleid mit Menschen zu haben, die geistig minderbemittelt sind", erwiderte sie gereizt und war erstaunt, weil sie sich ärgerte, statt sich beleidigt zu fühlen. Mehr noch, es überraschte sie, dass es ihr gut tat, auf Mr. Calhoun wütend zu sein.

„Für einen Mann, der in Harvard studiert hat, noch dazu für jemanden, der so jung ist wie Sie, Sir, ist es eine recht ungewöhnliche Tätigkeit, das Kommando auf einem Schiff zu führen", äußerte Mr. Peabody, den hitzigen Wortwechsel zwischen der Tochter und dem Kapitän ignorierend. „Müssen die meisten Seeleute nicht Jahre damit zubringen, sich vom Schiffsjungen zum Skipper hochzuarbeiten?"

„Allerdings, Sir", bestätigte Ryan und trank einen Schluck Kaffee. „Ich hatte das Glück, meinen ersten Oberbefehl schon sehr früh übertragen zu bekommen. Ich bin an der Mockjack-Bucht aufgewachsen, mit Blick auf den Atlantik, habe Stunden am Ende unserer Mole gesessen, die ein- und auslaufenden Schiffe beobachtet und mich manchmal auf kurzen Reisen zu Nachbarplantagen als blinder Passagier an Bord geschlichen."

„Ich konnte ihn nicht dazu bringen, etwas Vernünftiges zu tun", schaltete Lily sich mit zärtlichem Blick auf ihn ein. „Er hat mit Journey sogar einen Beobachtungsstand in einem am Wasser wachsenden Baum errichtet. Nachdem ich herausgefunden hatte, dass er sich auf in der Umgebung registrierten Leichtern an Bord geschmuggelt hatte, beschloss ich, ihn sich seinen Herzenswunsch erfüllen zu lassen. Er hat das Seefahrerhandwerk auf der Fregatte ‚Carlota' bei Captain Hastings erlernt."

„Als ich hörte, dass Mr. Easterbrook einen Skipper suchte, gelangte ich zu der Erkenntnis, es sei mir vorbestimmt, zur See zu gehen", verkündete Ryan. „Den Wunsch, zur See zu fahren, konnte mir selbst das Studium nicht nehmen."

Isadora merkte, dass ihre Verärgerung schwand und sich, während sie Mr. Calhoun betrachtete, in etwas anderes verwandelte. In seinen bunten, gut geschnittenen Sachen, die ihm so ausgezeichnet passten, sah er so romantisch aus. Einen Arm hatte er über die Rücklehne des Sessels gelegt, und eine Locke war ihm in die Stirn gefallen. Er hätte Poet sein können, wenngleich er nicht den blassen Teint und die durchgeistigte Ausstrahlung eines Dichters hatte. Nein, er sprühte viel zu sehr vor Vitalität und Lebensfreude, um sich in seinem Kämmerlein mit schöngeistigen Dingen zu befassen.

Isadora begriff, dass sie einen Kapitän zur See vor sich hatte, jemanden, der den Beruf ausübte, zu dem er geboren worden war.

Welch ein Geschenk des Himmels! Die wenigsten Menschen brachten es fertig, das zu werden, was sie sich sehnlichst erträumt hatten.

Sie wagte nicht daran zu denken, wozu sie geboren sein mochte. Wahrscheinlich würde sie immer die unverheiratete Tochter sein, die ihren betagten Eltern Gesellschaft leistete und später Nichten und Neffen, wenn sie groß genug waren, unterrichtete oder beaufsichtigte.

Allein der Gedanke verursachte ihr ein inneres Frösteln.

Entschlossen reckte sie das Kinn. Sie würde nach Rio de Janeiro fahren. Mr. Calhoun würde sie vor dem Los der Mittelmäßigkeit bewahren, ob es ihm nun passte, oder nicht.

Er schaute zu ihr herüber, und sein Blick war spöttisch belustigt, als er sagte: „Was die Vermittlung größerer Lebenserfahrungen betrifft, Miss Peabody, so hoffe ich, dass Sie auf einen strengen Unterricht eingestellt sind!“

6. KAPITEL

Alles war in bester Ordnung, angefangen von der gut gepackten Reisekiste, die so konstruiert war, dass sie in brasilianische Kutschen passte, bis hin zu dem taubengrauen Hut, dessen Bänder Thankful mit einer tadellosen Schleife unter Isadoras Kinn verknüpft hatte. Die mit Stiefelwachs polierte Oberfläche der Seekiste schimmerte im Morgenlicht. Im Rock des aus Pongéseide gefertigten schwarzen Kleides eingenäht, hatte Isadora eine herausnehmbare Tasche, in der sowohl Papiergeld als auch Gold- und Silbermünzen in Pfund Sterling waren, der auf Seereisen üblichen Währung.

Gepäckträger, Schauermänner, Matrosen und Passagiere bevölkerten die Piers, da an diesem Tag mindestens neun Schiffe den Bostoner Hafen verlassen sollten. Leute blieben stehen und beobachteten die Peabodys. Die Mienen der Zuschauer drückten eindeutig aus, was sie dachten, als sie die vornehmen, würdevollen Eltern sahen, die schönen blonden jungen Damen und Herren, und Isadora, die von ihnen offensichtlich als arme Verwandte abgetan wurde.

Sie wappnete sich innerlich gegen die neugierigen Blicke. Bald würde sie nicht mehr hier, sondern auf dem Weg zu einem Land sein, das sie sich nur vorstellen konnte, über das sie und die Großtante im Verlauf gemütlich vor dem Kaminfeuer zugebrachter Abende gesprochen hatten. Sie bedauerte nur, dass Chad Easterbrook nicht zum Abschied in den Hafen gekommen war.

Schließlich erblickte sie den „Silbernen Schwan“. Die Ladeluken der stattlichen Bark waren noch geöffnet, und mit erstaunlicher Geschwindigkeit wurde die Fracht verstaut. Der Anblick des Schiffes und der Umstand, dass der Wind zum Auslaufen aus der richtigen Richtung kam, versetzten sie in erwartungsvolle Vorfreude.

Sie platzte fast vor Aufregung, hätte jedoch das Korsett nicht sprengen können, weil Thankful es ihr gnadenlos eng geschnürt hatte. Die Fischbeinstäbchen drückten wie eine gespreizte Hand gegen ihr Brustbein, und sie überlegte, wie sie sich an Bord des „Silbernen Schwans“ das Korsett ohne Hilfe zuschnüren solle. Sie wagte jedoch nicht, ihre Gedanken zu äußern, weil sie nichts sagen oder tun wollte, wodurch die Eltern veranlasst wurden, hinsichtlich der Erlaubnis, sie an der Fahrt teilnehmen zu lassen, plötzlich anderen Sinnes wurden.

Möglicherweise schlief sie immer im Korsett.

Der Pfiff eines Bootsmanns gellte durch die Luft. „Ich sollte an Bord gehen“, murmelte Isadora.

„Ja“, stimmte der Vater zu, räusperte sich und drehte sich zu dem Träger um, der die Gepäckstücke der Tochter in einem großen, quietschenden Karren hergebracht hatte. „Du hast alles, was du brauchst, Isadora, und Unmengen von Büchern. Lies unbedingt den Emerson und schreib mir, was du von dem Werk hältst.“

„Natürlich, Papa. In der Besatzungsliste bin ich leider als Passagier eingetragen und nehme daher an, viel Zeit zum Lesen zu haben.“

„Das Eintragung als Passagier bedeutet einfach nur, dass du nicht Wache schieben musst“, warf Bronson ein, ergriff die Hand der Schwester und drückte sie. „Dafür kannst du dankbar sein. Der Arbeitsplan eines einfachen Matrosen sieht ziemlich einschüchternd aus.“

„Das Wort ‚einfach‘ kann man nicht im Zusammenhang mit unserer Izzie benutzen“, sagte Quentin grinsend.

„Benimm dich in Harvard, Quentin“, ermahnte sie ihn.

„Was? Soll ich mir meinen Ruf ruinieren?“

„Oh, Izzie!“ Arabella umarmte sie. „Ich darf gar nicht daran denken, dass ich bei deiner Heimkehr bereits verheiratet sein werde!“

„Ich bringe dir ein besonderes Hochzeitsgeschenk mit“, versprach Isadora. „Ich werde etwas sehr Exotisches für dich aussuchen, vielleicht einen lebenden Papagei oder einen Mangobaum.“

Lucinda hielt den Säugling auf den Armen, während ihre beiden anderen Kinder sich an ihren Rock klammerten. „Welch ein Abenteuer, Dora! Ich hätte nie gedacht, dass ausgerechnet du von uns allen einmal an ferne Gestade segeln würdest!“

Schließlich schaute Isadora die Mutter an, und eine Fülle von Erinnerungen und Gefühlen überkam sie. Sie hatte nicht den mindesten Zweifel daran, dass die stolze, attraktive Mutter sie liebte, konnte sich jedoch des Eindrucks nicht erwehren, für sie eine Enttäuschung zu sein, nichts tun zu können, was sie wirklich zufrieden stellte.

Es sei denn, sie entschwand dem Gesichtskreis der Mutter.

„Ich werde schreiben, Mutter“, versprach sie pflichtgemäß.

„Auch ich werde dir schreiben. Ich möchte, dass du mir alles berichtest, was dir widerfährt, alles!“ Zu Isadoras Erstaunen störte die Mutter den feierlichen Augenblick durch ein kurzes Aufschluchzen.

Der Vater richtete so jäh die Aufmerksamkeit auf seine Gattin, als habe jemand ihm einen Degen in den Rücken gestoßen, und innerhalb weniger Augenblicke drückten er und die beiden Söhne ihr Taschentücher in die Hände. Einige Herzschläge später hatte sie sich das Gesicht abgetupft und beschäftigte sich angelegentlich mit den Bändern von Isadoras Hut. „Mir wäre es lieber gewesen, du hättest eingewilligt, Thankful mitzunehmen“, sagte sie, den Tränenausbruch überspielend. „Vergiss nicht, deinen Kapuzenmantel anzuziehen und dich nicht der Sonne und dem Wind auszusetzen. Das wäre deiner Gesundheit und deinem Teint sehr abträglich."

„Ja, Mutter. Auf Wiedersehen, Mutter. Lebt wohl allerseits!" Ungeachtet des Dranges, schnell an Bord zu gelangen, empfand Isadora tiefen Kummer, während sie ihre Angehörigen umarmte und sich von ihrer kleinen Nichte und ihrem Neffen feuchte Küsse auf die Wangen geben ließ. Dann wandte sie sich ab.

Die Stauer gingen mit Fässern und Kisten die Gangways hinauf und hinunter. Der Steward und einige Mitglieder der Mannschaft waren an Bord und schrien Befehle. Isadora vermutete, dass der schmalgesichtige, bekümmert aussehende Mann mit der Pfeife Ralph Izard war, der Obermaat. Sie erkannte Timothy Datty, den Kajütjungen, der sich so heftig bemüht hatte, sie vor einer Peinlichkeit zu bewahren.

Sie drehte sich ein letztes Mal zu ihren Familienangehörigen um und zog mit dem Zeigefinger die Brille tiefer auf die Nase, damit sie über die Gläser hinwegsehen konnte. Vom goldenen Licht der Morgensonne beschienen, standen die Eltern und Geschwister auf dem Kai, als posierten sie für ein Gruppenporträt. Lucinda hielt den Säugling auf den Armen, derweil ihre beiden älteren Kinder fröhlich winkten. Arabella und die Mutter hatten sich untergehakt. Der Vater und die Brüder standen hinter den in Spitzen gekleideten Damen und Kindern. Du lieber Gott, falls es einen lebenden Maler gab, der imstande war, solch blendende Schönheit widerzugeben, dann musste er das wirklich tun. Die Peabodys waren in der Tat die perfekteste Familie, die es überhaupt gab.

Ganz besonders jetzt.

Isadora hob die Hand zu einem letzten Gruß, wandte sich dann ab und ging, das Kinn reckend und den Blick zum Himmel richtend, an Bord des „Silbernen Schwans".

Mit einer zivilisierten Begrüßung auf dem Schiff rechnete sie natürlich nicht. Es war ein Frachtschiff, dessen Bestimmung darin bestand, Gewinn einzufahren. Auf den Decks wimmelte es von herumrennenden Seeleuten und Gepäckträgern, Zollbeamten, Handelsagenten und Leuten, deren Beruf Isadora nicht erriet. Staunend beobachtete sie die großen Fässer und Ballen, die in schier endlos erscheinender Folge im Bauch des Schiffes verschwanden, und die geschmeidig und wendig die Wanten hinaufkletternden, den „Silbernen Schwan" zum Aufbruch vorbereitenden Matrosen.

Der Gedanke, dass alle diese Güter an ferne Orte verschifft wurden, faszinierte sie. Wurde etwas, wenn man es außer Landes brachte, durch den Verkauf in fundamentaler Weise verändert? Würde der Ballen Framingham-Tuch irgendwie in etwas Lebhaftes verwandelt, woran der Hersteller nie gedacht hätte? Würden die riesigen, in Stroh und Sackleinwand gewickelten Blöcke Vermonter Bergeises dafür benutzt werden, Nahrungsmittel zu kühlen, die zu kosten kein Vermonter sich je hätte träumen lassen?

Isadora vernahm ein leises Schnalzen und sah einen schwankenden Stapel von Kisten auf sich zukommen. Von deren Träger konnte sie nur die abgeschnittenen Pumphosen und die nackten Füße sehen. Als der Stapel sich gefährlich neigte, lief sie schnell darauf zu und stützte ihn mit der Hand an der obersten Kiste ab. „Vorsicht!" sagte sie warnend.

„Danke." Ein Kopf lugte um die Kisten. Der Afrikaner hatte ein verwittertes Gesicht und entblößte beim Lächeln ein lückenhaftes Gebiss. „Ich möchte unser Abendessen nicht davonrennen sehen, ehe wir überhaupt die Segel gesetzt haben", sagte er mit leicht melodisch klingendem Akzent.

Isadora lugte über den Brillenrand. „Sie meinen die Hühner, nicht wahr?" fragte sie dümmlich.

„Ja, einige sind Legehennen, die anderen für den Kochtopf bestimmt."

Die Hand gegen die Kisten drückend, ging Isadora mit dem kleinwüchsigen Afrikaner über das Deck. „Ich nehme an, Sie sind der Koch", vermutete sie.

„Aye. Ich bin Samuel Liotta aus Jamaika, aber man nennt mich den Doktor. So können auch Sie mich rufen. Sie sind wohl einer der weiblichen Passagiere, nicht wahr?"

„Ja, ich heiße Isadora Dudley Peabody und werde Captain Calhoun als Dolmetscherin und Sekretärin zur Verfügung stehen."

„Willkommen an Bord, Missy", erwiderte Samuel fröhlich.

Sie half ihm, die Kisten abzusetzen, schaute in den Verschlag und sah ein Zicklein und ein Ferkel.

„Ich nenne die beiden Alfredo und das Schwein. Alfredo gibt Milch, und das Schwein wird Fleisch liefern." Samuel wischte sich die Hände an seiner Leinenschürze ab. „Also, kommen Sie. Es ist an der Zeit, andere Mitglieder der Besatzung kennen zu lernen."

Der Koch hatte beschlossen, ganz gleich aus welchem Grund, Isadora unter die Fittiche zu nehmen. Er stellte sie seinen Kumpanen vor und zeigte dabei bessere Manieren, als sie von einem Seemann erwartet hätte.

Mr. Ralph Izard diente als Obermaat und war damit für alles verantwortlich. Er rannte an Isadora und dem Koch vorbei, hatte keine Zeit zum Reden, lächelte jedoch freundlich. Ihr fiel auf, dass sein Blick traurig resigniert wirkte.

Mr. William Click, der zweite Maat, sprach mit Cockney-Akzent und trug in einem Halfter an der Hüfte eine Reitpeitsche mit kurzem Griff. Chips Pole, der Zimmermann, war hoch gewachsen und knochig, Luigi Conti, der italienische Segelmacher, der lustig blickende Augen und einen enormen schwarzen Schnurrbart hatte, von ziemlich kleinem Wuchs. Gerald Craven, der Matrose, der für das Vorsegel zuständig war, hatte tätowierte Arme und im Ohr einen goldenen Ring. Er begrüßte Isadora knapp und eilte dann fort, um dem Schiffsjungen dabei zu helfen, ein Gewirr in der Takelage niederzuholen.

Isadora brachte ihre Reisetasche in die ihr zugewiesene Kabine, in der sie die letzte Nacht in Boston verbringen würde. Das Schiff würde dann morgens in aller Frühe auslaufen.

Dem Doktor zufolge war der „Silberne Schwan" ein ungewöhnliches Schiff. Damit nur eine kleinere Mannschaft benötigt wurde, hatte er weniger Segelfläche als andere Barks. Er war für einen Kapitän gebaut worden, der darauf bestanden hatte, seine fünfköpfige Familie auf Reisen mitzunehmen. Dieser Entscheidung waren die prächtige Kajüte und die beiden gemütlichen, früher für die vier Kinder des Eigners bestimmten Kabinen zu verdanken. Mrs. Calhoun und deren Zofe waren in einer der Kabinen untergebracht, Isadora bewohnte die andere.

Sie fand eine Koje vor, die für sie zu kurz war, ein einzelnes Fensterloch, durch das Tageslicht fiel, und einen Waschstand, der Waschgeschirr und einen Nachttopf enthielt. Die Kabine strahlte die strenge Aura einer Mönchszelle aus, die Isadora, wie sie feststellte, zusagte.

Mrs. Calhoun und Fayette trafen ein und begrüßten sie herzlich. Sie begleitete sie zu deren größerer Kabine, in der es zwei in die Wand eingebaute Kojen und unter dem Fensterloch mehrere Sitzgelegenheiten gab.

„Sind Sie sehr aufregt?" fragte Lily, während sie der Zofe half, einen besonders sperrigen Verschluss an einer Kiste zu öffnen.

„Gestern Nacht habe ich kaum geschlafen."

„Die Aussicht, diese Reise zu unternehmen, ist ein wenig erschreckend, nicht wahr?" fragte Lily lächelnd.

„Sie ist sehr erschreckend", warf Fayette ein und blickte argwöhnisch zur Tür. „Bei dem einzigen Mal, als ich mit Mr. Ryan unterwegs war, sind wir in einem Skiff fischen gewesen und mitten in der Mockjack-Bucht gelandet. Er hatte jedoch überhaupt keine Ahnung, wie wir an Land zurückkommen sollten."

„Ich glaube, damals war er neun Jahre alt", sagte Lily und schaute Miss Peabody an.

„Er und dieser Journey sind dauernd in Schwierigkeiten geraten", meinte Fayette, schüttelte betrübt den Kopf und fing an, eine in die Koje eingelassene Schublade mit Sachen zu füllen.

„Ryan war schon immer ein sehr eigenwilliger Bursche", äußerte Lily und lächelte verlegen.

„Sie haben ihn eindeutig verzogen", murmelte Fayette.

„Nun, vielleicht habe ich das tatsächlich getan, weil sein Vater ihm arg wenig Aufmerksamkeit geschenkt hat", erklärte Lily. „Ich war die zweite Gattin meines Mannes. Aus der Ehe mit seiner ersten Frau stammt Hunter, und Ryan war ein Nachzügler. Jared, mein Mann, gab mit mir an, hatte indes nicht die mindeste Ahnung, wie man einen Jungen wie Ryan behandelt." Flüchtig biss Lily sich auf die Unterlippe. „Oje! Man soll nicht schlecht über die Toten reden!"

„Männer halten Frauen immer für dekorativ", meinte Fayette kichernd und schaute Miss Peabody an. „Huten Sie sich vor dem Mann, der Sie nur Ihres hübschen Gesichtes wegen schätzt!"

„Das ist eine Sorge, die ich mir nicht machen muss", entgegnete Isadora trocken und schob die Brille höher auf die Nase. „Bestimmt kam die Liebe mit zunehmender Vertraulichkeit."

„Sie sind noch so jung, meine Liebe", erwiderte Lily, „und jetzt genau in dem Alter wie ich, als ich Ryan aufzog. Er wuchs wild und frei auf, und ich befurchte, ich bin auf alle seine Launen eingegangen, weil ich die fehlende Zuneigung seines Vaters wettmachen wollte. Er war attraktiv, impulsiv und charismatisch und wusste genau, wie er bekommen konnte, was er sich in den Kopf gesetzt hatte, sogar von seinem Vater."

„In seinem Leben war stets eine Leere", äußerte Fayette. „Aber es ist nicht Ihre Aufgabe, Miss Lily, sie auszufüllen. Lassen Sie ihn seinen eigenen Weg gehen."

Isadora empfand leichtes Unbehagen. Die Mitglieder ihrer Familie redeten nie über so intime Dinge, erst recht nicht mit Bediensteten.

„Ich werde an Deck gehen, weil ich nichts verpassen möchte", sagte sie, verließ die Kabine und kehrte an Deck zurück. Achtern fand sie neben einem Niedergang einen Platz, wo sie nicht im Weg zu sein schien.

Sie hörte, dass Captain Calhoun sich mit einem Schiffsagenten in der Kajüte befand, konnte jedoch das Gespräch nicht verstehen. Sie begnügte sich damit, die vonstatten gehenden Arbeiten zu beobachten, wechselte hin und wieder ein Wort mit einem vorübergehenden Matrosen, und vermochte nicht zu glauben, wie schnell die Stunden verstrichen waren, nachdem sie die Bekanntschaft der Männer gemacht hatte, die nun monatelang ihre einzige Gesellschaft sein würden.

Eigenartigerweise fühlte sie sich in Gegenwart der Seeleute nicht so unwohl wie an Land bei gesellschaftlichen Anlässen, und zum ersten Mal kam ihr der Gedanke, sie könne auf dieser Reise tatsächlich etwas Sinnvolles erreichen. Sie war indes nicht sicher, worum es sich dabei handeln würde, hoffte jedoch, dass Chad Easterbrook, wenn er feststellte, wie gut sie ihre Pflichten an Bord des „Silbernen Schwans" erfüllt hatte, sehr stolz auf sie wäre.

Plötzlich, als sei er durch ihr inständiges Hoffen herbeigelockt worden, erschien er in Begleitung seines Vaters an Bord.

Isadora eilte zu den Herren, um sie zu begrüßen, und wäre vor Hast fast über ihre Rocksäume gestolpert.

„Guten Tag, Mr. Easterbrook", sagte sie zu ihm. „Guten Tag, Mr. Easterbrook", wiederholte sie und sah seinen Sohn an.

„Was soll man dazu sagen?" murmelte Ryan nach dem Verlassen der Kajüte. „Die beiden haben doch denselben Nachnamen!" Er trug noch die ziemlich auffallenden Sachen, die er an Land angehabt hatte – giftgrüne Breeches und eine gelbe Seidenweste. Seine Miene wirkte nach wie vor blasiert, und sein Blick verhieß der ihm unerwünschten Dolmetscherin, dass ihr raue Zeiten bevorstanden.

Isadora wandte ihm den Rücken zu und schenkte Vater und Sohn Easterbrook ein herzliches Lächeln. Beide trugen lange weite Umhänge aus schwarzer Wolle und gaben ein beeindruckendes Paar ab. Mr. Easterbrook senior hatte volles weißes Haar, das in scharfem Kontrast zu den dunklen, romantisch aussehenden Locken seines Sohnes stand.

Wie der Held in Isadoras Lieblingsroman schritt Mr. Easterbrook junior über das Deck, richtete den harten Blick in die Takelung und beobachtete die letzten Vorbereitungen. Leider machte der unvermutete Schwenk einer Rahnocktalje den beabsichtigten Effekt zunichte. Das lange Stück Holz schwang auf dem Weg nach oben zum Mast weit aus und traf Mr. Easterbrook junior an den Hüften, vielleicht sogar noch tiefer.

Er stöhnte auf, krümmte sich und klammerte sich an die Schulter des Vaters.

„An Deck musst du aufpassen, wohin du trittst, mein Sohn", sagte Abel in rauem, aber auch mitfühlendem Ton. „Merk dir, ein Auge für das Schiff, das andere für dich!"

Isadora eilte zu den Herren und musste sich zwingen, nicht die Hand nach Chad Easterbrook auszustrecken und ihn zu berühren. „Oh, Sir, ist mit Ihnen alles in Ordnung?" fragte sie besorgt.

Er richtete sich auf, nickte und sog heftig Luft durch die Nase ein. „Ja“, antwortete er in nicht sehr überzeugendem Ton.

Isadora bemerkte, dass Mr. Calhoun sie mit sie störender Eindringlichkeit betrachtete. „Vielleicht sollten Sie an Land gehen, Miss Peabody“, sagte er, „und Mr. Chad Easterbrook Ihre Hilfsdienste angedeihen lassen.“

Sie schnaubte verächtlich und entgegnete: „Ich werde hier benötigt und habe nicht vor, meine Pflichten im Stich zu lassen.“

„Dieses Versprechen werde ich nicht vergessen, Miss Peabody.“

Der harte Ausdruck in Captain Calhouns Augen brachte sie etwas aus dem inneren Gleichgewicht. Aufgeregt hoffte sie, der fächerförmige Rand ihres Seidenhutes möge ihr Erröten verbergen. „Wie nett, diese Gelegenheit zu haben, Abschied nehmen zu können“, äußerte sie, jedes Wort betonend, und sah dabei abwechselnd den älteren und den jüngeren Mr. Easterbrook an.

„Wir wünschen Ihnen guten Wind und eine sichere Reise“, sagte Abel, lächelte freundlich und stieß mit dem Ellbogen den Sohn an. „Nicht wahr, Chad?“

„Ja, das tun wir.“ Charmant wie ein Märchenprinz verneigte sich Chad. „Wir wünschen eine steife Brise und eine angenehme Reise.“

Isadora genoss das Gefühl der Wärme, das sein Anblick in ihr hervorrief. „Ich werde täglich einen Brief schreiben und Ihnen von all meinen Abenteuern berichten“, versicherte sie und fing von Mr. Easterbrook senior einen belustigten, verschwörerischen Blick auf. Sie war mit ihm übereingekommen, dass in jedem Schreiben ein nur für ihn bestimmter Bericht über den Skipper und die Mannschaft enthalten sein werde. Unsicher machte sie einen Schritt rückwärts und hoffte, keine Rahnock möge sie umwerfen. „Ich weiß, dass Sie, Sir, und Captain Calhoun noch geschäftliche Dinge zu besprechen haben. Wenn die Herren mich also entschuldigen würden." Sie ging noch einen Schritt rückwärts und flehte Chad im Stillen an, sie zum Abschied zu küssen.

Natürlich konnte dieser verrückte Wunsch nicht auf einem Deck voller Matrosen erfüllt werden. Sie hob die behandschuhte Hand und winkte matt den Easterbrooks zu. Und dann geschah es. Chad schaute sie an, und sein Lächeln verhieß ihr mehr als nur einen Kuss. Lieber Gott, eines Tages...

Vergnügt eilte sie davon und wäre fast gestolpert, weil ihr Schuh sich im Kleidsaum verfangen hatte. Gerade noch rechtzeitig gewann sie das Gleichgewicht zurück, lehnte sich an einen Balken und dachte daran, mit welch anderen Augen Chad sie vielleicht nach dieser Reise sehen würde.

Er und sein Vater beendeten das Gespräch mit Mr. Calhoun und kehrten auf den Kai zurück. Sie beobachtete die beiden Herren Easterbrook, bis sie nur noch kleine Punkte auf dem Pier waren, der eine weiß-, der andere schwarzhaarig, und schließlich in der Menschenmenge verschwanden.

„Und nun gilt es, eine noch verbliebene Frage zu klären", sagte Ryan hinter ihr.

Erschrocken drehte sie sich um, und durch die hastige Bewegung rutschte ihr die Brille halb von der Nase.

Der Obermaat brüllte Befehle, und der zweite Maat wiederholte sie. Männer rannten über die Decks.

„Und welche Frage ist noch verblieben, Captain Calhoun?" fragte sie und schob verlegen die Brille höher auf den Nasenrücken.

„Ich will mich vergewissern, dass Sie nicht doch plötzlich Bedenken bekommen haben", antwortete Ryan, ergriff ihre Hand und verneigte sich so übertrieben vor ihr, dass sie noch nervöser wurde. Ein Windhauch hob die Locken an, die unter seiner Mütze hervorquollen, und das Licht der Nachmittagssonne verlieh seinen Augen einen strahlenden Glanz.

„Warum sollte ich plötzlich Bedenken bekommen haben?" erkundigte Isadora sich und verengte argwöhnisch die Augen.

Ryan schaute ihr in die Augen, und sie hatte das seltsame Gefühl, er könne ihr ins Innerste blicken und ihre Gedanken lesen. „Die meisten Frauen sind wankelmütig", antwortete er.

7. KAPITEL

„Weißt du, was ich eigenartig finde?" fragte Ryan, trat einen Schritt vom Kapitänstisch zurück und sah zu, wie Journey formvollendet Claret einschenkte.

„Deinen modischen Geschmack", antwortete Journey und warf einen befremdeten Blick auf die limonen- und hibiskusfarbige Paisley-Krawatte, die Ryan zum Abendessen angezogen hatte.

Ryan beachtete die Spitze nicht und fuhr fort: „Als ich in der Schule war, beherrschte ich bei lateinischen Deklinationen nur die elementarsten Grundlagen und konnte mich an nichts anderes erinnern. Hier behalte ich jedoch jede Tatsache und Zahl so klar im Gedächtnis, als hätte Gott persönlich mir diese Dinge eingegeben. Woran mag das liegen?"

„Vielleicht ist es darauf zurückzuführen, dass lateinische Deklinationen dir nicht beim Umgang mit unehrlichen Schauermännern helfen", meinte Journey.

Ryan entsann sich lebhaft der endlosen Unterrichtsstunden, die er widerwillig in Albion hinter sich gebracht hatte, und fragte: „Warum kann ich nicht etwas lernen, nur dem Lernen zuliebe?"

„Du fängst an, wie dein Daddy zu reden."

Ein Gefühl des Unbehagens überkam Ryan, denn Journeys Bemerkung traf zu. Er erinnerte sich an all die demütigenden Male, als er, sich innerlich vor Verlegenheit windend, vor dem Vater gestanden hatte und von ihm gnadenlos über Quintus Horatius Flaccus, die Bibel und den Tabakpreis in Richmond ausgefragt worden war.

Der Vater hatte ihm ständig vorgehalten, er frage sich, wie Ryan, wenn er dauernd über den Wolken schwebe, dann mit beiden Beinen auf der Erde bleiben wolle.

„Wenn ich zur See fahre, ist das nicht mehr nötig", murmelte Ryan.

„Was hast du gesagt?"

„Nichts", antwortete Ryan und schüttelte den Kopf. „Weißt du, ich habe die Sternbilder im Kopf", fuhr er fort und tippte sich an die Stirn. „Seit wir Jungen waren, konnte ich die Sternbilder so mühelos deuten, wie andere Jungen die Heilige Schrift lesen können."

Journey steckte den gläsernen Stöpsel in die Kristallkaraffe. Der vorherige Skipper des „Silbernen Schwans" war ein Mann mit ausgezeichnetem Geschmack und schrecklichen Geschäftspraktiken gewesen. Nachdem das Ausmaß seiner Betrügereien von Mr. Easterbrook entdeckt worden war, hatte der Reeder den Kapitän in Ketten von Bord bringen lassen. Die unrechtmäßig erworbenen Wertgegenstände waren im Salon zurückgeblieben, so dass Ryan ein in der Tat sehr bequemes Quartier übernommen hatte.

In die Kajütwand eingelassen, verborgen hinter einem falschen Paneel und direkt an den Schiffsrumpf stoßend, stand der Geldkasten des Zahlmeisters, ein Stahlschrank mit einem Kombinationsschloss. Abgesehen von Mr. Easterbrook senior kannte nur Ryan die Zahlenfolge. Nach dem Verkauf der Ladung in Rio würde er den Erlös in Pfund Sterling erhalten und ihn vollständig im Geldschrank unterbringen, der erst dann geöffnet wurde, wenn Mr. Abel Easterbrook nach der Rückkehr des Schiffes an Bord kam.

„Ich erinnere mich, dass wir, als wir noch Jungen waren, in klaren Nächten in unseren Ausguck geklettert sind und unseren Kurs bestimmt haben."

Ryan lächelte und sah sich in Gedanken Seite an Seite mit Journey auf den rauen Brettern des Baumhauses liegen, die Hände hinter den Köpfen verschränkt und die Blicke himmelwärts gerichtet. Die Brise hatte die Pappelzweige in Bewegung gesetzt, doch für ihn und den Freund war es wie das leise Rauschen des weiten, tiefen Atlantiks gewesen, dessen Wasser am Rumpf ihres Schiffes vorbeifloss. Das angestrebte Ziel war ein Ort, den Journey und er sich ausgedacht hatten. Sie hatten ihn in ihren Träumen ersonnen und mit allem ausgestattet, was ein Junge sich nur wünschen konnte. Es war die ideale Insel, auf der Gummibäume wuchsen, Geysire emporschossen, und wo man in kristallklaren Süßwasserteichen schwimmen konnte. Dort gab es einen See, aus dem Fische vor Freude hochsprangen und nach dem Ende der Angeln schnappten, aber keine Pflichten, kein Schulzimmer, keinen Unterricht, keinen strengen Lehrer, keinen ungehaltenen Papa und keine Mammi mit einer Knute aus Hickoryholz.

„Haben wir unsere Insel eigentlich jemals erreicht?" wollte Ryan wissen, während er den Sitz seiner Manschettenknöpfe überprüfte. „Ich erinnere mich nicht."

Mit nachdenklicher Miene stellte Journey die Salzstreuer auf den Tisch und erwiderte: „Nein, Skipper, wir suchen noch immer danach. Wir sind noch immer auf der Suche."

Jemand klopfte leise an die Tür, und gleich darauf betrat Ryans Mutter den Raum, gefolgt von ihrer Zofe Fayette. Mit der ihm anerzogenen Höflichkeit eines Südstaatlers begrüßte Ryan die Damen, verneigte sich galant, setzte ein charmantes Lächeln auf und wies mit ausholender Geste auf den Tisch.

Dann bemerkte er die unsicher im Niedergang stehende Miss Peabody, ärgerte sich etwas über sie und fand, es sei ihre Schuld, wenn sie sich unwohl fühle. Sie hatte ihren Einfluss bei Mr. Easterbrook dazu benutzt, um sich Zugang zum Schiff zu verschaffen, Ryan hingegen beschlossen, seine Autorität als Kapitän einzubringen, damit sie ihr Vorgehen bereute.

„Sie sind ein Mitglied der Besatzung, und es ist besser, wenn Sie mit den Matrosen in der Kombüse essen“, sagte er und wollte die Tür schließen.

„Ach, um Himmels willen, Ryan!“ äußerte Lily verstimmt und hielt die Tür fest, ehe er sie zumachen konnte. „Miss Peabody ist meine Gesellschafterin. Ich lasse nicht zu, dass sie in der Kombüse mit Schiffszwieback und Bier abgespeist wird.“

„Nun, wenn der Kapitän mir befiehlt, woanders hinzugehen, dann muss ich ihm gehorchen“, murmelte Isadora.

„Ich bin seine Mutter!“ erwiderte Lily mit Nachdruck und stieß ihn mit dem Ellbogen zur Seite. „Kommen Sie bitte herein. Wir wollen unseren letzten Abend vor der Abreise feiern.“

Isadora schaute den Skipper nicht an, als sie die Kajüte betrat. Er konnte sich nicht dazu überwinden, sie hinauszuschicken. Der Anblick ihres sorgfältig arrangierten Haars und ihres schwarzen Kleides, sowie die Art, wie sie durch ihre Brillengläser blinzelte, verursachte ihm ein ungewohntes Gefühl der Ablehnung und einen Anflug von Mitleid.

Er versuchte herauszufinden, warum seine Gedanken ständig um sie kreisten, da er doch stets jemand gewesen war, der sich zu hübschen Frauen hingezogen gefühlt hatte. Miss Peabody konnte man nicht hübsch nennen. Er genoss charmante weibliche Gesellschaft, aber Miss Peabody war nicht charmant. Er schätzte die Geistlosigkeit oberflächlichen Geplauders, doch Miss Peabody war weder geistlos noch oberflächlich.

Warum also ging sie ihm nicht aus dem Sinn?

Vielleicht lag es daran, dass der Ausdruck in ihren haselnussbraunen, goldgefleckten Augen so unergründlich war, und unwillkürlich wünschte Ryan sich zu wissen, was sie dachte, welche Einfälle, Hoffnungen und Träume sie hatte.

Natürlich wollte er nichts über ihr fehlgeleitetes Interesse an Mr. Chad Easterbrook hören, aber er hätte gern erfahren, wer sie war, was sie wollte, was sie liebte und hasste, was sie entzückte und verärgerte.

Sogleich rief er sich zur Ordnung, denn der einzige Grund, warum er gern mehr über ihr Wesen gewusst hätte, war das Bedürfnis, sie zu kontrollieren, zu disziplinieren und seinen Geschäften fern zu halten.

„Unser erster Abend an Bord“, sagte er übertrieben höflich. „Wir müssen darauf trinken.“

„Ich trinke keinen Alkohol“, erwiderte Isadora rasch und nervös.

„Dann versichere ich Ihnen, dass wir nur schwachprozentige Getränke servieren werden“, sagte Ryan und sprach angesichts des warnenden Blicks, den die Mutter ihm zuwarf, nicht weiter.

„Haben Sie Cochituate-Wasser?“ wollte Isadora wissen.

„Nein, wir haben kein Co-kit-tuate-Wasser“, antwortete er, ihre gezierte Aussprache imitierend. „Wir treten eine Seereise an und sind nicht im Begriff, einen Kreuzzug gegen übermäßigen Alkoholkonsum zu beginnen.“

Journey und er halfen den Damen, am Kapitänstisch Platz zu nehmen. Sobald man auf See war, würden solche formellen Mahlzeiten seltener stattfinden. Daher hatte Ryan die Absicht, sich trotz Miss Peabodys Anwesenheit bei diesem Essen gut zu unterhalten.

Journey schenkte Wasser aus einer Karaffe ein und fing dabei einen Blick von Fayette auf. „Ich gehe wohl besser in die Kombüse“, sagte sie und starrte ihn missbilligend an. „Ich halte es ohne Wein nicht aus.“

Er stemmte die Hände auf die Hüften und erwiderte: „Du kennst mich mein ganzes Leben, Mädchen. Also sieh mich nicht so an, als hätte ich eine ansteckende Krankheit."

„Vielleicht hast du sie, Journey-Bübchen", entgegnete Fayette in einem Ton, den er noch gut aus der Kindheit kannte. „Du bist jetzt sehr hochnäsig."

Diese Bemerkung hätte zu Spannungen führen können, doch er lachte nur gutmütig. „Nein, Madam, ich bin wie jeder andere Mann."

„Hm!" Fayette machte großes Aufhebens darum, Mrs. Calhoun die Serviette auf dem Schoß auszubreiten. „Hochnäsig!"

„Alle Männer sind das, Fayette", warf Lily ein.

Ryan entsann sich, dass einige Feldarbeiter mit einer Revolte gedroht hatten, nachdem die Nachricht von Journeys Freilassung in Albion eingetroffen war. Allein der Gedanke, dass einer von ihnen jetzt als freier Mann lebte, hatte sie wütend gemacht. Die soeben verwitwete Mutter, die im Begriff gewesen war, nach England zu reisen, hatte die Fahrt verschoben, um die hitzigen Gemüter zu beschwichtigen und die Lebensbedingungen für die Arbeiter zu verbessern.

Isadora hatte dem Wortwechsel zugehört und war kreidebleich geworden. Lily legte ihre Hand auf Miss Peabodys und sagte: „Sie müssen uns entschuldigen, meine Liebe. Ryan, Journey und ich sind sehr familiär, aber wir sollten uns nicht in Gesellschaft Dritter so aufführen."

„Oje! Ich zähle nicht als Gesellschaft", erwiderte Isadora rasch. „Ich bin nur Passagier."

Aus irgendeinem Grund lachten alle Anwesenden, und die Spannung ließ nach. Fayette nahm Journey beiseite und ging mit ihm an Deck.

„Er ist dein Steward, Ryan!“ sagte Lily. „Meinst du nicht, dass er hätte bleiben sollen?“

„Ach, lass die beiden gehen, Mama. Es gibt Dinge, über die sie nur unter vier Augen reden können.“

„Sie haben sich seit langem nicht gesehen. Was könnte Fayette ihm zu erzählen haben?“

Ryan seufzte und spürte Miss Peabodys Blick auf sich. „Ich habe mich zwar immer wie Journeys leiblicher Bruder gefühlt, Mama, aber nie in seiner Haut gesteckt. Auf Fayette trifft Letzteres jedoch zu.“ Journey, seit der Kindheit sein einziger beständiger Freund, tat ihm Leid, und auch dessen Frau, die so sehr von ihrem Mann vermisst wurde, dass Ryan ihn manchmal nachts heftig weinen hörte. Morgens jedoch begann Journey den Tag tatkräftig und dem gemeinsamen Ziel fest verpflichtet.

Falls die Reise einen guten Ausgang nahm, würde er innerhalb eines Jahres mit Delilah und den Kindern vereint sein.

Der Doktor und Timothy kamen mit einem Tablett, das sie gemeinsam trugen, in die Kajüte. Das letzte Mahl vor einem Abreisetag war immer sehr üppig. Diesmal bestand es aus geröstetem Truthahn, frischem warmen Brot, Lauch, Karotten und einem guten Rotwein aus dem Languedoc. Man redete über den Kurs, den man aus dem Bostoner Hafen nehmen würde, über Lilys lange Europareise, über die berühmte Stadt Rio de Janeiro und die Tante, die Ryan bisher noch nicht kennen gelernt hatte. Nein, genauer gesagt waren er und seine Mutter es, die sich unterhielten, derweil Isadora hingerissen zuhörte. Besagte Tante, die mit Vornamen Rose hieß, hatte einen brasilianischen Kaffeepflanzer geheiratet und lebte in einem pompösen Schloss, das so großartig war wie irgendeins aus dem Märchen. Sie und Mrs. Calhoun hatten sich seit zwanzig Jahren nicht gesehen.

Nach dem Abendessen entschuldigte sich Lily und zog sich zurück. Ryan begleitete sie und Miss Peabody zum Niedergang. Unschlüssig hielt Isadora in dem niedrigen Aufgang an und warf einen Blick durch die Luke, durch die man den sternenübersäten Nachthimmel sah.

Lily blieb vor der Tür ihrer Kabine stehen und meinte: „Es ist noch früh, Ryan. Warum unternimmst du nicht mit Miss Peabody einen Rundgang über Deck?“

Er hatte Mühe, nicht laut aufzustöhnen. „Einen Rundgang über Deck?“ wiederholte er missgelaunt. Seine Gefühle für seine Dolmetscherin waren alles andere als freundlich. „Wir befinden uns nicht auf einer Vergnügungsreise.“

Isadora zwinkerte heftig, betrachtete angelegentlich den Nachthimmel und äußerte: „Hm, ich nehme an, ich...“ Sie verschränkte die Hände und hielt sie fest vor dem Bauch. „Ich stehe Ihnen zu Diensten, Captain Calhoun, und weiß sehr gut, dass Sie nicht genötigt sind, mich zu begleiten.“

„Und Sie sind nicht genötigt, meine Begleitung zu akzeptieren“, entgegnete er leicht aufgebracht und handelte sich von der Mutter einen warnenden Blick ein. „Aber weder an Land noch auf See gibt es ein Gesetz, das einen Abendspaziergang verbietet.“

Wieder schaute Isadora den Niedergang hinauf zur offenen Luke, und ihre Wünsche waren unübersehbar. Ihre Gedanken waren so leicht zu erraten, wie man einem unbeholfenen Betrüger beim Kartenspiel auf die Sprünge kam. „Nein, ein solches Gesetz gibt es nicht.“

Lily wünschte allerseits eine Gute Nacht und begab sich in ihre Unterkunft.

Resignierend reichte Ryan Miss Peabody den Arm. „Gehen wir?“

Sie nickte, hakte sich jedoch nicht bei ihm ein, sondern ging ihm im Niedergang voran. Ihre Krinolinen und eng geschnürten Stiefel erschwerten ihr das Gehen, und mitten auf der Niedergangstreppe blieb sie stehen. Es war zu dunkel, um erkennen zu können, weshalb sie angehalten hatte. Dann vernahm Ryan jedoch das Zerreißen von Stoff und ein „Oje!"

„Ist mit Ihnen alles in Ordnung?" erkundigte er sich.

„Ich glaube, ich bin auf den Saum meines Unterrocks getreten. Ich werde ihn... ihn... oje!"

Miss Peabody fiel rückwärts und stürzte auf Ryan. Er krachte gegen einen Stützpfosten, hatte das Gefühl, keine Luft mehr zu bekommen und war einige Sekunden lang nicht imstande zu atmen. Instinktiv hatte er, als Miss Peabody gegen ihn fiel, ihr die Arme um die Taille geschlungen, hielt sie nun weiter fest und staunte, wie hart und eng ihr Korsett war. Du lieber Gott, wie konnte sie atmen?

„Ach herrje!" flüsterte sie entsetzt. „Ich habe Sie platt gedrückt."

„Ich bin in Ordnung", erwiderte Ryan rasch und stellte sie auf die Füße.

Sie schwankte ein wenig und hielt sich dann am Handgeländer fest. „Es tut mir schrecklich Leid, Captain Calhoun", murmelte sie betreten.

Sie wirkte so niedergeschlagen, so geknickt, und da sie bestimmt keine Widerworte finden würde, war dieser Augenblick perfekt dafür geeignet, um in berechtigtem Zorn zu schwelgen, ihr vorzuhalten, sie sei für die Erfüllung ihrer Pflichten gänzlich unqualifiziert, und sie unverzüglich an Land zu schicken.

Ryan betrachtete ihren gesenkten Kopf, die Schultern, die sie bedrückt hängen ließ, und dachte daran, wie sie an jenem Tag im Garten ausgesehen hatte, wie ein kümmerliches Pflänzchen inmitten der herrlichen Blumen von Beacon Hill, sich als verblühendes

Mädchen nach dem Erben der Schifffahrtsgesellschaft verzehrend. Jäh begriff er, dass er sie mit einem Wort vernichten konnte.

„Versuchen Sie, Ihre Röcke aus dem Weg zu halten", empfahl er ihr barsch. „Und morgen sollten Sie nicht so viele Unterröcke anziehen und auf die eiserne Jungfrau verzichten."

„Auf was?"

„Auf die eiserne Jungfrau! Ich meine Ihr verdammtes Korsett!"

Wieder ergriff Isadora das Geländer. Ryan war wachsam und stellte sich darauf ein, sie erneut aufzufangen, falls sie ein weiteres Mal herunterstürzen sollte. Aber das geschah nicht. Sie stieg den Niedergang hinauf und wartete oben auf Ryan.

Eine wunderschöne Nacht erwartete ihn, als er an Deck kam. Der Südwind säuselte leise in den Wanten.

„Alles ist verschalkt und ordentlich", meldete Gerald, dessen Glatze im Sternenlicht schimmerte, während er zur Kombüse ging. „Ich habe mich um das Ladeproblem gekümmert."

„Ausgezeichnet, Mr. Craven."

„Ich habe gehört, schlecht verstaute Ladung und nicht richtig untergebrachter Ballast können zu einem Gleichgewichtsproblem führen", sagte Isadora, nachdem Mr. Craven fortgegangen war.

Es versetzte Ryan in Erstaunen, dass sie überhaupt wusste, wie wichtig Ballast war. „Sie haben wieder gelesen", erwiderte er beeindruckt.

„Ja, Charles Dana. Er erläutert, warum es so riskant ist, eine Ladung schlecht zu verstauen. Bei schwerer See kann alles, was an Deck verblieben ist, sich losreißen, das Schiff beschädigen und die Mannschaft in Gefahr bringen. Im Laderaum könnte Fracht, die lose herumgeworfen wird, das Schiff aus dem Gleichgewicht bringen."

Wenn Miss Peabody über Dinge redete, die sie aus Büchern erfahren hatte, verlor sie etwas von ihrer Unbeholfenheit. Sie stand vor der Reling und umklammerte sie. Ryan bemerkte, wie kräftig sie das gelackte Holz umfasste, wie sehr sie die Schultern gestrafft hatte, während sie, dem dunklen Hafen den Rücken zugewandt, auf das Meer starrte. Sie sehnte sich inständig nach dieser Reise, und er musste sie nicht nach dem Grund dafür fragen. Er kannte ihn und wusste, sie dachte an ihre Eltern und Geschwister und an die Regeln, die es in ihrer Familie zu befolgen galt.

Er wünschte sich, sie würde ein anderes Schiff finden, auf dem sie die Flucht vor ihrem bisherigen Leben antreten konnte.

Sie zog die Brille tiefer auf die Nase, richtete den Blick zum Himmel und sagte: „Ich liebe die Sternenkonstellationen im Herbst. Glauben Sie, dass es an der Kälte liegt, warum die Sterne so deutlich zu erkennen sind?"

„Vielleicht", antwortete Ryan ausweichend. „Warum tragen Sie eine Brille, wenn Sie dauernd über die Gläser hinwegsehen müssen, um etwas erkennen zu können?" setzte er in impertinentem Ton hinzu, doch es war ihm gleich, ob Miss Peadody sich ärgerte oder nicht.

„Meine Mutter befürchtete, dass ich vom vielen Lesen schlechte Augen bekommen hätte, und bestand darauf, ich solle eine Brille tragen. Ehrlich gesagt, ich glaube, dass ich ohne die Brille besser sehe."

Ryan biss sich auf die Zunge, um nichts Beleidigendes über Mrs. Peabody zu äußern. „Morgen früh laufen wir aus", verkündete er, das Thema wechselnd.

„Ich dachte, man würde nie mit dem Verladen der Fracht fertig. Ich glaube, so viel Eis habe ich nie im Leben gesehen."

„Weißes Gold! Unser Erfolg hängt davon ab, dass wir es schnellstens in den Hafen von Rio de Janeiro bringen. Falls die Erwartungen der Empfänger erfüllt werden und ich eine lukrative

Ladung für die Rückreise bekomme, wird Mr. Easterbrook mit der ganzen Fahrt sehr zufrieden sein."

Isadora drehte sich zu Captain Calhoun um und schaute ihn an. Das Licht der am Kompasshaus angebrachten Lampen fiel auf ihre runden Wangen und die Brillengläser. „Ich bin neugierig", sagte sie. „Sie sind sehr ehrgeizig, Sir, und machen den Eindruck, auf dieser Reise unbedingt ein Vermögen erwerben zu wollen."

„Das kränkt Sie doch hoffentlich nicht in Ihren Yankee-Gefühlen", erwiderte er. Für diese Reise gab es andere, viel kompliziertere Gründe, aber was den Verdienst anging, so hatte er sehr konkrete Vorstellungen davon, was er damit beginnen würde.

„Du lieber Himmel, nein! Sie müssen jedoch zugeben, dass es bei einem Gentleman aus den Südstaaten etwas Ungewöhnliches ist, Skipper auf einem Yankee-Schiff zu sein."

Er ärgerte sich über die Art, wie Miss Peabody sich einen Platz auf seinem Schiff verschafft hatte, äußerte aber dennoch neugierig: „Darf ich Ihnen eine persönliche Frage stellen?"

„Könnte ich Sie davon abhalten?"

„Nein."

„Fragen Sie."

„Ich glaube, Miss Peabody, dass Sie und ich das schwarze Schaf unserer Familien sind. Ich bin das, weil ich mich weigere, mein Vermögen durch Sklavenarbeit zu erwerben, und Sie sind es, weil..." Verdammt, er hatte sich in die Bredouille gebracht.

„Ich bin das schwarze Schaf, weil ich das farblose Mädchen inmitten einer aus Schönheiten bestehenden, zu den oberen Zehntausend zählenden und sehr beliebten Familie bin. Sie haben ganz Recht, Captain Calhoun", fügte sie hinzu und setzte sich in Bewegung.

Rasch hielt er sie am Arm fest und entgegnete: „Das habe ich nicht gemeint. Unterstellen Sie mir das also nicht!"

Sie starrte seine auf ihrem Arm liegende Hand so lange an, dass er Unbehagen empfand und sie losließ. „Ich verstehe", murmelte sie. „Was haben Sie dann gemeint?"

„Einfach nur... ach, zum Teufel! Sind Sie immer so empfindlich?"

„Ja, das ist einer meiner größten Fehler", antwortete sie und blickte zum Bug, wo man die sich gegen die Lichter an Land abhebenden Silhouetten des Stewards und Fayettes sah. Journey und Mrs. Calhouns Zofe steckten die Köpfe zusammen und waren in ein angeregtes Gespräch vertieft.

„Die beiden reden über ihr Zuhause", vermutete Ryan. „Fayette kann Journey Dinge erzählen, die niemand sonst weiß."

„Warum will er Neuigkeiten über einen Ort erfahren, wo er in der Sklaverei war?" wunderte sich Isadora.

Ryan zögerte mit der Antwort, fand dann jedoch, es könne nichts schaden, Miss Peabody die Wahrheit zu sagen. „Er hat einen Teil von sich dort zurückgelassen", erklärte er.

„Wie meinen Sie das?"

„Er hat seine Frau und seine Kinder zurückgelassen. Sie gehören unseren Nachbarn, den Beaumonts."

Isadora schnappte nach Luft, schluchzte leise auf und äußerte erschüttert: „Du lieber Gott! Dann ist die Freiheit für ihn wie eine Art Exil."

„Es war schwer für mich, die Entscheidung zu treffen, ihn freizulassen", meinte Ryan und entsann sich, wie er vor dem sich nähernden Tag der Abreise nach Harvard Nacht für Nacht wach gelegen und sich Sorgen gemacht hatte. „Ich wusste, Journey würde kaum mehr imstande sein, seine Familie wieder zu sehen, wenn ich ihm die Freiheit gab. Aber hätte sein Sklavendasein angedauert, wäre er nur ein halber Mensch gewesen, bis zu seinem Tod an mich gebunden. Und nach ihm hätten seine Kinder mir dienen müssen."

Isadora brach in Tränen aus.

Unbehaglich suchte Ryan in seiner Tasche nach dem sauberen Taschentuch, fand es und reichte es ihr. „Ich ziehe die Schlussfolgerung, dass Sie sehr gegen die Sklaverei eingestellt sind", sagte er leise.

„Ganz recht", bestätigte Isadora. „Bisher habe ich geglaubt zu wissen, was Sklaverei bedeutet, doch erst jetzt erkenne ich richtig, was damit verbunden ist." Sie schnäuzte sich laut und zerknüllte dann das Taschentuch in der Hand. „Ich werde es waschen", versprach sie.

Beinahe hätte Ryan gelächelt. Er brauchte niemandes Zustimmung, schon gar nicht die Anerkennung dieser pedantischen Bostonerin. Sie beide lebten in ganz anderen Welten. Allein der Umstand, auf dem engen Schiff zu wohnen, erzeugte den trügerischen Eindruck von Vertraulichkeit.

„Ich glaube, ich ziehe mich besser zurück", sagte Isadora. „Ich weiß, ich werde kein Auge zubekommen, aber ich muss es zumindest versuchen."

Mit schwankenden Schritten setzte sie sich zum Niedergang in Bewegung. Sie trug dünne kleine Stiefeletten mit hohen Absätzen, auf denen sie sich offensichtlich nicht sehr sicher fühlte. Ryan beschloss, ihr zu sagen, dass sie diese Schuhe und auch das matronenhafte, vielleicht nach Beacon Hill passende Kleid nicht mehr anziehen dürfe. Die weiten schwarzgrauen Röcke und Unterröcke, das Miss Peabody einengende Korsett, der ganze Schnickschnack der modischen Gesellschaft hatten nichts an Bord eines Frachtschiffes zu suchen. Auch das lange Haar stellte ein Problem dar, da Miss Peabody es zu einem Knoten mit lang nach vorn fallenden Locken flocht. Diese Frisur musste ebenfalls geändert werden.

Unwillkürlich lächelte Ryan bei der Vorstellung, wie verändert die sehr züchtige Miss Peabody dann wohl aussehen würde. Er empfand es als eine große Herausforderung, sie schnellstens dazu zu bringen, wie ein barfüßger Seemann über Deck zu eilen.

Herausforderungen hatten ihn stets gereizt.

8. KAPITEL

Isadora träumte von einem Rudel Wölfe, das sie von allen Seiten angriff, ihr die Schuhhacken abbiss und ihre Unterröcke zerfetzte. Bei Tagesanbruch jäh durch einen gellenden Pfiff aus dem Schlaf gerissen, blieb sie in der Koje liegen und gelangte zu der Erkenntnis, dass die Wölfe, von denen sie geträumt hatte, in Wirklichkeit ein Symbol für böse Vorahnungen waren.

Sie atmete tief durch und befürchtete, durch die feuchte Luft erneut eine Erkältung zu bekommen. Das Rücken tat ihr weh, weil sie die Nacht in der engen Koje zusammengekrümmt verbracht hatte. Der am vergangenen Abend genossene Truthahn und der Rotwein waren ihr nicht gut bekommen, und als sie aufstand, um sich des Nachtgeschirrs zu bedienen, eine Verrichtung, die sie nur ertragen konnte, indem sie nicht daran dachte und dabei fest die Augen zupresste, stieß sie sich den Kopf so hart an einem Pfosten, dass sie Sterne sah.

Im Unterhemd, in dem sie geschlafen hatte, setzte sie sich auf den Kojenrand, rieb sich den dröhnenden Schädel und starrte kläglich aus dem winzigen Fensterloch. Das Schiff hatte den Liegeplatz im Hafen verlassen, lag jetzt vor Anker und würde nun bald in See stechen.

Am verflossenen Abend war es Isadora gelungen, das Korsett abzulegen. Voller Abscheu betrachtete sie das Amazonen-Korsett, das von der Mutter bei Freebody speziell für sie in Auftrag gegeben worden war. Der große Trugschluss bei diesem Korsett bestand darin, dass es nicht, wie angenommen, half, die üppigen Formen zu kaschieren, sondern sie nur unvorteilhaft verschob. Captain Calhoun hatte nicht ganz Unrecht gehabt, es mit der „eisernen Jungfrau“ zu vergleichen, einem mittelalterlichen Folterinstrument.

Resignierend stand Isadora auf, um es anzulegen. Ein scharfer Schmerz durchzuckte ihr linkes Fußgelenk und raubte ihr den Atem. Sie sank auf die Koje zurück und streckte das Bein aus. Das Fußgelenk war geschwollen und stark verfärbt. Zaghaft berührte sie es und zuckte gepeinigt zusammen. Offenbar hatte sie sich verletzt, als sie im Niedergang auf Captain Calhoun gestürzt war.

Am vergangenen Abend hatte er ironisch geäußert, man befände sich nicht auf einer Vergnügungsreise, und diese Bemerkung war Isadora gut im Gedächtnis haften geblieben.

Du lieber Gott! Hatte sie wirklich gedacht, es sei richtig, diese Reise anzutreten?

Ihr Leben lang hatte sie von Leuten zu hören bekommen, sie sei linkisch. Nun hatte sie den Beweis für den Wahrheitsgehalt dieser Behauptung geliefert. Was hatte sie unter Männern zweifelhaften Rufs auf einem Schiff zu suchen, das Kurs nahm auf den südlichen Atlantik, ein Gebiet, in dem Piraten ihr Unwesen trieben?

Die Zähne zusammenbeißend, kleidete sie sich mühsam an, doch bei jeder Bewegung festigte sich ihre Entschlossenheit. Sie war Isadora Dudley Peabody von den auf Beacon Hill residierenden Peabodys. Eigentlich hätte sie jetzt zu Haus weilen und bei einem Tässchen lauwarmen Kaffees ein Buch lesen oder Pantoffeln besticken müssen, aber nicht in einer winzigen Kabine sein sollen, sich damit abrackernd, das Korsett zu verschnüren und die zerzausten, hüftlangen Haare in Ordnung zu bringen.

Sie zerrte die beiden Hälften des Korsetts im Rücken zusammen, bemühte sich angestrengt, die Haken und Ösen zu schließen, und dachte dabei daran, dass ihr vielleicht noch die Zeit blieb, anderen Sinnes zu werden und auf die Reise zu verzichten. Wenn sie sich sputete, konnte sie noch einen Leichter erreichen oder eine Barkasse. Bestimmt gab es im Bostoner Hafen genügend Skiffs, die zu Schiffen hinausfuhren und an die Kais zurückkehrten.

Ja, genau das würde sie tun! Das war das einzig Richtige! Hastig zog sie ihr Kleid an, steckte das Haar mit einigen Kämmen und Nadeln fest und setzte rasch Hut und Brille auf. Bei jedem Schritt durchfuhr ein scharfer Schmerz ihr linkes Bein, doch sie zwang sich, während sie aus der Kabine strebte, das Fußgelenk gleichmäßig zu belasten. Im Niedergang schlug ihr frische Seeluft entgegen, und durch die Luke sah sie an Deck umhereilende Männer, die eifrig darauf bedacht waren, ihre Pflichten zu erfüllen, und dabei fröhlich sangen:

„Alle Mann an Bord!
Lebt wohl, Freunde!
Das ist das Signal zum Abankern.
Wir fahren über den blauen Ozean.
Liftet den Anker zum Bug.
Wir denken an unsere Mädchen, wenn wir weit, weit fort sind.
Wir denken an unsere Mädchen, wenn wir weit, weit fort sind."

Captain Calhoun befand sich an Deck, und erneut war Isadora von seiner hinreißenden, strahlend männlichen Schönheit gefangen. Er trank aus einem emaillierten Becher und sprach mit den Zollbeamten, die auf eine Menge zusammengerollter, auf dem Tisch des Navigators liegender Dokumente wiesen. Isadora widerstrebte es, das Gespräch zu unterbrechen, aber ihr war klar, dass sie rasch handeln musste, um dort hinzukommen, wohin sie gehörte.

Unwillkürlich fragte sie sich, ob sie je in das Haus auf dem Beacon Hill gehört habe, verdrängte den Gedanken jedoch sogleich.

Sie mochte in dem Leben, das sie in Boston geführt hatte, eine Außenseiterin sein, aber noch mehr fehl am Platz war sie auf diesem Schiff, wo Männer, die durch Stricke festgehaltene Hosen trugen und selbst dann fluchten, wenn eine Dame sich in der Nähe befand, in die Takelage und auf Masten kletterten.

Ein wenig schnaufend stieg sie den Niedergang zum nächsten Deck hinauf, hinkte auf dem schmerzenden Fuß zum Kapitän und sagte: „Captain Calhoun, ich muss mit Ihnen über..."

„Ah, Miss Peabody", unterbrach er sie, begrüßte sie mit knappem Nicken und wandte sich dann wieder, frech wie Oskar, den Hafenbeamten zu. „Ich habe bereits drei Kopien des Manifests ausgefertigt, Sir. Und was dieses Antragsformular angeht, so..."

„Haben Sie bitte einen Augenblick Zeit für mich?" warf Isadora ein.

„Erlauben Sie mir, Ihnen Mr. Dickie Warbass vom Zoll vorzustellen", erwiderte er, ohne sie eines Blickes zu würdigen.

„Sehr erfreut", sagte sie. „Ich bitte um Entschuldigung, Captain, aber ich muss..."

„Hier ist das richtige Formular." Er drückte Miss Peabody ein Papier in die Hände. „Mr. Warbass und ich suchen seit einer halben Stunde nach einem in Portugiesisch abgefassten Formular."

Stirnrunzelnd schaute sie es an. „Aber, Captain, ich..." , begann sie ungehalten.

„Was steht darin?" wollte er wissen. „Es tut mir Leid, dass wir es so eilig haben, aber Mr. Warbass hat heute früh auch noch etwas anderes zu tun. Wir dürfen ihn nicht aufhalten."

„Sind Sie mit einer Barkasse hergekommen?" erkundigte sie sich bei dem Beamten.

„Ja, natürlich."

Sie seufzte erleichtert, weil Mr. Warbass sie nun mit an Land nehmen konnte, zurück zu ihren sicher verdutzten, aber zuneigungsvollen Eltern und Geschwistern, die so perfekt und humorvoll waren, dass die Welt ihnen zu Füßen lag, und auch in eine Gesellschaft zurück, in der sie nicht willkommen war. Dann würde sie sich wieder nach Chad Easterbrook verzehren und hoffen, er möge sie endlich bemerken.

Gewiss, das waren beunruhigende Gedanken, aber längst nicht so enervierend wie die Vorstellung, in Gesellschaft von Fremden eine lange, möglicherweise raue Seereise zu einem fernen Land zu machen. Isadora begriff auf einmal nicht mehr, wie sie sich auf ein solches Abenteuer hatte einlassen können.

Sie kam sich vor, als triebe sie willenlos durch unbekannte Gewässer, wie eine Entenmuschel, die von einem Schiffsrumpf abgerissen worden war.

Sie zog die Brille tiefer auf die Nase, lugte über die Gläser und las das Dokument durch. „Es ist die Kopie eines Konsignationsabkommens mit einer Firma namens Ferraro & Söhne. War es das, was Sie wissen wollten, Captain?"

Er wies auf eine Stelle im unteren Bereich des Papiers. „Ich nehme an, dass ich da unterschreiben muss, nicht wahr?"

„Ja, und es steht Ihnen frei", antwortete Isadora spitz.

„Was steht mir frei?"

Sie schloss die Augen und zwang sich zur Geduld. „Ach, nichts! Sie müssen auch das Datum hinschreiben und das Dokument abstempeln."

„Ich habe den Stempel hier", schaltete Dickie sich ein und zog ihn aus der Tasche.

Derweil die Herren sich mit den Dokumenten befassten, richtete Isadora die Aufmerksamkeit auf die Aktivitäten an Bord des Schiffs. Die Mannschaft reagierte wie am Schnürchen auf die ihr zugebrüllten Befehle des Obermaats und setzte die Bramsegel. Die Männer bewegten sich gewandt und geschmeidig und mit der Selbstsicherheit von Menschen, die ihren Platz in der Welt kannten.

Isadora verlagerte das Gewicht vom verletzten Fuß und legte den Kopf in den Nacken. Der Anblick der hoch aufragenden Masten machte sie schwindlig. Einer ihrer Absätze verfing sich plötzlich in einer Taurolle. Hastig fuchtelte Isadora mit den Armen, griff nach dem nächsterreichbaren Gegenstand und fand Halt an einem Netzwerk. Kaum hatte sie es ergriffen, lösten sich die Knoten mit der Geschwindkeit von Maschen, die an einer Strickarbeit aufgezogen wurden.

Mr. Conti, der Segelmacher, brüllte Isadora in Italienisch eine Obszönität zu und rannte auf das sich geschwind auflösende Geflecht zu. Entsetzt presste Isadora die Hände auf die brennenden Wangen.

„Miss Peabody!“ sagte Ryan leise und drohend hinter ihr.

Ein Frösteln rann ihr über den Rücken. „Es tut mir Leid“, murmelte sie. „Ich...“

„Wollten Sie neues Unheil anrichten? Es ist halb acht Uhr morgens, und bis jetzt haben Sie das erst einmal geschafft.“

Tränen brannten ihr in den Augen, doch sie beachtete sie nicht. „Ich finde das nicht belustigend, Captain“, erwiderte sie kläglich.

„Mr. Conti tut das gewiss auch nicht“, entgegnete er und zeigte auf den noch immer brüllenden Italiener. „Würde es Ihnen etwas ausmachen, die Katze zu füttern?“

„Wie bitte?“ fragte Isadora verdutzt und furchte verständnislos die Stirn. „Wen soll ich füttern?“

„Die Katze. Sie ist in meinem Quartier. Seit ich sie an Bord gebracht habe, geht es ihr nicht gut. In einer der Karaffen ist Milch. Vielleicht geben Sie der Katze etwas davon, und einige Sardinen dazu.“

„Sie haben eine Katze an Bord und wollen, dass ich sie füttere?“

„Ja!“

„Ich glaube nicht, dass das zu meinen Pflichten gehört.“

„Wenn Sie jetzt nicht gehen und die verdammte Katze füttern, dann kleben Sie in den nächsten sechs Monaten Tüten!“ herrschte Ryan Miss Peabody an. Bei jedem Wort hatte er die Stimme noch mehr erhoben. Selten war Isadora ein Mann begegnet, der einen höheren Wuchs hatte als sie, und Mr. Calhoun war bereits ein überraschend hoch gewachsener Mann, der jetzt in seiner Verärgerung vor ihren Augen sogar noch größer zu werden schien.

„Also gut“, gab sie nach, nicht willens, sich durch seinen Wutausbruch einschüchtern zu lassen. Mit schmerzendem Fußgelenk ging sie nach achtern, entschlossen, die Aufgabe zu erledigen und rechtzeitig wieder an Deck zu sein, um in Mr. Warbass' Barkasse das Schiff verlassen zu können.

Halblaut vor sich hinmurmelnd, betrat sie die dämmrige Kajüte und kam sich wie ein Eindringling vor. Sie entsann sich des ersten Mals, als sie in den Raum gekommen war, blickte auf die mit dem Vorhang verhüllte Koje und schüttelte sich. Der Skipper war ein Liederjan, ein Weiberheld. Sie sagte sich, sie könne froh sein, ihm den Rücken zu kehren.

„Kätzchen, komm her!“ rief sie leise, ließ den Blick durch den Raum schweifen und merkte, dass sie gar nicht nach der Katze suchte. Sie schaute die Dinge an, aus denen Captain Calhouns private Welt bestand – einen Stapel Bücher, Romane, Monographien und Segelhandbücher, ein Logbuch und ein auf dem Schreibtisch liegendes Rechnungsbuch, ein kleines, ovales Porzellanbild mit dem Porträt von Mrs. Calhoun, ein Sticktuch mit der Zeile „Mit Worten allein ist nicht geholfen“.

Aus dem für die Beine bestimmten Freiraum des Schreibtisches drang leises Miauen. Schnaufend, weil das Korsett drückte, ließ Isadora sich auf Hände und Knie nieder und machte eine einladende Handbewegung. „Da bist du ja!“ sagte sie zufrieden.

Die kleine, schlanke Katze sauste an ihr vorbei in eine dunkle

Ecke in der Nähe der Heckfenster. Kriechend folgte Isadora ihr und rief: „Komm heraus, du kleines Schlitzohr! Komm und friss! Ich kann kaum glauben, dass dein Herr heute Morgen vergessen hat, dich zu füttern."

Sie hatte die Katze fast erreicht, als diese versuchte, sich in einen Spalt in der Vertäfelung zu zwängen. Stirnrunzelnd schob Isadora das Paneel beiseite und blickte überrascht auf einen großen, stählernen Geldbehälter. Der Anblick verursachte ihr ein nervöses Frösteln, und schuldbewusst sah sie über die Schulter zurück. Sie hätte das Paneel nicht wegschieben dürfen, aber die Katze saß dahinter.

„Komm, Kätzchen", säuselte sie und lockte es mit dem Zeigefinger. „Oh, komm doch heraus!"

Die kleine Katze reckte ihr misstrauisch die rosafarbene Nase entgegen, dann das graue Köpfchen, und kam schließlich aus dem Winkel. Sie fasste sie vorsichtig um den mageren Leib und setzte sie sich auf den Arm. Vertrauensvoll schmiegte das Kätzchen sich an sie. Vor Erleichterung zitternd schob sie das Paneel zu, fand dann die Milch und die Sardinen und mischte, angewidert die Nase rümpfend, ein schrecklich unappetitliches Mahl auf einem kleinen Tablett zusammen, das sie auf die Heckbank stellte.

Die Katze sprang hinauf und fing behutsam zu fressen an.

Von draußen drang ein weiterer Pfiff herein, und etwas Schweres krachte gegen den Schiffsrumpf. Rasch kehrte Isadora an Deck zurück, gerade noch rechtzeitig, um den Kapitän Mr. Warbass, dessen Barkasse auf dem Weg in den Hafen war, zum Abschied zuwinken zu sehen.

„Er ist weg!" sagte sie enttäuscht.

„Ja!" stimmte Ryan ihr zu.

„Aber ich wollte..."

„Der Steuermann möchte den Kurs mit Ihnen besprechen, Captain“, unterbrach William Click, der zweite Maat.

„Entschuldigen Sie mich“, sagte Ryan zu Miss Peabody und ließ sie stehen, ehe sie einen Einwand erheben konnte.

Ein knirschendes Geräusch war zu hören, und sie sah Männer die Winde betätigen, mit der am Bug und am Heck die schweren Anker hochgezogen wurden. Das Schiff schwankte ein wenig, schlingerte und lag dann so ruhig auf dem Wasser wie eine Ente. Noch mehr Schreie waren zu hören, und wieder rannten Matrosen überall umher.

Du lieber Gott, das Schiff stach in See! Gegen ihren Willen reiste sie ab! Jetzt war sie auf dem „Silbernen Schwan“ so gefangen, als befände sie sich in der Gewalt eines Piraten, und wusste nicht, ob sie schreien oder weinen sollte.

Und dann geschah hoch über ihr ein Wunder.

Mit überirdisch anmutender, großer Wucht füllte der Wind die Segel.

Das war ein Ereignis, das sie nicht hätte erahnen oder sich vorstellen können, wäre es von ihr an Land beobachtet worden. Auch das Betrachten von Drucken oder Gemälden hätte ihr nicht geholfen, sich dieses Erlebnis ausmalen zu können. Die Segel blähten sich, als hätten sie ein eigenes Leben, ganz wie die Schwingen eines großen Vogels, der seine Kraft aus sich selbst und dem Wind schöpfte, den er unter den Flügeln hatte, und von dem er in majestätischem Flug hoch in die Lüfte getragen wurde.

Sich an ein Geländer klammernd und zurücklehnend, konnte Isadora weit nach oben blicken, sah jedoch nur weißes Segeltuch und den blauen Himmel. Der Kontrast war so stark und krass, dass ihr die Augen wehtaten. Dann richtete sie den Blick auf die anrauschenden Wellen und hätte angesichts der sich ihr bietenden schönen Sicht fast geweint. Schäumende Wogen spritzten am Bug des

„Silbernen Schwans“ auf, als er in tieferes Fahrwasser gelangte. Das Gefühl der Geschwindigkeit war berauschend, und plötzlich hörte Isadora jemanden hell und begeistert auflachen.

Zu ihrem Erstaunen erkannte sie, dass sie so glücklich aufgelacht hatte. Ihr Lachen entsprang einer ihr bisher nicht bekannten tiefen Freude.

Wann hatte sie je so fröhlich gelacht?

In diesem hingerissenen Zustand verbrachte sie die erste Stunde der Reise, während die Seemänner ihre Pflichten versahen und das Schiff ins offene Meer hinaussegelte.

Sie hatte keine Ahnung gehabt, wie berauschend es sein würde, an Bord eines fahrenden Schiffes zu sein. Isadora atmete die salzig schmeckende Luft ein, in die sich die Gerüche von Harzen und Teer mischten, und hatte das Gefühl, ihr werde schwindlig. Das Blut pulste ihr schneller durch die Adern, und sie gewann den Eindruck, vielleicht größere Zukunftsaussichten zu haben. Sie holte Luft und zuckte zusammen, weil das Korsett sie davon abhielt, richtig tief durchzuatmen. Am nächsten Tag würde sie es vielleicht nicht ganz so eng schnüren, denn was machte es aus, wenn sie sich etwas Erleichterung verschaffte? Es war ihr Abenteuer, auf das sie sich begab, und sie war keinem Rechenschaft schuldig, sofern sie ihre Pflichten erfüllte. Nach der Reise würde sie niemanden von der Besatzung wieder sehen.

Sie sah die Entfernung zwischen der Küste und dem Schiff sich stetig vergrößern und dachte daran, dass diese Kluft ein wenig mit dem Sterben verglichen werden könne. Die Abgereisten waren für die Daheimgebliebenen nicht mehr sichtbar, doch beide Parteien existierten noch, wenn auch in verschiedenen Welten.

Dieser Gedanke ermöglichte es ihr, etwas zu empfinden, das sie sich seit langem versagt hatte. Sie spürte wieder Hoffnung und Sehnsucht in sich erwachen. Sie war immer verträumt gewesen, hatte früher jedoch nie daran geglaubt, einer ihrer Träume könne je Wahrheit werden. Nun war sie sich dessen sicher. Das Wunder, unter vollen Segeln in See gestochen zu sein, eröffnete ihr Möglichkeiten, die sie früher nie in Betracht gezogen hatte.

Schließlich hatte sie den Eindruck, jemand hielte sich in ihrer Nähe auf, drehte sich um und erblickte Captain Calhoun, der Kleidung trug, die anders war als die, die er an Land angehabt hatte. Er sah sehr gut in den abgenutzten, aus weichem Tuch gefertigten Hosen aus, die sich in wirklich unanständiger Weise um seine Hüften und Beine schmiegten. Im Gegensatz zu den engen Beinkleidern war das seine Brust und Schultern bedeckende Hemd weit und füllig und verlieh ihm ein piratenhaftes Aussehen.

Der Ärger über die Katze stellte sich wieder bei Isadora ein. „Noch etwas, Captain?“ fragte sie spitz und war selbst über ihren aggressiven Ton überrascht, allerdings auch stolz darauf.

„Ich weiß nicht, was Sie meinen.“

Sie zwang sich, den Blick von den erstaunlichen Hosen des Skippers zu wenden. „Haben Sie keine Hunde, die gefüttert werden müssen?“ äußerte sie ironisch. „Oder einen an Bord gehaltenen Hamster oder vielleicht eine Wühlmaus?“

Das Sonnenlicht reflektierte sich in Mr. Calhouns Augen. Der Captain lächelte nicht, als er antwortete: „Nein, es gibt hier keine Wühlmaus und auch keinen Hamster. Und die Ratten versorgen sich selbst.“

„Dann gibt es vielleicht etwas anderes, das meiner Fähigkeiten bedarf.“

„Oh, Sie haben Fähigkeiten?“ fragte Ryan amüsiert und ließ dreist den Blick über Miss Peabody schweifen.

Sie sah ihm ins Gesicht, in die blauen Augen, auf die vom Wind geröteten Wangen, und war nicht willens, sich von ihm reizen zu lassen. „Sie haben nicht die mindeste Ahnung, Captain, zu was ich fähig bin“, erwiderte sie kühl.

Neben William Click, der das Steuerruder übernommen hatte, stehend, behielt Ryan Miss Peabody scharf im Auge. Der erste Tag auf See war für sie ein Wunder. Sie genoss den Wind und den Anblick der Wellen, unterhielt sich weitaus weniger schüchtern denn zuvor mit den Matrosen und übernahm sogar die eine oder andere kleine Aufgabe.

Ryan empfand einen Anflug von Verärgerung. Er wollte sie leiden, sie aber nicht sich wohl fühlen sehen. Sie sollte begreifen, wo auf diesem Schiff ihr Platz war, sich indes nicht eine andersgeartete Funktion verschaffen.

Häufig reckte sie das Gesicht in den Wind und schloss die Augen. Dann nahm ihre Miene einen hingerissenen Ausdruck an, und unwillkürlich fühlte Ryan eine eigenartige, ihm unerwünschte Wesensverwandtschaft mit ihr in sich erwachen. Er empfand das Gleiche wie sie, wenn er auf einem fahrenden Segelschiff war. Nur ein Mensch, der die See liebte, konnte diese beglückende freudige Erwartung empfinden.

Verdammt! Miss Peabody raubte ihm sogar diese Freude, weil sie zu lieben lernte, was er stets geliebt hatte!

„Wie geht es Ihrer Mutter, Captain?“ erkundigte sich William.

„Sie und ihre Zofe leiden unter der Seekrankheit“, antwortete Ryan. „Aber damit hatte ich gerechnet.“ Er war oft zur Mutter gegangen, hatte die Tür ihrer Kabine einen Spalt geöffnet und gesehen, dass die beiden Frauen mit grünen Gesichtern und matt in ihren Kojen lagen. Fayette hatte leise gebetet, und die Mutter kläglich aus dem kleinen Fensterloch gestarrt. Miss Peabody hatte sich erboten, sich um die Damen zu kümmern, aber dieser Vorschlag war von ihnen abgelehnt worden, da sie in ihrem Elend lieber allein sein wollten.

„Die neue Dolmetscherin scheint überhaupt nicht durch den Wellengang beeinflusst zu werden", bemerkte William und nickte in die Richtung, wo Miss Peabody wie eine Gallionsfigur stand, das Gesicht in den Wind haltend und tief in der Meerluft durchatmend. „Sie ist ein komischer Kauz, nicht wahr?"

Ryan schaute den zweiten Maat an, dem ein halbes Ohr fehlte. William Click trug eine Lederweste, in deren Tasche sich ein Hasenfuß befand, und an einem Bindfaden um den Hals einen mit Fledermausknochen gefüllten Juju-Beutel. „Das sagen Sie, Mr. Click", antwortete Ryan. „Sie sagen es!"

Er trug die Koordinaten ein und beobachtete den Wechsel der ersten Wache. Der Doktor servierte das aus Labskaus, Mehlbrei, gepökeltem Beef, einem frischen Apfel und gesundheitsförderndem Zitronensaft bestehende Abendessen, das Ryan stehend einnahm.

Dann ging er, einem boshaften Impuls folgend, zum Bug, wo Miss Peabody stand. Ihr grauer Hut, den er lächerlich fand, war ihr vom Kopf geflogen und baumelte, von jeder Bö hin- und hergeweht, auf ihrem Rücken. Ihr Haarknoten hatte sich gelöst, und die langen braunen Locken bewegten sich im Wind. Sie blickte aufs Meer hinaus und schien sich ihres unordentlichen Aussehens nicht bewusst zu sein.

Ohne sie zu begrüßen, erkundigte sich Ryan: „Haben Sie schon gegessen?"

„Zum Abendessen hatte ich einen halben Apfel, der mir vollkommen gereicht hat", antwortete sie leichthin und schürzte gouvernantenhaft die Lippen. „Ich möchte nicht das Risiko eingehen, seekrank zu werden."

„Sie sollten mehr essen", erwiderte Ryan eigensinnig. „Das ist ein Befehl!"

„Ihre Befehle sind töricht", entgegnete sie, schnaubte verächtlich und reckte die Nase höher. „Als Sie mir das letzte Mal eine Order erteilten, haben Sie die Gelegenheit verpasst, mich loszuwerden."

„Erzählen Sie!" forderte Ryan sie überrascht auf.

„Ich wollte in Mr. Warbass' Barkasse in den Hafen zurückkehren, aber Sie haben mir diesen dummen Auftrag gegeben, die Katze zu füttern."

„Sie waren mir dauernd im Weg."

„Und als ich mit dem Füttern fertig war, hatte die Barkasse bereits vom Schiff abgelegt."

Ryan war zutiefst enttäuscht und erwiderte süffisant: „Wenn Sie das nächste Mal den Beschluss fassen, dieses Schiff verlassen zu wollen, dann erinnern Sie mich vorher daran, Sie nicht aufzuhalten!"

„Denken Sie in Zukunft daran, nicht so unhöflich zu sein!"

Ryan sprach den Gedanken aus, der ihm in den Sinn gekommen war: „In den nächsten Tagen werden wir in Hörweite vieler Schiffe vorbeikommen. Ich werde Sie an Bord eines Seglers bringen lassen, der nach Boston fährt."

Wieder schnaubte Miss Peabody in dieser überheblich klingenden Weise. „Dieser Vorschlag kommt zu spät", entgegnete sie. „Ich habe beschlossen, auf dem ‚Silbernen Schwan' zu bleiben. Wissen Sie, ich habe begriffen, wo das Problem ist." Der Ton, in dem sie gesprochen hatte, erinnerte Ryan an eine Schulmeisterin. „Das Durcheinander vor der Abfahrt regt selbst erfahrene Reisende auf. Es ist ein überwältigendes Unterfangen, sein Heim zu verlassen und hier inmitten des Meers an Bord ein Teil eines winzigen Universums zu werden. Jedem, der auch nur etwas Vorstellungskraft hat, müssen Bedenken kommen." Isadora sah dem Kapitän in die Augen und fuhr fort: „Ich nehme an, ich muss Ihnen dankbar sein. Diese Reise wird ein Abenteuer werden, das ich nicht gern versäumen würde. Es war unhöflich von Ihnen, mich herumzukommandieren, aber da Ihr Befehl zu so glücklichen Konsequenzen geführt hat, verzeihe ich Ihnen."

„Sie müssen mir nicht verzeihen!"

„Wieso nicht?"

„Ich habe mich nicht entschuldigt, dumme Gans!"

„Also wirklich!" entrüstete sie sich.

Eine Weile herrschte unbehagliches Schweigen. Isadora und der Captain lauschten dem Gesang des Windes in den Wanten, dem rhythmischen Knarren der Spanten und dem Rauschen des am Schiffsrumpf vorbeiströmenden Wassers. Sie setzte sich auf eine festgezurrte Kiste, nahm einen Schraubbleistift aus Stahl zur Hand und schrieb etwas auf ein Blatt des marmorierten Blocks, den sie sich auf den Schoß gelegt hatte.

„Was notieren Sie sich?" wollte Ryan wissen.

„Blendendes Rauschen von Blau", antwortete sie. „Das ist die beste Art, um auszudrücken, wie das Meerwasser am Schiffsrumpf vorbeiströmt."

„Ah, Sie schreiben einen Brief nach Haus?"

„Er ist... hm... persönlicher Natur."

Das hätte sie nicht sagen dürfen. Ryan riss ihr das Schreiben weg und entgegnete: „An Bord eines Schiffes gibt es keine Privatsphäre!"

„Captain!"

Er hätte Miss Peabody den Brief zurückgegeben, entsann sich jedoch, dass sie zu Chad Easterbrook geäußert hatte, sie werde ihm täglich schreiben und ihm von all ihren Abenteuern berichten.

Er blickte auf das Papier und stellte fest, dass sie eine gut lesbare Handschrift hatte.

„Lieber Mr. Easterbrok...", las er, musste jedoch nicht weiterlesen, weil er wusste, dass sie dem rechtschaffenen, unerträglichen Chad Easterbrook schrieb. Zum Teufel, was hatte dieser Mann je getan, um diese Treue zu verdienen?

„Geben Sie mir den Block zurück!" forderte Isadora mit erhobener Stimme und stand auf.

Ryan hielt sich vor, die Sache ginge ihn nichts an, und er dürfe nicht darüber irritiert sein, dass diese Yankee-Jungfer einem Mann wie Chad Easterbrook Bewunderung und Wertschätzung entgegenbrachte.

„Nein, erst dann, wenn Sie mich haben zählen lassen, auf wie viele Arten Sie Chad Easterbrook lieben", antwortete er scherzhaft. „Er hat wirklich ein sehr facettenreiches Wesen. Zumindest zwei Wesenszüge sind ihm eigen." Ryan blickte wieder auf das Blatt und las weiter. Statt der albernen Schulmädchensätze, mit denen er gerechnet hatte, nahm er einen ihn schockierenden Inhalt zur Kenntnis.

„Die Kajüte ist in sehr schmutzigem Zustand, und unter der gepolsterten Bank befindet sich ein verborgener Geldschrank..."

Vor Wut verschwammen Ryan die Worte vor den Augen. „Aha! Man kann nicht sagen, dass Sie nicht gründlich sind, meine liebe Meerhexe! Hätte man Sie im Manifest nicht besser als Spionin eingetragen, statt als Sekretärin und Dolmetscherin?"

„Geben Sie mir den Block zurück", wiederholte Isadora und griff danach.

Der Wind zerrte an den Blättern und riss das oberste Papier ab. „Hoppla!" sagte Ryan grinsend.

„Wie können Sie es wagen!" entrüstete sich Isadora und rannte, den Bleistift fest in der Faust haltend, auf den über Deck flatternden Brief zu.

„Das war ein Missgeschick“, erwiderte Ryan mit Unschuldsmiene.

„Ich werde halt einen neuen Brief schreiben müssen“, äußerte Isadora und seufzte schwer.

„So haben Sie es also angefangen“, sagte Ryan und schaute sie finster an. „Sie haben Mr. Abel Easterbrook dazu gebracht, Sie an dieser Reise teilnehmen zu lassen, weil Sie ihm versprachen, ihn über jeden meiner Schritte zu informieren.“

„Das können Sie ihm kaum verargen. Am ersten Abend hat er Sie nicht in akzeptabler Verfassung vorgefunden. Einen vertrauenswürdigen Eindruck haben Sie wirklich nicht gemacht.“

„Er hat mich hoffnungslos betrunken gesehen und im Begriff, eine halb nackte Hure zu verführen. Haben Sie auch das niedergeschrieben?“

„Ich...“

„Ich glaube, ich werde Ihnen jedes Mal, wenn ich mich erleichtern muss, hinterher darüber Bericht erstatten. Werden Sie das dann auch aufschreiben?“

Blinzelnd sah Isadora den Kapitän an, zog dann die Brille tiefer auf die Nase und schaute über die Gläser hinweg. „Sie sind der ungehobelteste Mensch, der mir je begegnet ist!“ empörte sie sich.

„Schätzchen, wenn Sie denken, meine soeben gemachte Äußerung sei unhöflich gewesen, dann werden Sie sich in die Hosen machen, weil ich die Absicht habe, noch viel schlimmere Ausdrücke zu benutzen!“

Ryan trat einen Schritt zurück und starrte Miss Peabody an. Wenn sie nicht blinzelte, sahen ihre haselnussbraunen goldgesprenkelten Augen bemerkenswert hübsch und eigenartig faszinierend aus. „Warum schauen Sie über die Brille hinweg, wenn Sie etwas sehen wollen?“ fragte er verblüfft.

„Sobald ich durch die Brille blicke, verschwimmt mir alles, was nah vor mir ist, vor den Augen!“ antwortete Isadora und spürte das Blut aus den Wangen weichen.

„Perfekt!“ erwiderte Ryan. Ehe sie ihn hindern konnte, hatte er ihr die Brille von der Nase gezogen und ihr dabei einige Haare ausgerissen.

Sie schrie auf, und seltsamerweise erregte ihn das, da es ihn an das überraschte Aufschreien einer erregten Frau erinnerte. Natürlich war das Einzige, das er jetzt in Miss Peabody ausgelöst hatte, nur Zorn.

„Geben Sie mir die Brille zurück!“

Er warf sie über Bord. „Hoppla!“

Offenen Mundes starrte Isadora ihn einen Moment lang an und stammelte dann: „Sie... Sie... Sie Unmensch! Sie Schuft! Sie Bestie! Sie Barbar!“ Sie hatte ihren Vorrat an Schimpfwörtern erschöpft, aber der Kapitän sah immer noch unbeeindruckt aus.

„Ich befürchte, jetzt ist es zu spät“, erwiderte er trocken.

„Das war meine einzige Brille!“

„Nun, dann nehme ich an, dass Sie keine weiteren hinterlistigen Berichte mehr erstellen können“, sagte er schroff.

„Ich tue, was mir beliebt, und schreibe, was ich für richtig halte.“

„Nein, das werden Sie nicht tun. Ich bin der Kapitän. An Land bedeutet das zwar nicht viel, doch an Bord des ‚Silbernen Schwans‘ ist die Stellung des Kapitäns unantastbar. Mein Wort ist hier Gesetz. Meine Anweisungen sind unangreifbar.“

„Soll ich jetzt beeindruckt sein?“

„Ich hatte gehofft, dass Sie beeindruckt sein würden.“

„Nun, ich bin es nicht.“

„Schade! Dann werde ich vermutlich einen anderen Weg finden müssen, wie ich Sie beeindrucken kann."

„Machen Sie sich nicht die Mühe", entgegnete Isadora gereizt. „Sie würden keinen Erfolg haben." Sie machte auf dem Absatz kehrt und taumelte leicht. Ryan merkte, dass sie sich anstrengte, ihre Würde zu wahren. „Auf Wiedersehen, Captain Calhoun", äußerte sie über die Schulter, während sie sich zu ihrem Quartier begab.

9. KAPITEL

„Kann ich irgendetwas für Sie tun?" erkundigte Isadora sich einen Tag später, nachdem sie die Tür zu Mrs. Calhouns Kabine geöffnet hatte, wich jedoch sogleich zurück, weil ihr Krankheitsgeruch entgegenschlug. Mrs. Calhoun und ihre Zofe lagen matt in ihren Kojen und starrten dumpf ins Leere.

Ohne eine Antwort abzuwarten, nahm Isadora die Latzschürze vom Wandhaken und machte sich bereitwillig an die Arbeit. Sie hatte die Großtante in deren letzten Lebensjahren gepflegt und fand die Möglichkeit erfreulich, sich um einen anderen Menschen kümmern zu können.

Sie leerte das Nachtgeschirr, lüftete die Bettwäsche, teilte Schwämme zum Waschen aus, half den Damen, die Nachthemden abzulegen und frische anzuziehen. Die getragenen Nachthemden würden gewaschen werden müssen. Sie arbeitete zielstrebig und war froh, sich beschäftigen zu können. Wenn sie auch nur einige Augenblicke untätig gewesen wäre, hätte sie Captain Calhouns wegen einen Wutanfall bekommen. Die Beschäftigung war für sie ein Ventil, um den Zorn auf den Kapitän abreagieren zu können.

Sie hielt den Waschkorb mit den Kleidungsstücken und der Bettwäsche vor sich und klopfte ungeduldig mit der Fußspitze auf den Fußboden der Kombüse.

Der Doktor schaute sie an und erkundigte sich: „Ja, Miss, was kann ich für Sie tun?“

„Ich möchte einen Bottich voll heißen Wassers und Laugenseife zum Waschen“, antwortete sie.

Samuel dachte einen Moment über ihr Ansinnen nach und nickte dann. „Ich werde einen Kessel Wasser aufsetzen. Aber das ist Meerwasser. Süßwasser wird nicht zum Waschen benutzt.“

„Ich verstehe.“ Kurze Zeit später befand Isadora sich kniend auf Deck, hatte die Kleiderärmel bis über die Ellbogen aufgerollt und schrubbte heftig die Kleidungsstücke auf einem Waschbrett. Nie im Leben hatte sie Wäsche gewaschen, und die Aufgabe stellte sich als schwieriger denn gedacht heraus. Das Wasser schwappte ihr dauernd auf den Schoß und spritzte ihr ins Gesicht. Der Seifenschaum brannte ihr in den Augen. Wie üblich, löste sich ihr Haar aus dem Knoten, und ihre langen Locken fielen in den Bottich. Als sie die Arbeit beendet hatte, war sie fast so nass wie die gewaschenen Sachen.

Eigenartigerweise bekümmerte ihr Aussehen sie jedoch nicht. In Boston hatte dauernd jemand an ihrem Äußeren etwas zu beanstanden gehabt, an ihrer Frisur, an ihrem Kleid. Den Matrosen des „Silbernen Schwans“ schien es jedoch vollkommen egal zu sein, was sie anhatte und wie ihre Frisur aussah. Es war sehr befreiend, wenngleich auch irgendwie unschicklich, sich so unkonventionell aufzuführen.

Übertrieben in den Hüften schaukelnd, schlenderte Captain Calhoun herbei. Er war wie ein Geck herausgeputzt, da man einige Stunden zuvor einer britischen Fregatte begegnet war und er den Standpunkt vertrat, ein Skipper müsse wohlhabend aussehen, damit man ihn für einen betuchten Kaufmann hielt. Isadora vermutete indes, er ziehe sich nur deshalb so auffallend an, weil er eitel war.

Er hatte mit dem Kapitän der Fregatte, der an Bord gekommen

war, ein Geschäft abgeschlossen, Baumwolle aus Ipswich gegen Wolle aus Glasgow eingehandelt und dabei einen netten Gewinn eingestrichen. Und dann hatte er unter dem Gejohle seiner Mannschaft noch angeboten, Isadora gratis der Lieferung beizugeben.

Er schien entschlossen zu sein, sie den Entschluss, an dieser Fahrt teilzunehmen, bereuen zu lassen. Verstohlen beobachtete sie ihn. Sein Hemdkragen war aus irischer Spitze, die über eine gemusterte pfauenblaue Weste rieselte. Die tadellos gebügelten Hosen steckten in Stiefeln, die frisch auf Hochglanz poliert waren.

Es war unfassbar, dass ein Mann mitten auf dem Meer so attraktiv aussah. Nur er konnte solch schreiende Farben tragen, die an ihm leuchtender und lebhafter als an jedem anderen Mann wirkten. Welch ein eitler, selbstbezogener Mensch er war! Wie konnte er so gut aussehen, wenn sie selbst so nass und unordentlich war?

Er verweilte an Deck und beobachtete sie, bis sie fragte: „Haben Sie nichts Besseres zu tun? Vielleicht besitzt jemand eine Taschenuhr, Bücher oder andere Wertsachen, die über Bord geschleudert werden müssen!“

Der Kapitän lachte auf. Es machte Isadora wütend, dass er so nett lachen konnte. Sie bedauerte, dass sein Lachen nicht so abscheulich klang, wie er es war.

„Ich bin neugierig, Miss Peabody“, erwiderte er, „und wüsste gern, ob das Fayettes Kattunkleid ist.“

„Ja, das ist es. Ihre Mutter und sie sind krank, und ich habe beschlossen, mich um beide zu kümmern.“

„Warum?“

„Um mich davon abzuhalten, Sie umzubringen“, antwortete Isadora mit zusammengebissenen Zähnen und schrubbte das Kleid noch heftiger über das Waschbrett.

„Oh! Ärgern Sie sich noch immer über die von mir weggeworfene Brille?“ fragte Ryan und zog eine Augenbraue hoch. „Gut!

Dann denken Sie daran, ehe Sie das nächste Mal vorhaben, die von mir auf diesem Schiff begangenen Missetaten aufzuschreiben."

„Sie hätten meine Brille nicht über Bord werfen dürfen!" Selbst unter Androhung der Todesstrafe hätte Isadora nicht zugegeben, dass sie die Brille nicht vermisste, da es sehr lästig gewesen war, sie tragen zu müssen. Sie hatte nie richtig durch die Gläser sehen können, sondern war genötigt gewesen, darüber und darunter zu schauen. Ohne die Brille konnte sie viel besser sehen.

Aber das war eine Tatsache, die sie Mr. Calhoun nie gestehen würde.

„Eines müssen Sie über mich wissen, Miss Peabody", erwiderte er. „Ich bin sehr impulsiv und denke so gut wie nie vorher nach, ehe ich etwas tue."

„Ein wahrlich sehr beeindruckender Charakterzug!" Sie hätte dem Kapitän nicht erklären können, wie kränkend sein Verhalten gewesen war. Die Brille hatte ihr gehört, ganz gleich, ob sie durch sie richtig hatte sehen können. Sie war ihr persönliches Eigentum gewesen, vielleicht sogar ein Teil von ihr wie ihre haselnussbraunen Augen oder ihr braunes Haar. Ohne die Brille kam sie sich nackt vor. Für sie war die Brille ein Symbol für ihre Identität gewesen, die Captain Calhoun ihr nun genommen hatte.

Eine ihr unerwünschte innere Stimme hielt ihr vor, sie hätte sich stets hinter dieser Brille versteckt, doch sogleich verdrängte sie diesen Gedanken. Es stand Ryan Calhoun nicht zu, sie aus ihrer Reserve zu locken.

Sie nahm den schweren Haufen nassen Stoffs aus dem Bottich, warf ihn auf das Deck und hob den Bottich an. Schwankend ging sie zur Reling, um ihn ins Meer zu entleeren, geriet durch das Gewicht jedoch aus der Balance und torkelte nach vorn. Das graue Wasser schwappte aus dem Bottich hoch und durchnässte Captain Calhoun von Kopf bis Fuß, angefangen von seinem modisch geschnittenen Haar über das teure Spitzenhemd, die seidene pfauenblaue Weste, bis hin zu den gebügelten Hosen und den auf Hochglanz polierten Stiefeln.

Entsetzt und blinzelnd wich Isadora einen Schritt zurück, empfand jedoch sogleich tiefe Genugtuung. „Hoppla!“ sagte sie boshaft.

Sie rechnete mit einem Wutausbruch, doch der Kapitän versetzte sie in Erstaunen, weil er nur den Kopf in den Nacken warf und in Gelächter ausbrach.

Welch einzigartiger Weg, eine demütigende Situation zu handhaben! Verwirrt durch den Heiterkeitsausbruch schaute Isadora den Skipper an, seinen sonnengebräunten, nassen Hals, die langen lockigen Haare, die weißen Zähne und die sie belustigt anblickenden Augen. Er konnte so leicht über sich selbst lachen.

„Touché, Miss Peabody. Touché!“

„Das Vergnügen war ganz meinerseits“, erwiderte sie und empfand den ihr unerklärlichen Drang, den Kapitän anzulächeln, zwang sich jedoch, eine grimmige Miene zu machen.

Er pfiff vor sich hin, während er über das Deck schlenderte. Wasser tropfte von seiner Hose. Neugierig blickte Isadora ihm hinterher, und auch die Seeleute starrten ihn an, sich gegenseitig mit den Ellbogen anstoßend und miteinander flüsternd.

Isadora war vom Vater gewarnt worden, das Reisen auf einem Segelschiff bedeute, Tage der Langeweile vor sich zu haben.

Zum ersten Mal in seinem Leben hatte ihr Vater sich geirrt.

Nach dem Wachwechsel ging Ryan eines Morgens nach Sonnenaufgang steuerbords an der Reling entlang und sah den Segelmacher mit Miss Peabody auf dem Deck hocken.

Ungeachtet des Umstandes, dass sie in ihrer Unterkunft und an Deck nur ein Minimum an Bequemlichkeit hatte, behielt sie es bei, graue oder schwarze Kleider mit Krinolinen anzuziehen, sich das Haar zu einem lächerlichen Knoten zu flechten und einen Hut aufzusetzen. Der Wind, der viel hartnäckiger war als sie in ihrer Beharrlichkeit, löste ihr jedoch immer wieder Strähnen aus der Frisur, die unter dem Hut hervorhingen, herumflatterten und von der Sonne einen goldenen Farbton bekamen.

Zwischen Luigi Conti und ihr lag ein Stapel von Seilen und Flaschenzugrollen. „Das ist eine Hievleine", erklärte Luigi. „Sie benutzen Sie so", fügte er hinzu und zeigte ihr die Handhabung. Sie machte es ihm nach und strahlte, weil es ihr gelungen war.

„Und was ist das?" erkundigte sie sich und hielt einen kunstvollen Knoten hoch.

„Das ist eine so genannte Katzenpfote", erläuterte Luigi. „Und das hier nennt man Türkenkopf, dazu bestimmt, eine Leine an der Gangway zu halten."

Isadora nahm den nächsten Gegenstand zur Hand. „Wie nennt man dieses hier?"

„Hundeschwanz", antwortete Luigi trocken.

Isadora ließ das Ding fallen, als hätte sie sich daran verbrannt. „Allmächtiger!" murmelte sie.

Vor sich hinlächelnd ging Ryan zu den beiden. „Bekommen Sie eine Lektion in Seefahrerjargon?" fragte er belustigt.

Luigi zwinkerte ihm zu und zwirbelte seinen Schnurrbart. „Ja", bestätigte er. „Miss Peabody lernt sehr schnell."

„Vielleicht werden Sie ihr dann eines Tages auch erklären, wie wir es nennen, wenn eine Leine ein wenig eingehievt wird."

„Und wie nennt man das?" fragte Isadora und richtete sich auf.

„Falls Sie schon über den Ausdruck Hundeschwanz erröten, dann halte ich es für besser, Ihnen auf diese Frage keine Antwort zu geben", sagte Ryan und reichte Miss Peabody impulsiv den Arm. „Ich hatte vor, die morgendliche Kursbestimmung vorzunehmen und dachte, Sie würden sich mir vielleicht gern anschließen."

Er redete sich ein, Miss Peabody eingeladen zu haben, weil er ihr eine kleine Belohnung zukommen lassen wollte. Sie hatte die mühevolle Aufgabe bewältigt, seine Mutter und Fayette zu pflegen, und sich daher eine zivilisierte Unterhaltung verdient.

Misstrauisch schaute sie ihn an. In den letzten Tagen hatten sie beide sich wachsam und aufmerksam belauert. Ryan war nie sicher gewesen, was sie als Nächstes tun würde, dieser Passagier, den Mr. Easterbrook engagiert hatte, um Übersetzungen und Schreibarbeiten zu machen. Derweil die Mannschaft der vorhersehbaren Routine des Lebens auf einem Segelschiff nachging, hatte die Stimmung sich auf eine unterschwellige, undefinierbare Weise verändert.

Nicht vertraut mit gesellschaftlichen Gepflogenheiten, hatten die rauen Matrosen, die Söhne Neptuns, Miss Peabody einfach akzeptiert. Ryan hatte erwartet, dass die Mitglieder der Besatzung sich ihren Wünschen unterwerfen, sich in ihrer Gegenwart anders benehmen würden. Das Gegenteil war jedoch der Fall, da sie es auf sich genommen hatten, Miss Peabody mit ihrem Lebensstil vertraut zu machen.

An einem Tag saß sie vielleicht mit Mr. Conti auf einer Kiste und flickte mit einer großen gebogenen Nadel ein Segel. Am nächsten Tag lachte sie dann fröhlich, während Gerald Craven, der für das Vorsegel zuständige Matrose, ihr beibrachte, ein Lied auf seinem Akkordeon zu spielen. In der Küche lehrte sie den Doktor, wie man Fondant machte. Einmal war Ryan aus dem Kartenraum gekommen und hatte gesehen, wie sie Mr. Poles Hand auf ihrem Schoß festhielt. Dieser Anblick hatte ihn furchtbar gestört, bis ihm dann bewusst geworden war, dass sie dem Zimmermann einen Splitter aus dem Finger entfernte.

Diese eigensinnige junge Frau, die aus einer Familie kam, in der niemand sich dazu herablassen würde, sich vom Schiffsjungen die Stiefel putzen zu lassen, machte sich die Matrosen zu Freunden. Unversehens hatte sie an Bord des „Silbernen Schwans“ eine andere Rolle übernommen. Sie wollte alles über Mr. Contis beeindruckende Tätowierungen wissen und hören, was sie im Einzelnen darstellten. Sie erkundigte sich nach Mr. Cravens Kindern, weil ihr bekannt war, dass sie kurz nach der Abreise des „Silbernen Schwans“ an den Masern erkrankt waren. Sie unterhielt sich gern und mühelos mit Mr. Pole, der im Allgemeinen ein recht stiller Mann war und sich damit begnügte, schweigend zu schnitzen. Der Doktor hatte ihr gestattet, ihre Strümpfe in der Kombüse zu trocknen, ein Privileg, dass er nicht einmal Ryan zubilligte. Und selbst Mr. Click, der unbeliebte zweite Maat, wurde hin und wieder dabei beobachtet, dass er abends Pfeife rauchend bei ihr saß und ihr aufmerksam zuhörte, wenn sie ihm aus einem der zahlreichen, von ihr mitgebrachten Bücher vorlas.

„Wie fühlen meine Mutter und ihre Zofe sich heute?“ erkundigte sich Ryan, während er mit Miss Peabody zum Kartenraum ging.

„Ich befürchte, nicht sehr viel besser als in den letzten Tagen“, antwortete sie. „Ich habe sie bewegen können, etwas Brühe zu trinken, aber sie wollen noch immer nicht aufstehen.“

„Manche Menschen werden nie seetüchtig“, erwiderte er, schaute Miss Peabody an und sah, dass wieder einmal lange Strähnen sich aus den Haarnadeln gelöst hatten. „Sie leiden nicht an der Seekrankheit, Miss Peabody. Welches Rezept haben Sie dagegen?“

„Ich habe gelernt, bei allem, was ich zu mir nehme, sehr vorsichtig zu sein.“

Er verengte die Augen, betrachtete Miss Peabody und überlegte, ob ihre Wangen schmaler geworden sein mochten. Hatte sie dunkle Ringe unter den Augen? „Sie werden vor Schwäche erkranken und dahinsiechen“, sagte er warnend.

Isadora lachte leise. Auf See schien sie viel öfter zu lachen als an Land. „Ich wette, dass es sehr lange dauern wird, bis ich mich dem Schwächetod ausgesetzt sehe, Captain“, entgegnete sie und atmete tief in der Morgenluft durch. „Meine Gesundheit ist hier auf dem Schiff noch besser geworden. Seit wir Boston verlassen haben, musste ich kein einziges Mal niesen oder schniefen.“

Überrascht merkte Ryan, dass sie Recht hatte. Die wässrigen Augen, die gerötete Nase, das laute Niesen waren neuerdings nicht mehr vorhanden.

Ralph stand auf dem Vordeck, drehte sich um und begrüßte den Skipper und Miss Peabody. „Ich denke“, fuhr er dann fort, „dass wir den Treibanker jetzt einholen können, Skipper. Seit der vergangenen Nacht ist das Meer sehr viel ruhiger geworden.“

„Wir liegen vor Anker?“ fragte Isadora stirnrunzelnd.

„Wir haben einen Seeanker ausgebracht“, erklärte Ralph, „einen Wasseranker, der über Bord geworfen wird, damit der Bug ins offene Meer zeigt.“ Er wies auf die Winsch und fügte hinzu: „Ich war soeben im Begriff, den Anker einzuholen.“

„Darf ich das tun?“ fragte Isadora eifrig.

Ralph blickte zum Kapitän, der nur mit den Schultern zuckte. „Passen Sie auf Ihre Finger auf. Wir wollen doch nicht, dass sie durch das Seil wund gerieben werden.“

Ralph gab Miss Peabody eine Handspake und zeigte ihr, wie man diese in den Zylinder des Ankerspills steckte. Sie stellte sich hinter den Fockmast und begann, den Apparat zu betätigen. Langsam tauchte das dicke, nasse Seil, an dem Tang hing, aus dem Wasser auf.

„Sachte!“ sagte Ralph. „Machen Sie ruhige, gleichmäßige Bewegungen. Das Seil wird sich dann von ganz allein aufwickeln. Soll ich Ihnen helfen?“

„Wagen Sie das nicht!“ erwiderte sie in angestrengtem Ton. „Das schaffe ich allein.“ Sie drehte die Winsch und gab dabei ein sehr seltsames Bild eines Matrosen ab. Ihre weiten Röcke und die Landrattenschuhe mit den Absätzen behinderten sie stark. Ein lange, anrollende Welle drückte den Bug schräg hoch.

„Vorsicht!“ mahnte Ryan. „Mr. Pole hat einige der Planken herausgenommen, um an die Trockenfäule zu kommen, und...“

„Oh!“ Ein Schuhhacken hatte sich in einem Spalt zwischen zwei Planken eingeklemmt. Danach geschah alles so schnell, dass Ryan keine Möglichkeit mehr hatte, es zu verhindern. Miss Peabody wurden die Beine unter dem Leib weggerissen. Sie ließ die Handspake los; das Seil schleuderte wild um die Spule und wickelte dabei auch Miss Peabodys Haar auf. Eine Sekunde später lag sie, durch ihr Haar gefesselt, vor dem Fockmast, und ihr Gesicht war kreidebleich geworden.

„Miss Peabody!“ sagte Ryan entsetzt und kniete sich neben sie. „Sind Sie verletzt?“

„Nein, aber ich habe das Gefühl, dass mir die Haare ausgerissen werden. Können Sie mich befreien?“

„Auch das wird wehtun“, antwortete Ryan scharf und unternahm einige zaghafte Versuche, um Miss Peabodys Haar freizubekommen. „Ihr Haar hat Sie gegen den Mast gezogen, und dabei sind Sie mit dem Kopf gegen ihn gekracht. Also hören Sie auf, tapfer sein zu wollen, und geben Sie zu, dass Sie teuflische Schmerzen haben.“

Flüchtig biss Isadora sich auf die Unterlippe und gestand: „Es tut höllisch weh.“

„Das ist hart“, murmelte Ralph.

Jedes Mal, wenn Ryan die Winsch betätigte, zog sie an Miss Peabodys Haaren. Wütend rief er nach Journey, der barfuß über Deck zu ihm rannte.

„Gute Arbeit, Schätzchen“, sagte er eindeutig beeindruckt. „Wir haben noch nie jemand gehabt, der in das Ankerspill geraten ist.“

„Ich würde gern aufstehen“, jammerte sie.

Die nicht auf Wache befindlichen Seemänner kamen herbei, um zu sehen, was los war. Auch der Segelmacher und der Zimmermann, denen bald darauf der zweite Maat folgte, gesellten sich hinzu. Alle Männer versammelten sich um das Spill, um die Frau zu sehen, deren Haar sich in den Seilen und dem Getriebe verfangen hatte.

Ihre Wangen liefen rot an. „Wenn Sie nichts dagegen haben, würde ich jetzt gern aufstehen!“ sagte sie nachdrücklich.

„Hat irgendjemand eine Idee?“ erkundigte Ryan sich bei den Seeleuten.

„Wir könnten das Seil kappen.“

„Es ist dick wie das Handgelenk eines Mannes. Wir würden viel zu lange benötigen, um es zu durchtrennen, und dann bekämen wir einen Lohnabzug, weil wir es zerstört haben.“

„Sollen wir die Winsch abbauen und Haare und Seil seitlich abwickeln?“

„Ich habe die Winsch gerade erst repariert, und dazu einen halben Tag benötigt“, wandte Chips ein. „Derjenige, der sie berührt, ist des Todes!“

„Dann wickeln wir Seil und Haare an der anderen Seite ab.“

„Das habe ich versucht, aber es geht nicht. Bei dieser Prozedur würde Miss Peabody die ganze Kopfhaut einbüßen.“

Ryan und Journey schauten sich an. Journeys Blick richtete sich auf das Messer, das der Kapitän in einer Scheide am Gürtel hängen hatte. Er wie der Captain hatten gleichzeitig denselben Gedanken.

„Schließen Sie die Augen, Miss Peabody!" befahl Ryan und ließ sich neben ihr auf einem Knie nieder.

„Um Himmels willen, was wollen Sie tun?" fragte sie mit stetig steigender, misstrauisch klingender Stimme.

„Wir wollen Sie aus dieser misslichen Lage befreien. Also, machen Sie jetzt die Augen zu!"

Isadora wusste, dass sie sich einem Befehl widersetzen würde, doch das war ihr gleich. Die Matrosen hatten zu murmeln begonnen, und daher schlug sie die Lider auf, rechtzeitig genug, um Captain Calhoun ein Messer mit schmaler Klinge aus der Scheide ziehen zu sehen. Sie schrie auf und wich unter großen Schmerzen so weit vor ihm zurück, wie es ihr das festgeklemmte, an ihrer Kopfhaut zerrende Haar ermöglichte. Die Klinge blitzte im Sonnenlicht auf und sauste dann herunter. Isadora wartete auf den Blutstrom, doch kurz darauf war sie aus ihrer misslichen Lage befreit.

Ausgestreckt blieb sie auf dem Deck liegen, das Gesicht nur eine Hand breit von den Stiefeln des Skippers entfernt. „Sie sind verrückt geworden, nicht wahr?" fragte sie mit bebender Stimme. „Ich habe davon gehört, dass Männer, die zu lange auf See sind, ihren Verstand verlieren und... o Schreck!" Sie legte die Hand auf den Kopf, schaute zur Seite und sah dort ihre abgeschnittenen Haare, die noch immer in dem aufgewickelten Seil verheddert waren. „Meine Haare!" schrie sie auf. „Sie haben mir die Haare abgeschnitten!"

Die Besatzung stahl sich von dannen, sichtlich nicht geneigt, sich einzumischen.

Ryan hockte sich zu Miss Peabody und hob, ohne sie anzusehen, ihren Rocksaum an. „Verdammt! Kein Wunder, dass Sie so über das Deck wanken. Sie haben ja mindestens fünf Unterröcke an!"

„Wie können Sie es wagen!" entrüstete sie sich.

„Ich bin der Skipper. Deshalb!“ Er hielt sie am Fußgelenk fest und fing an, ihr eine der hochhackigen Stiefeletten aufzuschnüren. Er zerrte sie herunter und sagte durch die Zähne: „Das ist der Grund für alle Ihre Probleme!“ Er schleuderte den Schuh über Bord und griff nach ihrem anderen Fuß.

„Lassen Sie das!“ herrschte sie ihn an und versuchte, von ihm wegzukommen. „Ich sagte, Sie sollen das lassen!“

Rücksichtslos hielt er sie am Fußgelenk fest, während er ihr den anderen Schuh auszog. Sie zuckte zusammen, weil er mit dem Daumen hart auf die Stelle drückte, wo sie sich am ersten Tag auf See verletzt hatte.

„Ich habe Sie auf dem Schiff herumwanken gesehen, bis ich befürchten musste, Sie würden über Bord fallen. Damit ist jetzt Schluss!“ Ryan schleuderte auch den zweiten Schuh über die Reling.

Isadora presste die Hände auf den Kopf, auf das gekürzte Haar, und flüsterte: „Du lieber Himmel! Was haben Sie getan?“

„Ach, das Haar wächst nach“, antwortete Ryan und hielt hart ihrem entsetzten Blick stand.

Reglos saß sie auf den Planken, viel zu erschüttert, um etwas äußern zu können. Offenen Mundes starrte sie den Kapitän an und hatte den Eindruck, die Geschichte von Samson und Delilah in umgekehrter Reihenfolge erlebt zu haben. Welche Sünde hatte sie begangen, welchen Gott verärgert, so dass Mr. Calhoun seinen Zorn an ihr auslassen durfte? Sie durfte gar nicht daran denken, dass sie ihr Heim, ihre Familie und alles, was ihr lieb war, für dieses schreckliche Missgeschick hinter sich gelassen hatte.

Matt ließ sie die Hände in den Schoß sinken. Ein Windstoß blies ihr abgeschnittene Reste ihres Haars gegen die Wangen und den Hals, und sie fröstelte in der leichten, kühlen Brise. Ihre Füße, die nur noch von dünnen schwarzen Strümpfen bekleidet waren, kamen ihr schockierend entblößt vor.

„Was..." Sie hielt inne, schluckte und befürchtete, in Tränen auszubrechen, zwang sich jedoch, nicht zu weinen. Sie holte tief Luft und fragte: „Was habe ich getan, weswegen Sie mich so hassen?"

Ryan schüttelte den Kopf. „Ich hasse Sie nicht, Miss Peabody", antwortete er. „Wie sind Sie auf diesen Gedanken verfallen?"

„Erstens haben Sie meine Brille über Bord geworfen."

„Vermissen Sie sie?"

Isadora zögerte mit der Antwort. Ehrlich gesagt, vermisste sie die Brille kaum. „Das gehört nicht zur Sache", sagte sie heftig. „Die Brille gehörte mir ebenso wie die Schuhe und mein Haar. Sie hatten nicht das Recht, Sir, mir das alles wegzunehmen!"

„Im Gegenteil, Miss Peabody! Ich habe jedes Recht."

„Ach ja! Wie konnte ich das vergessen? Sie sind auf diesem Schiff der Master. Ihr Wort ist Gesetz. Ich wäre nicht überrascht, wenn Sie sich auch noch zum Oberscharfrichter ernennen."

Wütend ergriff er sie am Arm und erwiderte: „Führen Sie mich nicht in Versuchung."

„Sie haben mich meiner Brille, meiner Schuhe und meiner Haare beraubt."

„Barfuß sind Sie besser dran. Durch diese hochhackigen Dinger, die Sie getragen haben, waren Sie so nutzlos, wie Titten an einem Fisch das sind."

Das Bild machte Isadora schaudern. „Warum greifen Sie immer so schnell auf Grausamkeit zurück?" fragte sie leise. „Erschreckt Sie das manchmal nicht? Mich würde das erschrecken."

„Sie werden durch alles eingeschüchtert, Miss Peabody!" Ryan richtete sich auf, steckte gemächlich das Messer in die Scheide an der Hüfte und entfernte sich.

Isadora zog die Knie bis zur Brust hoch, legte den Kopf darauf und schwor sich, nicht zu weinen. Nein, sie würde nicht in Tränen ausbrechen!

„Ich bi... bi... bitte um... Ent... entschul... di... digung“, stotterte Timothy.

Isadora hob den Kopf. „Was möchtest du, Timothy?“

„Ich bin ei... einigerma... maßen geschickt im Ha... haarschneiden“, platzte er heraus und zeigte ihr eine Schere. „Wenn Sie mö... möchten, korri... rigiere ich das, was der Skipper so... so... so schlecht ge... gemacht hat.“

„Also gut!“ willigte Isadora ein und war selbst darüber erstaunt. „Tu, was du kannst.“ Das Deck fühlte sich hart und fremd unter den nur mit Strümpfen bekleideten Füßen an, während sie dem Schiffsjungen in die verlassene Kombüse folgte.

Er stellte sich hinter sie, hob behutsam die abgeschnittenen Haare im Nacken an und begann zu arbeiten.

„Timothy?“

„Ja, Mi... mi... miss?“

„Darf ich dich etwas fragen?“

„Na... natürlich.“

„Haben alle Männer an Deck diesen Zwischenfall gesehen?“

„Ja, Mi... mi... miss.“

„Und ist keinem der Gedanke gekommen, sich einzuschalten und den Kapitän davon abzuhalten, mich zu schänden?“

„Ich habe nicht ge... gesehen, dass er Sie ge... geschändet hä... hätte“, entgegnete Timothy und strich Miss Peabody über das Haar. „Sehen Sie, Mi... mi... miss, auf der letzten Reise hat Mr. Rivera durch die Ankerwinde einen Finger verloren. Ich nehme an, dass der Ski... ski... skipper schnell ge... gehandelt hat, damit so etwas nicht auch Ih... ihnen wi... widerfährt.“

Isadora versank in Schweigen und blieb still sitzen, während Timothy den Haarschnitt beendete. Schließlich stellte er sich vor sie hin, begutachtete sein Werk, korrigierte hie und da noch etwas und nickte dann zufrieden.

„Der Ski... ski... skipper, Miss, ist kein schlechter Mensch. Er ist...“

„Halt den Mund, ehe du etwas Dummes äußerst“, unterbrach Ryan den Kajütjungen beim Betreten der Kombüse.

„Ja, Sir!“ Timothy schloss die Schere, straffte sich und eilte aus dem Raum.

Steinernen Gesichts schaute Isadora den Kapitän an, der sich wahrscheinlich entschuldigen wollte. Natürlich würde sie seine Entschuldigung nicht akzeptieren.

„Der gute Timothy hat Ihnen einen treuen Dienst erwiesen, Miss Peabody“, stellte Ryan fest, zwinkerte und verengte dann die Augen, als irritiere ihn etwas. „Ja, das hat er“, bestätigte er, zog leicht die Mundwinkel hoch und hielt ihr einen kleinen Rasierspiegel hin.

Sie erblickte verschwommen eine Menge struppigen Haars sowie ihr vor Zorn gerötetes Gesicht und schob die Hand des Skippers mit dem Spiegel beiseite.

Ohne das lange Haar, das sie gehabt hatte, so lange sie sich erinnern konnte, kam sie sich nackt vor. Es war ihr Schild, ihr Schutz gewesen. Welche schützende Barriere gab es jetzt noch zwischen ihr und der Welt?

„Sie scheinen entschlossen zu sein, mich meiner Würde beraubt zu sehen“, sagte sie ärgerlich.

„Ganz im Gegenteil“, erwiderte Ryan in dem sie störenden, gedehnten Tonfall. „Ich würde sagen, eine Frau, die sich mühelos und selbstsicher bewegt, hat mehr Würde als eine, die auf hochhackigen Schuhen herumwackelt.“

„Seit wann ist Ihre Meinung von Bedeutung?“ fragte Isadora ironisch.

Er machte einen Schritt auf sie zu und hockte sich vor sie hin, so dass ihre Gesichter auf gleicher Höhe waren. Sie empfand einen eigenartigen Anflug von Angst. Nein, Angst war es nicht, denn sie hatte nicht den Drang, von Captain Calhoun fortzukommen. Im Gegenteil, seine Haltung, seine Miene und die Art, wie er ihr die Hände auf die Schultern gelegt hatte, erzeugten in ihr den Wunsch, an Ort und Stelle zu verweilen.

Sie hatte keine Ahnung, wieso sie, obwohl sie so auf den Kapitän wütend war, diese Reaktion verspürte. Die Art, wie er sie wartend anschaute, hatte jedoch etwas Bezwingendes. Er hatte ihr keine Antwort gegeben, sondern sah sie nur gespannt an.

Entschlossen, seinem Blick nicht auszuweichen, hielt sie ihm stand und versuchte, herauszufinden, warum er sie immer wieder quälte. Sein Gesicht hätte man als jungenhaft hübsch beschreiben können, und so würde es vermutlich noch aussehen, wenn er älter war. Er hatte einen schwungvoll geschnittenen Mund, beim Lächeln Grübchen, die den markanten Eindruck der Nase und der Wangenknochen milderten, und Fältchen an den Augen, deren Ausdruck eine seltsame Mischung aus Pathos und Verschmitztheit widerspiegelte.

Im Herzen empfand Isadora eine Wärme, die sie nie zuvor gefühlt hatte, und begriff, dass vor ihr ein Mann hockte, der die Macht hatte, ihr Blut in Wallung zu bringen. Instinktiv war ihr jedoch klar, dass es nicht gut sein würde, sich von ihm erregen zu lassen.

Sie hielt sich vor, derlei Gedanken seien lächerlich und abwegig, und sie müsse Mr. Easterbrook Bericht über alle Aktivitäten des Kapitäns erstatten. „Nun?“ fragte sie drängend.

Ryan ließ die Hände auf ihren Schultern liegen, wenngleich sie sich wünschte, er möge sie fortnehmen. „Ich weiß, es wird Sie enttäuschen, das zu hören, Miss Peabody, aber meine Meinung ist tatsächlich von Bedeutung. Alles, was ich denke, sage oder wünsche, ist von Belang. Das liegt in der Natur meiner Stellung als Kapitän."

„Sie werden Ihre Macht dazu benutzen, mir das Leben zu erschweren", erwiderte Isadora und schnaubte verächtlich.

Er lächelte, und seine Miene drückte Mitgefühl aus, das sie wütend machte. „Miss Peabody."

Finster starrte sie ihn an.

„Miss Isadora. Darf ich Sie beim Vornamen nennen?"

„Wieso fragen Sie um Erlaubnis? Sie sind der Kapitän, der Despot hier an Bord, der höchste Admiral auf den Weltmeeren!"

„Nicht auf den Weltmeeren, nur auf diesem Schiff", widersprach er und ließ absichtlich sehr langsam, beinahe aufreizend, die Hände von ihren Schultern über ihre Arme gleiten. „Sie brauchen ganz gewiss nicht mich, Miss Isadora, um sich elend zu fühlen. Das schaffen Sie von selbst."

Vor Überraschung und Wut verschlug es ihr einen Moment lang die Sprache. Dann brauste sie auf: „Wie können Sie es wagen, Sir?"

Er lachte und hielt sie um die Ellbogen gefasst. „Ich habe nicht das Mindeste zu verlieren, Miss Isadora", antwortete er belustigt.

Ungeachtet des Umstandes, dass seine Stimme amüsiert geklungen hatte, war Isadora nicht entgangen, dass sie einen bitteren Unterton enthielt. Auch sein Blick war nicht erheitert. Nie zuvor hatte sie jemanden getroffen, der so interessant war, ein derart vielschichtiges Wesen hatte und sie dermaßen zu verärgern vermochte.

„Was meinen Sie damit?"

„Sie verabscheuen mich bereits, Schätzchen. Also spielt es keine Rolle, was ich tue."

„Ihre Mutter hat so ausgezeichnete Manieren. Daher finde ich es überraschend, dass Sie, die von ihr aufgezogen wurden, so etwas äußern können, besonders, nachdem Sie mir mit einem Dolch das Haar abgesäbelt haben."

„Das war kein Dolch, sondern ein Midshipman-Messer."

„Das war wirklich die Höhe, Sir!"

„Wir drehen uns im Kreis, Miss Isadora, denn wir haben längst über solche Sachen geredet. Ich werde mich nicht bei Ihnen entschuldigen, und Sie sollen sich nicht mehr länger elend fühlen. Ihre unglückliche Art zu leben hätten Sie hinter sich lassen sollen, nachdem wir aus Boston abgefahren sind."

„Unglücklich? Wie können Sie mir unterstellen, ich sei unglücklich?"

Ryan gab einen Seufzer der Verzweiflung von sich. „Sie sind durch und durch unglücklich, meine Liebe", behauptete er. „Ich befürchte, dieser Zustand ist Ihnen so geläufig, dass Sie ihn nicht mehr als solchen empfinden." Und nun tat er das Undenkbare, ergriff ihre Hände und ließ eindringlich die Daumen in ihren Handflächen kreisen. „Sie sollten wissen, Miss Isadora, dass Sie nicht mehr in dieser Weise leben müssen, jedenfalls so lange nicht, wie Sie sich unter meinem Kommando auf diesem Schiff befinden."

Sie empfand den merkwürdigen Wunsch, die Augen zu schließen und einfach das Gefühl der sie streichelnden Daumen zu genießen. Seine Fingerspitzen waren rau von der Arbeit und sündhaft warm, so ganz anders als die der tolpatschigen Herren, mit denen sie gezwungen gewesen war, in Boston auf Bällen zu tanzen.

Sie zwang sich, ganz still zu sitzen, und genoss, die Augen weit geöffnet, die sie langsam durchdringende unerklärliche Wärme, die in ihren Fingerspitzen einsetzte, ihren ganzen Körper durchzog und an unaussprechlichen Stellen besonders stark wurde. „Ich glaube wirklich nicht...", begann sie, hielt inne und feuchtete sich die Lippen an. „Ich glaube nicht, dass Sie sich mit meinem vorhandenen oder fehlenden Glück befassen müssen, Sir."

„Ich bin hier der Skipper, und mich geht jeder Aspekt des Lebens meiner Mannschaft etwas an", entgegnete er, ließ Miss Peabodys Rechte los und legte ihr vorsichtig die Hand auf die Wange.

Sie war viel zu verblüfft, um zurückzuweichen.

„Selbst wenn dieser Grund nicht bestünde, würde ich mir dennoch um Sie Sorgen machen, Miss Isadora", fuhr er fort. „Ich habe nicht viele Qualitäten, bin jedoch mitfühlend."

„Ich... ich..." Sie schluckte und verzichtete darauf, den Satz zu vollenden.

„Sie müssen in Sicherheit sein", erklärte Ryan. „Darum ging es vorhin. Tragen Sie Sachen, in denen Sie es bequem haben, aber nicht eingezwängt sind, und machen Sie sich eine Frisur, die Ihnen nicht gefährlich werden kann. Niemand würde Sie befremdet ansehen, wenn Sie zum Abendessen ohne all diesen Schnickschnack erscheinen." Um seine Worte zu unterstreichen, hatte Ryan die Hand über die kunstvollen Verzierungen am Halsausschnitt von Miss Peabodys Kleid gleiten lassen. „Meine Männer und ich sind einfache Seeleute", fügte er an, „keine Modelaffen vom Beacon Hill."

Er richtete sich auf und vermittelte Isadora so das Gefühl, ihr werde etwas genommen. „Ich sehe Sie an Deck", fuhr er fort und ging zur Tür.

„Warten Sie bitte!"

Er drehte sich so eifrig um, dass Isadora überrascht war. „Ja?"

„Sie haben Ihren Spiegel vergessen." Sie nahm den handtellergroßen Spiegel an sich und hielt ihn Mr. Calhoun hin.

„Ach ja!" Zwinkernd nahm er ihn ihr ab. „Sie würden mich nicht gern anschauen, wenn ich mich ohne Spiegel rasiert hätte. Das ist kein hübscher Anblick."

Nachdem der Kapitän schließlich gegangen war, blieb sie noch eine ganze Weile still sitzen und lauschte dem Knarren der Spanten und dem Rauschen des am Schiffsrumpf vorbeiströmenden Wassers.

Mit oder ohne Bart – Ryan Calhoun würde immer ein hübscher Anblick sein.

10. KAPITEL

Sehr konzentriert starrte Ryan in den kleinen Spiegel, während er das Rasiermesser am Unterkiefer entlangzog. Das Schiff geriet in ein Wellental, und er schwankte etwas. Sogleich spürte er, dass er sich am Kinn geschnitten hatte, und fluchte.

Aber er hatte nichts anderes verdient. Miss Peabodys Frage, warum er immer so schnell auf Grausamkeit zurückgreife, ging ihm nicht aus dem Sinn.

Er hätte das gern abgestritten, doch die Wahrheit war, dass er von Natur aus gedankenlos handelte. Was Frauen anging, hatte er sich stets so verhalten. Er war gern bereit, ihre körperlichen Vorzüge zu genießen, doch damit war die Beziehung zu einer Frau auch schon beendet. Sobald er merkte, dass er tiefere Gefühle für sie entwickelte, vertrieb er die Frau mit achtlosen, verletzenden Worten.

Miss Peabody war allerdings die erste Frau, bei der er handgreiflich geworden war.

„Skipper, hier ist ein Handtuch", sagte Journey und warf es ihm zu.

Ryan drückte es sich auf das Kinn und erwiderte: „Du bist mein Faktotum und müsstest mich rasieren."

„Ich bin beschäftigt", entgegnete Journey geistesabwesend.

Ryan stillte die Blutung und schäumte den Unterkiefer wieder ein, um sich zu Ende zu rasieren. „Hast du heute schon die Koordinaten bestimmt?“ erkundigte er sich.

„Ja, und ich bin soeben im Begriff, unsere Position zu berechnen“, antwortete Journey und blickte aufmerksam auf die vor ihm auf dem Tisch liegenden Papiere. Er hatte eine Begabung für die Logarithmik der Navigation, konnte ausgezeichnet im Kopf rechnen und widmete dieser Aufgabe seine volle Aufmerksamkeit. Mit der linken Hand betastete er jedoch den an einem Lederband um den Hals hängenden Beutel, der über seinem Herzen lag. Es war seine Angewohnheit, eine ihm unbewusste Marotte, damit zu spielen, da er ihm von seiner Frau Delilah gegeben worden war, die er hatte zurücklassen müssen. In dem Beutel befand sich eine aus einer ihrer Haarlocken gemachte winzige Schleife, die ihm Glück bringen sollte.

Ryan empfand große Ungeduld und Eile, da er es nicht rechtens und auch nicht natürlich fand, dass eine Familie auf diese Weise auseinander gerissen worden war. Er entsann sich des Morgens, an dem er mit Journey in den Norden gezogen war. Sie hatten in Bonterre, der benachbarten Plantage, wo Delilah lebte, angehalten.

Er war wartend in der offenen Kutsche geblieben, während Journey sich in der Nähe der Sklavenquartiere versteckt hatte. Der Freund hatte schmerzlich gelächelt, als seine hochschwangere Frau, ein Kleinkind auf der Hüfte haltend, in einem dünnen Baumwollkleid aus einer Unterkunft gekommen war. Sie hatte Ruthie hingestellt, die Arme um den Hals ihres Mannes geschlungen und sich dann auf die Zehenspitzen gereckt und Journey feierlich geküsst. Dann hatte sie etwas geäußert, das Ryan nicht hatte hören sollen. Ihre Worte hatten sich Journey indes für immer im Gedächtnis eingeprägt, und er würde sie nie vergessen. „Liebling, das Leben ist nicht gut, wenn du nicht in der Nähe bist“, hatte sie gesagt.

Die schmerzliche Erinnerung veranlasste Ryan zu fluchen. Er beendete die Rasur, wischte sich das Gesicht ab und ging an Deck. Journey blieb zurück und widmete sich weiterhin den navigatorischen Berechnungen.

Der Tag war schön. Mit einem Blick registrierte Ryan, woher der Wind kam, und welche Strömung das Meer hatte. Das sogleich zu erkennen war eine seiner Begabungen. Der steife Wind wehte aus Westen und trieb hohe Wogen vor sich her. An diesem Tag würde man eine weite Strecke zurücklegen.

„Guten Morgen, Captain", sagte Ralph. Ein Lächeln erschien im zerfurchten Gesicht des ersten Maats, an dessen Unterkiefer sich Bartstoppeln zeigten. „Guter Wind, nicht wahr?" fragte er.

„Ja, so sieht es aus, Mr. Izard", antwortete Ryan und wies auf das dicke, ledergebundene Logbuch, das der erste Maat unter den Arm geklemmt hatte. „Ist alles in Ordnung?"

„Ja, wenngleich ich glaube, dass wir etwas zu wenig Ballast und möglicherweise zu viel Proviant aufgenommen haben", antwortete Ralph.

Ryan ging nicht auf den Hinweis bezüglich des Ballastes ein. Nur in schwerster See würde zu wenig Ballast zum Problem werden, und selbst dann konnte die erfahrene Mannschaft das Schiff durch einen orkanartigen Sturm navigieren. Es behagte ihm nicht, Kosten für Ballast zu haben. Er zog es vor, sich auszahlende Fracht im Laderaum zu stauen. Zum Glück erfüllten die riesigen Eisblöcke aus Vermont diesen Zweck.

„Ich übernehme die Kosten für die Lebensmittel", erwiderte er. Viele Skipper machten es sich leicht und luden für die Besatzung nur minderwertige Lebensmittel in geringen Mengen. Ryan hingegen hütete sich davor, die Loyalität der Mannschaft auf die Probe zu stellen, indem er seinen Männern schlechtes und nicht hinreichendes Essen vorsetzen ließ. „Ein gut genährter Seemann ist ein glücklicher Seemann“, sagte er lächelnd.

„Wie Sie meinen, Skipper. Von einer Mannschaft, deren Mäuler mit Löffelbiskuits voll gestopft sind, werden Sie keine Widerworte hören.“ Ralph zwinkerte, und seine Miene wirkte gleichzeitig einsichtig und weltverdrossen.

Ryan schlenderte weiter und dachte ein Weilchen über den ihm sympathischen Ralph Izard nach, der zugleich sein Obermaat, sein erster Angestellter, Bootsmann, Segelmeister und Quartiermeister war und sich bei allem, was er tat, hervorragend bewährte.

Mr. Izard allein wusste, was sonst niemand ahnte.

Es war ein glücklicher Zufall gewesen, dass Ryan auf seiner ersten Fahrt alle Rekorde gebrochen hatte.

Nicht seiner Fähigkeit als Skipper hatte er es zu verdanken, dass der „Silberne Schwan“ so profitabel unterwegs gewesen war, sondern dem Zusammenwirken von gutem Wetter und Anfängerglück. Mr. Izard wusste das genau, hatte jedoch nie darüber geredet, wenngleich diese unleugbare Tatsache unausgesprochen zwischen ihm und Ryan in der Luft hing.

Er stieg den Niedergang zum Vordeck hinauf und erblickte ein überraschendes Bild.

Miss Peabody stand über ein Paar Deckstühle gebeugt und stopfte fürsorglich eine olivfarbene Decke um seine Mutter und deren Zofe. Die beiden Frauen sahen abgespannt und verhärmt aus, immer noch unter den Folgen der Seekrankheit leidend. Aber sie waren endlich an Deck gekommen, nachdem er tagelang versucht hatte, sie zum Verlassen der Kojen zu bewegen.

Miss Peabody machte an diesem Tag einen veränderten Eindruck. Das, was von ihrem Haar noch übrig war, hatte sie achtlos mit einem Band zusammengebunden, und einige widerspenstige Locken hingen ihr um das Gesicht. Das Licht der Sonne, deren

Wärme zunehmend stärker wurde, je weiter man gen Süden kam, verlieh einigen der dunklen Locken einen goldenen Schimmer. Das steife braune Kleid, das sie trug, schien sie nicht mehr zu behindern. Vielleicht war sie seinem Rat gefolgt und hatte einige Unterröcke weniger angezogen.

Natürlich würde er sie nicht danach fragen.

Ryan betrat das Deck, ging an den Hühnerverschlägen vorbei und begrüßte die Damen: „Guten Morgen."

Isadora richtete sich auf und setzte eine gleichgültige Miene auf.

Verstimmt schaute er sie finster an und hätte sie am liebsten gefragt, ob sie es vorzöge, mit den Haaren immer noch an das Ankerspill gefesselt zu sein. Gott wusste, dass sie das verdient gehabt hätte!

„Hallo, Ryan", erwiderte Lily.

„Mama", sagte er, beugte sich zu ihr und küsste sie auf die Wange. „Wie schön, euch beide hier draußen an der Luft zu sehen!"

„Miss Peabody hat uns davon überzeugt, das sei besser so, und da Fayette und ich uns nicht schlechter hätten fühlen können, haben wir eingewilligt, eine Weile an Deck zu sein."

„Ich sehe nach, ob der Tee fertig ist", warf Isadora ein und ging an Mr. Calhoun vorbei.

Flüchtig nahm er den frischen Duft der von ihr benutzten, nach Kräutern riechenden Seife wahr und wurde sich erst bewusst, dass er ihr hinterherstarrte, als die Mutter fragte: „Was genau hast du dem armen Mädchen angetan?"

„Wie kommst du darauf, dass ich Miss Peabody überhaupt etwas angetan habe? Hat sie dir erzählt..."

„Sie hat kein Wort gesagt, Ryan", unterbrach Lily. „Ich glaube wirklich nicht, dass sie die Art Frau ist, die aus der Schule plaudert."

Fayette kicherte wissend. „Sie musste nichts verraten", meinte sie. „Aber heute zeigt sie sich in Salonpantoffeln und mit abgeschnittenem Haar, so dass Ihre Mutter und ich vermuten, Sie hätten etwas damit zu tun."

Ryan setzte sich auf ein zusammengerolltes Tau, nahm den „Türkenkopf", den er flocht, aus der Tasche und fügte einen komplizierten Knoten nach dem anderen hinzu. „Miss Peabody ist hilflos wie ein Säugling, was den Aufenthalt auf einem Segelschiff betrifft", erwiderte er. „Sie ist auf ihren hohen Hacken herumgetorkelt und hat es obendrein fertig gebracht, dass ihr Haar sich im Ankerspill verfing." Verärgert stieß er die Luft aus. „Danach hatten wir eine kleine... Auseinandersetzung."

„Oh, Ryan!" Lily schüttelte den Kopf.

Der Ton, in dem das geäußert worden war, ließ ihn innerlich zusammenzucken, da er ihn sein Leben lang zu hören bekommen hatte. Dieses „Oh, Ryan!" war gleichbedeutend mit vielen Enttäuschungen über seine Fehler, und jedes Mal war die Reaktion der Mutter berechtigt gewesen. Manche Dinge änderten sich nie. Sie würde weiterhin „Oh, Ryan!" zu ihm sagen, bis er ein alter Mann war.

„Von allen Leuten kennst du meine Fehler am besten, Mama", erwiderte er. „Hast du gedacht, ich hätte Miss Peabody auf eine Vergnügungsreise mitgenommen?"

Ernst schaute Lily ihn an. Ihre Miene war liebevoll und misstrauisch zugleich. „Weißt du, das hätte gut sein können", antwortete sie leichthin.

„Eine Vergnügungsreise?" wiederholte er und schnaubte verächtlich. „So etwas wie Vergnügen ist in Boston verfemt gewesen."

„Dem Logbuch zufolge sind wir augenblicklich sehr weit von Boston entfernt", schaltete Isadora sich ein.

Ryan erhob sich und bedauerte, dass sie seine letzte Äußerung gehört hatte. „Und wie weit sind wir vom Vergnügen entfernt?" konnte er nicht widerstehen zu fragen.

„Bis vor einigen Augenblicken war alles noch sehr vergnüglich", antwortete sie und reichte Mrs. Calhoun und Fayette jeweils einen der auf dem Holztablett mitgebrachten dicken Porzellanbecher. „Ich habe ein wenig Zitronensaft und Honig in den Tee getan. Wenn es Ihnen recht ist, bringe ich Ihnen später etwas Brühe und Brot zum Essen."

Finster starrte Ryan Miss Peabody an. Statt jedoch Verachtung für sie zu empfinden, ertappte er sich dabei, dass er überlegte, wie sie unter der schwarzbraunen Montur aussehen mochte. Er fragte sich, ob ihre beeindruckend große Statur auf lange Beine zurückzuführen und ihre Haut weich und glatt sei, ob ihre Brüste voll und rund sein mochten und dunkle Warzen hatten. Verdammt! Er war schon viel zu lange auf See!

„Ich hoffe, Sie haben einen... vergnüglichen Vormittag, meine Damen", sagte er in übertrieben gedehntem Ton und verneigte sich. „Mich ruft die Pflicht."

Einige Tage später stellte Ryan fest, dass jemand die Webleinen repariert hatte. Er nahm sie hoch und sah, wie akkurat die Knoten ausgeführt waren.

„Ich mache das fertig", sagte Isadora.

Schweigend gab er ihr das Geflecht und dachte, dass sie in der Tat eine Plage war, die man nicht loswurde. Wo immer er auftauchte, war sie schon anwesend.

„Mr. Conti hat mir gezeigt, wie man das macht", erklärte sie, obwohl der Kapitän sie nicht danach gefragt hatte.

„Das ist eine sehr nützliche Fähigkeit", räumte er ein, verschwieg jedoch, dass er längst bemerkt hatte, um wie viel vertraulicher der Umgang zwischen Miss Peabody und jedem Mitglied der Mannschaft geworden war. Jeder schien sich zu ihr hingezogen zu fühlen, von ihrer natürlichen Neugier so angetan zu sein, dass er sein Wissen, seine Kenntnisse einer handwerklichen Fähigkeit, eine auf Seemannsgarn beruhende Geschichte, eine bestimmte nützliche Redewendung, gern mit ihr teilte. Ryan wusste nicht, warum diese Situation sich ergeben hatte, aber sie war entstanden, vielleicht deshalb, weil er so engstirnig und unreif war, wie die Mutter stets von ihm behauptete.

Er räusperte sich und sagte: „Vielen Dank, dass Sie sich um meine Mutter und Fayette gekümmert haben."

Zum ersten Mal seit Tagen schaute Isadora ihm voll ins Gesicht. Nun, da ihre Augen nicht mehr einen durch die dicken Brillengläser verzerrten Anblick boten, stellte Ryan fest, dass sie hellbraun und goldgefleckt waren, und er fand sie hübsch.

Er konnte sich nicht erinnern, wann er die Augen einer Frau zum letzten Mal bewundert hatte.

„Es war mir ein Vergnügen, mich um Ihre Mutter und deren Zofe zu kümmern", erwiderte Isadora.

Sie gehörte zu den Frauen, die begriffen, welche Bedürfnisse ein anderer Mensch hatte, und innere Befriedigung empfanden, wenn sie jemandem helfen konnten. Sie würde bestimmt eine ausgezeichnete Mutter sein.

Finster furchte Ryan die Stirn. Miss Peabody kaprizierte sich auf Chad Easterbrook, der nicht wusste, welche Art Mensch sie war, und auch keine Ahnung hatte, welche Art Mutter sie sein würde.

„Captain Calhoun?" fragte sie.

„Da ich beschlossen habe, Sie mit dem Vornamen anzusprechen, meine ich, dass Sie das Gleiche tun sollten", antwortete er.

„Das ist ohne Bedeutung, weil ich Ihnen mitteilen wollte, es sei offenkundig, dass wir nicht miteinander auskommen", erwiderte

Isadora und krampfte die Hand um das Seil. „Ich habe mir mit einer List den Zugang zu diesem Schiff ermöglicht, doch das tut mir nicht Leid. Sie schikanieren mich, seit wir aus Boston abgesegelt sind, und empfinden darüber nicht das mindeste Bedauern."

„Wenn Sie es so ausdrücken..."

„Ich glaube, dass es für alle Beteiligten das Beste wäre, wenn wir beide uns aus dem Weg gingen. Meinen Sie das nicht auch?"

Aus irgendeinem Grund fiel Ryan in diesem Moment ein, wie er sie in der Kombüse berührt hatte. Sie war ihm so allein und einsam vorgekommen und er in Sorge gewesen, sie könne in Tränen ausbrechen, dass er nicht anders gekonnt hatte, als ihr die Hände auf die Schultern zu legen, ihr über die beeindruckend weichen Arme zu streichen und ihr Gesicht zu berühren.

Reglos schaute sie ihn an. Es war unübersehbar, dass sie nicht nahe am Wasser gebaut hatte.

„Sie wollen damit ausdrücken, dass wir uns einander fern halten sollen, nicht wahr?"

„Ja, so gut, wie es in der Enge dieses Schiffs möglich ist."

„Ich verstehe." Ryan war klar, dass Miss Peabody Recht hatte, und das störte ihn empfindlich. „Ich bin einverstanden, doch nur unter einer Bedingung", willigte er ein.

„Welche ist das, Captain... Ryan?"

„Sie müssen auf Ihre Sicherheit achten und dürfen nicht mehr in ungeeigneten Schuhen herumlaufen, so dass Sie wie ein schwankender alter Kahn aussehen. Nichts dergleichen, wenn ich bitten darf!"

„Ich bin nicht gewohnt, Befehle auszuführen", entgegnete Isadora kühl.

„Im Gegenteil!" widersprach Ryan. „Ihr Leben lang haben Sie auf Beacon Hill Befehle und Anweisungen befolgt!"

Sie hielt den Atem an, als habe er sie ins Gesicht geschlagen.

„Begreifen Sie jetzt, was ich meine?“ Sie breitete die Webleinen aus. „Wir müssen unverzüglich damit beginnen, uns gleichgültig zu sein.“

Er verbarg das Gefühl, etwas verloren zu haben, hinter einem spöttischen Lächeln und erwiderte: „Wie Sie wünschen, Miss Peabody!“

Im Verlauf der folgenden Tage fand Ryan es jedoch unmöglich, Miss Peabody nicht zu bemerken. Im Gegenteil! Er schenkte ihr in einer Weise Aufmerksamkeit, wie man mit der Zungenspitze einen schmerzenden Zahn berührte. Er sah sie mit Timothy Datty auf dem Vordeck sitzen und hörte sie, um das Stottern des Kajütjungen zu beheben, geduldig Wörter und Silben wiederholen. Bei Sonnenaufgang entdeckte er sie und den Doktor oft beim Angeln. Manchmal half sie Mr. Conti beim Reparieren der Segel und bestand darauf, dass er ihr Unterricht gab, damit sie ihr Italienisch verbessern konnte.

Die Matrosen hatten schnell begriffen, dass sie auch gern zu anderen, gefährlicheren Aufgaben bereit war. An einem freundlichen Mittwochmorgen sah Ryan sie in den Wanten hocken, sich über eine Rahnock beugen und Mr. Craven helfen, ein Segel einzuholen.

Heftig klopfenden Herzens pfiff er und brüllte: „Kommen Sie sofort herunter, Miss Peabody!“

„Ich bin beschäftigt“, rief sie zurück.

„Das war ein Befehl!“

„Sie haben mir befohlen, Sie nicht zu beachten, also ignoriere ich Sie!“

Laut stieß Ryan eine Reihe wüster Flüche aus.

Isadora schaute Mr. Craven an. „Haben Sie etwas gehört, Sir? Oder war das nur ein heftiger Windstoß?“

Ryan entfernte sich und wurde sich gewahr, dass er Miss Peabody, indem er sie auf Armeslänge von sich hielt, zu den Matrosen getrieben hatte. Dem Benehmen nach zu urteilen, das sie in Boston an den Tag gelegt hatte, war er überzeugt gewesen, einen zurückhaltenden Menschen vor sich zu haben, jemanden, der nicht nach Gesellschaft verlangte, wenn er ein gutes Buch lesen konnte. Nun hingegen genoss sie es, mit seinen Männern zusammen zu sein, mit ihnen zu reden und ihnen zuzuhören. Und angesichts des Verhaltens der Besatzung ihr gegenüber war sie offensichtlich bei den Matrosen sehr beliebt.

Selbst William Click, der launische und verschwiegene zweite Maat, hatte sich für sie erwärmt, und zeigte ihr, wie man die Flaschenzüge betätigte, um Wasser aus dem Meer zu holen. Ralph Izard, der, was sein Privatleben anging, im Allgemeinen sehr zurückhaltend war, überließ ihr sogar die Pinne, stand neben ihr und erzählte ihr von seiner in New York City verbrachten Kindheit.

Tag für Tag freundete sie sich mehr und mehr mit allen Matrosen an, wurde ihre Vertraute, ihre Schiffskameradin. Sie lernte sie in einer Weise kennen, wie Ryan, weil er der Kapitän war, das niemals möglich gewesen wäre. Aufgrund seiner Stellung an Bord konnte er nicht mit dem Schiffsjungen über seine in Rhode Island gelegene Farm sprechen, und auch nicht mit Gerald Craven über die letzte Reise nach New Orleans. Er musste Distanz zur Mannschaft wahren, wohingegen Miss Peabody im Kreis der Matrosen aufzublühen schien.

An ruhigen Abenden beobachtete er, wie sie nach dem Abendessen mit den Männern auf dem Hauptdeck Unfug trieb. Offen und gutmütig hatten sie sich über ihre schlechten Tanzkünste lustig gemacht, so dass die Männer entschlossen waren, ihr beizubringen, wie eine weltgewandte Dame zu tanzen. Zunächst hatte Ryan sich bemüht, nicht weiter auf sie zu achten, doch neuerdings schien sie lauter zu sprechen und viel öfter als früher zu lachen, so dass es ihm schwer fiel, ihr keine Aufmerksamkeit zu schenken.

Der Zimmermann hatte eine Blockflöte für sie geschnitzt, und es dauerte nicht lange, bis sie sich der kleinen Spielgruppe anschloss, die aus Journey mit seiner Rührtrommel, Mr. Conti mit seiner Fiedel und Mr. Craven mit seiner Hornpipe bestand. Die Musik, die sie machten, klang so fröhlich, dass selbst Ryans Mutter und Fayette an Bord kamen, Platz nahmen, sich in Decken hüllten und, während sie rhythmisch mit den Füßen auf die Planken klopften, ihr anhaltendes Elend zu vergessen trachteten.

Da die Mutter sich an Deck aufhielt, hatte Ryan wenigstens einen Grund, sich dem allgemeinen Vergnügen hinzuzugesellen. Nach der Begrüßung der Damen hielt Lily seine Hand fest und fragte: „Wann werde ich endlich seefest sein?"

„Inzwischen müsstest du die Seekrankheit längst überstanden haben."

„Fayette und ich versuchen wirklich, wieder auf die Beine zu kommen. Miss Peabody bringt uns Brühe und Brot, manchmal sogar Eier und Biskuits. Ich sage dir, sie ist wirklich ein Engel!"

Ryan bedachte den Engel mit einem verstohlenen Blick. Strahlenden Blickes blies Miss Peabody auf der Blockflöte das Lied „The Bo'suns Wife" und klopfte auf den Eichenplanken mit der in einem Pantoffel steckenden Fußspitze den Takt dazu. Das Licht der untergehenden Sonne verlieh ihrem gelösten Haar einen rotgoldenen Schimmer. Ryan richtete den Blick auf ihren Mund. Ihre vollen, feuchten Lippen waren fest um das Mundstück der Blockflöte geschlossen und in den Winkeln leicht nach oben gezogen, ganz so, als amüsiere sie sich köstlich.

Er betrachtete ihre Lippen, ihre geschickt beim Spielen über die Löcher der Flöte gleitenden Finger, empfand plötzlich, gänzlich unerwartet, Hitze in sich aufsteigen, und merkte, dass seine Gedanken jäh um die intimen Stellen einer Frau kreisten, die deren weiblichen Geruch verströmten. Überraschend lebhaft stellte er sich vor, wie Miss Peabodys bloße Haut und ihre weichen, ihm willig dargebotenen Lippen sich unter seinen anfühlen würden.

Unbehaglich trat er von einem Fuß auf den anderen und bemühte sich, seine Gedanken auf etwas anderes zu lenken. Er spürte jedoch, dass ihm das Blut in Wallung geriet, murmelte, er müsse die Wassertiefe ausloten, und entfernte sich rasch.

Zur Hölle mit Miss Peabody!

Er vermisste sie.

11. KAPITEL

„Erzählen Sie mir von Ihrer Familie", bat Isadora.

Journey saß ihr gegenüber am Kombüsentisch, hob den Kopf und unterbrach das Stopfen des Hemdes. Der weiche blaue Stoff lag über seinen knochigen Knien, und ein verlorener Ausdruck erschien in seinen Augen.

Isadora musste sich nicht lange fragen, wo er in Gedanken sein mochte. „Ich habe meine Delilah und meine Kinder seit vier Jahren nicht gesehen", antwortete er.

Nach dieser Mitteilung krampfte sich Isadora das Herz zusammen. Sie hatte stets gewusst, dass die Sklaverei etwas Unmenschliches, Ungerechtes war, doch ihr Standpunkt beruhte auf Pamphleten, die sie gelesen hatte, und Essays, die von gebildeten Männern und Frauen verfasst worden waren.

Im Gegensatz zu ihnen empfand Isadora Journeys Anwesenheit, seine Würde und seine stille Verzweiflung als lebendige, überaus deutliche Illustration ihres theoretischen Wissens.

„Stört es Sie, über Ihre Angehörigen zu sprechen?" fragte sie.

„Nicht mehr, als wenn ich nicht über sie reden würde", antwortete Journey, stach die Nadel in den Saum des Hemdes, das den

Hemden aus Baumwollstoff glich, die von fast allen Matrosen getragen wurden.

Unbehaglich regte Isadora sich auf der Bank. Jetzt, da man in südliches Klima gelangt war, hatte sie seit Tagen nicht mehr an Erkältungen gelitten. Hingegen scheuerte das Korsett mehr denn je. Ein Hemd aus feinem Baumwollstoff wäre sehr angenehm zu tragen.

Wiewohl sie wusste, dass die Mutter allein bei dem Gedanken, ihre Tochter könne bei der Garderobe nachlässig sein, sofort nach dem Riechsalzfläschchen verlangen würde, hatte sie auf einen Unterrock verzichtet. So war es bequemer für sie, auch wenn sie bei dieser Entscheidung ein ungutes Gefühl gehabt hatte. Täglich lockerte sie ihr Verhalten ein wenig mehr, und ihr Selbstvertrauen wuchs. Nach so vielen Jahren, in denen sie versucht hatte, sich der Gesellschaft anzupassen, kam es ihr wie ein Wunder vor, plötzlich zu erkennen, dass das Problem nicht bei ihr, sondern bei der Gesellschaft zu suchen war.

Und nun beschloss sie, dreiundsiebzig Meilen nördlich des Äquators, sich auch noch des einen oder anderen Unterrocks zu entledigen.

Sie kam sich schäbig vor, weil sie sich mit ihren kleinlichen Problemen befasst hatte, und drängte den Steward: „Dann berichten Sie mir bitte über Ihre Familie."

Er begann wieder zu nähen, und seine Miene nahm erneut den gedankenverlorenen Ausdruck an, den sie einige Augenblicke zuvor gehabt hatte. „Delilah und ich haben uns bei einem Sonntagsgottesdienst kennen gelernt", erklärte er. „Sie war ein hübsches Ding, das stets Gefahr lief, sich Ärger einzuhandeln. Das störte indes niemanden, da sie beim Gottesdienst wie eine Lerche sang und das Gesicht eines Engels hatte."

Journey lächelte, und Isadora überlegte, wie es sein mochte, wenn ein Mann beim Gedanken an sie derart lächelte. War die Beschreibung seiner Frau als Engel wörtlich zu nehmen gewesen? Oder war es die innige Liebe zu ihr, die ihr eine besondere Aura verlieh?

Isadora kostete diesen reizvollen Gedanken aus. Wie einzigartig es war, die Schiffskameradin der Mannschaft zu sein. Wie leicht sie auf diese Weise deren Sorgen kennen lernte! Sie fand das Leben auf dem „Silbernen Schwan“ so fesselnd, dass sie seit unzähligen Tagen aufgehört hatte, an Chad Easterbrook zu denken. Dem an ihn begonnenen Brief, den sie ihm bei der nächsten Begegnung mit einem anderen Schiff schicken wollte, hatte sie so gut wie nichts hinzugefügt. Auch ihre Berichte an seinen Vater waren sehr nachlässig verfasst worden, weil der Kapitän, abgesehen davon, dass er sie bei jeder Gelegenheit persönlich angegriffen hatte, sich ansonsten eines mustergültigen Betragens befleißigte.

„Sie haben Ihre spätere Frau also in der Kirche getroffen“, nahm sie den Gesprächsfaden wieder auf, begierig, den Rest der Geschichte zu hören.

Journeys glattes, schmales Gesicht bekam bei den Erinnerungen einen weicheren Ausdruck. „Mr. Calhouns Vater wollte stets, dass ich ein Mädchen aus Albion heirate, doch davon wollte ich nichts mehr hören, nachdem ich Dee getroffen hatte, obwohl ich sie, da sie woanders lebte, nur sonntags sehen konnte.“

Isadora ahnte, was er ihr nicht sagen mochte. Eine Heirat zwischen Sklaven derselben Plantage führte dazu, dass eine neue Generation von Arbeitern geboren wurde. Der Gedanke allein war so unerhört, dass sie ihn kaum zu fassen vermochte.

„Die Heirat wurde Ihnen also gestattet“, vermutete sie.

Journey zog einen Mundwinkel hoch und erwiderte: „Eines Tages sollten Sie den Skipper fragen, Madam, wie es Dee und mir erlaubt wurde zu heiraten.“

Neuerdings stellte Isadora Captain Calhoun keine Fragen mehr, weil sie beide hartnäckig darauf bedacht waren, sich aus dem Weg zu gehen. Sie vertrat den Standpunkt, er müsse das Schweigen als Erster brechen.

„Dee und ich heirateten, als ich sechzehn Jahre alt war. Sie war, soweit man das beurteilen konnte, ein Jahr jünger.“ Journey nähte eifrig, stach mit der Nadel in den Stoff und zog sie ein Stückchen weiter wieder heraus.

Er hatte in so beiläufigem Ton gesprochen, dass Isadora einen Moment brauchte, bis ihr einfiel, dass man Sklaven ihren Geburtstag nicht mitteilte. Natürlich! Ein Geburtsdatum hätte einen Sklaven zu einem Menschen gemacht, aber das ganze System der Sklavenhaltung hing davon ab, dass diese Leute wie Leibeigene oder Vieh gehalten wurden.

„Dann wurden die Mädchen geboren, zuerst Ruthie, später Celeste. Kein Zweifel, Ruthie ist das niedlichste Baby auf der ganzen weiten Welt. Oh, ich schätze, Celeste ist das auch“, fügte Journey rasch hinzu. „Aber ich habe meine zweite kleine Tochter nie gesehen.“

Er zog die große Hand unter dem Hemd hervor, und ein Blutstropfen war auf seiner Fingerspitze zu sehen. Er steckte den Finger kurz in den Mund, nahm ihn heraus und sagte: „Entschuldigen Sie mich, Miss. Ich lege mir besser ein Pflaster an, ehe ich das Hemd ruiniere.“

Der Satz „Ich habe meine zweite kleine Tochter nie gesehen“ hing wie ein böser Schatten in der Luft.

Nachdem der Steward die Kombüse verlassen hatte, ging Isadora zum Tisch und nahm das Hemd an sich. Der Saum war perfekt gemacht und mit so kleinen Stichen genäht, dass man sie kaum sehen konnte. Sacht strich sie über den Stoff und war überzeugt, dass

Dee, eine Frau, die sie nicht kannte und nie treffen würde, alles darum gegeben hätte, dieses Hemd flicken zu können.

Als der „Silberne Schwan“ einige Meilen nördlich des Äquators beigedreht hatte, fiel der Schein des Vollmondes auf die Bark. Das Meer war jedoch rau, da die Wellen des Atlantiks schon seit vielen tausend Meilen, von der Küste Afrikas her, an Kraft und Geschwindigkeit gewonnen hatten. Mrs. Calhoun und Fayette, die einige Tage der Bequemlichkeit genossen hatten, wurden wieder seekrank und mussten in ihrer Kabine bleiben.

Mit gespreizten Beinen stand Ryan an der Pinne und hatte den Eindruck, dass Miss Peabody von Tag zu Tag sicherer wurde. Sie verbrachte viel Zeit an Deck, in der Kombüse oder im Kartenraum, saugte wie ein Schwamm Wissen und Seemannsgarn in sich auf und bewegte sich auch weniger unbeholfen, da sie gelernt hatte, sich mit einer Hand festzuhalten, wenn das Schiff schlingerte.

Sie schien ihn zu verfolgen, da sie aus dem Nichts erschien und so tat, als sei er nicht vorhanden. Als die Bark sich dem Äquator näherte, stand Ryan wieder an der Pinne und sah Miss Peabody nach achtern gehen, sich eindeutig seiner Anwesenheit nicht bewusst.

Sie blieb stehen, bückte sich und hob die Katze hoch. Sie setzte sie sich auf den Arm und streichelte sie. Die neue Selbstsicherheit, die ihre Bewegungen und ihre Haltung bekundeten, unterstrichen stark ihr verändertes Erscheinungsbild. Ihre Kleidung war nicht mehr so überladen und kostspielig wie die Sachen, die sie im Salon des Hauses ihrer Eltern getragen hatte, und das gekürzte Haar fiel ihr wirr um den Hals und auf die Schultern.

Dennoch sah sie, ungeachtet ihres unordentlichen Äußeren, irgendwie anders aus. Ihre Haltung und Attitüde hatten sich verändert. Ryan stellte fest, dass ihm eine Frau in Lumpen und mit bloßen Füßen, die ihm in die Augen sehen konnte, lieber war als eine unterwürfige, tadellos gekleidete Dame, die schon furchtsam zusammenzuckte, wenn man ihr auch nur einen Blick zuwarf.

Es ärgerte ihn, dass Miss Peabody ihn nicht beachtete, aber zumindest respektierte er sie.

Im Augenblick stand sie ungeschützt da, hatte das Gesicht dem mit vorüberziehenden bauschigen Wölkchen bedeckten Sommerhimmel entgegengereckt. In letzter Zeit hatte sie sich nicht mehr die Mühe gemacht, einen Hut aufzusetzen oder ihren Sonnenschirm mitzubringen. Die Auswirkungen, die der Wind und der Sonnenschein hatten, schienen ihr nicht mehr aufzufallen. Ihre helle Haut hatte einen goldbraunen Schimmer bekommen, und ihr Haar war heller geworden. Ryan wusste, ihre Mutter hätte dieses veränderte Aussehen als „gewöhnlich" bezeichnet.

Er würde es jedoch anders nennen.

Ein greller Schrei zerschnitt die Luft und erschreckte sowohl Ryan als auch Miss Peabody. Sie ließ die Katze fallen, die sich unter ein Rettungsboot flüchtete. Ryan schaute nach achtern und sah, dass der Doktor unter einem Arm das Schwein und in der anderen Hand ein breites, geschwungenes Messer hielt.

„Gott im Himmel!" murmelte Isadora und rannte an Captain Calhoun vorbei. „Der Doktor will Lydia schlachten."

Ryan folgte ihr und fragte: „Lydia? Haben Sie das Schwein Lydia getauft?"

Sie beachtete ihn nicht und rief über die Decks: „Doktor! Oh, bitte, Doktor! Lassen Sie das sein!"

Samuel drehte sich zu ihr um und fragte: „Was gibt es, Miss?"

„Sie dürfen das Schwein nicht töten!"

Er schaute den Kapitän an und sagte: „Ich finde, es ist an der Zeit, es zu schlachten. Was meinen Sie, Skipper?"

Ryan schaute auf das zappelnde, quietschende junge Schwein,

das der Koch unter den Arm geklemmt hielt, bemerkte dann Miss Peabodys entsetzte, verstörte Miene und erwiderte leichthin: „Ich nehme an, wir können dem Schwein einen Aufschub gewähren, da wir ziemlich nahe vor Rio sind und noch genügend Vorräte haben."

„Aber..."

„Schon gut, Doktor. Miss Peabody hat drei Tage um die Hühner getrauert, die Sie zuletzt in den Kochtopf befördert haben. Ich kann jammernde Frauen nicht ausstehen."

Einen Tag später entdeckte Ryan Miss Peabody, die, sich die Augen vor der Sonne verschattend, William Click und Gerald Craven beim Teeren des Hauptmastes zuschaute. Die Männer saßen in Sattelstützen, und ihre nackten Beine und Oberkörper waren von Teer verschmiert. Sie hielten in der Arbeit inne und winkten grinsend Miss Peabody zu. Sie winkte zurück.

Es gehörte sich nicht, dass sie überall, wohin sie kam, Männer mit nacktem Oberkörper sah.

Geduckt ging sie unter den Wanten durch, und Ryan merkte, dass seine Anwesenheit ihr erst auffiel, als sie schon dicht vor ihm war.

„Oh, Captain Calhoun!" äußerte sie überrascht.

„Ich dachte, ich übernehme jetzt die Pinne", antwortete er betont gleichgültig.

Nervös schaute Isadora ihn an, als traue sie ihm nicht recht oder sich selbst in seiner Nähe. „Ich wollte auf Deck sein, wenn das Schiff den Äquator erreicht. Werden Sie es mir mitteilen, wenn es so weit ist?"

Ryan freute sich lächerlicherweise, ihr diesen Gefallen erweisen zu können. Ihre staunende Neugier war eine Abwechselung im monotonen Leben auf See. Vielleicht war das ihre Stärke. Möglicherweise lag es daran, dass die Mannschaft auf jeden ihrer Wünsche einging.

„Ans Ruder, Timothy!“ rief er dem Schiffsjungen zu.

„Aye, Sir“, erwiderte Timothy, eilte herbei und salutierte so beflissen, dass Ryan sich amüsierte.

Er überließ ihm die Pinne und reichte Miss Peabody die Hand. Sie zögerte, sie zu ergreifen, und beäugte sie, als habe sie eine Giftschlange vor sich.

„Sie ist aus Fleisch und Blut“, äußerte Ryan leichthin, seine Verstimmung verhehlend. Miss Peabody stieg die Röte in die Wangen. Er lachte und fuhr fort: „Es sei denn, genau darin bestünde das Problem.“

Beinahe trotzig ergriff sie die Hand des Kapitäns. Ihre fühlte sich überraschend an. Frauen ihres Standes hatten eine weiche, samtene Haut. Sie hingegen hatte einen festen Griff und leichte Schwielen.

„Ich nehme an, Sie nehmen den Ihnen im Segelmachen und in seemännischen Fertigkeiten erteilten Unterricht sehr ernst“, bemerkte Ryan, begab sich zu einem Niedergang und half ihr hinauf.

„Ich nehme alles sehr ernst, Captain.“

„Das ist mir aufgefallen. Wieso, Miss Isadora?“ Man gelangte an den Bug, und Ryan drehte sich zu ihr um.

„Ich habe keine Ahnung.“

„Da!“ rief Ryan plötzlich aus und hielt sich die Hand über die Augen. „Da ist er!“

„Wer?“

„Der Äquator!“ Ryan nahm das Fernglas aus der Tasche und reichte es Miss Peabody.

Sie kniff ein Auge zu und schaute durch das Fernglas. „Wonach soll ich Ausschau halten?“ fragte sie verwundert.

„Nach dem Äquator. Sie wollten ihn doch sehen. Deswegen sind Sie schließlich heraufgekommen, nicht wahr?“

„Sehen? Aber...“

„Suchen Sie weiter.“ Verstohlen zupfte Ryan sich ein Haar aus und hielt es unter dem Vorwand, die Brennweite des Fernglases justieren zu wollen, waagerecht vor die Linsen. „Sehen Sie den Äquator jetzt?“ fragte er.

„Ja, wirklich!“ antwortete Isadora überrascht und entzückt. „Ich glaube, ich erkenne ihn.“ Sie verzog die Lippen zu einem Lächeln, das eine sehr beunruhigende Wirkung auf Ryan hatte. „Wie faszinierend! Ist das dort nicht ein Elefant, der über die Linie stapft?“

„Ich wusste, Sie würden nicht darauf hereinfallen“, sagte Ryan, nahm Miss Peabody das Fernglas ab und steckte es ein.

Ihre Miene drückte Missbilligung aus, aber ihr Blick war belustigt. „Ich habe nicht die Angewohnheit, auf irgendetwas hereinzufallen, Captain“, erwiderte sie. „Ich kann mir nicht denken, warum Sie mir diesen Streich spielen wollten.“

„Um Sie lächeln zu sehen“, erklärte Ryan. „Sie lächeln nicht sehr oft, obwohl Sie das tun sollten.“

Ernst schaute sie ihn an. „Warum sollte ich öfter lächeln?“

„Nun, weil...“ Er kam sich albern vor. „Ich befehle es Ihnen, und ich bin der Kapitän.“

„Ich nehme an, dann bleibt mir keine andere Wahl“, sagte sie schmunzelnd.

„Nein, Madam, ich meine, Sie haben keine andere Wahl“, erwiderte er grinsend und lehnte sich an einen Balken. „Wir sind noch ungefähr neunhundert Seemeilen von Rio de Janeiro entfernt.“

„Das klingt ungeheuer weit.“ Isadora überschattete die Augen und starrte auf das endlose Meer.

„Die See, so weit der Blick reicht. Deshalb möchte ich, dass die Mannschaft vorankommt."

„Diesen Wunsch scheinen auch die Männer zu haben. Mr. Click war in den letzten Wochen ungewöhnlich schweigsam. Wann werden wir Ihrer Ansicht nach in Rio de Janeiro eintreffen?"

„Innerhalb einer Woche", antwortete Ryan. „Für jeden Tag, den wir unter der durchschnittlichen Fahrtzeit bleiben, gibt es eine Prämie von einhundert Dollars." Er streckte die Hand aus und ließ sie an einem Sonnensegel entlanggleiten. „Das sieht gut aus", stellte er fest. „Ist es neu?"

„Ich habe es mit Salzwasser bespritzt", antwortete Isadora und sah ihn sie verdutzt anschauen. „Mr. Conti meint, das verhindere Stockflecken."

„Ja, das stimmt", bestätigte Ryan. Wenngleich man sich über oberflächliche Dinge unterhielt, empfand er ein eigenartiges Gefühl, das nichts mit Sonnensegeln, Stichtagen oder dergleichen zu tun hatte, aber sehr viel mit Miss Peabody.

Das war eine ganz neue Erfahrung für ihn. Miss Peabody war etwas Neues für ihn. Früher hatte er sich zu Frauen hingezogen gefühlt, deren Schönheit ihren Verstand übertraf, die laut plapperten, aber nicht nachdachten, kurz, Frauen, die ihn nicht erkennen ließen, dass er in Wirklichkeit ein verzogener, oberflächlicher junger Mann ohne soziales Gewissen gewesen war. Als er das begriffen hatte, war es fast zu spät gewesen. Einst hatte er Frauen bevorzugt, die ihn nicht zu mehr herausforderten, als zu leisten er imstande gewesen war, doch das traf jetzt nicht mehr zu. Er war sich nicht ganz sicher, wann und weshalb diese Veränderung mit ihm vorgegangen war, doch irgendwann hatte er angefangen, neue, weichere Gefühle für Miss Peabody zu empfinden.

Durch diese Erkenntnis nervös geworden, sagte er: „Hören Sie, ich weiß, dass wir in der letzten Zeit nicht gut miteinander ausgekommen sind..."

„Das lag nicht an mir", unterbrach Isadora. „Ich habe es versucht."

Er biss die Zähne zusammen, um keine boshafte Bemerkung zu äußern, und erwiderte nach einem Moment: „Zerstören Sie mein Entgegenkommen nicht, indem Sie mich wieder wütend machen."

„Ich habe nicht..."

„Ja, aber nur, weil ich Sie davon abgehalten habe. Nun seien Sie still und hören Sie mir zu. Ich war wütend über die Art, wie Sie es geschafft haben, an Bord zu gelangen. Sie haben Ihre guten Beziehungen zu Mr. Easterbrook senior ausgenutzt."

„Ich habe nichts anderes gemacht als das, was Kaufleute tun."

„Verdammt!" platzte Ryan heraus. „Sie machen es mir fast unmöglich, mich bei Ihnen zu entschuldigen!"

Als er fluchte, war Isadora zusammengezuckt. „Ach, soll das eine Entschuldigung sein?"

„Ja, verdammt noch mal!" brüllte er.

„Nun, das klappt nicht."

„Aber das liegt nicht an mir", äffte er Miss Peabody nach. „Ich habe es versucht!"

„Vorsicht, Miss!" warnte Chips Miss Peabody. „Halten Sie sich mit einer Hand an der Takelage fest, ganz gleich, was geschieht, und achten Sie darauf, dass Ihre Füße auf den Webeleinen bleiben."

Wiewohl Isadora nur einige Fuß vom Deck hochgeklettert war, kam sie sich gefährdet vor, besonders dann, wenn das Schiff von Wellen auf und ab getragen wurde. Ungeachtet ihrer Unsicherheit war sie jedoch stolz und aufgeregt. Die Isadora, die den Bostoner Hafen hinter sich gelassen hatte, hätte nie gewagt, in die Takelung eines Schiffes zu klettern. Da die Mannschaft des „Silbernen

Schwans“ jedoch beschlossen hatte, ihr das Seemannshandwerk beizubringen, war sie mutig genug gewesen, hundert für sie neue Dinge auszuprobieren. Von Tag zu Tag war dadurch ihr Selbstvertrauen gewachsen.

„Zum Teufel!“ Finster die Stirn runzelnd, eilte Ryan zum Zimmermann. „Verdammt, Mr. Pole, Sie können nicht zulassen, dass Miss Peabody in die Takelung steigt.“

„Das war nicht seine Schuld, Captain“, schaltete sie sich hastig ein. „Ich habe darauf bestanden, weil ich hörte, Cape Frio sei in den Nähe, und es sehen wollte.“

Die Wahrheit war, dass sie alles hatte sehen wollen, denn die Fahrt war für sie zu einer Reise der Selbstentdeckung geworden. Allerdings hatte sie keine Ahnung, was sie am Ende erwarten würde. Aber über eins war sie sich im Klaren. An Bord dieses Schiffes fühlte sie sich heimischer als in ihrer früheren Umgebung im glücklicherweise jetzt weit entfernten Boston.

„Kommen Sie unverzüglich herunter!“ befahl Ryan barsch und lehnte sich an das Gangspill. Er wusste nicht, wie anziehend und auch gebieterisch er wirkte.

Isadora empfand einen Anflug von innerer Wärme. Auf den Kapitän war ihr neugewonnenes Gefühl, auf dem Schiff heimisch zu sein, zurückzuführen, wenngleich er das nicht wusste. Ihm war es vollkommen gleich, wie sie aussah, sprach oder sich aufführte. Er behandelte sie nicht besser als seine Mannschaft. Ihm hatte sie es jedoch zu verdanken, dass sie jetzt männliche Wutausbrüche ertragen, Scherze und Neckereien hinnehmen und die Komik von Situationen sehen konnte, die sie früher entsetzt hatten.

Es amüsierte sie, dass er keine Ahnung zu haben schien, wie gut der Aufenthalt in der Takelage für sie war, und tapfer lächelte sie zu ihm hinunter. Sie hatte es für einen großartigen Einfall gehalten, in die Besantakelung hinaufzuklettern, weil Mr. Pole gewandt wie ein

Affe darin herumkletterte und es bei ihm so leicht aussah. Beim Aufstieg bereute sie jedoch ihren Wagemut.

„Zwingen Sie mich nicht, Ihnen den Abstieg zu befehlen!" rief Ryan ihr wütend zu.

Rasch traf sie die Entscheidung, ihr Stolz verlange, dass sie weiterkletterte.

Seit vor einigen Tagen der Äquator überquert worden war, gingen der Kapitän und sie sich wieder aus dem Weg. Er mochte sich seinen verführerischen Charme für hohlköpfige und vollbusige Mädchen aufheben! Sie würde sich nicht von ihm betören lassen.

„Ich klettere weiter, Mr. Pole", sagte sie.

Er warf dem Skipper einen hilflosen Blick zu. „Rechte Hand und linker Fuß, so wird es gemacht. Oder linke Hand und rechter Fuß."

„Verdammt, ich lasse Sie kielholen, Mr. Pole!" brüllte Ryan. „Und glauben Sie nicht, das sei eine leere Drohung!"

„Das werden Sie nicht tun", entgegnete Chips grinsend. „Ich muss Miss Peabody helfen, da sie zum ersten Mal in die Takelage steigt."

Sie versuchte, nicht zu lächeln, während sie mit einer Hand in die Takelung griff und den entgegengesetzten Fuß auf die nächste Webeleine stellte. Ihre sich bauschenden Röcke erschwerten ihr das Klettern, und außerdem war es höchst unschicklich, so in die Höhe zu steigen. Aber sie wollte nicht darauf verzichten, weil sie sich nach dem Anblick des wilden, exotischen Landes sehnte, zu dem man so schnell und so weit gefahren war.

„Ich kann Ihre Unterhosen sehen", rief Ryan laut.

Fast hätte Isadora die Webeleine losgelassen. Nur der starke Selbsterhaltungstrieb hinderte sie daran. „Ein Gentleman würde nicht hinschauen", erwiderte sie, „und ganz gewiss keine Bemerkung darüber machen!"

„Wer würde mich je für einen Gentleman halten?“

Die Takelung bog sich in entgegengesetzter Richtung durch, und Isadora merkte, dass der Kapitän ihr hinterherkletterte. Mit drei langen Klimmzügen war er hoch in den Webeleinen und schaute Miss Peabody drohend an.

„Da Sie darauf beharren, den Aufstieg zu machen, werde ich mit Ihnen hinaufklettern, damit ich Sie retten kann, falls Sie den Eindruck erwecken sollten, gleich abzustürzen“, erklärte er.

„Falls ich abstürze, kann nichts mich retten“, entgegnete sie kläglich und hätte beinahe über Mr. Calhouns Miene laut aufgelacht. „Keine Angst! Ich habe nicht vor, hinunterzustürzen. Sie müssen also nicht mit mir hinaufsteigen.“

„Wäre es Ihnen lieber, dass ich an Deck bleibe und Ihnen unter die Röcke sehe?“

Heftig krampfte Isadora die Hand um eine Webeleine. „Auf diese freche Frage gebe ich Ihnen keine Antwort“, äußerte sie verärgert und kletterte weiter, wie sie es die Mitglieder der Mannschaft so oft tun gesehen hatte. Der Aufstieg war schwieriger, als er von Deck aus gewirkt hatte, da die lockeren Stricke die Tendenz hatten, aufgrund der Schwankungen des Schiffes sich einmal hierhin und dann dorthin durchzubiegen.

Isadora bemühte sich, Captain Calhoun nicht zu beachten, machte dann jedoch, als sie den Fockmast schon zur Hälfte erklommen hatte, den Fehler, nach unten zu blicken.

„Du lieber Gott!“ flüsterte sie bestürzt.

„Es ist ein weiter Weg nach unten, nicht wahr?“ fragte Ryan fröhlich.

Sie beachtete ihn nicht. Das mit Kisten, Luken und Taurollen bedeckte Deck kam ihr winzig vor. Sie wusste, dass sie, wenn sie noch höher stieg, aufgrund der Neigung des Schiffes über dem freien Meer sein werde.

Der Wind blies ihr durch das Haar, und die Sonne wärmte ihr das Gesicht. Es war furchtbar heiß, und der Schweiß brach ihr an unaussprechlichen Stellen aus. Eine Blase hatte sich an ihrem rechten Handteller gebildet.

Es war ein schrecklicher, dummer Einfall gewesen, hier hinaufzusteigen. Warum hatte sie ausgerechnet an diesem Tag in die Takelage klettern wollen?

„Noch ein bisschen höher", schlug Ryan ihr boshaft vor. „Die Stelle ganz oben, wo die Webeleinen zu eng zusammenlaufen, wird die ‚Damenleiter' genannt. Man könnte denken, sie sei für Sie gemacht worden."

Isadora ärgerte es, dass er ihre Angst sehen konnte. Sie richtete den Blick voraus und kletterte weiter. Die Blase an der Hand platzte, und Schweiß und der Schmutz von den geteerten Hanftauen brannten in der wunden Stelle. Weit unter ihr sah das um das Schiff schäumende, tosende Wasser wie weiß geäderter blauer Marmor aus, so Furcht erregend wie eine Schlangengrube.

Inständig flehte sie zum Himmel, sie dieses Abenteuer überleben zu lassen, und gelobte, nie wieder etwas so Gefährliches zu wagen.

Ihr Blick schweifte über das Kielwasser des „Silbernen Schwans" zum südlich gelegenen Horizont, und das, was sie dort sah, ließ sie derart zusammenzucken, dass sie beinahe die Takelung losgelassen hätte.

„Ganz ruhig!" riet Ryan ihr, kletterte weiter und hielt neben ihr an. „Endlich bekommen Sie einen guten Blick auf Brasilien."

„Es ist erstaunlich!" erwiderte sie und vergaß, dass sie eigentlich wütend auf den Kapitän war. „Die Berge sind so schön. Sie sehen aus, als hätte man sie mit grünem Samt bedeckt."

„Da ist der Corcovado, und die höchsten Erhebungen werden ‚Dedos de Deus' genannt", erklärte Ryan und wies auf eine Kette von fünf gezackten Bergspitzen, die sich nahe der Küste erhoben. Ihre satte smaragdgrüne Farbe, die sich so deutlich vom klaren blauen Himmel abhob, war derart intensiv, dass Isadora die Augen zu brennen begannen.

„Gottes Finger“, übersetzte sie.

„Die nächste Bergstadt ist Petropolis. Im Sommer zieht jeder carioca, der etwas auf sich hält, des dort oben kühleren Klimas wegen da hinauf, um dem Gelbfieber zu entgegen.“

Isadora erschauerte, weil sie gelesen hatte, das Gelbfieber sei eine schreckliche Krankheit, die besonders unter den Yankees wütete, die nicht dagegen immun waren. „Eine solche Krankheit ist in einem so schönen Land schwer vorstellbar“, meinte sie und hielt, hingerissen von der Aussicht, den Blick auf den Horizont gerichtet, bis ihr von der Anstrengung, sich festhalten zu müssen, die Hände zu zittern begannen. „Captain, sehen Sie dorthin, in nordöstliche Richtung!“ sagte sie plötzlich.

Er schaute über die Schulter zurück und betrachtete den Himmel. In der Ferne waren Unheil verkündende schwarze Wolken aufgezogen, und ein schwefelgelber Farbton mischte sich in das aus dieser Richtung kommende Licht. Isadora hielt sich fest und sah, wie schwer die See geworden war. „Ein Unwetter naht, nicht wahr?“ fragte sie bang.

„Ja, ein Sturm“, bestätigte Ryan.

Vom Deck drang ein Schrei herauf. „In Gottes Namen! Was machen Sie da oben?“ rief Lily entsetzt.

Erschrocken verlor Isadora den Halt, hing für den Bruchteil einer Minute fallend und dem Untergang geweiht in der Luft, bis unversehens einen harter Ruck ihren Sturz beendete. Captain Calhoun hatte blitzschnell reagiert und sie am Handgelenk gepackt. Von der Anstrengung traten ihm die Halsmuskeln hervor.

„Ich schlage vor, dass Sie jetzt sofort nach den Webeleinen greifen!" äußerte er mit zusammengebissenen Zähnen.

Mechanisch gehorchte Isadora. Eine weitere Blase, die sie an der linken Hand bekommen hatte, platzte, als sie sich in der Takelage festhielt.

„Kommen Sie unverzüglich herunter!" rief Lily mit vor Angst schriller Stimme. „Und du kommst auch an Deck, Ryan!"

„Danke", sagte Isadora und starrte ihn erleichtert und ungläubig an. „Sie haben mir das Leben gerettet."

„Ich lege keinen großen Wert darauf, jemanden retten zu müssen", entgegnete er brummig und begann mit dem Abstieg. „Jagen Sie mir nie wieder einen solchen Schreck ein!"

Der Ton, in dem er gesprochen hatte, machte Isadora nachdenklich, während sie, einen ungewohnten Druck in der Brust verspürend, Hände und Füße kreuzweise benutzend, zum Deck hinunterkletterte. Ihre Handflächen brannten, aber das war ihr gleich. Es war ein entsetzliches Gefühl gewesen, in die Tiefe zu fallen, das mit dem Wort Angst nicht hinreichend beschrieben werden konnte. Sie war froh, dass Captain Calhoun sie vor dem Tod bewahrt hatte.

„Haben Sie sich verletzt?" erkundigte er sich besorgt.

„Nein", antwortete sie und lächelte zittrig. „Nie zuvor habe ich jemanden in Angst und Schrecken versetzt, jedenfalls nicht auf diese Weise."

„In welcher dann?"

Sie richtete die Augen auf die Webeleinen, ließ den Blick über die einzelnen Verknüpfungen schweifen und gestand etwas, das sie bisher niemandem anvertraut hatte: „Ich nehme an, ich habe die jungen Herren, die mit mir auf Bällen tanzen mussten, in Schrecken versetzt."

„Dann waren diese jungen Herren feiger als räudige Köter", erwiderte Ryan und schnaubte verächtlich.

Sie wollte keine Platitüden von ihm zu hören bekommen und erwartete auch kein Mitgefühl. „Die Gentlemen wussten nie, worüber sie mit mir reden sollten, und mir fiel auch nie etwas ein", gab sie zu. „Folglich war das Tanzen für beide Parteien sehr unangenehm, besser gesagt, schrecklich." Sie spürte, dass sie mit dem Fuß auf die Deckplanken gelangte, und stieß einen Seufzer der Erleichterung aus.

„Was haben Sie sich blaß dabei gedacht, Miss Peabody?" entrüstete sich Lily. „Sie hätten beinahe ums Leben kommen können!"

„Sie wäre zu Tode gestürzt, wenn du noch ein bisschen lauter geschrien hättest, Mama", warf Ryan ein.

„Ich konnte nicht anders. Ich schreie immer, wenn eine Katastrophe bevorzustehen scheint."

„Es ist nichts passiert." Unvermittelt empfand Isadora Unbehagen, wie bei den Gelegenheiten, wenn sie in Boston mit widerwilligen jungen Gentlemen zusammen gewesen war. Hoch in der Takelage hatte sie sich beim Blick über das weite Meer auf ein Land von solch mystischer Schönheit wie ein anderer Mensch gefühlt, doch nun, da sie auf den dicken Eichenplanken des schwankenden Decks stand, war sie wieder so unbeholfen und verklemmt wie früher. Dort oben hatte sie zu viel von ihrem Innersten preisgegeben, so dass der Skipper jetzt Dinge wusste, die sie noch nie einem anderen Menschen anvertraut hatte.

Sie wagte nicht, ihn anzuschauen, und sagte: „Ich befürchte, ich habe mir einige Blasen zugezogen, um die ich mich jetzt besser in der Kombüse kümmere."

Sie eilte davon, hörte jedoch noch Mrs. Calhoun äußern: „Ich weiß, Ryan, dass du nicht damit zufrieden warst, Miss Peabody auf deinem Schiff zu haben, aber musst du sie über Bord werfen, nur um sie loszuwerden?“

12. KAPITEL

Das Unheil trat so rasch und mit solcher Wucht ein, dass die Naturgewalten für Ryan sogar eine gewisse dichterische Atmosphäre hatten. Er hatte die nichts Gutes verheißende schwüle Luft schon gespürt, als er mit Miss Peabody hoch oben auf dem Mast war. Wiewohl er in einer ihn beunruhigenden und überraschenden Weise die Aufmerksamkeit auf sie gerichtet hatte, war ihm aufgrund seiner praktischen Erfahrungen das aufziehende starke Unwetter nicht entgangen.

Ein ungeübtes Auge hätte wohl nur die dunkle Färbung der Wolken wahrgenommen. Ein zuversichtlicher Seemann hätte sich vielleicht auf die Nähe des Hafens von Rio de Janeiro verlassen und gedacht, er könne ihn noch sicher erreichen, ehe der orkanartige Sturm einsetzte.

Ryan hingegen wusste es besser. Ein Wetterphänomen, bei dem die Wolken einen eigenartig hellen, leuchtenden Kranz um sich hatten, verhieß luvwärts schwere Regenfälle. Er hatte seine Befürchtungen vor der Mutter und Miss Peabody verborgen und, sobald er von ihnen weggegangen war, die Wachen zusammenrufen lassen und dann veranlasst, dass sie unverzüglich das Schiff gegen das drohende Unwetter absicherten.

Es war innerhalb einer Stunde ausgebrochen und der „Silberne Schwan“ in eine breite Windfront geraten, die hohe Wellen von weit her aus dem Atlantik vor sich herpeitschte. Ein schwerer Brecher traf das Schiff mit solcher Wucht, dass die Wanten vom Bug bis zum Heck erzitterten. Die sich an Bord aufhaltenden Männer spürten die Erschütterung in den Beinen. Wie ungeschickte Musiker, die eine falsch gestimmte Fiedel spielten, zerrten Windstöße heulend an den Wanten.

Ryan und Mr. Izard trafen sich im Kartenraum, und der Blick des ersten Maats drückte das aus, was er nicht aussprach. Ryan wusste, sein Anfängerglück war vorbei, und seine wahren Fähigkeiten als Skipper wurden nun durch dieses Unwetter auf die Probe gestellt.

„Wir drehen bei und machen das Schiff fest", sagte Ryan.

Ralph widersprach ihm nicht und nickte nur. Durch eine offene Luke drang ein Windstoß, der die Karten von der geneigten Tischoberfläche fegte. Wortlos hob Ralph sie auf, verstaute sie und drehte die Flamme der Laterne kleiner.

Das Schiff geriet ins Rollen.

Im Niedergang begegnete Ryan dem Freund. „Sieh nach den Damen, Journey", bat er ihn rasch, „und richte ihnen aus, dass sie in ihren Unterkünften bleiben sollen."

Wiewohl er ein ausgesprochen ungutes Gefühl hatte, konnte er nicht leugnen, dass er auch eine gewisse Aufregung empfand, während er an Deck strebte. So weit der Blick reichte, war das Schiff von tosenden, schäumenden Wellen umgeben.

Der Anblick hätte ihm nicht gefallen dürfen, doch genau das war der Fall. Er sehnte sich nach dem Meer, wie er den Körper einer Frau begehrte. Die See war seine Geliebte, die ganz nach ihrem Gutdünken die Macht hatte zu heilen, zu ernähren, zu lieben, zu quälen und zu zerstören, geheimnisvoll, unergründlich und unberechenbar wie eine Frau. Man wusste nie, was unter der Oberfläche lag, musste in sie eindringen und sich tief in ihr versenken.

Ryan befahl seinen Männern, die Schwerwetteranker hinabzulassen. Das musste den Matrosen nicht zweimal gesagt werden. Schon bald darauf polterte der erste Anker in das tosende Wasser.

Die anrollenden Wogen türmten sich höher und höher, und der

„Silberne Schwan“ wurde hilflos auf einen schäumenden Wellenberg gehoben, sank im nächsten Moment jedoch mit atemberaubender Geschwindkeit in das Wellental. Stumm vor Staunen stand Ryan mit dem zweiten Maat auf dem Raumdeck.

„Wir werden voll Wasser laufen“, befürchtete William.

„Ich habe Gerald und Chips an die Pumpen geschickt“, erwiderte Ryan, vernahm ein knirschendes Geräusch und schaute besorgt auf die Ankertaue, während das Heck hilflos zu schlingern begann. „Wir müssen vor dem Sturm herfahren!“ schrie er.

„Dann gehen wir ganz bestimmt unter“, brüllte William zurück. „Wir könnten noch dazu genötigt sein, unsere Fracht über Bord zu werfen!“

Ryan fühlte sich plötzlich sehr niedergeschlagen. Verdammt, die Ladung konnte er nicht über Bord werfen. Der Sturm hatte jetzt beinahe Orkanstärke erreicht, und der Anblick der kochenden See, der schwarzen Wolken war wie eine Vision der Hölle. Er holte tief Luft und erteilte brüllend seine Befehle.

Im Herzen wusste er, dass er mehr Männer brauchte, als er hatte, um das krängende Schiff durch den Sturm navigieren zu können. Er verdrängte den Gedanken an eine bevorstehende Katastrophe, an die ihm drohende Schmach, falls er gezwungen war, den „Silbernen Schwan“ aufzugeben und den Naturgewalten zu überlassen.

Ryan übernahm selbst die Ruderpinne.

Luigi reffte die Großstengestagsegel, und das Schiff raste vor dem Sturm her, von den Wogen auf und ab getragen, keinen vorgegebenen Kurs einhaltend als den, welcher ihm durch den es gnadenlos vor sich hertreibenden Orkan bestimmt wurde.

Timothy war im Begriff, eins der Segel zu reffen, balancierte dabei gefährlich auf der Leesegelrahnock und streckte die Hand aus, um das Laufstag zu befestigen, mit dem die oberen Enden des Segels an die Rahnock gezurrt wurden.

In diesem Moment traf eine riesige Welle das Schiff, die so hoch war und sich mit solcher Wucht über den „Silbernen Schwan" ergoss, dass Ryan das Gefühl hatte, er werde ertrinken. Instinktiv klammerte er sich an die Ruderpinne, machte die Augen einen Spalt weit auf und sah nur grünes Wasser an sich vorbeirauschen.

Er war untergegangen. Vielleicht war das Schiff gekentert. Die Lungen schienen ihm zu platzen, und als er schon willens war, dem Drang, die Pinne loszulassen, nachzugeben, teilte sich das Wasser vor ihm wie das Rote Meer vor Moses.

Verzweifelt holte er Luft und wurde sich bewusst, dass Timothy Datty von der Rahnock gestürzt und Miss Peabody, entgegen dem ihr erteilten Befehl, an Deck erschienen war.

Das grelle Licht von Blitzen erhellte das Dunkel. Ryan fluchte, stapfte über das Deck und versuchte, unter dem Schiffsjungen stehen zu bleiben, der an dem Laufstag hing und durch das heftige Krängen des „Silbernen Schwans" wie eine Glocke hin- und herschwang.

Ryan überlegte nicht lange, ergriff ein zusammengerolltes Tau und eine Gaffelklaue und begann, in die Takelung zu klettern. Dabei bemerkte er, dass Miss Peabody, alle Vorsicht fahren lassend, sich seinem Befehl widersetzte, wie ein erfahrener Seemann unter Lebensgefahr einsprang und dem Obermaat half, die Ruderpinne festzuhalten.

Aber er hatte nicht die Zeit, um auf sie wütend zu sein. Der Sturm hatte ihn voll erfasst, und er kam sich wie in den Fängen eines Wolfes vor, der versuchte, ihm das Genick zu brechen. Er klammerte sich an die Takelung, ohne die Augen vom Kajütjungen zu lassen, da er befürchtete, dass dieser jeden Augenblick den Halt verlieren und in die haushohen Wellen stürzen könne, ohne je wieder gefunden zu werden.

Er gelobte sich, das zu verhindern, sicherte sich auf der Fußperde unter der Rahnock ab und warf Timothy das Seil zu, das jedoch immer wieder vom Wind abgetrieben wurde. Es flog viel zu schnell an dem Schiffsjungen vorbei, der es unmöglich zu fassen bekommen konnte. Sein von Regen und Gischt nasses Gesicht hatte inzwischen die grünlichweiße Farbe einer Marmorplatte angenommen.

Er verdrehte die Augen, und seine Lippen bewegten sich in stummem, hoffnungslosem Gebet.

Ryan befürchtete, er werde ihn verlieren, schrie ihm etwas Aufmunterndes zu, brüllte, Timothy solle aushalten, doch der Wind verwehte seine Worte.

Er vermutete, dass Timothy ohnehin nicht auf ihn hörte. Er sah, dass dessen schlanke Hände wie erstarrt um das Laufstag geklammert waren, und es war offenkundig, dass Timothys Kräfte nachließen. Falls er das Laufstag losließ, um das ihm zugeworfene Tau zu fangen, würde er bestimmt in die Tiefe stürzen.

„Hier!“ rief Isadora neben ihm ins Ohr.

Ungläubig blickte er durch die Takelage und sah Miss Peabody ihm das Ende des Taus hinhalten. „Befestigen Sie das an der Rahnock, stoßen Sie sich ab und ergreifen Sie Timothy.“

Das war ein aberwitziger Einfall. Der Schiffsjunge hing viel zu weit an der Rahnock, fast an deren Ende, um ihn ergreifen zu können. Falls Ryan jedoch Miss Peabodys Rat folgte und sich abstieß, wenn das Schiff sich nach Lee neigte, dann konnte er den Jungen vielleicht zu fassen bekommen.

„Wollen Sie uns beide sterben sehen, Timothy und mich?“ schrie er Miss Peabody zu, ergriff jedoch das Tau und schlang es um die Rahnock.

Auf dem Deck hielten Ralph und Journey das andere Ende des Seils, um ihn einzuholen, sobald er Timothy in Sicherheit gebracht hatte. An mehr wollte er nicht denken, denn sonst hätte er, wenn er nachzudenken begonnen hätte, den Versuch nicht gewagt.

Er beobachtete die Wellen und wartete, bis das Schiff sich in Timothys Richtung neigte. Dann, nach einem letzten Blick auf Miss Peabody, ihr nasses Gesicht, das ihr am Kopf klebende Haar, ihre vor Angst weit geöffneten Augen, stieß er sich von der Fußperde ab.

Einen flüchtigen Augenblick lang war das Gefühl, durch die Luft zu fliegen, ein nicht erwartetes wunderbares Erlebnis. Im nächsten Moment empfand er jedoch nichts mehr. Vor ihm türmte sich das Meer auf, und er merkte, dass er sich in der Entfernung verschätzt hatte. Er würde Timothy verpassen oder ihn vielleicht vom Laufstag reißen und für immer verlieren.

„Noch einmal!“ schrie Isadora. „Sie müssen es noch einmal versuchen!“

Er schwang am Seil, nachdem er daran nach vorn gependelt war, wieder zum Mast zurück.

Timothy hing direkt vor ihm.

Ryan sah seinen Arm vorschnellen, als gehöre dieser einem Fremden, schlang ihn um Timothys mageren Leib und hörte jemanden laut den Atem ausstoßen. Er hätte jedoch nicht sagen können, ob dem Schiffsjungen oder ihm die Luft aus den Lungen gepresst worden war.

Seine Brust und Beine brannten, als er an dem Seil herunterrutschte und verletzt, aber in Sicherheit, in Journeys und Mr. Izards Armen landete. Timothy sank auf das Deck, blieb ausgestreckt liegen und dehnte erschaudernd die Hände.

So geschmeidig wie ein geübter Seemann kletterte Miss Peabody in der Takelage herunter. Ryan zerrte sie zu einer Luke und hätte sie fast den Niedergang hinuntergestoßen. Er war viel zu wütend, um einen Laut herausbringen zu können, nahm sich jedoch zusammen.

Bis zum heutigen Tag war das Wetter ihm hold gewesen. Nun jedoch erfolgte die ausgleichende Gerechtigkeit. Gott wusste, dass er es verdient hatte, bestraft zu werden. Er war unüberlegt, manchmal sogar grausam in seiner Rücksichtslosigkeit. Ohne richtig an die Folgen zu denken, hatte er Journey von dessen Familie getrennt, ihm jedoch nichts weiter als die vage Möglichkeit geboten, ihn mit seinen Angehörigen vereinen zu wollen. Er hatte wie gedruckt gelogen, um den Oberbefehl über den „Silbernen Schwan" zu bekommen. Jetzt würden alle Menschen, die auf dem Schiff waren, seinetwegen den Tod finden.

Er rechnete damit, dass der Orkan ihn, das Schiff, die Mannschaft und die Ladung vernichten würde. Stattdessen wandte der Sturm sich so schnell, wie er aufgetreten war, nach Nordosten und hinterließ eine brodelnde See und einen düster verhangenen Himmel.

„Das Unwetter ist vorbei", sagte Ryan und schaute den mit ihm an Deck stehenden Freund an.

„Wir haben es überlebt", erwiderte Journey.

„Nicht nur das", warf Ralph ein, der sich zu den beiden an die Reling gesellt hatte, und lachte dann fröhlich auf. „Ich habe den Instrumentenstand abgelesen. Wir sind kaum noch zehn Seemeilen von Rio entfernt."

Eine grobe grüne Decke um die Schultern gelegt, saß Isadora in der Kombüse und hielt einen Becher lauwarmen Tees zwischen den Händen. Der erschütterte und besorgte Doktor hatte zugelassen, dass im Herd Feuer zum Erhitzen von Wasser gemacht wurde.

Sie trank einen Schluck und lugte über den Becherrand zu Timothy Datty, dem jemand ein frisches Hemd und trockene Hosen zum Anziehen gegeben hatte. Er lag tief schlafend auf einer Bank, hatte die Knie angezogen und den Kopf auf die Hände gelegt.

Er war durch das furchtbare Erlebnis sichtlich mitgenommen und sah dennoch unglaublich jung aus. Die Katze lag schlafend neben ihm auf der Bank und hatte sich ihm an die Hüfte gekuschelt. Isadora stellte den Becher in den Halter, stand auf und deckte den Schiffsjungen mit der grünen Decke zu. Einem Impuls folgend, streckte sie die Hand aus und strich Timothy das von Salzwasser hart gewordene, struppige Haar aus der bleichen Stirn.

In diesem Moment wurde sie sich bewusst, dass er nicht nur ein Schiffskamerad für sie war. Du lieber Gott, er wäre fast für immer verloren gegangen!

„Ziehen Sie sich trockene Sachen an", sagte Ryan von der offenen Tür her. „Ich möchte nicht, dass Sie sich eine Erkältung holen."

Aus der gefühlsbetonten Stimmung gerissen, drehte Isadora sich zu ihm um und schaute ihn finster an. „Mir ist nicht kalt", erwiderte sie. „Vergessen Sie nicht, dass wir uns in den Tropen befinden."

Er schüttelte den nassen Kopf und bespritzte dabei sein trockenes Hemd. Er hatte es gegen das durchnässte ausgetauscht und auch die Hosen gewechselt. Er kam in die Kombüse und blieb dicht vor Isadora stehen. Sie wollte vor ihm zurückweichen, doch er drängte sie gegen den Tisch. „Also gut", sagte er. „Das nasse Kleid, das Sie jetzt anhaben, ermöglicht uns allen einen faszinierenden Blick auf Ihre Unterwäsche, was ich sehr unterhaltsam finde."

Schützend kreuzte Isadora die Arme vor der Brust und entgegnete: „Nur jemand wie Sie würde ein Unwetter auf See unterhaltsam finden."

„Jemand wie ich?“ fragte er und ließ den Daumen über Miss Peabodys Arm gleiten, bis sie seine Hand fortstieß. „Und wem gleiche ich?“

„Dem... dem Teufel“, platzte sie heraus.

„Ach, was Sie nicht sagen!“ erwiderte er und berührte ihren anderen Arm, den sie daraufhin fortzog. „Man hat mich schon mit sehr vielen Ausdrücken belegt, aber noch nie mit dem Teufel verglichen.“

Isadora sagte sich, sie müsse Captain Calhouns Nähe und dreiste Zudringlichkeiten kränkend finden, doch das tat sie nicht. Aus irgendeinem Grund empfand sie sein rhythmisches Streicheln als sehr beruhigend, aber es machte es ihr schwer, klar zu denken. „Die Fähigkeit, gut und stark zu sein, ist Ihnen ebenso gegeben wie Luzifer. Sie benutzen Ihre Macht jedoch nur dazu, mich zu reizen und zu quälen.“

„Ach, tue ich das jetzt?“ fragte Ryan und schmunzelte vergnügt. „Reize und quäle ich Sie?“

„Wieso finden Sie das so amüsant?“ wollte Isadora wissen und spürte ein eigenartiges, Schwindel erregendes Gefühl in sich erwachen.

„Ich bin hergekommen, um Ihnen dafür zu danken, dass Sie beim Unwetter geholfen haben, doch Sie unterstellen mir vollkommen andere Absichten.“

Sie starrte auf Captain Calhouns Mund. Der Kapitän war sehr viel größer als sie, so dass ihre Augen in gleicher Höhe mit seinen Lippen waren. Sie waren wundervoll geschnitten, und er lächelte viel netter als jeder andere Mann, den sie bisher kennen gelernt hatte.

„Dann habe ich mich geirrt“, murmelte sie verlegen. „Sie müssen sich indes nicht bei mir bedanken.“

Er hob die Hand, legte Miss Peabody den Zeigefinger unter das

Kinn und drückte sacht ihren Kopf höher. „Gewiss! Sie haben sogar viel mehr verdient."

Aus irgendeinem Grund hatte sie das Bedürfnis, die Augen zu schließen, und auf ihrem Mund...

„Was habe ich verdient?" fragte sie flüsternd, im Brausen des abflauenden Sturms kaum hörbar.

Ryan näherte sich ihr noch etwas. Sie lehnte sich an ihn, doch er fluchte durch die Zähne und trat einen Schritt zurück. „Weitaus mehr hätten Sie eine Lektion in Selbstschutz verdient!" antwortete er unwirsch. „Ich hatte Ihnen befohlen, in Ihrer Unterkunft zu bleiben, doch Sie haben sich mir widersetzt!"

„Ich habe keine Einwände von Ihnen zu hören bekommen, als Sie auf der Rahnock waren", entgegnete Isadora, duckte sich, erschüttert über die intime Stimmung, die noch vor einem Moment geherrscht hatte, unter Captain Calhouns Arm und eilte zur Tür.

„Vergessen Sie nicht, das in Ihren für Mr. Abel Easterbrook bestimmten Bericht aufzunehmen!" Ryans frecher, kalter Blick blieb an Miss Peabodys Mieder hängen.

Isadora war klar, dass er versuchte, sie einzuschüchtern. Als sie aus der Kombüse hastete, musste sie sich eingestehen, dass er damit Erfolg hatte.

Ryan war genötigt, vor dem Wind beizudrehen und vor der Küste zu bleiben, bis die schwere See glatter geworden war. Er nutzte die Zeit, um sich auf seinen großen Auftritt nach dem Einlaufen im Hafen von Rio vorzubereiten.

Auf der vorhergehenden Reise in die Karibik hatte er gelernt, dass in einem Hafen das richtige Auftreten alles war. Er repräsentierte den Reeder bei den Hafenbehörden, Schiffsagenten und Zollbeamten. Ein Skipper musste, um den höchsten Preis für seine Fracht zu erzielen, wohlhabend und von Kopf bis Fuß gepflegt aussehen. Zum Glück machte der „Silberne Schwan“ einen adretten Eindruck, da die Mannschaft das Schiff emsig schrubbte und polierte. Der Sturm hatte erstaunlicherweise nur geringe Schäden angerichtet, so dass die Bark wie ein stolzer Schwan in den Hafen segeln würde.

Ryan beschäftigte die Besatzung damit, alle Schiffsdecks zu schrubben und mit Scheuersteinen zu glätten, die Messingbeschläge zu polieren, und die Segel und Sonnensegel nach Stockflecken abzusuchen. Selbst die Frauen beteiligten sich an diesen Arbeiten. Ryans Mutter brachte Wäsche, die Fayette zum Trocknen und Lüften an einer über Deck gezogenen Leine aufhängte. Miss Peabody reparierte den beim Sturm in Mitleidenschaft gezogenen Hühnerverschlag und bürstete dann zum größten Vergnügen der Mannschaft die Ziege mit einer versilberten Haarbürste.

Ryan versuchte zu ergründen, was sie an sich hatte, das ihn so faszinierte und gleichzeitig erboste. Sie schienen sich ständig in die Haare zu geraten, selbst wenn eine Begegnung zu Anfang noch friedlich verlief. Es konnte sein, dass man im ersten Moment noch über einen Scherz lachte, sich im nächsten jedoch über eine Bagatelle stritt. Und manchmal drängte Ryan, was ungemein töricht von ihm war, Miss Peabody sogar in eine dunkle Ecke und fragte sich, welche Geheimnisse sie unter ihren weiten Röcken verbarg.

Er war stets auf seine Fähigkeit stolz gewesen, die Mentalität der Frauen begreifen zu können. Er glaubte zu wissen, was Frauen mochten, brauchten, erwarteten. Ihnen das zu bieten, war er immer imstande gewesen, doch bei Miss Peabody gelang es ihm nicht mehr.

Diese intelligente, irritierende, interessante Frau schien sich durch keinen seiner charmanten Wesenszüge beeindrucken zu lassen. Sie hatte nichts für Mode übrig, wenngleich sie sich aus Gewohnheit den althergebrachten Kleidervorschriften von Beacon

Hill unterwarf. Sie war gegen Schmeicheleien gefeit, glaubte kein ihr gemachtes Kompliment und misstraute ihm. Sie fand kein Gefallen an den üblichen Beschäftigungen einer Dame, an Näharbeiten und Klatsch, sondern hatte mehr Spaß daran, mit dem ersten Maat den Bowditch zu studieren oder Timothy Datty Sprachunterricht zu erteilen. Wenn man sie anschaute, wäre man nicht auf den Gedanken gekommen, dass sie die Kraft gehabt hatte, das Unwetter zu überstehen, doch durch die gemeisterten Fährnisse war sie noch selbstsicherer und schlagfertiger geworden als zuvor. Das Schlimmste war, dass sie unzugänglich für die sinnliche Spannung zu sein schien, die jedes Mal, wenn er ihr allein begegnete, zwischen ihnen entstand. Er hatte keine Ahnung, worauf das ihm unwillkommene Bedürfnis beruhte, Miss Peabody nahe zu sein. Er wollte sie einschüchtern, demütigen, sie dazu bringen, dass sie bereute, sich ihm aufgedrängt zu haben, doch sein Vorhaben schlug immer wieder fehl. Dauernd ertappte er sich dabei, dass er ihre Nähe viel zu sehr auskostete und sich mehr nach ihr sehnte, als für sie beide gut war.

Seine sie betreffende Neugier war unersättlich. Unermüdlich war sie für andere Leute da, doch was wollte sie für sich selbst haben? Er sagte sich, er müsse sie danach fragen, und das gedachte er auch zu tun, falls sie sich nach der unerfreulichen Begegnung in der Kombüse am vergangenen Tag dazu herablassen sollte, mit ihm zu reden.

„Donnerwetter! Heute siehst du zum Abschießen aus!“ sagte Journey beim Betreten der Kajüte. „Welche Farbe soll das sein? Mango?“

Ryan zupfte an seiner Seidenkrawatte und bewunderte deren pfirsichfarbenes Muster. „Das ist eine meiner Lieblingsfarben“, antwortete er stolz.

„Sie passt glänzend zu der limonengrünen Schärpe!“

Ryan ignorierte die Ironie des Freundes, der gedeckte Farben bevorzugte und sich eines würdevollen Auftretens befleißigte. Beides sagte Ryan jedoch nicht zu. „Es gibt einen Grund, warum ich mich so angezogen habe!" erwiderte er ungehalten.

„Ja, deinen scheußlichen Geschmack."

„Das sagst du! Aber stell dir Mr. Ferraros Kühlräume vor, in der Hunderte von Arbeitern herumrennen und Dutzende von Skippern anwesend sind, die Eis zu verkaufen haben! An wen werden sie sich in der nächsten Saison erinnern, an einen zurückhaltenden, schwarz gekleideten Puritaner oder an den feschen Captain Calhoun?"

Abwehrend hob Journey die Hände und wich einen Schritt zurück. „Nichts für ungut! Geschäfte haben immer Vorrang vor gutem Geschmack!"

„Captain!" Eifrig klopfte Timothy an die Tür. „Der Lo... lo... lotse ist da."

Ryan begab sich auf das Hauptdeck. Der dunkelhäutige Hafenlotse, der einen zerbeulten Hut unter den Arm geklemmt hielt, war in einer Barkasse eingetroffen, an Bord gekommen und starrte offenen Mundes Ryans Mutter an, die sich mit ihrer Zofe und Miss Peabody an Deck eingefunden hatte, um das Einlaufen mitzuerleben.

„Ich nehme an, er hat etwas Hübscheres als dich gefunden", meinte Journey.

Mrs. Calhoun trug ein lavendelfarbenes, spitzenbesetztes Kleid, dazu einen breitkrempigen Picknickhut, und hielt einen rüschenbesetzten Sonnenschirm in der Hand. Ryan hatte schon Blumenarrangements gesehen, die weitaus weniger kunstvoll zusammengestellt gewesen waren als die elegante Garderobe der Mutter.

Pflichtgemäß stand Fayette hinter der Herrin und blickte aus weitgeöffneten Augen zum Hafen, auf die ein- und auslaufenden Schiffe, die Lotsenboote und die hin- und herfahrenden Barkassen.

Verstimmt sah Ryan, dass Miss Peabody sich wieder in sich zurückzuziehen schien. Nun, da man an Land gehen sollte, verwandelte sie sich erneut in das linkische, scheue Geschöpf, das er in Boston kennen gelernt hatte. Sie hielt die Schultern hochgezogen, hatte die Augen niedergeschlagen und warf nur gelegentlich einen schüchternen Blick auf den Zuckerhut, das hinter dem Hafen aufragende Wahrzeichen Rio de Janeiros. Sie trug ein hässliches braunes Kleid, wie Ryan es hinter dem zehnten Breitenkreis noch nie gesehen hatte, und ihr in der letzten Zeit nicht mehr ganz so zerrupft aussehendes Haar war unter einem seltsamen schwarzbraunen Hut verschwunden.

Der Landfall hatte ihr zumindest nicht die gesunde Hautfarbe genommen, und seit Wochen war ihr Husten und Niesen nicht mehr zu hören gewesen.

Freundlich lächelnd ging Ryan zum Lotsen und sagte: „Willkommen an Bord des ‚Silbernen Schwans', Senhor."

„Oje!" äußerte Lily, ließ mit mütterlichem Stolz den Blick über ihn schweifen und bewunderte seine für den Landgang bestimmte Garderobe. „Mein kleiner Junge ist zu schön für Worte, nicht wahr, Miss Peabody?"

Isadora bedachte ihn mit einem flüchtigen Blick und senkte dann wieder den Kopf. „Ja, mir fehlen die Worte", stimmte sie zu.

In diesem Augenblick wurde von den Küstenforts Salut geschossen, und zur Erwiderung des Willkommensgrußes hob Ryan die Arme.

Der Lotse riss den Blick von Mrs. Calhoun gerade so lange los, um sich kurz lächelnd vor Captain Calhoun zu verneigen.

Ryan zeigte auf die Kais und fragte: „Wie viel kostet es, uns an einen Liegeplatz zu bringen?"

„Vierzig Pfund Sterling, Senhor, für das Ein- und Auslotsen."

Ryan presste die Hand aufs Herz und fragte: „Haben Sie das gehört, Mr. Izard? Gerade in dem Moment, als ich glaubte, wir würden den Landfall ohne jede Störung machen, werde ich von einem Piraten überfallen."

„Ich begreife Sie nicht, Senhor. Ich biete Ihnen meine Dienste zu einem guten Preis an."

„Ich zahle fünfzehn Pfund Sterling und keinen Farthing mehr!"

Der Lotse blickte gekränkt zum Himmel und stieß in Portugiesisch eine lange Reihe von Klagen aus.

Geduldig wartete Ryan auf ein Gegenangebot, doch plötzlich räusperte sich Miss Peabody und sagte: „Der arme Mann hat geäußert, er habe fünf Töchter, und seine Schwiegermutter sei zu ihm gekommen, um bei ihm zu sterben. Ich glaube wirklich, dass es sich gehört, auf seine Forderung einzugehen."

Der Brasilianer sah in Miss Peabody eindeutig jemanden, der ihm von Nutzen sein konnte, und richtete den nächsten Wortschwall an sie.

Hingerissen hörte sie zu und erklärte dann in warnendem Ton: „Der Mann sagt, ein schlechterer Lotse würde das Risiko eingehen, dass ein Schiff dieser Größe auf Grund läuft. Falls Sie zulassen, dass ein schlechterer Lotse das Schiff auf Grund setzt, sind im Vergleich zu den vielen tausend Pfund Sterling, die Sie dann verlieren würden, vierzig kein der Rede werter Betrag. Der Mann hat Recht. Er..."

„Zwanzig Pfund Sterling, und das ist mein letztes Angebot!" unterbrach Ryan erzürnt.

„Dreißig", entgegnete der Mann.

„Einverstanden", erwiderte Ryan, ehe Miss Peabody sich wieder einschalten konnte.

Ein strahlendes Lächeln erhellte das Gesicht des Brasilianers, und sogleich begab er sich an seine Arbeit.

Ryan drehte sich zu Miss Peabody um und sagte wütend in gedämpftem Ton: „Tun Sie das nie wieder!"

„Ich bin Ihre Übersetzerin."

„Dann übersetzen Sie, aber raten Sie mir nicht, was ich zu zahlen habe!"

„Aber der Mann hat fünf Töchter und eine sterbende Schwiegermutter! Die zehn Pfund Sterling, die Sie jetzt mehr zahlen müssen, bedeuten die Welt für den armen Mann!"

„Arm! Pah! Der alte Seebär ist Junggeselle und lebt auf seinem Boot. Das zusätzliche Geld gibt er für Weiber, Zigarren und Curaçaolikör aus."

„Woher wissen Sie das?" fragte Isadora.

„Es ist meine Pflicht, so etwas zu wissen. So, wenn wieder eine Übersetzung erfolgen muss, werden Sie, wie es sich gehört, Wort für Wort übertragen und sich jeder Einmischung enthalten!"

Wütend entfernte sich Ryan und fühlte sich durch die Kabbelei eigenartig belebt. Mit Miss Peabody zu streiten war entschieden spaßiger, als höfliche Konversation mit einem Dutzend anderer Frauen zu machen.

Lily mietete eine Droschke, mit der man zum Haus ihrer Schwester in die Berge fuhr, und fächelte sich mit dem Fächer Kühlung zu, während Fayette das Verladen der Unmengen von Gepäckstücken beaufsichtigte. Exotische Gerüche hingen in der Luft.

Als Vorbereitung auf den Landgang hatte Isadora einen Reiseführer gelesen und die Stiche betrachtet, um die Lage der Dinge in Erfahrung zu bringen. Kein Reisebericht oder irgendwelche Abbildungen hätten sie indes auf Rio de Janeiro vorbereiten können.

Staunend stand sie da und beobachtete das glitzernde Paradies, in dem es sehr geschäftig zuging, den „Corcovado“ genannten Berg, der wie ein gekrümmter, in grünen Samt gehüllter Mann aussah, den massiven, in der Sonnenhitze wie Marmor schimmernden Zuckerhut, das die türkisfarbene Bucht wie ein glitzerndes Diamantkollier umgebende Botafogo-Stadtviertel. Über all dieser berauschenden Pracht war ein wundervolles weißes Gebäude zu sehen, von dem Isodara wusste, dass es sich um den Laranjeras-Palast handelte.

Allmächtiger Gott! Sie war gestorben und ins Paradies aufgenommen worden! Der kuriose Einfall erschien ihr beinahe glaubhaft, wäre nicht der Schweiß vorhanden gewesen, der ihr unerträglicherweise über den Rücken rann und zwischen den Brüsten hinunterrieselte.

„Ah, da ist unsere Kutsche“, rief Lily aus. „Ich vermag noch immer nicht richtig zu fassen, dass ich bald bei meiner Schwester sein werde. Die Spannung wird mir langsam unerträglich.“

Misstrauisch beäugte Isadora die Droschke. Das Fahrzeug war fast unter den Unmengen von Gepäck begraben und sah aus, als könne es jeden Augenblick zusammenbrechen. „Glauben Sie, dass wir in diesem Wagen sicher sind?“ fragte sie besorgt.

„Natürlich!“ antwortete Lily. „So reisen alle Leute, die auf sich halten. Haben Sie alles, was Sie brauchen?“

„Ja, aber ich meine, ich sollte hier bleiben“, wandte Isadora ein. „Vielleicht benötigt Ihr Sohn mich als Dolmetscherin.“

„Heute brauche ich Sie nicht“, entgegnete er, nachdem er sich zu den Damen gesellt hatte. Er hatte noch immer den schaukelnden Gang eines Seemanns. An diesem Tag trug er enge schwarze Hosen, ein weites, blusiges Hemd und eine mandarinenfarbene Weste, alles Sachen, die sehr gut geschnitten waren.

Er befand sich in Begleitung eines dunkelhäutigen, schlanken

Mannes unbestimmbarer Herkunft. Der Brasilianer hatte das krause Haar eines Afrikaners, doch seine Haut besaß eher einen intensiven zimtfarbenen Ton.

„Ich bin Edison Carneros, zu Ihren Dienen, meine Damen“, stellte er sich vor und verneigte sich wie ein Stierkämpfer vor einer johlenden Menschenmasse. Dann richtete er sich auf und schaute Fayette an.

Isadora hatte sogleich den Eindruck, dass zwischen beiden ein Funke übersprang. Anders hätte sie das, was zwischen Mr. Carneros und Mrs. Calhouns Zofe geschah, nicht ausdrücken können. In dem Moment, da beider Blicke sich trafen, fühlten Fayette und Mr. Carnero offensichtlich, dass sie füreinander bestimmt waren. Isadora schaute Captain Calhoun an, um zu sehen, ob auch er das jähe, unleugbare Interesse bemerkt hatte, das sein Begleiter und Fayette aneinander nahmen.

„Mr. Carnero ist der Vertreter eines wichtigen Unternehmers, der sich auf Kommissionsgeschäfte spezialisiert hat“, erklärte Ryan, ohne Fayettes Reaktion auf Mr. Carneros zu bemerken. „Da er ausgezeichnet Englisch spricht, benötige ich heute keinen Dolmetscher“, fügte er grinsend und Miss Peabody belustigt ansehend hinzu.

„Du siehst wirklich sehr mit dir zufrieden aus, mein Sohn“, stellte Lily fest.

„Die Eisladung ist in vorzüglichem Zustand“, warf Edison ein. „Dieses Eis ist die erste Ladung, die in dieser Saison hier eingetroffen ist.“ Er setzte eine betrübte Miene auf, die seine Zufriedenheit jedoch nicht kaschieren konnte, und fuhr fort: „Captain Calhoun wird mich einen Haufen Geld für dieses Eis zahlen lassen und mich dadurch bettelarm machen.“

„Sie werden das Geld an anderer Stelle wieder einnehmen“, erwiderte Ryan lachend. „Senhor Ferraro ist kein Narr und weiß sehr gut, was es bedeutet, der Erste zu sein, der seine Kühlräume mit Eis füllen kann."

Der Kutscher half Mrs. Calhoun in den Wagen, und Ryan reichte Miss Peabody die Hand. Er war nicht damit zufrieden, wie sie das Gespräch mit dem Hafenlotsen gedolmetscht hatte, und das merkte sie an der Art, wie er sie jetzt behandelte. Er tat so, als sei sie eine Fremde.

Seine abweisende Attitüde war kränkend, weil er sich dabei so charmant benahm. Mit einer Hand hielt er ihre fest, und die andere hatte er ihr in der Taille auf den Rücken gelegt. Unbehaglich wurde Isadora sich bewusst, dass er spüren musste, wie sehr sie schwitzte.

Als sie auf den Tritt der Droschke trat, erkundigte er sich so beiläufig, als erwarte er keine Antwort: „Was halten Sie von Rio?"

Sie hätte ihm gern gesagt, die Stadt sei erstaunlich, zauberhaft, hinreißend, ein Paradies, von dem sie bisher nur geträumt hatte. „Die Stadt ist sehr attraktiv", antwortete sie spröde.

Er half ihr in das Fahrzeug und setzte sich unter der buntbefransten Markise neben die Mutter.

„Kommst du, Fayette?" rief Lily ihr zu.

„Ja, Madam", antwortete Fayette, hörte jedoch nicht auf, Mr. Carneros anzustarren. Auch er konnte den Blick nicht von ihr wenden, als er ihr in die Droschke half. Zwischen der hübschen dunkelhäutigen Zofe und dem schlanken, liebenwürdigen Handlungsbevollmächtigten schien eine magnetische Anziehungskraft zu bestehen.

„Fahren Sie mit Gott", sagte er leise zu allen Frauen, ohne indes den Blick von Fayette zu wenden. „Leben Sie wohl, bis wir uns wieder sehen."

Die Droschke fuhr an und rollte die staubige Straße entlang.

„Wirklich, Fayette!" äußerte Lily in aufgesetzt tadelndem Ton.

„Wir sind noch keine Stunde im Hafen, und schon flirtest du! Was soll ich mit dir tun?"

„Das weiß ich nicht, Madam", antwortete Fayette, lehnte sich an den Eckträger der Markise und setzte eine verloren wirkende Miene auf. „Das weiß ich wirklich nicht", fügte sie tief seufzend hinzu und hob die Hand zum Abschiedsgruß. Mr. Carneros winkte ihr zu, doch Mr. Calhoun hatte sich bereits abgewandt.

Isadora richtete die Aufmerksamkeit auf die Umgebung. In der Ferne bemerkte sie den mercado, einen bunten, geräuschvollen Platz, auf dem rege Geschäftigkeit herrschte. Unter farbenfreudigen Sonnensegeln lagen Berge von Melonen und Ananas und anderen Früchten, die sie noch nie gesehen hatte. Man kam an stark besuchten Bodegas vorbei und einer Kirche, in der ein Chor ein anmutiges Lied sang. Eine Gruppe von Nonnen ging ihres Weges. Scharen schwarzhäutiger Diener und Wäscherinnen, die Körbe auf den Köpfen trugen, bevölkerten ebenfalls die Straßen.

„Es gibt so viel zu sehen, dass ich gar nicht alles in mich aufnehmen kann", bemerkte Isadora beeindruckt.

„Sie werden hier drei wundervolle Wochen zubringen, ehe wir wieder abreisen", erwiderte Lily. „Sie sollten es sich zur Regel machen, an jedem Tag eine andere Sehenswürdigkeit zu besuchen. Das ist etwas, das wir in Europa gelernt haben, nicht wahr, Fayette? Man muss an jedem Tag etwas Neues sehen. Fayette! Du hast kein Wort von dem gehört, was ich soeben gesagt habe!"

„Nein, Madam", gab Fayette verträumt zu.

Als die Straße sich um einen Hügel schlängelte, sah man eine Gruppe von rosa und weiß getünchten Häusern, die an den Berghang gebaut waren. Überall, auf jedem Stein und in jeder Spalte, schien etwas zu wachsen – Fuchsien, Bougainvilleen, rote und weiße Poinsettien.

Die Kutsche fuhr in einen dichten Wald, der indes nicht so aussah wie die Wälder, die Isadora bisher zu Gesicht bekommen hatte. Die Bäume waren unglaublich hoch und hatten dicke, feucht schimmernde Blätter. An einigen waren geheimnisvolle gelbzüngige Blüten zu sehen. Üppig gewachsene Farne bedeckten den Erdboden. Vögel, so grün und gelb wie die Umgebung, flatterten umher, und irgendwo in der Nähe musste ein plätschernder Wasserfall sein.

Isadora lehnte sich an das Rückenpolster und zitterte, weil sie den Eindruck hatte, sich mitten in einem Traum zu befinden, aus dem zu erwachen ihr grauste.

Erst als die Kutsche auf der mit Muschelkalk bestreuten Auffahrt einer großen rosafarbenen Villa anhielt, wagte Isadora zu glauben, dass sie sich in der Wirklichkeit befand.

Der Kutscher pfiff, und sogleich wurde die Droschke von einer Schar von Hausdienern umschwärmt, die den Insassen beim Aussteigen halfen und fröhlich in Patois schwätzten, während sie das Gepäck loszurrten und abluden. Isadora war entzückt und fühlte sich durch das ihr fremde Idiom herausgefordert. Es klang so ganz anders, als sie es ihrem portugiesischen Lehrbuch entnommen hatte. Der farbige, schnell gesprochene Slang hatte kaum noch etwas mit der korrekten Muttersprache zu tun.

Isadora fing einen Blick von einem der Jungen auf, lächelte freundlich und begrüßte ihn in Portugiesisch.

Er und seine Freunde kicherten hemmungslos.

„Was haben Sie zu ihm gesagt?“ wollte Lily wissen.

„Ich hoffe, gesagt zu haben, es sei ein Vergnügen, hier zu sein“, antwortete Isadora zweifelnd. „So, wie die Jungen sich jetzt jedoch amüsieren, bin ich mir nicht mehr so sicher.“ Sie fand die Knaben bezaubernd, war jedoch unschlüssig, welcher Rasse sie angehörten. Sie waren nicht so schwarz wie Journey Calhoun und der Doktor, aber auch keine Anglo-Amerikaner. Ihre Gesichter und die nackten Füße hatte die Farbe des Milchkaffees, der von den Hafenbehörden nach der Landung ausgeschenkt worden war.

Isadora fand es interessant, dass sie die Rasse der Jungen nicht bestimmen konnte und ihr das auch letztlich gleich war.

Ein schriller Schrei drang aus dem zum Haupthaus führenden Kolonnadengang. Sogleich wurde Lily so aufmerksam wie ein Spürhund, wirbelte herum und gab ebenfalls einen lauten, schrillen Schrei von sich.

„Rose! Oh, mein Liebling Rose!"

Die beiden Damen fielen sich derart überschwänglich und herzlich in die Arme, dass Isadora und Fayette sich unwillkürlich an den Händen fassten und die Tränen zurückhalten mussten.

Die beiden Schwestern waren ein bezauberndes Paar. Lily war so hellhäutig und zierlich wie eine Lilie, und Rose hatte ein so blühendes, strahlendes Aussehen wie die Blume, nach der man sie genannt hatte. Sie war außergewöhnlich gekleidet, in einen Stufenrock, unter dem man ihre gut geformten Fußgelenke und bloßen Füße sah, und eine Bluse, die ein tief geschnittenes Dekolletee hatte. Isadora sah, dass Mrs. Raines zweifellos unter dem weiten, leichten Rock keine Unterröcke und auch kein Korsett anhatte.

Nachdem Rose von Lily mit der fremden Dame und der Zofe ihrer Schwester bekannt gemacht worden war, umarmte sie erst Miss Peabody, dann Fayette, und sagte herzlich: „Willkommen in meinem Heim." Die Art, wie sie sprach, hatte den melodischen Rhythmus des Portugiesischen, auch wenn noch ein leichter Südstaatenakzent wahrzunehmen war. Sie lachte, weil die anderen Frauen sie anstarrten, und zupfte spielerisch an Lilys aufgebauschtem Rock. „Hier in Villa do Cielo ziehen wir uns dem Wetter entsprechend an, und das müsst auch du und deine Begleiterinnen tun, Lily! Hätten die Männer hier nicht ein so heißblütiges Wesen, liefen die Frauen wahrscheinlich nackt herum."

Isadora hielt den Atem an. Die Welt ging jedoch nicht gleich unter, nur weil eine Dame etwas Drastisches geäußert hatte. Sie stellte fest, dass Mrs. Raines ihr sehr sympathisch war.

Mrs. Raines ging unter der von blühenden Rankgewächsen bewachsenen Kolonnade voran. Isadora blickte in die Höhe und sah, dass es sich bei den Blüten um wunderschöne Orchideen handelte.

Sie wusste, sie würde den Aufenthalt in Rio de Janeiro sicherlich sehr genießen.

13. KAPITEL

Ryan gewann von Rio de Janeiro vornehmlich den Eindruck, dass es in der Stadt heiß war und das Leben auf angenehme Weise träge verlief. Nachdem er die Verhandlungen mit Mr. Ferraros Bevollmächtigtem erledigt hatte, gab er Anweisung, die Fracht zu entladen. Mr. Conti, der mit den italienischen Schauerleuten in seiner Muttersprache redete, hatte die Sache gut in der Hand.

Ehe Ryan sich ein Fahrzeug mietete, das ihn zum Haus seiner Tante in Tijuca brachte, blieb er auf dem lauten Kai stehen, wo es sehr geschäftig zuging, und empfand ein wunderbares, selten erlebtes Gefühl – Stolz.

Er war stolz darauf, etwas Bedeutsames getan zu haben, und zwar so gut, dass selbst Fremde auf den Piers mitbekommen hatten, wer er war. Man wusste jetzt, dass er Captain Calhoun war, der nur über eine kleine Mannschaft verfügte, aber eine Bark mit großer Segelfläche befehligte, und sich nun ein Prämie verdient hatte, weil er Tage vor dem vorausberechneten Ankunftstag in Rio de Janeiro eingetroffen war.

Die Hafendiebe hatten ebenso schnell wie die Schiffsagenten und einheimischen Kaufleute erfahren, wer er war. „Ich habe die schönsten Diamanten zu verkaufen", zischte ein junger Mann, der geöltes Haar hatte, ihm lächelnd zu und bewegte fahrig die Hände. „Kommen Sie mit und schauen Sie sich meine Auswahl an!“

Fröhlich lehnte Ryan das verdächtige Angebot ab, doch im nächsten Augenblick war statt des öligen Händlers eine gut gewachsene Hure bei ihm. „Sie waren lange auf See“, säuselte sie und ließ in einer Art, die hätte verboten sein müssen, die Zungenspitze über die Lippen gleiten. „Ich werde Sie heute sehr glücklich machen.“

„Kartenspiel gefällig?“ rief ein Mann ihm zu. „Faro, oder lieber würfeln?“

Ryan grinste breit. Noch war ihm das Geld nicht ausbezahlt worden.

Doch dann, weil er plötzlich das Gefühl von Leere empfand, streckte er die Hand nach der Dirne aus und erkundigte sich: „Wie heißt du, Zuckerpüppchen?“

Im Nachhinein fiel ihm auf, dass er ihren Namen gar nicht wahrgenommen hatte. Er erinnerte sich nur noch an ihre fülligen Formen, ihren betörenden Geruch, ihre Bereitwilligkeit, sich ihm hinzugeben, seine Lust, sie zu besitzen. Der Beischlaf jedoch war alarmierend routiniert verlaufen. Gewiss, er hatte der Hure Vergnügen verschafft, sich jedoch innerlich nicht beteiligt gefühlt. Und in der gleichen Weise hatte er seine Befriedigung gefunden. Danach hatte er die Dirne gut für ihre Dienste entlohnt.

Am Spätnachmittag verließ er, entspannt durch den Beischlaf, das Bordell mit vom Trinken schwerem Kopf und machte sich Vorwürfe. Man hatte ihm illegale Vergnügungen angeboten, Geschlechtsverkehr, Glücksspiel, starke alkoholische Getränke. Früher hatte er sich nicht mehr im Leben gewünscht und gern auf solche Dinge zurückgegriffen. Diese Art von Vergnügungen übten jetzt jedoch keinen großen Reiz mehr auf ihn aus. Er schlenderte über den stark belebten Markt, schaute auf die terrassenförmig abfallenden Hügel und die pastellfarbenen Paläste der Stadt und hatte nur einen Gedanken.

All das hatte keine Bedeutung mehr für ihn, wenn er es nicht mit jemandem teilen konnte, der die Welt mit staunenden Augen betrachtete, neue Eindrücke mit einem Eifer in sich aufnahm, der in krassem Gegensatz zum ansonsten so nüchternen Gebaren stand, der eine neue Erfahrung freudig begrüßte und sie sich wie einen kostbaren Schatz bewahrte.

Journey gesellte sich zum Skipper und verkündete: „Die Kutsche ist abfahrbereit. Nanu, was ist mir dir los?“ setzte er verblüfft hinzu. „Du siehst krank aus.“

„Vielleicht bin ich das“, erwiderte Ryan und begab sich zum Wagen. „Vielleicht bin ich krank im Kopf.“

Tante Rose machte peinliches Aufheben um Ryan, staunte über seine hoch gewachsene Statur, sein gutes Aussehen, das leuchtende Blau seiner Augen, den wunderschönen Glanz seines kastanienbraunen Haars.

Lily ließ die Schwester eine Weile gewähren und äußerte dann: „Er ist mein Sohn, meine liebe Rose, aber kein Paradepferd!“

„Du solltest mich erleben, wenn ich nüchtern bin“, sagte er leicht schwankend.

„Natürlich!“ Rose schloss ihn kurz in die Arme. Sie roch angenehm nach Kaffee und Blumen, und er hoffte, der von ihr ausgehende Duft möge den Geruch von Alkohol und billigem Parfüm, den er verströmte, überdecken. „Entschuldige mich, Ryan“, fuhr Rose fort. „Ich habe keine Kinder, und deshalb muss ich jemanden bemuttern, wenn sich mir die Gelegenheit dazu bietet.“

„Das tust du mit natürlicher Herzenswärme“, versicherte er der Tante und lächelte, obwohl er starke Kopfschmerzen hatte. „Wo ist Miss Peabody?“

Die Mutter und die Tante tauschten einen wissenden Blick. Ryan verwünschte sich, weil er sein großes Interesse an Miss Peabody hatte erkennen lassen.

Sie kam die geschwungene Treppe aus geschnitztem Zypressenholz herunter, und ihre ganze Haltung drückte Unsicherheit aus. „Ich... ich entschuldige mich, weil ich Sie alle warten ließ...“

„Unsinn, meine Liebe“, unterbrach Rose. „In Villa do Cielo gibt es keinen festen Tagesablauf.“

„Haus des Himmels“, übersetzte Isadora. „Welch bezauberndes Bild!“

„So, da wir nun alle zusammen sind, sollten wir uns zu Tisch begeben“, sagte Rose und ging, sich bei der Schwester einhakend, durch das Foyer mit der gewölbten Decke voran. Ryan stand vor der Frage, ob er Miss Peabody begleiten solle, und fand diese Aussicht seltsamerweise höchst reizvoll.

Er reichte ihr den Arm und fragte: „Gehen wir?“

Sie bedachte ihn mit einem überraschten Blick, der zu bekunden schien, sie sei nicht imstande zu glauben, dass er nett zu ihr sein wolle. Er fand den Ausdruck in ihren Augen erfreulich, auch wenn er ihm das Herz zu brechen schien. Hatte niemand bisher dieser armen Frau Höflichkeit entgegengebracht?

Sie rümpfte die Nase, verzog missbilligend die Lippen und erkundigte sich: „Welcher Art waren Ihre Geschäfte, Captain Calhoun?“

Er fühlte sich nicht beschämt, war indes etwas betreten. „Ich habe mich auch um eine persönliche Angelegenheit gekümmert“, antwortete er ausweichend.

„Das habe ich vermutet.“

„Es war eine sehr lange Reise, Miss Peabody, und für einen Mann ist es etwas Unnatürliches, ohne... hm, Sie wissen, was ich meine...“

„Nein, keineswegs!"

„Ich werde es Ihnen erläutern, damit Sie das in Ihrem nächsten Bericht an Mr. Easterbrook erwähnen können."

„Wie können Sie es wagen..." Isadora hielt inne, weil Mrs. Calhoun und Mrs. Raines in Sicht gekommen waren.

Ryan drückte den Arm an Miss Peabody, bis sie schließlich die Hand in seine Armbeuge legte. „Vielen Dank, Captain", murmelte sie.

„Nun, da wir an Land sind, sollten Sie mich Mr. Calhoun oder Ryan nennen."

„Ich kann Sie unmöglich mit dem Vornamen ansprechen!"

„Die anderen Damen sagen Ryan zu mir", erwiderte er.

„Ich nehme an, dabei handelt es sich um Ihre Schönen der Nacht", äußerte Isadora spitz.

„Nein, in diesem Fall war es nur eine Schöne des Nachmittags", widersprach er. „Ich betone, es war nur eine, damit Sie auf dem Laufenden sind. Sie führen doch Buch darüber, nicht wahr?"

Isadora verschlug es die Sprache.

„Natürlich habe ich eben meine Mutter und meine Tante gemeint", fuhr er fort und hatte Mitleid mit Miss Peabody. „Selbstverständlich nennen sie mich beim Taufnamen."

„Sie sind mit Ihnen verwandt."

„Es ließe sich arrangieren, dass auch Sie mit mir verwandt sind", erwiderte Ryan und zwinkerte Miss Peabody zu.

„Lassen Sie diese Scherze", sagte sie und wandte den Blick von ihm ab.

Vielleicht war es kein Scherz gewesen. Der Gedanke war eigentlich zu absurd gewesen, um ihn laut auszusprechen, doch kaum hatte Ryan ihn geäußert, schien er sich in seinem Kopf zu verwurzeln. Es war der befremdlichste Einfall, den er je gehabt hatte. Miss Isadora Peabody? Die steife, schüchterne Yankee-Person, die von Chad Easterbrook träumte?

Ryan stellte fest, dass er eindeutig zu lange auf See gewesen war.

Isadora hatte keinen Appetit, wenngleich das Essen köstlich und exotisch aussah. Es gab Avocados in Weinessig, Bataten und Beefsteak und zwei Weinsorten, Melonen und Guaven und Zitroneneis, das aus dem großen Eisblock gemacht worden war, den Captain Calhoun seiner Tante mitgebracht hatte.

Trotz all der verlockenden Speisen konnte Isadora sich nicht dazu überwinden, tüchtig zu essen. Sie war nervös und aus dem inneren Gleichgewicht geraten, ohne jedoch den Grund herausfinden zu können. Sie betrachtete die ockerfarbigen Wände des Esszimmers, den gewölbten Durchgang und die mit geschnitzten Läden versehenen Fenster und gelangte zu der Erkenntnis, ihre Appetitlosigkeit müsse an ihrer Neugier auf das Land und der Bezauberung durch diesen neuen, fremden Ort liegen, über dem der Duft der Orchideen und Tamarinden lag, und wo man aus dem Dienstbotenflügel leise Gitarrenmusik herüberdringen hörte.

Außerdem führte sie ihre Lustlosigkeit auf die Enttäuschung über den Kapitän zurück. Kaum war man an Land gekommen, hatte er sich eine Frau genommen und ihr, Isadora, das auch noch zu verstehen gegeben, ohne sich danach bei ihr zu entschuldigen.

„Es gibt so viel zu sehen“, sagte Lily. „Aber sehr viel Zeit haben wir nicht.“

„Dein Aufenthalt muss nicht von kurzer Dauer sein“, meinte Rose. „Du könntest bei mir bleiben.“

„Hier?“

„Natürlich! Was zieht dich nach Albion zurück?“

Lily trank einen Schluck Wein und antwortete dann: „Albion ist mein Zuhause. Dort habe ich meinen Sohn aufgezogen und meinen Gatten begraben. Mein Stiefsohn hat zwei Kinder, die ich kaum kenne, weil ich zu viel Zeit in Europa verbracht habe. Ich kann nicht ewig von Albion fortbleiben."

„Vater ist tot", warf Ryan ein und schaute eindringlich die Mutter an. „Ich werde nie wieder in Albion leben, Mama, und daher halte ich Tante Roses Vorschlag für ausgezeichnet. Überlass Hunter Albion. Er hat uns beide ohnehin nie benötigt."

Hunter! Isadora versuchte, sich Captain Calhouns Stiefbruder vorzustellen, der natürlich älter war als er. Vermutlich führte er ein ausschweifendes Leben, hatte eine von den vielen auf der Veranda getrunkenen Pfefferminzjuleps ständig gerötete dicke Nase und ließ seine Sklaven sich auf den Feldern zu Tode arbeiten.

„Wie sind seine Kinder?" wollte Rose wissen.

„Ich kenne sie kaum", antwortete Lily. „Sie waren noch sehr klein, als ich Albion verließ. Der Junge heißt Theodore, und das Mädchen Belinda. Hunters Frau Lacey war es nicht recht, wenn ich mich zu viel mit den Kindern befasste", fügte sie hinzu, und ein sehnsüchtiger Ausdruck erschien in ihrem Gesicht. „Gern wäre ich für Theodore und Belinda eine gute Großmutter gewesen." Ihre Miene wurde wieder ernst, als sie den Sohn anschaute und fortfuhr: „Vielleicht wird mein eigen Fleisch und Blut mir eines Tages Enkelkinder schenken."

Er lachte auf und erwiderte: „Ich weiß, ich habe ein kleines Wunder bewirkt, indem ich uns so schnell hergebracht habe, aber selbst ich hätte Schwierigkeiten, ein Kind zu bekommen."

Rose brach in Lachen aus, doch Lily schüttelte nur den Kopf und fragte: „Was soll ich bloß mit Ryan anfangen?"

Isadora steckte sich ein Stückchen Melone in den Mund, kaute es sorgfältig und schluckte es herunter, hoffend, man möge die Röte nicht bemerken, die ihr plötzlich in die Wangen gestiegen war.

„Mit diesem losen Gerede haben wir unseren Gast in Verlegenheit gebracht", sagte Rose. „Wir sollten uns schämen."

„Nein, wirklich..."

„Unsinn, meine Liebe. Lasst uns zu einem weniger verfänglichen Thema wechseln." Rose verschränkte ihre unmodisch von der Sonne gebräunten Arme auf dem Tisch. „Sie sind eine sehr intelligente junge Dame, Miss Peabody", stellte sie fest. „Meine Schwester hat mir erzählt, dass Sie sprachbegabt sind."

„Nein, denn falls die Unterhaltung im Hafen, die ich heute mitbekommen habe, als Indiz zu bewerten ist, dann würde ich mich nicht als Expertin bezeichnen", widersprach Isadora.

„Sie ist nur bescheiden", warf Ryan ein. „Sie ist die beste Dolmetscherin, die ich je erlebt habe."

Sie zwinkerte überrascht, denn nach ihrer Leistung im Gespräch mit dem Hafenlotsen hatte sie nicht mit einem Lob gerechnet.

„Ach, wirklich?" fragte Rose und zog eine Augenbraue hoch.

„Ja!" bestätigte Ryan und leerte das Weinglas.

Isadora war angenehm überrascht. Lob aus seinem Mund hätte sie an sich nicht beeindrucken sollen, doch sie war stolz. Gewiss, Stolz zu empfinden war eitel, aber das Kompliment erwärmte sie innerlich wie der Wein, den sie trank.

„Sie haben eine sehr bemerkenswerte Art zu lächeln", stellte Rose fest.

Sogleich presste Isadora die Lippen zusammen. Ryan Calhoun hatte ihr das Kompliment vermutlich nur gemacht, weil er sich seines Betragens wegen schuldig fühlte.

„Es tut mir Leid", fuhr Rose fort. „Ich hätte nichts dazu sagen sollen. Aber dieses Lächeln verändert Sie irgendwie, Miss Peabody. Und Ihr Haarschnitt ist ziemlich revolutionär. Ich finde ihn hinreißend! Vielleicht werde auch ich mir die Haare kürzen lassen."

Isadora hatte keine Ahnung, was sie erwidern könne. Mrs. Calhoun rettete sie aus der misslichen Lage, indem sie das Gespräch wieder auf Albion und die Menschen brachte, die sie vor Jahren gekannt hatte. Isadora aß ihr Zitroneneis auf, hörte der Unterhaltung zu und genoss die Geschichten der beiden hübschen Damen, derweil barfüßige Bedienstete ihre Arbeit im Speisezimmer versahen.

Ein surrendes Geräusch drang durch die gewölbten Fenster und erschreckte Isadora. Angesichts ihrer furchtsam aufgerissenen Augen sagte Rose: „Das Geräusch, das Sie hören, stammt von einem Tamarin, einem Nachtaffen. Er ist eine Art Haustier. Er ist scheu, kommt jedoch in die Küche, um sich ein Stück Obst oder Honig zu holen."

„Ich würde ihn gern sehen."

„Ryan, geh mit Miss Peabody in den Patio", schlug Rose vor.

„Nein, das ist wirklich nicht nötig", widersprach Isadora, weil sie sofort anderer Meinung geworden war. Mrs. Raines' Vorschlag hatte schockierende Ähnlichkeit mit den gut gemeinten kupplerischen Versuchen mancher Frauen in Boston, die dauernd bemüht gewesen waren, sie mit widerwilligen jungen Männern zusammenzubringen.

„Ach, ich habe nichts dagegen", sagte Ryan und stand auf. Prüfend schaute sie ihn an, um zu sehen, ob er die gleiche Miene machte wie früher einer der Herren, denen man ihre Gesellschaft aufgezwungen hatte.

„Du kannst in der Küche eine Schüssel voll Essen holen", schlug Rose vor. „Bestimmt hält der Affe sich im Garten auf."

Fackeln erhellten den mit Steinplatten belegten Bereich, der den Mittelpunkt der Villenanlage bildete. Niedrige Arkaden säumten den Patio an drei Seiten. An der vierten Seite befand sich ein hohes schmiedeeisernes Gitter, bei dem ein großer, ungewöhnlicher

Baum stand, der einen gedrehten Stamm und weit ausladende, fast horizontal wachsende Äste hatte.

Blumenduft machte die Nachtluft schwer. Der Geruch war so stark und exotisch, dass Isadora schon beim Einatmen ein Schwindelgefühl bekam. In der Mitte des Patio hielt sie vor dem plätschernden Brunnen an, blieb ganz still stehen und atmete tief durch. Die Stimmung dieser Nacht war überwältigend und rief Reaktionen in ihr hervor, die, solange sie sich erinnern konnte, in ihr geschlummert hatten und ihr so fremd waren, dass sie nicht einmal geahnt hatte, sie je erleben zu können.

„Fühlen Sie sich nicht wohl?“ erkundigte sich Ryan und unterbrach sie so in ihren hingerissenen Träumereien.

Sie schlug die Augen auf und antwortete: „Nein. Warum fragen Sie das?“

„Sie sehen ein bisschen kränkelnd aus, irgendwie benommen.“

„Die Benommenheit, die ich empfinde, geht keineswegs auf eine Krankheit zurück“, erwiderte Isadora errötend. „Die Ursache ist, dass ich diesen Ort so wundervoll finde, die Gerüche, Geräusche, die Luft. Das alles ist so prickelnd“, fügte sie hinzu und spürte sich noch stärker erröten.

„Prickelnd“, wiederholte Ryan und lächelte belustigt.

„Ich meine damit, dass diese Umgebung mir ein Vitalitätsgefühl vermittelt, das ich noch nie empfunden habe. Hat sie auf Sie die gleichen Auswirkungen, Captain Calhoun?“

Er schaute sie unverhohlen prüfend an, und unter seinem Blick wurde ihr unbehaglich zu Mute. Ohne die Augen von ihr zu wenden, antwortete er: „Ja, ich glaube, auch ich fühle dieses Prickeln, Miss Isadora.“

„Sie amüsieren sich über mich“, erwiderte sie, doch der Abend war viel zu schön, um Captain Calhoun böse zu sein.

Er hielt ihr die Hand hin und entgegnete: „Seltsamerweise tue ich das nicht. Sollen wir uns auf die Suche nach dem scheuen Affen machen?“

Als Isadora Mr. Calhouns Hand berührte, wurde das Prickeln stärker, und damit hatte sie nicht gerechnet. Vielleicht lag es daran, dass sie zu viel gegessen hatte. Das Obst hatte so exotisch geschmeckt. Sie kam sich wie beschwingt vor und sehr leichtfüßig und führte das, da sie so lange auf dem Schiff gewesen war, auf das möglicherweise noch nicht vollends wiedergewonnene Gleichgewichtsgefühl zurück.

Sie ging mit dem Kapitän an das Ende des Weges und sah, dass dort eine Sonnenuhr angebracht war.

„Wie lockt man einen Affen an?“ fragte Ryan.

„Ich habe keine Ahnung, da ich überhaupt noch nie einen Affen zu Gesicht bekommen habe.“

Ryan rüttelte das Gefäß mit dem Obst und erzeugte ein schmatzend klingendes Geräusch. „So wollen Sie den Affen anlocken?“ fragte Isadora auflachend.

„Können Sie es besser?“ Ryan zwinkerte ihr zu.

Sie spitzte die Lippen und versuchte, das Surren zu imitieren, das sie im Esszimmer gehört hatte.

„Ich weiß nicht, was der Affe davon hält“, meinte Ryan, „aber meine Aufmerksamkeit haben Sie gefangen genommen.“

Isadora lachte wieder und überlegte, ob die duftgeschwängerte Gartenluft, der genossene Wein oder der blanke Wahnsinn der Grund dafür war, dass sie alles so überwältigend komisch fand.

„Wenn Ihr Gelächter das Äffchen nicht anlockt, weiß ich nicht, wodurch es zum Herkommen bewogen werden könnte“, fuhr Ryan fort und stellte einen Fuß auf die gekachelte Bank. Die nachlässige Pose sah wundervoll aus. „Sie haben das schönste Lachen, das ich je gehört habe.“

„Und Sie, Sir, die glatteste Zunge."

„Ich habe mir durchs Reden den Platz auf dem ‚Silbernen Schwan' verschafft", gestand er grinsend.

„Ich habe mich wiederholt gefragt, wie Sie das zuwege gebracht haben."

„Das werde ich Ihnen nicht verraten, da Sie mich ohnehin schon verabscheuen."

„Das tue ich nicht", widersprach Isadora. „Ich finde Sie lediglich enervierend."

„Ach, enervierend? Heißt das, ich steige langsam in Ihrer Wertschätzung?"

„Nun, zumindest ist das eine Gefühlsreaktion, die Sie begreifen können, weil Sie mich ebenfalls enervierend finden", antwortete Isadora.

Mit unergründlichem Blick schaute Ryan sie an. „Heute Nachmittag war ich mit einer Frau zusammen", gab er nochmals zu.

„Das weiß ich bereits. Schließlich bin ich nicht dumm."

„Waren Sie darüber schockiert?"

„Wäre es das wert gewesen?"

„Werden Sie das Mr. Abel Easterbrook mitteilen?"

„Das hängt davon ab."

„Wovon?"

„Von dem Grund, weshalb Sie mit ihr zusammen waren", antwortete Isadora und biss sich flüchtig auf die Unterlippe, „abgesehen von der Erklärung, die Sie mir vor dem Abendessen gegeben haben."

„Ich wollte Sie schockieren, und auch vielleicht... ach, zum Teufel, ich weiß es nicht. Es ist nicht so, wie Sie denken. Ich hatte so ein seltsames Gefühl der Leere, das schwer zu erklären ist."

„Warum versuchen Sie es dann?"

„Weil ich ein schlechter Mensch bin."

„Ich denke, Sie sind ein guter Mensch, der einige schlechte Angewohnheiten hat“, erwiderte Isadora kopfschüttelnd.

Ryan stützte einen Ellbogen auf ein Knie, schenkte Miss Peabody ein bezauberndes Lächeln und sagte: „Miss Isadora...“ Er hielt inne, ergriff ihre Hand und hielt sie fest. „Er kommt“, murmelte er dann.

„Der Affe?“ flüsterte Isadora.

Ryan nickte. Angstrengt lauschend, wartete er mit ihr und hörte in der Ferne einen Nachtvogel einen anderen rufen, der aus noch größerer Distanz antwortete. In der Nähe raschelte es im Gebüsch.

Isadora hielt Captain Calhouns von der schweren Arbeit schwielig gewordene Hand fest, weil es ihr gefiel, seine Wärme zu spüren. Für eine Frau hatte sie ziemlich große Hände, doch seine waren noch größer, und ihre Hand verschwand beinahe in seiner. Sie fühlte sich bei ihm sicher, hatte den Eindruck, nichts in der Welt könne ihr etwas anhaben, solange sie Captain Calhouns Hand festhielt.

Das war eine Eingebung, die sie befremdete, weil dergleichen nicht ihrem Wesen entsprach. Aber dieser Gedanke war so stark, dass er sich nicht verdrängen ließ.

Sie fühlte sich bei Captain Calhoun geborgen und überlegte, wann sie je nicht in Geborgenheit gewesen war. Physisch war sie stets in Sicherheit gewesen, da sie das beschützte Leben der Tochter einer der ersten Familien der Bostoner Gesellschaft geführt hatte. Psychisch war sie indes dauernd in Gefahr gewesen. Sie hatte nicht einmal den Salon der Eltern betreten können, ohne das Gefühl zu haben, sie laufe Gefahr zu ertrinken.

Ihr fiel auf, dass sie dieses Gefühl nicht mehr seit der Abreise aus Boston gehabt hatte, nicht einmal während der schlimmsten Augenblicke des Orkans.

„Sehen Sie? Da!“ flüsterte Ryan nah an ihrem Ohr, und sie erschauerte, als sein warmer Atem es streifte.

Allmächtiger Gott! Sie saß in einen duftenden Garten und hielt Händchen mit einem Mann, der ihr etwas ins Ohr geraunt hatte. Natürlich hatte sie sich einen solchen Moment in ihren sinnlichen Träumen ausgemalt, doch bei dem Mann hatte es sich dann immer um Chad Easterbrook gehandelt. Außerdem war dieser Moment in ihren Tagträumen nie so wundervoll gewesen.

„Ich sehe den Affen nicht“, erwiderte sie mit gedämpfter Stimme und redete sich ein, dieser Moment sei überhaupt nicht romantisch. Captain Calhoun und sie verband jetzt nur die gemeinsame Neugier auf das, was eine exotische Nacht für sie bereit halten mochte, und das gespannte Warten darauf, die Geheimnisse des Waldes kennen zu lernen.

„Da ist der Affe! Sehen Sie den kleinen Schatten?“

Ryan tat etwas ganz Außergewöhnliches. So zart, dass seine Zurückhaltung Isadora zu Herzen ging, legte er ihr die Hand auf die Wange und drehte ihren Kopf in die Richtung der niedrigen Büsche. Die Berührung brachte sie fast aus dem inneren Gleichgewicht, denn außer der Großtante hatte niemand ihr bisher solche Zärtlichkeit bewiesen. Mr. Calhouns Geste übertraf jedoch noch die zuneigungsvollen Liebkosungen der Großtante, da Isadora dadurch jäh tief in sich eine ihr ungewohnte Erregung verspürte.

„Sehen Sie den Affen jetzt?“ wollte Ryan wissen.

Sie zwang sich, die Aufmerksamkeit auf die Umgebung zu lenken. „Du lieber Himmel! Ja, ich glaube, ich sehe ihn“, wisperte sie.

Ein winziges Geschöpf sprang so verstohlen wie ein Dieb aus den Büschen und stahl ein großes Stück Papaya.

„Der Affe ist so klein“, flüsterte Isadora. „Er sieht wie ein geschrumpfter alter Mann aus.“

Der Affe beugte sich über seine Beute und stopfte sie sich gierig in den Mund, bis nichts mehr hineinging. Dann grapschte er sich mit der winzigen Hand ein Stück Wegerich und verschwand in der dunklen Nacht.

Isadora fühlte Staunen und Freude in sich aufsteigen und hätte nicht vermocht, sich das Lächeln zu versagen, selbst wenn das ihre Absicht gewesen wäre. Aber sie versuchte es erst gar nicht. Sie wandte sich Mr. Calhoun zu und merkte, dass seine Lippen noch nah an ihrem Mund waren, seine Hand immer noch auf ihrer Wange lag, obwohl der Affe längst verschwunden war.

„Wie wunderbar", sagte sie. „Ich vermag kaum zu fassen, dass wir dieses erstaunliche Geschöpf gesehen haben."

„Sie sind schwer zu beeindrucken, Miss Isadora", erwiderte Ryan belustigt.

„Wie soll ich das verstehen?" Es erstaunte sie, dass sie überhaupt einen Ton hervorgebracht hatte, denn Mr. Calhoun legte ihr so verstohlen, wie der Affe, den zu sehen man hergekommen war, sich verhalten hatte, die andere Hand auf die Taille und drückte sie leicht, aber unnachgiebig an sich.

Herren hatten sie beim Tanzen an der Taille gehalten, doch deren Berührung war anders gewesen. Alle diese Männer hatten so hölzern gewirkt wie Soldaten, die vor einem Erschießungskommando standen. Ryan hingegen... du lieber Gott, in Gedanken konnte Isadora ihn nur noch beim Vornamen nennen! Er vermittelte ihr das Gefühl, wirklich hier mit ihr zusammen sein, sie berühren zu wollen.

Er lächelte freundlich, und das schwache Licht der Fackeln ließ sein Gesicht weicher erscheinen. „Was ich mit dieser Äußerung meinte, ist, dass ich das Meer überqueren und einen Sturm überstehen musste, um Sie herzubringen, und Ihnen fällt alles mühelos zu. Ich habe Sie kein einziges Mal so hingerissen erlebt, bis Sie jetzt das Äffchen aus dem Wald huschen sahen."

Das war es nicht, was Isadora dieses Gefühl des Hingerissenseins verursacht hatte. Die Erkenntnis, woran das wirklich lag, erschreckte sie, und fast hätte sie Ryan gesagt, was sie so überwältigte.

Im letzten Moment gebot sie sich jedoch Einhalt, weil sie sich nicht auf sich und ihr Herz verlassen konnte und nicht sicher war, ob Ryan es ihr nicht brechen werde.

„Ich nehme an, ich wirke schrecklich nüchtern und hochgestochen auf Sie“, erwiderte sie leicht selbstironisch.

„Viel zu nüchtern und hochgestochen für jemanden wie mich, der von einem Bauernjungen in Virginia zu einem Seemann geworden ist.“

Ryan berührte und hielt Isadora noch immer fest, und sein Blick war so eindringlich, dass sie die Augen nicht von ihm wenden konnte.

Sie rang sich ein zittriges Lächeln ab und fragte: „Bauernjunge? Demzufolge, was Ihre Mutter mir über Albion berichtet hat, sind Sie in einer Welt unermesslichen Reichtums aufgewachsen.“

„In dieser Welt habe ich nie gefunden, wonach ich suchte“, entgegnete Ryan.

Isadora feuchtete sich die Lippen an und spürte noch den Geschmack der Frucht, die sie zuvor gegessen hatte. Sie merkte, dass sie eigenartig hungrig war, ein Gefühl der Leere hatte und sich nach etwas sehnte. „Wonach suchen Sie?“ fragte sie. „Was möchten Sie haben?“

Ryan lachte verhalten, und sein Lachen verursachte ihr ein wohliges Prickeln. „Das sind zwei verschiedene Fragen, Miss Isadora“, antwortete er und neigte sich noch näher zu ihr, so dass sein warmer Atem sie streifte und der fruchtige Geruch des Rumgetränks, das er zu sich genommen hatte.

Er war ihr viel zu nah. So nah war sie einem Mann noch nie gewesen.

„Haben Sie... dann auch... zwei verschiedene Antworten?" brachte sie mühsam heraus.

„Im Moment habe ich nur eine Antwort."

Er verstärkte den Druck auf ihre Taille. Isadora empfand den unerklärlichen Drang, ihn ebenfalls zu berühren. Sie hatte die Hände im Schoß gefaltet und plötzlich das Bedürfnis, sie auf Ryan zu legen.

Langsam hob sie die Hände und drückte sie sacht auf seine breite Brust.

Überrascht, doch keineswegs ungehalten, atmete er scharf ein.

„Auf welche Frage wollen Sie antworten?" erkundigte sie sich und vermochte noch immer nicht zu fassen, dass sie sich jetzt, in diesem himmlischen Augenblick, mitten in diesem prächtigen Garten, in den Armen eines so wundervollen Mannes befand.

„Fragen Sie mich, was ich haben möchte, Miss Isadora", sagte er.

„Was möchten Sie haben?"

„Ich beantworte diese Frage nur, wenn Sie mir versprechen, mir zu glauben."

„Wenn ich..."

„Versprechen Sie mir das, Miss Isadora! Sagen Sie mir, das Sie meiner Antwort Glauben schenken werden."

„Ich werde Ihrer Antwort Glauben schenken."

Er lachte leise, und erneut hörte Isadora dieses sinnliche Lachen, durch das sie eigenartigerweise so aus der Fassung gebracht wurde. „Ich möchte einen Kuss von Ihnen haben", sagte er.

„Lügner!" platzte sie heraus.

„Sie haben versprochen, mir zu glauben."

„Ja, weil ich dachte, Sie würden mir ausnahmsweise einmal die Wahrheit sagen."

„Wissen Sie, welches Problem Sie haben?"

„Sie?"

„Nein. Sie reden einfach zu viel! Ich nehme an, ich könnte auf die Heilige Schrift schwören, dass ich Sie küssen möchte, aber es gibt noch einen besseren Weg, um Sie von der Ehrlichkeit meiner Absicht zu überzeugen."

Der verhangene Ausdruck in Ryans Augen erstaunte Isadora und hielt sie in Bann. „Und welcher Weg ist das?" wollte sie wissen.

„Dieser, Schätzchen. Dieser!"

Und nun geschah es, und jede Sekunde verstrich wie ein endlos langer Augenblick, den Isadora genoss, voll auskostete, in ihm aufging. Ryan neigte leicht den Kopf, denn anders als die meisten Männer war er größer als sie. Mit dem Daumen strich er ihr leicht und suchend über die Wange, dann tiefer, den Hals entlang, und erzeugte in ihr eine Hitze, die sie bisher noch nie erlebt hatte. Mit der anderen Hand drückte er sie fester an sich.

Und dann näherte sich ihr sein Mund, den sie Tag für Tag zunehmend verblüffter und faszinierter betrachtet hatte, aus dem abfällige Äußerungen über sie gekommen waren, Flüche, Verwünschungen, Befehle und Gelächter. Seine Lippen berührten ihre nicht stürmisch, sondern zurückhaltend, sacht, sie kaum streifend.

Langsam, zart, einfühlsam bewegte er die Lippen auf ihren, nur leichten Druck ausübend und ihr nicht sehr viel von sich gebend. Überwältigt von den Wonnen, die er in ihr auslöste, schloss sie die Augen, hörte sich wohlig wimmern und krümmte die Finger in sein Hemd.

Sie wollte ihm noch näher sein, mehr von ihm bekommen, den Druck seines Mundes auf ihrem spüren. Aber er hielt sie behutsam umschlungen, als sei sie zerbrechlich, und streifte nur ihre Lippen mit seinen. Seine auf ihrer Taille liegende Hand bewegte sich kaum spürbar, und plötzlich fühlte sie durch den steifen Stoff des Korsetts, dass er mit dem Daumen die Unterseite ihrer Brust streichelte. Sie hatte den Eindruck zu schweben, innerlich vor Freude zu bersten, und empfand Regungen, wie sie in den sentimentalen Romanen beschrieben worden waren, die sie erst nach der Hochzeit hätte lesen dürfen, aber im Geheimen bereits gelesen hatte.

Sie verspürte den überwältigenden Drang, sich an Ryan zu lehnen, sich ihm in die Arme zu schmiegen und ihn wild zu küssen. Doch das wagte sie nicht, weil sie nicht sicher war, ob er das gutheißen würde.

Es kostete sie sehr viel Selbstbeherrschung, reglos dazusitzen, steif und verkrampft.

Und schließlich war der Kuss zu Ende. Eine Ewigkeit war von dem Augenblick an, als er begonnen hatte, bis zu diesem Moment verstrichen, und Isadora meinte, ihre Welt sei auf den Kopf gestellt worden. Als Ryan sich jedoch von ihr löste und sie eine Weile ernst anschaute, sah er noch genauso aus wie vorher – attraktiv, entspannt und selbstsicher.

Sie hingegen fühlte sich vollkommen aus dem inneren Gleichgewicht gebracht.

„Ich werde mich nicht entschuldigen", sagte er leichthin, „auch wenn ein Gentleman das jetzt tun würde. Es tut mir nicht Leid, dass das passiert ist." Geschmeidig stand er auf und half Isadora, sich zu erheben. Sie kam sich wie eine Marionette vor, hölzern, steif, ungelenk.

„Wir gehen besser ins Haus. Meine Mutter und meine Tante werden bestimmt alles über den Affen erfahren wollen."

„Welchen Affen?" fragte Isadora dümmlich.

14. KAPITEL

Ryan schlug die Augen auf und starrte eine Weile auf die stuckverzierte Holzdecke seines großen, luftigen Schlafzimmers. „Ich kann noch immer nicht glauben, dass ich das getan habe“, murmelte er, obwohl außer ihm niemand im Raum war.

Er hatte Isadora in die Arme genommen und geküsst.

In der Vergangenheit war es seine Lebensauffassung gewesen, gegen alle Konventionen zu verstoßen. Durch Isadora, die stets unter Konventionen zu leiden gehabt hatte, war ihm jedoch bewusst geworden, dass er seinen Standpunkt überdenken musste, da manche Dinge, die er tat, zu weit reichenden Folgen führen konnten.

Welcher Teufel hatte ihn geritten? Er bereute zwar nicht, Isadora geküsst zu haben, aber ihre Reaktion fand er bedauerlich. Sie war so überrascht gewesen, hatte so verwundbar gewirkt, dass er befürchtete, sie könne glauben, der Kuss habe eine viel größere Bedeutung, als ihm zugemessen werden durfte.

Dieses Missverständnis konnte zu Spannungen führen und das Verhältnis zwischen ihnen beiden ausgerechnet in dem Moment grundlegend verändern, da sie begonnen hatten, zu einem gewissen Einvernehmen zu gelangen. Er hatte eine Beziehung zu Isadora, die er zu einer Frau nie für möglich gehalten hätte. Ihn verband echte Freundschaft mit ihr, Vertrauen, gegenseitiger Respekt, die gleiche Ausgangsposition, die Begeisterung für gemeinsame Interessen.

Vielleicht hörte sie sogar auf, diese schrecklichen Berichte für Mr. Abel Easterbrook zu verfassen.

Vermutlich hatte er das alles durch den ihr gegebenen Kuss zunichte gemacht. Solange sie beide nur befreundet waren, konnte er sie nicht in Nöte bringen. Doch falls er wagte, mehr für sie zu sein, würde er sie ihres Schutzes berauben und verwundbar machen, und das hatte sie nicht verdient. Für einen Schurken wie ihn war sie zu verletzbar.

Ryan schloss die Augen vor dem gleißenden Licht der Morgensonne. Verdammt!

Alles sollte zur Hölle fahren!

Es gab genügend Weiber, die er küssen konnte.

Aber es gab nur eine Isadora!

Er erinnerte sich an ihre steife Haltung und die entsetzte Miene und wusste, sie war vollkommen entrüstet gewesen. Er hatte gespürt, wie schockiert sie gewesen war.

Doch dann hatte er, nachdem sie anschmiegsamer geworden war, sich die Lippen angefeuchtet und ihn zaghaft berührt hatte, vergessen, wer sie war. Er hatte nicht mehr daran gedacht, dass sie in Beacon Hill aufgewachsen war und der dortigen Elite angehörte, sie und ihresgleichen verächtlich auf Südstaatler heruntersahen, besonders auf solche, die sich in Gesellschaft von Piraten und Halsabschneidern bewegten, und ihr Herz Chad Easterbrook gehörte, ob diese schlaffe Treibhauspflanze sie nun verdient hatte, oder nicht.

Mehr als jeder andere begriff er, was es hieß, etwas haben zu wollen, das man nicht bekommen konnte, sich von ganzem Herzen danach zu sehnen, es mit einer Leidenschaft zu erstreben, die alles andere bedeutungslos machte. Diesen Wesenszug hätte er auch bei Isadora respektieren sollen.

Er stand auf, wusch sich im Waschbecken mit kaltem Wasser und duftender Seife und putzte sich die Zähne mit einer nach Anis schmeckenden Paste. Dabei dachte er an die langen, lustigen, neckischen und scherzhaften Gespräche und Begegnungen, die er mit Isadora gehabt hatte, an die ruhigen, mit Lesen verbrachten Augenblicke, die Genugtuung, feststellen zu können, dass das Ausloten der Wassertiefe den gemeinsam erstellten Berechnungen entsprach. Diese Isadora wünschte er sich zurück und sagte sich, er müsse seine Beziehung zu ihr an dem Punkt wieder aufnehmen, wo er gewesen war, ehe er seine Grenzen überschritten hatte. Ihn musste wieder Freundschaft, Respekt und Kameradschaft mit ihr verbinden.

Trotz dieser Einsicht wusste er, dass er nicht von ihr würde lassen können. Es gefiel ihm, sie nachgeben zu sehen, zum Lachen zu bringen, sie in Wut zu versetzen.

Er war es leid, sich wie ein Gentleman benehmen zu müssen. Sie wusste ohnehin, dass er keiner war. Außerdem war sie sich viel zu deutlich bewusst, dass er unbefriedigte Gelüste empfand. Folglich war es müßig, sich und ihr etwas vorzumachen. Er war nicht mehr willens, sich abseits zu halten und sie weiterhin von Chad Easterbrook träumen zu lassen.

Ihm standen herrliche Zeiten bevor.

Der Albtraum begann, nachdem Isadora aufgewacht war. Er fing mit einer Zofe an, die kaum mehr als einen Meter zwanzig groß war. Wie ein Papagei plappernd, platzte sie ins Zimmer und begann in melodisch klingendem Patois, Isadora herumzukommandieren.

„Ich heiße Angelica", verkündete sie. „Sie können frühstücken, während ich Ihnen das Haar mache. Und Sie dürfen dieses seltsame nordamerikanische Kleid nicht anziehen, wenn Sie heute ausreiten. Ich habe Ihnen ein viel, viel besseres mitgebracht."

„Ausreiten?" wiederholte Isadora verdutzt. „Ich kann nicht reiten."

„Das spielt keine Rolle. Der Esel weiß genau, was er tun muss. Sie müssen nur auf ihm sitzen bleiben. Jeder Affe kann sich auf einem Esel halten."

„Ich werde keinesfalls einen Esel reiten! Wirklich, ich kann nicht…" Isadora verschluckte sich fast an dem Röstbrot. „Was in aller Welt ist das?"

Angelica lachte und entblößte dabei ein sehr lückenhaftes Gebiss. „Das ist Ihr Reitkostüm", antwortete sie fröhlich.

„Das kommt überhaupt nicht in Frage. So etwas ziehe ich nicht an!"

„Sie werden doch Ihre Gastgeberin nicht kränken wollen, Senhorita Peabody, indem Sie sich weigern, das Kostüm zu tragen, nicht wahr?"

„Ich befürchte, mir bleibt nichts anderes übrig."

„Ich befürchte, das kann ich nicht zulassen."

Der Wortwechsel ging weiter, doch die winzige Dienerin stellte sich als stärker heraus. Um acht Uhr stand Isadora im Patio und beäugte misstrauisch einen schläfrig aussehenden Esel. Sie kam sich absolut lächerlich vor, weil sie, durch Angelica gezwungen, den seltsamen Hosenrock angezogen hatte, der ihr kaum bis zu den Schienbeinen reichte. „So etwas tragen die Gauchos", hatte die Zofe erklärt und ihr die weite weiße Bluse im Rücken zugeknöpft.

Sie kam sich vollkommen entblößt vor, merkte jedoch, dass sie sich eigenartigerweise ohne Korsett und lange Unterröcke viel wohler fühlte. Nun, wenn Mrs. Raines darauf bestand, an diesem Vormittag ein wenig auf einem Esel auszureiten, dann würde sie ihr den Gefallen tun.

Es war indes nicht Mrs. Raines, die in den Hof kam und sie begrüßte, sondern Captain Calhoun.

Nach der gemeinsam auf dem Schiff verbrachten Zeit hätte sie an sein gutes Aussehen gewöhnt sein müssen, aber das war nicht der Fall. Er trug eng anliegende schwarze Breeches und ein blusiges weißes Hemd und sah hinreißender aus denn je.

Unwillkürlich dachte sie an den verflossenen Abend, der alles verändert hatte. Ryan hatte ihr einen Kuss gegeben, der viel zu intim gewesen war, um als freundschaftlicher Zuneigungsbeweis gewertet zu werden, aber auch zu oberflächlich, als dass er echte Leidenschaft hätte vermuten lassen.

Sie entsann sich, dass er gleich nach dem Kuss Reue empfunden hatte und unverzüglich ins Haus zurückgekehrt war. Den Rest des Abends hindurch hatte er sie bewusst nicht beachtet, während er seiner Tante Geschichten von seinen auf See erlebten Abenteuern erzählte.

Irgendwie war es ihr gelungen, den Abend zu überstehen. Steif und hoch aufgerichtet hatte sie dagesessen und genickt, wenn sie angesprochen worden war, schließlich Müdigkeit vorgetäuscht, viel früher, als sie es sonst getan hätte, und sich dann in ihr Zimmer zurückgezogen. Den Tag hätte sie gewiss leichter hinter sich gebracht, wäre sie nicht genötigt gewesen, Ryan zu sehen. Je länger sie sich ihm fern halten konnte, desto mehr war sie imstande, sich einzureden, dass die intime Situation vom vergangenen Abend nur ein Auswuchs ihrer blühenden Phantasie gewesen war.

Nun jedoch musste sie ihm im hellen Tageslicht in die Augen sehen, und alle kaum abgeklungenen Gefühle, die er in ihr geweck hatte, die Wärme, das Sehnen, die Enttäuschung, der Rausch der Sinne, erwachten zu neuem Leben, als er sich ihr näherte.

Sie zog den Rand des Strohhutes tiefer in die Stirn und fragte: „Ist dieser Ausritt Ihr Einfall?"

„Auch ich wünsche Ihnen einen guten Morgen", antwortete Ryan fröhlich.

Der verflossene Abend hatte eindeutig keinen Eindruck bei ihm hinterlassen. Er verhielt sich wieder freundschaftlilch und unkonventionell, ganz so, wie sie ihn von Anfang an kannte.

„Ich kann nicht reiten", erwiderte sie.

„Ehe Sie auf den ‚Silbernen Schwan' kamen, waren Sie auch noch nie auf einem Segelschiff", entgegnete Ryan.

„Aber die Reise hatte einen Sinn. Ich habe keine Ahnung, welchen Sinn ich darin sehen soll, auf einem Esel auszureiten."

„Ach, das werden Sie schon sehen", äußerte Ryan grinsend und ging zu einem der Esel. „Wissen Sie, wie Sie aufsitzen müssen?"

Sie fühlte sich erröten und fragte: „Wie schwierig kann das wohl sein?"

„Ich halte den Kopf des Esels, während Sie aufsitzen", sagte Ryan und griff nach den Zügeln. Sogleich biss das Tier nach ihm und bleckte das große gelbliche Gebiss. Hastig zog er die Hand aus der Gefahrenzone und meinte: „Das muss eine Eselin sein!"

„Sie sind sehr amüsant!"

Er brachte es fertig, das Tier festzuhalten, und überrascht merkte Isadora, dass es leicht war, in den Sattel zu gelangen, weil es eine kleine Statur und kurze Beine hatte. Sobald sie auf dem Rücken des Esels saß, war ihr klar, warum Angelica sie genötigt hatte, den Hosenrock anzuziehen.

Nachdem Ryan ebenfalls aufgesessen war, schaute sie zu ihm und brach in Lachen aus.

„Was haben Sie denn?" wunderte er sich.

„Ihr edles Ross! Was für ein Bild Sie abgeben! Ich werde Sie von nun an Don Quichotte nennen."

„Sie sind sehr amüsant", äffte Ryan sie nach. „Komm, Sancho! Unsere Suche beginnt."

„Unsere Suche? Wonach?"

„Das werden Sie schon sehen." Ryan klopfte auf die Satteltasche und trat dann dem Esel in die Flanken, der sich daraufhin in Bewegung setzte. Isadoras Esel folgte dem anderen.

Isadora genoss den Ausritt sehr, und es sagte ihr ungemein zu, die Landschaft vom Rücken des dahintrottenden Esels zu betrachten. Alles zog so wundervoll langsam an ihr vorbei, während sie in der heißen, trockenen Luft neben Mr. Calhoun auf steinigen, sich zur Stadt windenden Bergpfaden einherritt. Der Hutrand beschattete ihr Gesicht, doch sie spürte die Hitze auf den bloßen Armen und Handrücken.

Man redete wenig, während man den steilen Hang nach Rio de Janeiro hinunterritt. Sie dachte an die Art, wie Ryan sie berührt und in den Armen gehalten hatte, ganz so, als sei sie ein zerbrechliches Etwas, das er nicht beschädigen, aber auch nicht loslassen mochte.

Dann fiel ihr ein, wen sie vor sich hatte. Wahrscheinlich hatte er die Kunst, eine Frau verführerisch zu umarmen, von seinen vielen Geliebten gelernt und zur Perfektion entwickelt. Schließlich war er sogar vorher bei einem Weib gewesen, und es schien keine Bedeutung für ihn zu haben, welche Frau er in die Arme zog. Isadora redete sich ein, sie mache aus einer Mücke einen Elefanten, denn immerhin war sie mit Ryan nur in einem duftenden Garten gewesen und hatte versucht, einen Affen anzulocken. Um mehr hatte es sich wirklich nicht gehandelt.

Das war tatsächlich alles gewesen, und mehr konnte und durfte es nicht sein.

„Sie sehen den Wald vor lauter Bäumen nicht, Miss Isadora", sagte Ryan trocken.

„Wie meinen Sie das?"

Mit weit ausholender Geste wies er auf den Hafen, das glitzernde Wasser, die fernen Berge, und antwortete: „Ich habe Sie ins Paradies gebracht, und Sie nehmen es nicht wahr. Woran denken Sie, das Sie veranlasst, so finster die Stirn zu furchen?"

Isadora spürte sich erneut erröten. „Ich habe an nichts gedacht", schwindelte sie. „Das ist eine ganz neue Art zu reisen für mich, an die ich nicht gewohnt bin."

„Nun, versuchen Sie, den Anblick der Landschaft zu genießen. Dann wird es Sie nicht irritieren, dass Sie auf einem Esel reiten."

Captain Calhoun hatte Recht gehabt, wie Isadora bald merkte. Rio de Janeiro war ungemein faszinierend, angefangen vom Brunnen der Wäscherinnen mit den schwatzenden Dienerinnen und den energischen, an den Zapfstellen stehenden Wasserträgern, bis hin zu der eleganten Rua do Ouvidor, wo geheimnisvolle, mit Schmuck behangenene, hinter Vorhängen verborgene Damen in Sänften vorbeigetragen wurden.

Ryan und Isadora suchten das Schiff auf und beobachteten das Löschen der Fracht. Seine nächsten Aufgaben waren dann die Überprüfung der Ladeliste und die Verhandlung über den Kaufpreis.

„Wir werden mit mehr Bargeld zurücksegeln als jedes andere im Bostoner Hafen registrierte Schiff", verkündete Ryan. „Ich werde einhunderttausend Pfund Sterling mitbringen."

Bei jedem anderen Mann hätte Isadora das für Aufschneiderei gehalten.

Man band die Esel am Rand des überfüllten Marktplatzes an, wo es sehr geschäftig zuging. Unter bunten Markisen priesen Händler ihre Waren mit lauter Stimme an. Manche sangen Lieder oder lärmten mit Holzklappern, um Aufmerksamkeit zu erregen. Berge von Obst, Blumen, Fisch, Kleidung und Kurzwaren wurden auf dem Markt feilgeboten.

Ryan ergriff Miss Peabody bei der Hand. Sie empfand Wohlbehagen, verdrängte es jedoch sogleich. Er hatte ihre Hand nur der sie beide umgebenden Menschenmenge wegen ergriffen, aber aus keinem anderen Grund.

„Gehen wir einkaufen", schlug er vor.

„Was sollen wir kaufen?" Ihr Blick schweifte über die Fülle der ausgestellten Waren, das Obst, den Kaffee, die Gemüsesorten, gehämmerte Gegenstände aus Metallen der Bergminen, in Streifen geschnittenes Dörrfleisch, enorme Säcke voller Bohnen und Reis, leuchtend gefärbte Stoffe und Bambuskäfige, in denen exotische Vögel herumflatterten.

„Alles“, antwortete Ryan.

Unwillkürlich lachte Isadora entzückt auf. Ryan Calhoun machte aus allem einen Spaß, ganz gleich, wie enervierend er sein konnte.

Die Stunden verstrichen wie im Fluge, während man über den Markt ging. Ryan und Isadora aßen Melonen, und der Saft rann ihnen über das Kinn. Sie schickten einen Sack mit fünfzig Pfund einer besonderen Kaffeesorte auf das Schiff, den sie den Peabodys als Geschenk mitbringen wollten, kauften dann als Hochzeitsgeschenk für Arabella einen silbernen Samowar, Ohrringe aus Silberfiligran für Mrs. Calhoun und ihre Schwester, einen Schildpattkamm für Fayette und dicke Zigarren für Journey Calhoun.

Bei einem Juwelier erstand Ryan noch etwas, steckte die kleine Schatulle jedoch ein, ehe Isadora hatte sehen können, was darin war. Mit einer Anwandlung von Eifersucht vermutete sie, das Kästchen müsse ein Schmuckstück für eins von Mr. Calhouns leichtfertigen Weibern enthalten.

Sie empfand es als bestürzend, dass sie eifersüchtig auf die Hafenhuren war, und verdrängte den sie erschütternden Gedanken, weil sie sich den Tag dadurch nicht verderben lassen wollte.

Wenn sie sich schon Hoffnungen auf einen Mann machte, dann auf Chad Easterbrook, dem ihr Herz seit langem gehörte, statt auf einen so ungeeigneten Menschen wie Ryan Calhoun. Sie dachte nicht daran, Chad zu Gunsten eines unbeständigen, großspurig auftretenden Kapitäns fallen zu lassen.

Sie wusste genau, dass sie Ryan Calhoun nichts bedeutete, und hielt sich vor, sie müsse sich darauf konzentrieren, ein Gewinn für die vornehme Gesellschaft zu sein. Sie war viel zu klug, um irgendwann Mr. Calhouns wegen an gebrochenem Herzen zu leiden.

Nachdem sie zu dieser Erkenntnis gelangt war, eilte sie zu einem bunt bemalten Puppentheater, lachte über die Streiche, die mit den Marionetten gespielt wurden, und übersetzte Ryan die alberne Handlung.

„Sie streiten sich wie Hund und Katze“, erklärte sie und wies auf die aus Papiermaché gemachten Figuren eines Mannes und einer Frau, die vor den Zuschauern herumfuchtelten. „Beide sind zu einem Maskenfest gegangen, um jemanden zu finden, der ihrer Liebe mehr wert ist, und jeder hat einen exotischen Fremden getroffen.“

Die Gaffer brachen in schallendes Gelächter aus und klatschten Beifall, als die Marionetten zu tanzen begannen.

„Lassen Sie mich raten“, sagte Ryan. „Wenn die Puppen die Masken abnehmen, stellen sie bestimmt fest, dass sie sich ineinander verliebt haben.“

„Natürlich!“ bestätigte Isadora.

„Genau wie im richtigen Leben“, meinte Ryan schmunzelnd.

Er legte ihr die Hand in der Taille auf den Rücken und drängte sie zu anderen Verkaufsständen. Man begutachtete Pyramiden von Papayas und Mangos, und Isadora konnte nicht leugnen, dass sie innerlich auf seine leichte Berührung reagierte. Sie empfand Wärme und Vergnügen, doch als ihr das bewusst wurde, war es bereits zu spät, um diese Gefühle noch verdrängen zu können.

Ryan blieb vor einem Stand mit Karnevalsmasken stehen.

„Nein“, sagte sie, weil sie seine Absicht ahnte.

„Doch!“ widersprach er, erstand mehrere goldbemalte und mit Federn geschmückte Masken und einen bunten Fransenschal. „Für die Dame“, erklärte er dem Verkäufer.

„Ich brauche ihn nicht.“

„Genau aus diesem Grund müssen Sie ihn haben“, entgegnete Ryan, legte ihr den Schal um die Schultern und benutzte ihn wie eine Schlinge, um sie mehr und mehr zu sich heranzuziehen. Sie glaubte, vor Verlegenheit im Erdboden versinken zu müssen.

Etwas Unerwartetes geschah jedoch. Sie genoss den Augenblick. Der Händler und seine Freunde lachten und klatschten entzückt in die Hände. Sie hob die Arme über den Kopf und imitierte pantomimisch eine Flamencotänzerin. Der Hut fiel ihr auf den Rücken und blieb an den Bändern hängen. Mr. Calhoun benutzte den Schal wie das Cape eines Matadors, und sie griff ihn an, riss ihn ihm aus den Händen und reizte ihn damit.

Nach dem Ende der Pantomime verneigte er sich vor Miss Peabody, ergriff ihre Hand und präsentierte sie wie ein Ansager im Zirkus den Zuschauern. Sie lachte laut und lange und vermochte nicht zu fassen, dass sie, Isadora Dudley Peabody vom Beacon Hill, mitten auf einem brasilianischen Markt eine Straßenkünstlerin imitiert hatte.

Ryan und sie verließen den Marktplatz in dem Moment, als in der Straße ein schmucker Tilbury neben den Eseln anhielt. Gleich darauf stieg ein schlanker, würdevoll aussehender Mann mittleren Alters aus dem Wagen.

„Sind Sie Captain Calhoun?“ erkundigte er sich.

„Zu Ihren Diensten, Sir.“

„Ihr Obermaat sagte, dass ich Sie auf dem Markt finden würde. Ich bin Mauricio Ferraro.“

„Erfreut, Sie kennen zu lernen!“ erwiderte Ryan und grinste breit.

„Herzlichen Glückwunsch zu der sehr erfolgreichen Fahrt!“

„Herzlichen Glückwunsch, weil Sie der Erste waren, der seine Kühlanlage mit Eis füllen konnte“, sagte Ryan und zwinkerte verschmitzt Mr. Ferraro zu. „Erlauben Sie, dass ich Sie mit Miss Isadora Peabody bekannt mache.“

„Ich bin entzückt.“ Der dunkelhäutige Brasilianer ergriff lächelnd ihre Hand und gab ihr einen formvollendeten Handkuss. „Darf ich hoffen, dass Sie und Ihre entzückende Freundin meiner Familie und mir morgen beim Abendessen Gesellschaft leisten?"

Isadora war sehr verblüfft, sich als Captain Calhouns Freundin bezeichnet zu hören. Sie vernahm kaum, dass er sagte: „Mit dem größten Vergnügen", ließ sich verdutzt von ihm zu den Reittieren führen und von ihm auf ihren Esel helfen. War die Aufmerksamkeit, die er ihr schenkte, der Grund dafür, dass sie von allen Leuten so nett behandelt wurde?

Sie wusste nicht, was sie mehr überraschte – der Umstand, dass Senhor Ferraro sie entzückend fand, oder seine Vermutung, sie sei Captain Calhouns Freundin. Der Rest des Tages verstrich durch die vielen Aktivitäten wie im Fluge, und man ließ sich auf dem Heimweg zur Villa Zeit. Häufig hielt man an, um die atemberaubende Schönheit der exotischen Stadt zu bewundern, und überall, wohin Isadora blickte, entdeckte sie neue Wunder, von der üppigen Blumenpracht in allen Straßen und Gärten bis hin zu den zerklüfteten Bergen in der Ferne, deren Ausläufer bis zur Guanabara-Bucht reichten.

„Warum halten wir hier an?" erkundigte sie sich.

Ryan band die Esel an. „Das ist Ipanema, einer der berühmtesten Strände der Welt", erklärte er.

Die Gegend war tatsächlich bemerkenswert, bevölkert von Badenden aller Hautfarben, Größen und Gestalten. Elternpaare entspannten sich in hohen, zusammenklappbaren Stühlen, die von breiten Sonnenschirmen überschattet wurden, während ihre Kinder Sandburgen bauten, Fangen oder Ball spielten.

Beim Gehen sanken Isadora und der Captain in den schneeweißen, pudrigen Sand ein. Ryan blieb bei einer Bank stehen und forderte Miss Peabody auf, sich zu setzen.

„Ich möchte weiter den Strand entlanggehen", wandte sie ein.

„Das werden Sie.“ Ryan hockte sich vor sie, ergriff, ohne sie um Erlaubnis zu fragen oder seine Absicht zu erläutern, ihren linken Fuß und zog ihr den Schuh und den Strumpf aus.

Am liebsten hätte sie empört aufgeschrien, war jedoch viel zu entsetzt, um einen Laut hervorbringen zu können. Als sie endlich die Sprache wieder gefunden hatte, saß sie barfüßig auf der Bank.

„Warum haben Sie das getan?“

Gelassen zog Ryan sich Schuhe und Socken aus. „Mit Schuhen geht es sich schlecht im Sand“, antwortete er leichthin.

„So ist es unschicklich.“

Er stellte Miss Peabodys und seine Schuhe unter die Bank und erwiderte: „Ich lasse nicht zu, dass Sie wieder mit diesem Getue anfangen.“ Er ergriff sie bei der Hand, zog sie auf die Füße und sagte: „Gehen wir.“

Sie machte drei Schritte auf dem warmen Sand, blieb stehen und äußerte staunend. „Oje!“

„Was stimmt jetzt wieder nicht?“

Sie schaute auf ihre schockierend nackten Beine, die bis zu den Fußgelenken im weichen Sand steckten, und antwortete: „Das Gefühl, so durch den Sand zu gehen, ist sündhaft köstlich, und etwas Angenehmeres habe ich nie empfunden.“

„Ach, Schätzchen, Sie haben wirklich ein behütetes Leben geführt“, erwiderte Ryan auflachend.

Man ging weiter, kam am Zuckerhut vorbei und fand dahinter eine einsam gelegene Stelle, wo hohe Klippen emporragten und die Wellen auf den Strand schwappten. Mr. Calhoun führte Isadora ins flache Wasser.

„Das dürfen wir nicht tun“, wandte sie ein. „Das ist...“

„Hören Sie auf, dauernd Einwände zu erheben, Miss Isadora“, unterbrach er sie, sich zur Geduld zwingend. „Das ist lästig.“

Die ausrollenden Wellen umspülten sanft ihre Fußgelenke.

„Das Wasser ist warm“, rief Isadora entzückt aus. „Ich habe mich geirrt.“

„In welcher Beziehung?“

„Das ist jetzt das sündhaft köstlichste Gefühl, das ich je empfunden habe.“

„Nein“, widersprach er und zog sie an sich. Unvermittelt spürte sie ihn sich an sie drängen, mit den Schenkeln, den Hüften und der Brust. „Nein, Sie vermitteln mir das sündhaft köstlichste Gefühl, das ich je empfunden habe.“

15. KAPITEL

„Weshalb sehen Sie mich so finster an?“ wunderte sich Isadora, während sie sich an der Griffschlaufe festhielt.

Ryan blickte sie im schwachen, durch die Fensterscheiben dringenden Licht der Kutschlampen an, und furchte noch unwirscher die Stirn. „Ich habe überlegt, ob Senhor Ferraro glauben wird, dass meine Begleiterin dieselbe lachende, sorglose Frau ist, die er gestern auf dem Marktplatz kennen gelernt hat.“

„Nicht alle Männer legen so großen Wert auf das Äußere eines Menschen“, entgegnete Isadora und blickte aus dem Fenster.

Ryan empfand den teuflischen Drang, sie an sich zu ziehen, ihr das Haar zu zerzausen und das Kleid in Unordnung zu bringen, damit es ihr Leid tat, dass sie versucht hatte, wieder wie eine gesittete Dame aus Boston aufzutreten. Sie trug das schwarzbraune Kleid mit dem sich über zahllosen Unterröcken bauschenden Rock, das er von Anfang an abscheulich gefunden hatte. Zudem hatte sie sich das Haar aus der Stirn gekämmt. Das einzig Zufriedenstellende an dieser Frisur war, dass die braunen Locken noch den goldblonden Ton hatten, der durch das wochenlange der Sonne und dem Wind Ausgesetztsein entstanden war.

Weitaus alarmierender als die strenge Kleidung war jedoch Miss Peabodys Gebaren. Sie befleißigte sich erneut ihres früheren zurückhaltenden, eingeschüchterten Verhaltens, hielt die Schultern hochgezogen und den Kopf tief auf die Brust geneigt. Sie wirkte wieder wie die Isadora Peabody vom Beacon Hill, die sich in dieser Weise einst der Welt präsentiert und absolut kein Gespür für den eigenen Wert gehabt hatte.

„Sie sehen aus, als hätten Sie sich für einen Leichenschmaus angezogen", brummte Ryan.

Sie wandte sich vom Fenster ab, ließ den Blick über ihn schweifen und betrachtete seine gelbe Weste und die türkisfarbene Jacke. „Sie machen den Mangel an Farbe, den Sie bei mir beanstanden, mehr als wett!" entgegnete sie.

„Könnten Sie nicht wenigstens versuchen, nicht so auszusehen, als würden Sie zum Schafott geführt?"

„Ich hatte nie viel übrig für gesellschaftliche Anlässe", erwiderte sie. „Sie hätten heute Abend ohne mich zu Senhor Ferraro fahren sollen."

Irgendwann hatte das Leben sie gelehrt, dass gesellschaftliche Anlässe unangenehm sein konnten. Sie hatte erkannt, dass sie sich innerlich wappnen müsse, wie ein Soldat, der sich auf eine Schlacht vorbereitet. Ihr Schutzschild und ihr Schwert waren das enge Korsett und die servile Attitüde geworden. Erneut hatte sie an den Fingernägeln gekaut, eine Angewohnheit, von der Ryan gehofft hatte, sie habe sie auf dem „Silbernen Schwan" abgelegt.

Am liebsten hätte er sie gefragt, warum sie in ihr altes Verhaltensmuster zurückfiel, doch er verzichtete darauf. Es wäre gefährlich gewesen, ihren Mangel an Selbstbewusstsein zu kritisieren, denn wenn er sich mit ihrem Wesen befasste, würde er anfangen, mehr für sie zu empfinden. Das konnte ihn von seinem Ziel ablenken und unangenehme Folgen für ihn haben. Er hatte alle Energie auf das zu konzentrieren, was im Hinblick auf Journeys Frau und Kinder getan werden musste.

Die Kutsche brachte ihn und Miss Peabody in Rio de Janeiros vornehmen Stadtteil Botafogo, bog von der breiten, mit Ziegeln gepflasterten, von Carabba-Bäumen gesäumten Straße ab und rollte durch ein großes, offenes schmiedeeisernes Tor. In der Mitte der beiden Hälften war das Schiffe und Löwen zeigende Familienwappen der Ferraros angebracht. Der Wagen fuhr dann über eine gekieste, halbrunde Allee, an deren linker Seite Isadora einen beleuchteten Springbrunnen sah.

Das mehrstöckige Haus der Ferraros wurde durch an den Wänden angebrachte brennende Fackeln erhellt. Ein breit lächelnder Hausdiener geleitete die Gäste in den mit Gazevorhängen und geschnitzten Wandschirmen ausgestatteten Salon, in dessen Ecken Topfpalmen standen, und der eine sinnlich luxuriöse Atmosphäre verströmte.

Ryan schaute Miss Peabody an, um zu sehen, wie sie auf diesen Anblick reagierte. Verärgert bemerkte er, dass sie an den Fingernägeln kaute, und legte die Hand auf ihre. „Sie haben einen so süßen Mund, Miss Isadora", flüsterte er. „Ich kann mir für ihn einen viel besseren Verwendungszweck vorstellen als Fingernägelkauen."

Sie stieß seine Hand beiseite und erwiderte: „Ich wünschte, Sie würden nicht in dieser anzüglichen Weise mit mir reden!"

„Warum soll ich das nicht tun?"

„Das gehört sich nicht. Nein, es ist sogar unanständig!"

„Wieso?"

„Weil ich das sage."

„Sie müssen es wissen." Er legte Miss Peabody die Hand auf die sich rötende Wange, strich ihr leicht mit dem Daumen über die Unterlippe und staunte, wie weich diese war. Er erinnerte sich an den Geschmack ihrer Lippen, als er sie geküsst hatte, und fuhr fort: „Sie sind, was Männer betrifft, keine Expertin, Miss Isadora, und schon gar nicht in Bezug auf mich."

Sie zuckte zurück und zwinkerte heftig, als sei sie den Tränen nahe. „Ich halte nichts von solchen Scherzen, Captain Calhoun", entgegnete sie entrüstet.

Der sehr gekränkte Ausdruck in ihren Augen beunruhigte Ryan. Wenngleich sie keine Ahnung hatte, wie stark sein Interesse an ihr war, musste er ihr in einem Punkt Recht geben. Wenn er nur mit ihr zu schäkern gedachte, sollte er besser Distanz zu ihr wahren, aber ein Flirt mit ihr war eben so verdammt unterhaltsam.

„Nach dem gestrigen Tag hatte ich angenommen, dass unsere Freundschaft es verträgt, sich gegenseitig zu necken."

„Gestern war gestern", erwiderte Isadora, schlenderte durch den Raum und erkundete dessen reiche Ausstattung. „Hier ist es nicht so wie in Boston, nicht wahr?"

„Passt Ihnen das nicht?"

„Du lieber Himmel! Ich habe nichts dagegen. Es sieht alles wunderbar bequem, aber irgendwie dekadent aus."

„Dekadenz findet Ihre Missbilligung?"

„Senhor Calhoun! Senhorita Peabody!" In eleganter Jacke und Hosen, die aus gutem schwarzem Tuch gemacht waren, dazu eine rote Schärpe um die Taille, betrat Mauricio den Raum und setzte hinzu: „Willkommen in meinem Heim!"

An seiner Seite befand sich eine rundliche, lächelnde Frau, die ein helles, weich fallendes Kleid anhatte. „Das ist meine Gattin Amalia", stellte er sie vor. Sie hatte die mittleren Jahre zwar längst überschritten und war auch keine mitreißende Schönheit, doch in ihren Augen stand Zuneigung für ihren Mann und ein herzlicher, für die Gäste bestimmter Ausdruck. Ihre Freundlichkeit nahm Ryan für sie ein, und sogleich fand er sie sympathisch.

„Willkommen in Rio“, sagte sie und streckte Miss Peabody die Hände entgegen.

Mauricio legte den Kopf zur Seite und äußerte zwinkernd: „Sie sehen sehr formell aus, Senhorita. Sind Sie miteinander verlobt?“

„Nein!“ platzte sie heraus.

Ihr vehementer Ton kränkte Ryan.

„Also war die Frage müßig“, sagte Mauricio. „Kommen Sie! Gehen wir zu Tisch.“

Man begab sich zum Essen, das aus Melonen und Schinken, Pilzen in Sherry, Obstsalat und Blattgemüse, Beefsteak und gekochtem Gemüse sowie Goiabada bestand, die aus Guaven und Zucker gemacht worden war. Zu jedem Gang wurde eine Auswahl an Weinen und Likören gereicht.

„Ich habe viel über Boston gehört“, verkündete Amalia und streute gehackte Mandiokawurzeln über den Salat ihres Mannes. „Ihre Heimatstadt, Senhorita Peabody, ist ein berühmtes Bildungszentrum, nicht wahr?“

„Ja“, bestätigte Isadora. „Die Leute von Boston legen den größten Wert auf eine exzellente Bildung.“

„Für Ihre Familie war eine humanistische Bildung stets von großer Bedeutung?“

„Oh, ja! Wenngleich nicht ganz so wichtig wie...“ , Isadora hielt inne, errötete und blickte auf ihren Teller, „... wie andere Dinge“, vollendete sie dann verlegen den Satz.

Ryan vermutete, dass es sich bei diesen anderen Dingen darum handelte, sich auf Festen witzig und unterhaltsam zu geben, sich den richtigen Gatten zu beschaffen und das kostbar ausstaffierte Aushängeschild eines Mannes zu sein. Er trank einen großen Schluck Wein und starrte dann finster auf das Glas.

„Wie hat Ihnen gestern die Besichtigung der Stadt gefallen, Senhorita?“ erkundigte sich Mauricio.

„Ich fand alles überwältigend. Rio ist so ungemein reich an Sehenswürdigkeiten, und man kann sehr viel unternehmen."

„Dann müssen Sie sich wirklich alles anschauen", meinte Amalia.

„Ich wünschte, ich könnte das tun, aber das würde ein ganzes Leben in Anspruch nehmen", erwiderte Isadora und schaute Mr. Calhoun an. „Wir sind doch nur kurze Zeit hier, nicht wahr, Captain?"

„Leider ja", bestätigte er.

„Ich wünschte, ich könnte länger hier bleiben."

Die Gastgeber strahlten. „Das ist Rio", sagte Mauricio. „Das Heim eines Menschen mag zwar anderenorts sein, doch Rio nimmt immer das Herz gefangen." Er ergriff die Hand der Gattin, und Ryan fand diese Geste seltsam anrührend, weil sie so unbewusst selbstverständlich war.

Er überlegte, wie es sein mochte, in einer vergleichbaren Lage zu sein, jemanden zu haben, den man berühren konnte, von dem man wusste, dass er immer da, dem ohne zu fragen klar war, wie man seinen Salat mochte.

Eine alte Sehnsucht überkam ihn, und er spürte wieder den an sich sehr schlichten Wunsch erwachen, den er seit vielen Jahren hatte. Er wollte sein Leben mit jemandem in der gleichen Weise wie die Ferraros teilen. Auf seinen Reisen hatte er wundervolle Dinge gesehen, die unbeschreiblich waren, Augenblicke des Triumphes und der Gefahr erlebt, doch das alles erbrachte nicht viel für ihn, weil er niemanden kannte, dem er davon hätte erzählen können, der sich die Schilderung seiner Hoffnungen, Befürchtungen und Träume anhören würde.

Er stellte das leere Weinglas auf den Tisch. Verdammt, er hatte zu viel getrunken!

„Sie müssen die vertraute Umgebung Ihres Heims vermissen",

meinte Amalia und bedeutete einem Diener, Senhor Calhoun nachzuschenken.

„Nicht sehr“, gab Isadora zu und zog schuldbewusst den Kopf ein. „Ich will nicht undankbar erscheinen, doch mein Leben in Boston war sehr geregelt und voraussehbar. Ich vermute, dass ich Jahre von Boston fort sein und bei der Rückkehr alles unverändert vorfinden würde.“

„Ihre Familienangehörigen und Freunde wären bestimmt nicht begeistert, wenn sie so lange auf Sie verzichten müssten“, meinte Amalia lachend.

Isadora fühlte die Röte in die Wangen steigen. „Wie schmeichelhaft zu denken, dass es Menschen geben kann, die mich vermissen würden.“

„Natürlich gibt es solche Menschen, vielleicht sogar einen ganz bestimmten Gentleman.“

„Du lieber Himmel, nein!“ erwiderte Isadora erschrocken und presste die Hand auf das heftig pochende Herz.

„Wenn eine Dame so heftig widerspricht, dann gibt es in ihrem Leben immer einen besonderen Gentleman“, warf Mauricio entzückt lachend ein.

Isadora schloss die Augen, lächelte kläglich und sagte: „Ich bin so schrecklich berechenbar.“

Die Gastgeber tauschten einen wissenden Blick.

Ryan leerte die Hälfte des Glases. Schon wieder ging es um Mr. Chad Easterbrook! Was in aller Welt fand Miss Peabody an diesem hohlköpfigen Schönling?

Durch die fröhliche Unterhaltung und den auf die Heimatstadt empfundenen Stolz gelang es den Ferraros, Isadora schließlich das Gefühl von Wohlbefinden zu vermitteln.

Am Ende des Mahls sagte Mauricio zu Captain Calhoun: „Wir müssen ins Freie gehen, wenn wir eine Zigarre rauchen wollen.

Meine Gattin kann den Tabakqualm nicht ausstehen." Er neigte sich zu ihr und küsste ihr die Hand. „Kannst du Senhor Calhoun und mich ein Weilchen entbehren?"

„Natürlich!" antwortete sie. „Ich werde mit Senhorita Peabody ein Tässchen Kaffee trinken."

Ryan folgte dem Hausherrn auf die von einer kunstvollen Balustrade umgebene Veranda.

„Es dürfte nicht schwierig sein, Ihnen eine Ladung für Boston zu verschaffen", meinte Mauricio. „Sie sind der Winterflotte um Tage voraus."

„Ich bin froh, Mr. Ferraro, dass Sie die Sprache auf die Ladung gebracht haben. Ich weiß, meine Forderung steht nicht im Kommissionsvertrag, aber ich werde kein Produkt verladen lassen, das durch Sklavenarbeit zustande gekommen ist."

Mauricio pfiff leise durch die Zähne und erwiderte: „Dann müssen Sie auf eine Menge des besten Kaffees der Welt verzichten!"

Ryan nickte und gestand: „Diese Einstellung hat mich schon fast bei meiner letzten Reise nach Havanna ruiniert, doch damals ist es mir gelungen, einen Tabak- und Zuckerlieferanten zu finden, der nicht mit Waren handelte, bei denen Sklavenarbeit im Spiel war."

„Ich kann Ihnen behilflich sein", sagte Mauricio nach einem Moment. „Ich kenne eine Reihe von Pflanzern, die Tagelöhner beschäftigen."

Durch das Fenster sah man die Damen Kaffee trinken und sich unterhalten. Mauricio zündete die Zigarren an und betrachtete sie durch den sich kräuselnden Rauch. Er wusste wahrscheinlich nicht, dass er dabei wie ein liebeskranker Jüngling seine Frau anlächelte.

Ryan paffte an seiner Zigarre und äußerte: „Sie können sich glücklich schätzen. Das Leben meint es gut mit Ihnen."

„Gott hat es für angebracht gehalten, mich zu segnen", sagte Mauricio und lächelte noch zufriedener, als seine Gattin den Kopf in den Nacken warf und über etwas lachte, das Miss Peabody geäußert hatte. „Ich habe die schönste Frau der Welt."

Die von Herzen gekommene Feststellung hatte einen seltsamen Effekt auf Ryan. Mrs. Ferraro war nicht schlank, nicht mehr jung und auch nicht atemberaubend schön. Er zweifelte indes nicht daran, dass sie in den Augen ihres Mannes ein Geschenk des Himmels war.

„Sie sind jemand, der das zu genießen weiß, womit er gesegnet ist", erwiderte er.

„Sind Sie das nicht?"

„Ich bin jemand, der Verpflichtungen hat", räumte Ryan ein. „Ich kann nur hoffen, dass ich mich später an dem erfreuen kann, was mir beschert wird."

„Genau das würde ein ungeduldiger junger Mann sagen", meinte Mauricio und nickte.

„Stimmen Sie mir nicht zu?"

Mauricio betrachtete die Damen. „Wie die meisten ungeduldigen jungen Männer begreifen Sie nicht, dass man manchmal die schönste Bescherung direkt vor Augen hat", antwortete er trocken.

Isadora fand, die Weihnachtszeit in den Tropen sei der in Boston vorzuziehen. Die Tage vor dem Fest waren mild und warm, und fröhlich machten die Leute Besorgungen und Besuche. In Boston gab es jetzt Gesellschaften, bei denen Weihnachslieder gesungen wurden, Schlittenfahrten und fieberhafte Vorbereitungen für das Fest. Abgesehen davon, dass sie nun nicht die Möglichkeit hatte, bei diesen Anlässen Chad Easterbrook zu sehen, war sie doch froh, nicht an ihnen teilnehmen zu müssen.

Mrs. Raines erklärte nachdrücklich, dass in ihrem Haus nicht viele Geschenke gemacht werden würden. Am Dreikönigstag beschenkten die Leute sich mit nicht sehr wertvollen Schmuckstücken sowie Früchten und Nüssen, und machten vielleicht eine Reihe von Besuchen in der Nachbarschaft und bei Verwandten. Außerdem gab es im Hafen eine Seglerparade.

In den Tagen des Aufenthaltes in der Villa do Cielo empfand Isadora eine eigenartige innere Ruhe. Captain Calhoun war mit geschäftlichen Dingen beschäftigt, kümmerte sich um das Löschen sowie den Verkauf der Fracht und sorgte für eine neue Ladung, die auf der Rückfahrt nach Boston mitgenommen werden sollte. Wiewohl sie ihn selten zu Gesicht bekam, ertappte sie sich dabei, dass sie häufig an ihn dachte.

Er hatte geäußert, sie sei, was Männer beträfe, keine Expertin, und schon gar nicht in Bezug auf ihn. Damit hatte er mehr oder weniger zum Ausdruck gebracht, sie würde ihn nicht kennen, nicht einmal im Begriff sein, sein Wesen zu ergründen. Sie war sich bewusst, dass sie sich der Neugierde wegen, die sie in Bezug auf ihn empfand, hätte schämen müssen. Doch wenn sie an ihn dachte, brach ihr nicht der kalte Schweiß aus, wie es der Fall war, wenn ihre Gedanken um Chad kreisten. Im Gegenteil, sie fühlte sich sehr behaglich, lebendig, ohne Angst davor, ihr nächster Schritt, das nächste von ihr geäußerte Wort, könne zu einer Katastrophe führen.

Langsam begriff sie, was zwischen ihr und Ryan Calhoun geschah.

Freundschaft entwickelte sich zwischen ihnen.

Bei diesem Gedanken wurde ihr leicht ums Herz. Nie zuvor hatte sie einen Freund gehabt. Als sie noch klein gewesen war, hatte es in ihrem Dasein die liebevolle Großtante gegeben, für sie wie ein Geschenk des Himmels, aber keine Freundin in ihrem Alter. Im Mount-Holyoke-Mädchenpensionat hatte sie die Bekanntschaft anderer Schülerinnen gemacht, doch von keinem Mädchen war ihr in Freundschaft die Hand gereicht worden. Als sie dann nach Beacon Hill zurückgekehrt war, hatte ihre Beschäftigung vornehmlich aus dem Lesen von Büchern, politischen Traktaten und Pamphleten bestanden.

Nun jedoch hatte sie einen Freund. Das war eine einzigartige, wunderbare Erkenntnis. Isadora wusste nicht recht, wie sie sich auf diese neue Situation einstellen sollte.

Von Zeit zu Zeit merkte sie, dass sie mehr für Ryan empfand als nur freundschaftliche Gefühle, und zwar immer dann, wenn er sie berührte, sie in einer bestimmten Weise ansah oder ihr etwas zuraunte. In Gedanken beschäftigte sie sich viel zu lange mit dem Tag, an dem sie mit Ryan einen Stadtbummel gemacht hatte. Sie entsann sich auch sehr deutlich des Kusses im dunklen Garten und des Augenblicks am Strand, als Ryan sie in die Arme genommen hatte. Die Umarmung war ihr so natürlich erschienen, als sei sie nur der nächste logische Schritt auf der Straße gewesen, der sie mit Ryan folgte.

Zum Glück war sie schnell zur Verkunft gekommen und hatte sich ihm rasch entzogen. Er hatte sich abgewandt, und der wundervolle Augenblick auf diese Weise kein peinliches Ende genommen. Anschließend hatte Isadora sich geschworen, in Zukunft solche Begegnungen nicht zustande kommen zu lassen. Er war ihr einziger guter Freund, und sie wollte die Beziehung zu ihm nicht durch anmaßende Träume zerstören, die nie Wahrheit werden konnten.

Gleichsam als Strafe für ihre abschweifenden Gedanken hatte sie Chad Easterbrook einen weiteren langen und sehr ausführlichen Brief geschrieben und stellte sich vor, wie er ihn las. Sie hoffte, ihre Schilderung des Marionettentheaters auf dem Marktplatz würde ihm ein Lächeln entlocken, die Beschreibung des auf den Stufen des Klosters Santa Casa de la Misericòrdia abgelegten Säuglings ihn zu Tränen rühren, die detaillierte Wiedergabe der hängenden Gärten um Mrs. Raines' Villa ihn ebenso staunen machen, wie das bei ihr der Fall war.

Dem Schreiben hatte sie, wie Mr. Easterbrook senior versprochen, einen sachlichen Bericht über Captain Calhouns Fortschritte beim Verkaufen der Ladung hinzugefügt, wenngleich sie beim Abfassen von Gewissensbissen geplagt worden war. Aber Captain Calhouns Geschäftstüchtigkeit war über jeden Tadel erhaben, und das hatte sie ehrlich und mit einem Anflug von Stolz zum Ausdruck gebracht.

Am Silvesterabend sollte das jährlich in der Villa do Cielo veranstaltete Maskenfest stattfinden. Zwei Tage vorher zog der appetitanregende Geruch von Braten und frischem Brot durch das ganze Haus. Ein großer Pavillon wurde aufgestellt, in dem die Samba-Kapelle spielen sollte, und zusätzliche Dienstboten trafen aus Tijuca ein.

Isadora half Mrs. Raines, deren Schwester und einigen Hausmädchen in der Küche und stellte mit ihnen eine für die Mitte der Tafel bestimmte Torte her, die mit glasierten Kirschen und Ananas verziert war. Nie zuvor hatte sie mit Hausangestellten zusammengearbeitet und niedere Arbeiten verrichtet, erfreute sich nun jedoch an dem Geplapper und Gekicher und dem schönen Anblick der überzuckerten Torte, die Stück für Stück wuchs und Gestalt annahm, während die Frauen sich an dem langen Tisch aus poliertem Kiefernholz unterhielten.

„Du, Lily, und Sie, Miss Peabody, können sich gern eines meiner Kleider leihen, die ich mir vor Jahren habe machen lassen", schlug Rose vor. „In jedem Jahr wird eins für mich angefertigt, so dass die Auswahl groß ist."

Isadora dachte an die Tanzveranstaltungen, die sie in Boston hatte überstehen müssen, und biss sich auf die Unterlippe. Wie furchtbar diese Feste für sie gewesen waren! Die beiden schönen Schwestern hatten keine Ahnung, was es für sie bedeutet hatte, am Rande des Geschehens zu stehen und Leute sich darüber unterhalten zu hören, dass sie auf dem Heiratsmarkt ein vollkommener Versager war. Und sie wussten auch nicht, wie ihr zu Mute gewesen war, wenn sie den Mann, den sie liebte, im Stillen angefleht hatte, zu ihr zu kommen und sie zum Tanz aufzufordern. Sie konnten sich ebenfalls nicht vorstellen, wie sie sich gefühlt hatte, wenn er nicht bei ihr erschienen war, und sie dann, enttäuscht, den Tränen nahe und niedergeschlagen, im Bett gelegen hatte.

„Ich gebe zu, dass ich nie gern an Festlichkeiten teilgenommen habe", zwang sie sich zu gestehen.

Lily und Rose tauschten einen Blick. „Sie haben nie gern an Festlichkeiten in Boston teilgenommen", entgegnete Lily. „Hier wird alles anders sein."

Rose nickte heftig und sagte: „Ja, in Rio ist alles anders."

Unwillkürlich musste Isadora über ihre selbst ernannten Duennas lächeln, die einfach nicht zur Kenntnis nehmen wollten, wie sie in Wirklichkeit war. Sie sahen in ihr nur eine angenehme Gesellschafterin, eine Mitreisende, eine Hilfe bei den Vorbereitungen, aber nicht das unscheinbare, nicht zu verheiratende späte Mädchen.

„Das ist es, was ich an Rio de Janeiro so liebe", erwiderte sie.

„Wollen Sie gegen jede Rüsche Einwände erheben, oder sind Sie endlich still und lassen uns weitermachen?" fragte Lily ärgerlich.

„Aber dieses Kleid,... es ist so... so... unanständig", protestierte Isadora und zupfte an dem seidenen, ihr zigeunerhaft erscheinenden Stufenrock, den Mrs. Raines und Mrs. Calhoun ihr angezogen hatten.

Rose lachte laut auf und erwiderte: „Sie sind in Rio, meine Liebe, und wir haben Silvester. Sie gehen in einem Kostüm zum Maskenfest. Eine andere Wahl bleibt Ihnen nicht."

„Wo ist die Schere?" wollte Lily wissen. „Ich muss dieses Band kürzen." Sie schaute sich im Raum um. „Fayette kann viel besser schneidern als ich. Wo ist sie nur? Seit Tagen träumt sie vor sich hin und ist dauernd verschwunden!"

„Dann müssen wir beide eben allein zurechtkommen", sagte Rose fröhlich.

Isadora biss sich auf die Unterlippe und musste sich zwingen, den Blick geradeaus gerichtet zu halten, obwohl sie ihn viel lieber zu Boden gesenkt und sich davon überzeugt hätte, dass wirklich sie diesen weiten Stufenrock trug. Er hatte so leuchtende Farben, dass sie sich unwillkürlich an einen der Papageien erinnert fühlte, die im Wald hinter der Villa lebten. Zu allem Überdruss steckten ihre bloßen Füße nur in Sandalen. Die weite rund ausgeschnittene Bluse ließ schockierenderweise den Ansatz der Brüste erkennen, und das Haar hing wirr um den Kopf, weil es nicht durch Kämme oder Nadeln befestigt war.

„Ich werde mich lächerlich machen", flüsterte Isadora.

Lily stellte sich vor sie, legte ihr die Hände auf die Schultern und erwiderte: „Schätzchen, man wird nur über Sie lachen, wenn Sie das zulassen."

„Ich weiß nicht, wie Sie das meinen."

„Das hat mit der Art zu tun, wie Sie sich halten und präsentieren", antwortete Lily und band Miss Peabody eine schwarze Halbmaske um. „Alles ist Illusion. Sie sind jetzt eine Zigeunerin, nicht mehr Miss Peabody. Sie müssen sich geheimnisvoll und betörend geben. Versuchen Sie, sich in den Hüften zu wiegen."

„Ich soll mich in den Hüften wiegen?" fragte Isadora erschüttert.

Dennoch machte sie, obwohl sie sich albern vorkam, Mrs. Raines zur einen Seite, Mrs. Calhoun zur anderen, nach, wie man sich in den Hüften wiegte. Plötzlich hatte sie das Gefühl, ihr altes Ich abgelegt zu haben, und musste sich eingestehen, dass Mrs. Raines und Mrs. Calhoun Recht hatten. Es war leicht, eine Illusion zu erzeugen, viel einfacher, als das eigene Ich zu wahren.

„In meinem vorherigen Leben muss ich Gaucho gewesen sein", meinte Ryan und schaute stolz auf sein farbenprächtiges Kostüm. „Ich bin sicher, die Frauen werden mich bewundern."

Journey betrachtete die zinnoberrote Schärpe, die eng anliegenden, an den Außennähten mit silbernden Knöpfen verzierten schwarzen Kniehosen, und erwiderte: „Sehr eindrucksvoll! Besonders dann, wenn du auch noch den Hut aufsetzt." Er warf dem Freund den breitkrempigen, mit einer scharlachroten Feder geschmückten schwarzen Hut zu.

Ryan legte sich die Halbmaske aus schwarzer Seide an und äußerte: „Jetzt wird niemand mich erkennen."

„Heute Abend werden bestimmt ein Dutzend Gauchos anwesend sein, die eine Vorliebe für protzige Garderobe haben!"

„Sehe ich wirklich protzig aus?" fragte Ryan und strich die ins Auge stechende Schärpe glatt.

„Ja, das tust du."

„In unangenehmer Weise?"

Journey lächelte, was er selten genug tat. „Nein, mein Freund", antwortete er. „Ich nehme an, es gefällt dir, Aufsehen zu erregen."

Ryan ergriff ein schwarzes Seidentuch, wand es sich wie ein Pirat um den Kopf und stopfte dabei das kastanienrote Haar darunter. Dann setzte er den Hut wieder auf und legte auch die Maske wieder an. „Und in welchem Kostüm kommst du?" wollte er wissen.

Journey zögerte einen Moment und antwortete dann: „Ich gehe als Phantom und werde praktisch unsichtbar sein."

Flüchtig verkrampfte Ryan sich das Herz. Er schwieg jedoch, da er wusste, dass Journey von dem Moment an, da er von seiner Frau getrennt worden war, ein lebenswichtiger Teil fehlte. Selbst dann, wenn er sich in seine Arbeit am Navigationstisch vertieft hatte oder mitten auf See in einem gewaltigen Sturm befand, war er nicht ganz bei der Sache. Ein Teil von ihm, der ihm Fröhlichkeit, Lebensfreude und Herzenswärme verschaffte, war in Virginia zurückgeblieben und rackerte sich auf der Plantage eines weißen Pflanzers in der überheizten Küche ab.

Der Gedanke machte Ryan wie immer wütend, und er versicherte: „Bald, mein Freund!"

„Und wann ist das?"

„Bald! Wir werden bald in Virginia sein."

Journey nickte reglosen Gesichts, straffte jedoch die Schultern und erwiderte: „Es sieht so aus, als könnten wir in einer Woche in See stechen. Mr. Ferraro muss dich mögen, weil er dir eine zusätzliche Tonne Kaffeebohnen zu diesem guten Preis verkauft hat."

„Er fand Miss Peabody sympathisch. Mit der nächsten Reise werden wir einen neuen Rekord aufstellen und die gewinnträchtigste Fahrt auf der Route nach Rio de Janeiro machen."

Journey seufzte tief. „Den Zeitungen zufolge, die der Skipper aus Maine aus Savannah mitgebracht hat, ist der Preis für einen Sklaven in Virginia auf Rekordhöhe gestiegen."

Journeys Stimme hatte gequält und bedrückt geklungen, und

das war nicht verwunderlich. „Ich nehme an, ich kann einen Preis aushandeln, der uns akzeptabel erscheinen wird“, erwiderte Ryan.

Zweifelnd schaute Journey ihn an und fragte: „Und was ist, wenn dir das nicht gelingen sollte?“

„Im Geldschrank des ‚Silbernen Schwans‘ ist genug Bares, um eine ganze Armee zu kaufen“, antwortete Ryan und kam sich dabei irgendwie schäbig vor. Er war nie ein guter Mensch gewesen, wenngleich er niemals jemandem etwas weggenommen und das auch nie in Betracht gezogen hatte. Aber diese Grenze würde er überschreiten, um Journeys Frau und Kinder in die Freiheit bringen zu können.

„Die Sache ist äußerst riskant, Ryan“, sagte Journey und lächelte flüchtig. „Andererseits frage ich mich, wann du je einem Risiko ausgewichen bist.“

Die Spannung, unter der Ryan gestanden hatte, ließ etwas nach. „Heute Abend werde ich jedenfalls keinem Risiko aus dem Weg gehen“, antwortete er. „Komm, mein Freund. Lass uns tanzen gehen.“

16. KAPITEL

Beim Betreten des Patio hörte Ryan einige Frauen aufschreien und nahm an, Journey könne Recht behalten. Vielleicht war die farbliche Zusammenstellung seines Kostüms ein wenig zu gewagt.

Die Musik verstummte, und die Menschen wichen zurück. Sogleich begriff er, dass die Aufregung nicht seinetwegen entstanden war. Ein maskierter Reiter erschien auf einem nervösen andalusischen Ross und beugte sich infam lachend zu einer Frau hinunter, die einen mit Silber und Gold bestickten Rock trug. Sie schrie auf und rannte vor ihm weg, allerdings nicht sehr schnell.

Lily eilte zu ihrem Sohn, ergriff ihn am Arm und sagte: „Das ist Fayette!“

„Das weiß ich, Mama."

„Ich meine, du solltest eingreifen."

„Warum? Das ist Mr. Carneros."

„Wer? Oh, dieser lüsterne Mensch, den wir im Hafen getroffen haben!"

„Er ist ein guter Mann, Mama", erwiderte Ryan und lächelte sie an. Sie trug, wie eine spanische Edle, eine Spitzenmantilla mit hohem Kamm und sah wie immer sehr schön aus.

„Warum reitet Mr. Carneros dann meine Zofe über den Haufen, als sei sie ein Fuchs, den er jagt?"

„Wahrscheinlich tut er das aus Liebe", antwortete Ryan grinsend. Mehr als einmal hatte er Fayette und Mr. Carneros sich im Hafen treffen, dann in dessen Büro verschwinden und sehr viel später leuchtenden Blicks und mit verdächtig unordentlichen Sachen herauskommen gesehen.

Über die Schulter schaute Fayette die Herrin an und blieb zögernd stehen. Edison beugte sich zu ihr und ergriff sie beim Arm. Sie schrie wieder auf, doch diesmal klang es eher belustigt. Jemand packte sie und hob sie zu Mr. Carneros in den Sattel.

„Du lieber Gott! Dieser Mann reitet mit ihr fort!" rief Lily aus.

„Ja, so sieht es aus."

Ryan blickte dem verliebten Paar hinterher, als es vom Hof in die sternenklare Nacht ritt. Einige der Damen in der Menschenmenge winkten den beiden mit Taschentüchern hinterher, und die Musik setzte wieder ein.

„Das ist ein Karnevalsscherz, nicht wahr?" wollte Lily wissen. „Ich meine, Rose hat mir erzählt, dass so etwas aus Spaß gemacht wird."

„Ich nehme an, Mr. Carneros und Fayette werden ihren Spaß haben, Mama."

Lily schwieg ein Weilchen und wandte sich dann wieder dem

Sohn zu. In ihren Augen sah er einen Glanz, der ihm zeigte, dass sie etwas begriffen hatte, was sie nicht zum Ausdruck bringen würde. „Du solltest derjenige sein, der Spaß hat“, äußerte sie. „Habe ich dir je gesagt, mein Sohn, dass du der bestaussehende Mann auf Erden bist?“

„Ich glaube, ich würde lieber der klügste sein oder der reichste“, antwortete er lachend.

„Dein Vater hatte beides, Klugheit und Reichtum, und ist dennoch elend gestorben.“

Ryan zwinkerte verdutzt. Zum ersten Mal hatte die Mutter so offen über ihre Ehe gesprochen. „Warum hast du mir das nie mitgeteilt?“

„Dein Vater hat nicht einmal vor seinem Ende dem nachgegeben, das ihn hätte retten können“, antwortete sie, seufzte und starrte in die Nacht. „Er hätte die Liebe, die ich ihm schenken wollte, akzeptieren sollen, Ryan, doch das war nie der Fall. Ach, was rede ich? Wir haben Silvester!“

Ryan ergriff sie am Arm und begleitete sie auf die Tanzfläche.

„Ach, tanze nicht mit deiner alten Mutter“, wandte sie ein und scheuchte ihn fort. „Auf dich warten zu viele wunderbare Mädchen.“

Mr. Calhoun tanzte mit einem Mädchen nach dem anderen, und jedes war hübscher als das vorhergehende, reizvoller denn jede ihrer Schwestern, netter anzusehen als Miss Lydia Haven. Isadora lehnte sich an eine von wildem Wein umrankte Säule und fragte sich, wie Chad Easterbrook in den im bunten Licht glänzenden, mit Silberknöpfen besetzten Hosen aus geöltem Leder aussehen würde, die der Kapitän trug.

Und dann geschah etwas Undenkbares. Der Tanz war zu Ende, und Captain Calhoun kam auf sie zu.

„Oh, nein!“ sagte sie überrascht. „In diese Falle tappe ich nicht noch einmal!“

Ryan verneigte sich vor ihr, zog den mit einer Feder geschmückten Hut und fragte: „Würden Sie mit mir tanzen, Senhorita?“

„Nein“, antwortete sie viel zu rasch.

Er setzte den Hut auf und erwiderte: „Sie verletzen mich zutiefst! Warum wollen Sie nicht mit mir tanzen?“

„Wieso liegt Ihnen etwas daran?“

„Nun, es ist das, was Leute auf Tanzveranstaltungen tun.“

„Es ist nicht das, was ich tue“, entgegnete sie übertrieben würdevoll. Lieber wollte sie ein Mauerblümchen sein, als den Leuten ein Schauspiel zu bieten. Aber sie hätte wirklich gern mit Ryan getanzt.

Er musterte sie von Kopf bis Fuß und sagte: „Miss Isadora Peabody, wie sie leibt und lebt!“

„Wir sind auf einem Maskenfest, und ich möchte eine geheimnisvolle Dame sein.“

„Ach, Zuckerpüppchen, das sind Sie“, äußerte Ryan galant. „Die Miss Peabody, die ich kenne, hätte nie wie ein Seemann auf Landurlaub ihre Fußgelenke gezeigt.“

„Ich zeige... das heißt, Miss Peabody zeigt ihre Fußgelenke nicht wie ein Seemann auf Landurlaub.“

„Aber die geheimnisvolle Dame tut das.“

Unwillkürlich musste sie kichern und war ganz sicher, dass sie nie zuvor im Leben gekichert hatte. „Vielleicht“, räumte sie ein.

„Nun, da Sie so geheimnisvoll sind, machen Sie vielleicht mit mir einen Spaziergang im Garten.“

Sie war unschlüssig, weil sie sich daran erinnerte, was beim letzten Spaziergang im Garten geschehen war.

„Begleiten Sie mich, meine geheimnisvolle Dame", forderte Ryan sie auf und hielt ihr die Hand hin.

Sie überwand sich, weil sie durch das Kostüm vor Einhaltung der strikten Anstandsregeln bewahrt wurde. An diesem Abend konnte sie sein, was sie wollte – eine Zigeunerin, eine Flamencotänzerin, die Geliebte eines Piraten.

Sie ergriff Captain Calhouns Hand.

„Ich wüsste gern, warum Miss Peabody das Fest heute Abend meidet", sagte er, während er mit ihr zwischen den Säulen auf den Garten zuging.

„Sie hat bei Abendveranstaltungen nie einen guten Eindruck gemacht", erklärte sie. „Außerdem mochte sie es nie, am Rande der Tanzfläche zu stehen und sich zu wünschen, in diesem Moment in ihrem Zimmer zu sein und ein Buch lesen zu können."

„Warum hat sie immer am Rande des Geschehens gestanden?"

„Niemand hat sie je mitten in den Kreis hineingezogen."

„In den Kreis?"

„Den Zauberkreis", antwortete sie. „Das ist zwar ein imaginärer Ort, der jedoch, wie ich Ihnen versichern kann, sehr real ist."

„Beschreiben Sie ihn mir."

„Nun, er ist voller Licht und Schönheit und Heiterkeit."

„Und Miss Peabody wurde nie an diesen Ort gebeten?"

„Natürlich nicht." Inzwischen war man an einer Stelle angelangt, von der aus man die Guanabara-Bucht sah. Die in der Ferne blinkenden Lichter umgaben die Bucht wie ein Halsband aus blitzenden Diamanten.

„Wieso nicht?"

„Miss Peabody gehörte nicht in diesen Kreis."

„Wer befand darüber?"

„Darüber wurde von niemandem befunden." Sie starrte auf das sich im Wasser reflektierende Sternenlicht. „Das ist eine Tatsache, an der sich nichts ändern lässt", fuhr sie fort. „Miss Peabody ist linkisch und nicht gesellschaftsfähig. Warum sollte jemand, der dem Zauberkreis angehört, mich... hm... Miss Peabody hübsch oder amüsant finden?"

„Sie sind hübsch und amüsant."

„Sie sind galanter, als Ihnen zuträglich ist, Herr Kavalier", entgegnete sie. „Sie weiß genau, wer und was sie ist. Nach dem Abenteuer auf See ist es um ihre Respektabilität geschehen. Sie hat eine rissig gewordene Haut und abgeschnittenes Haar. Ihre Sachen passen ihr nicht mehr richtig. Sie scheint langsam in einen schockierend natürlichen Zustand zu verfallen."

Ryan lachte, legte ihr die Hände auf die Schultern und drehte sie zu sich herum, so dass sie ihn ansehen musste. Die Berührung fühlte sich anders an als sonst, einladender, intimer, leicht bedrohlich. „Dann ist Miss Peabody in großen Schwierigkeiten", meinte er.

„Wieso?"

„Sie hat noch viel zu lernen", antwortete er, machte einen Schritt auf sie zu und hielt sie fester.

Sie hob den Fächer zwischen sich und ihm, fächelte sich Luft zu und fühlte sich unvermittelt erstaunlich wohl in der Rolle der Koketten. „Und wer wird sie unterweisen?" fragte sie.

„Ein berühmter Kavalier." Ehe sie wusste, wie ihr geschah, hatte Captain Calhoun sie in seine Arme gezogen. „Erst lehrt er sie das Tanzen!"

„Ich tanze nicht!" platzte sie heraus.

„Aber ich!" Entzückt wirbelte er sie zu den sinnlichen, rhythmischen Klängen der Samba-Kapelle, die aus dem Patio herüberdrangen, im Kreis, schlang ihr den Arm um die Taille und drückte sie so nah an sich, dass sie seine Hüften an ihren spürte. Sie machte Schritte, die in der Gesellschaft von Beacon Hill als schockierend empfunden worden wären, die sie früher ungelenkt stolpern gemacht hätten. Jetzt war das nicht der Fall. Im Gegenteil, sie tanzte voller Hingabe, wie eine von einem Kavalier geführte Dame, die faszinierend, graziös und ausgeglichen war. Das alles war sie jedoch nicht.

Die Musik klang aus, und Isadora wurde von ihrem kühnen Kavalier mit sanfter Gewalt genötigt, sich auf die Steinbrüstung der Schanze zu setzen, von der aus man die Guanabara-Bucht sah.

„Es ist wie ein Traum", sagte sie und richtete den Blick auf die dunkle, an manchen Stellen von flimmerndem Licht überzogene Wasserfläche.

„Ja, das ist es", stimmte Ryan ihr zu, sah dabei jedoch sie an.

Aus irgendeinem Grund kam ihr seine Bemerkung komisch vor, und sie lachte fröhlich auf, ganz so, als würde sie häufig lachen.

Das traf sogar zu, immer dann, wenn sie mit Ryan Calhoun zusammen war.

Nein, nicht mit Ryan. Auch nicht in Gedanken durfte sie ihn beim Vornamen nennen.

„Miss Isadora."

Sogleich brachte sie ihn lachend zum Schweigen, indem sie ihm keck den Zeigefinger auf den Mund legte. Fast hätte sie zu lachen aufgehört, als sie seine Lippen berührte, denn sie waren fest und leicht feucht. Das Gefühl erzeugte ihr eine eigenartige, sie verwirrende innere Wärme.

„Miss Isadora ist nicht hier", sagte sie.

Ryan ergriff ihre Hand, schob sie von seinem Mund fort und fragte: „Nein?"

„Nein! Und Sie dürfen Sie nicht beim Vornamen nennen."

„Warum nicht?"

Wie sollte sie ihm das erklären? „Dann würde dieser Abend Wirklichkeit", antwortete sie.

„Sie möchten nicht, dass er Wirklichkeit wird?“

Sie dachte an das, was in ihrem Leben Wirklichkeit war – ihre Familie, die Menschen, mit denen sie in Boston Umgang hatte, Leute, die ihre Existenz kaum zur Kenntnis nahmen. „Nein, heute nicht“, sagte sie ernst. „Am Ende dieser Reise werde ich mich noch früh genug dem stellen müssen, was für mich Wirklichkeit ist.“

„Sie meinen, Miss Peabody wird sich dem stellen müssen.“

„Ja.“

„Und was ist für sie Wirklichkeit?“

„Das Wissen, das sie sich um ihre Eltern kümmern wird, wenn sie alt sind, und hilft, ihre Nichten und Neffen zu erziehen. Sie wird großartige Bücher lesen und eine emsige Briefschreiberin sein, obwohl sie mehr Briefe verfassen muss, als sie erhält. Doch das wird sie nicht stören, denn sie füllt ihre Tage mit Lesen und Schreiben aus. Sie hat sich mit dem Gedanken abgefunden, nie Leidenschaft zu erleben, denn niemand empfindet Leidenschaft für sie.“

„Was?“

„Leidenschaft“, wiederholte Isadora. „Sie wird nie erleben, was Leidenschaft bedeutet. Und deshalb müssen Sie darauf achten, dass dieser Abend nicht in jeder Hinsicht für sie zur Wirklichkeit wird, sondern ein Zauber bleibt.“

Schmunzelnd drückte Ryan ihr die Hand und erwiderte: „Wissen Sie es denn nicht, Schätzchen?“

„Was soll ich wissen?“

„Jede Nacht ist zauberhaft.“

Isadora lachte leise und entgegnete: „Sie können nie ernst sein!“

„Einem Kavalier ist es nicht gestattet, ernst zu sein.“

„Und was ist mit Captain Calhoun?“ fragte sie. „Ist er je ernst?“

„Nur dann, wenn es sich um ernste Angelegenheiten handelt.“

„Welcher Art?“

„Herzensangelegenheiten“, antwortete er, hob Miss Peabodys Hand hoch und drückte sie sich auf die Brust. „Um Angelegenheiten, die mit Leidenschaft zu tun haben“, fuhr er fort. Mit einer Ernsthaftigkeit, die Isadora nie bei ihm erlebt hatte, fügte er dann noch hinzu: „Angenommen, ich würde Ihnen sagen, dass ich eine gewisse junge Dame aus Boston haben möchte, was dann?“

Sie entzog ihm ihre Hand. Hatte er sie gemeint? Nein, das war ausgeschlossen! Sie zwang sich, die wahrscheinlicheren Möglichkeiten in Betracht zu ziehen. Vermutlich hatte er sich auf Miss Lydia Haven, die Schönheit vom Beacon Hill bezogen, oder auf Arabella, die immer noch begehrt wurde, obwohl sie bereits verlobt war. Vielleicht hatte er auch eine Schönheit der Gesellschaft gemeint, oder eine der Hafenhuren.

„Warum haben Sie ihr dann nicht den Hof gemacht?“ fragte sie und versuchte, sich die gute Stimmung zu bewahren.

„Sie wirkte zu kühl, selbstbeherrscht und viel zu intelligent, um jemanden wie mich ernst zu nehmen. Natürlich sehnt sie sich nach einem ganz anderen Mann.“

Isadora verengte die Augen und erwiderte: „Vielleicht ist das kühle Verhalten dieser Dame aus Boston nur ein Schutzschild, um nicht verletzt zu werden.“

„Wenn dem so ist, wünsche ich mir inständig, dass sie nicht mehr dauernd auf der Hut ist, weil ich ihr nie weh tun würde.“

„Nein?“ flüsterte Isadora und begriff plötzlich, von wem Captain Calhoun redete. Es war verrückt, aber bei der Dame aus Boston handelte es sich um sie.

„Niemals!“

„Dann frage ich mich, wovor sie sich fürchtet.“

Ryan näherte sich ihr und befahl: „Nehmen Sie die Maske ab!“

„Nein, lieber nicht.“

„Doch, ich möchte es!“ Er nahm sie ihr ab und legte sie beiseite.

„Warum haben Sie das getan?“

„Ich möchte genau wissen, wer Sie sind, wenn ich Sie küsse.“

Verblüfft saß sie da und sah ihn seine schwarze Halbmaske abnehmen. Und dann nahm er ihr Gesicht zwischen die Hände und küsste sie begehrlich.

Sie schloss die Augen und spürte im nächsten Moment, dass er sie küsste, auf die Lider, dann die Wange und die Schläfe, die Seite ihrer Nase, hinter dem linken Ohr und auf den Hals.

„Du siehst aus…“ , flüsterte er und küsste sie so zart weiter, dass sie befürchtete, vor Wonne ohnmächtig zu werden.

„Wie sehe ich aus?“ fragte sie spröde. Du lieber Gott! Vielleicht geschah ein Wunder und Ryan würde sagen, sie sähe hübsch aus.

„Du siehst aus, als müsstest du gleich vor ein Exekutionskommando treten.“

„Oh!“ Sie öffnete die Augen einen Spalt. „Es tut mir Leid. Ich wollte nicht…“

„Entschuldige dich nicht. Versuch nur, dir den Anschein zu geben, dass du die Situation genießt, falls dir das überhaupt möglich ist.“

„Das tue ich“, erwiderte Isadora ehrlich. „Wirklich! Ich… das alles ist jedoch so neu für mich, und daher weiß ich nicht, wie ich mich benehmen soll.“

„Ich möchte, dass du dich schlecht benimmst“, sagte Ryan verschmitzt.

„Ich bin sicher, dass ich mich, seit ich den Fuß auf dein Schiff setzte, schlecht benommen habe“, äußerte sie überzeugt.

„Dann ist das ein Anfang“, flüsterte Ryan und neigte sich wieder zu ihr. „Dann ist es ein Anfang.“

Erneut küsste er sie, so aufreizend und betörend, dass sie beinahe aufgeschrien hätte. Er schien sie überall zu berühren und zu küssen, nur nicht dort, wie sie am meisten Verlangen nach ihm hatte. Sie biss sich auf die Zunge, damit sie ihm das nicht gestand, denn das wäre zu dreist, Mitleid erregend und für sie zu demütigend gewesen.

Und schließlich gab er ihr einen Kuss auf den Mund. Hingerissen schloss sie die Augen und hatte das Gefühl, ihre Welt werde aus den Angeln gehoben.

Viel zu schnell war der Kuss dann beendet. Ryan legte ihr die Hände auf die Schultern, lehnte sich etwas zurück und schaute sie an. „So", äußerte er lächelnd. „Das war doch nicht schlimmer, als vor einem Erschießungskommando zu stehen, nicht wahr?"

Sie war verwirrt, desorientiert, als sei sie an einem ihr fremden Ort aufgewacht. „Das kann ich nicht beurteilen", antwortete sie blinzelnd. „Ich habe nie vor einem Erschießungskommando gestanden."

„Dann wirst du Vertrauen zu mir haben müssen", erwiderte Ryan leicht belustigt. „Du Ärmste!"

„Ja", flüsterte sie im schläfrigen, benommenen Ton eines aus einem Traum erwachenden Menschen. „Ich Ärmste!"

17. KAPITEL

Lächelnd schlug Isadora die Augen auf und genoss es, dass sie zu lange geschlafen hatte, denn angesichts des gleißenden, die getünchte Wand beleuchtenden Sonnenlichts vermutete sie, dass es schon gegen Mittag war.

Zufrieden stand sie auf, ging zum Waschstand und wusch sich mit kühlem Wasser.

Allmächtiger! Sie, Isadora Dudley Peabody, hatte am vergangenen Abend einen Mann geküsst!

Nicht nur irgendeinen Mann, und es hatte sich auch nicht um einen beliebigen Kuss gehandelt.

Sie hatte Ryan Calhoun geküsst, den interessantesten, unwiderstehlichsten Mann, der ihr je begegnet war, den einzigen Menschen, der sich je bemüht hatte, ihr Freund zu sein. Versuchte er, mehr als nur ein Freund für sie zu sein?

Sogleich gewann ihre praktische Einstellung die Oberhand, und sie wies diesen Einfall weit von sich. Am vergangenen Abend hatte Ryan sich nur mit ihr abgegeben, sie in den Garten geführt und mit ihr getanzt, weil man auf einem Maskenfest gewesen war. Bei diesem Fest war nichts so gewesen, wie es den Anschein gehabt hatte.

Sie frisierte das Haar zu einem dicken Knoten, und da die kurzen Locken nicht halten wollten, steckte sie sie mit weiteren Nadeln fest. Dann zog sie ein Korsett und das braune Tageskleid an und furchte die Stirn, weil der sonst so steife Stoff unerwartet schlaff an ihr hing.

Nun, das spielte keine Rolle, da sie nie eitel gewesen war.

Als sie das Zimmer verließ und den Säulenumgang betrat, fühlte sie sich so linkisch und unsicher wie auf irgendeiner Tanzveranstaltung in Boston.

Du lieber Himmel! Was sollte sie zu Ryan sagen?

Sie wurde der Entscheidung enthoben, weil er in den Salon gestolpert kam, kaum dass sie am Frühstückstisch Platz genommen hatte. Sein Haar war schlecht frisiert, und außerdem hatte er sich nicht rasiert.

„Oh, Sie sind schon auf“, krächzte er.

Sie schwieg und dachte sich, er glaube wahrscheinlich, dass seine brillante Bemerkung sie sprachlos gemacht habe.

„Charmant!“ äußerte Lily, als sie mit ihrer Schwester den Raum betrat. Zwei Diener erschienen, schenkten Kaffee aus und stellten Tabletts mit Käse und halbierten Früchten auf den Tisch.

Ryan brummte nur unhöflicherweise.

Isadora vermochte kaum zu fassen, dass er derselbe Mann wie

der hinreißend aussehende Gaucho war, der am verflossenen Abend mit ihr geschäkert hatte. Er stärkte sich kräftig, wohingegen sie nur wenig zu sich nahm.

Beim Essen blickte Lily immer wieder ängstlich zur Tür, erstarrte jedes Mal, wenn ein Diener in den Raum kam, und entspannte sich danach nur langsam.

„Fayette kommt nicht zurück, Mutter", sagte Ryan überzeugt.

„Ist sie irgendwo hingegangen?" wollte Isadora wissen.

Lily presste die Lippen zusammen, als versuche sie, nicht in Tränen auszubrechen.

Rose nickte ernst. „Ja, Fayette ist gestern mit Mr. Carneros verschwunden."

Lily hatte Mühe, nicht zu weinen, sah Miss Peabody an und äußerte: „Ich hielt die Sache für einen Scherz, doch nun befürchte ich, dass Fayette gestern Abend in die Freiheit geflohen ist."

„Vermutlich ist sie mit Mr. Carneros in eines der Quilombos geritten, wohin Flüchtlinge sich durchschlagen", erklärte Rose. „Das sind behelfsmäßige Ansiedlungen, wo entlaufene Sklaven sich im Allgemeinen verstecken."

„Wie du weißt, Mutter, ist das nicht das Ende der Welt", meinte Ryan und trank einen Schluck Kaffee. „Er wird gut zu Fayette sein", fügte er dann in mitfühlenderem Ton hinzu.

„Sie ist meine Zofe. Das war sie immer. Was soll ich jetzt tun?" jammerte Lily.

„Du wirst zurechtkommen, Mama. Das ist dir stets gelungen."

„Ich mache mir Sorgen um sie, da sie keine Ahnung hat, wie das Leben sein kann."

„Sie war eine Sklavin, Mama, und du warst Sklavenbesitzerin. Darin bestand für sie das Leben. Indem sie mit Mr. Carneros fortgeritten ist, hat sie euch beide voneinander befreit. Begreifst du das nicht?"

„Wie kannst du es wagen, so mit mir zu reden?“ entrüstete sich Lily und wurde kreidebleich.

„Jemand muss es dir einmal sagen. Du hast es fertig gebracht, durchs Leben zu gehen, ohne einmal das Wort Sklave zu denken oder auszusprechen. Die nennst die Sklaven Bedienstete, Feldarbeiter, Wäscherinnen. Sie waren jedoch Sklaven, Besitz, Eigentum, die dir mit Leib und Seele gehörten.“

„Was ist mit dir los, Ryan? Seit wann bist du so grausam?“

„Grausam ist der Schlag mit der Peitsche eines Sklavenbesitzers, Mutter.“

Lily traten die Tränen in die Augen. „Meine Zofe hat nie die Peitsche zu spüren bekommen“, entgegnete sie. „Ich hatte sie gern.“

„Dann lass sie ihren Weg gehen, Mama. Das ist die einzige Möglichkeit, ihr deine Zuneigung zu bekunden.“

Lily rannen die Tränen über die Wangen, und ihre Schultern bebten. „Ich ängstigte mich so“, schluchzte sie. „Alles verändert sich so schnell!“

„Einige Veränderung waren längst fällig“, entgegnete Ryan, zog ein Taschentuch hervor und reichte es der Mutter, die sich sorgfältig die Wangen trocknete.

Erstaunt und zugleich erfreut zwinkerte Isadora und warf ein: „Ich weiß, Sie werden, wie wir alle, Fayette vermissen, Mrs. Calhoun, aber vielleicht ist es so zum Besten.“

Nervös trank Lily einen Schluck Kaffee und erwiderte dann: „Das ist edel gedacht, aber naiv! Bei mir hatte sie es besser. Sie behauptete, Mr. Carneros zu lieben, doch Liebe füllt einem nicht den Magen und bewahrt jemanden auch nicht vor den Anfeindungen der Welt. Die Quilombos sind schrecklich. Ein Hausmädchen hat mir erzählt, dass ein entlaufener Sklave dort nicht nur durch die

Polizei gefährdet ist, sondern auch durch andere geflohene Sklaven."

„Kann Fayette durch eine Polizeistreife festgenommen werden?" erkundigte Isadora sich ängstlich. Das abscheuliche Gesetz über entlaufene Sklaven war jetzt seit mehreren Monaten in Boston in Kraft und hatte sowohl unter den freien als auch den unfreien Afrikanern in der Stadt für große Unruhe gesorgt. Durch die entstandenen Spannungen waren Familien auseinander gerissen worden, und Nachbarn misstrauten einander. Isadora fragte sich, ob es in Brasilien ein ähnliches Gesetz geben mochte.

„Die Vereinigten Staaten haben kein Recht auf Auslieferung", antwortete Ryan und lehnte sich zurück.

„Aber Fayette könnte hier gezwungen werden, wieder bei jemandem zu dienen", wandte Lily in dumpfem Ton ein. „Als freie Frau ist sie gefährdeter denn als meine Dienerin." Sichtlich zu aufgeregt, um stillsitzen zu können, stand sie auf. „In der Stadt herrscht das Gelbfieber. Was geschieht, falls Fayette daran erkrankt? Sie könnte auch verhungern oder von Kriminellen angegriffen werden. Und was ist, wenn..."

„Du kannst ihr helfen, indem du ihr vor dem Gesetz die Freiheit gibst", sagte Ryan. „Ich werde mich darum kümmern, dass die entsprechenden Dokumente erstellt werden. Wenn sie dann offiziell frei ist, kann niemand ihr noch etwas anhaben. Sie ist kein Kind mehr. Sie gehört dir nicht und war nie dein Eigentum, Mama. Sie hat einen eigenen Willen, und wenn sie sich dazu entschlossen hat, bei Mr. Carneros zu bleiben, hast du nur die Möglichkeit, ihr das zu gestatten." Ryan stand auf, küsste die Mutter sacht auf die Wange und meinte dann: „Fayette kannte das Risiko und hat sich für die Freiheit entschieden. Ich muss in die Stadt und mich um die Freilassungspapiere kümmern", fügte er hinzu, verneigte sich und verließ den Raum.

Isadora starrte ihm hinterher. Er war wirklich ein sehr befremdlicher, launenhafter Mensch, so unhöflich wie ein Hafenarbeiter, selbst dann, wenn es darum ging, einer Sklavin zur Freiheit zu verhelfen. Vermutlich hatte er die Begegnung im nächtlichen Garten längst vergessen, und Isadora fragte sich, wie lange es dauern würde, bis sie ihre Lektion gelernt hatte. Es hatte sich nur um einen Kuss gehandelt, und sie war viel zu alt und zu stolz, um einen Kuss überzubewerten und sich einzugestehen, dass er für sie mehr bedeutete als für Ryan Calhoun.

Sie wusste, dass man ihr die Gefühle für ihn ansah. Seine Mutter schaute sie neugierig an, doch sie war nicht imstande, ihre innere Bewegung zu verhehlen. Der gestrige Abend war für Ryan ohne Bedeutung, und vermutlich hatte er schon vergessen, dass er mit ihr getanzt, sie in den Armen gehalten und geküsst hatte.

Isadora konnte ihm sein Verhalten nicht verargen. Welcher Mann auf Erden hätte zugegeben, dass er die alte Jungfer vom Beacon Hill geküsst hatte?

Ryan arbeitete lange und schwer in den folgenden Tagen, schlief auf der Bark und nahm die Mahlzeiten mit anderen Skippern auf deren Schiffen im Hafen ein. Kurz vor dem Zeitpunkt, an dem der Aufbruch nach Boston bevorstand, wurde ihm klar, dass er nach Tijuca zurückkehren musste, und daher begab er sich in die in den Bergen gelegene Villa der Tante.

„Hallo, Mama“, begrüßte er sie, als er sie im Patio beim Pulen von Erbsen in eine geschnitzte Holzschüssel antraf. Sie machte einen gelösten, heiteren Eindruck, und unwillkürlich bewunderte er ihre Anpassungsfähigkeit, während er ihr einen Kuss auf die kühle Wange gab. Mit erstaunlicher Leichtigkeit wechselte sie aus der Rolle der Plantagenherrin in die einer Weltreisenden und anschließend in die eines gern gesehenen Hausgastes. „Ich dachte, ich würde dich beim Packen antreffen", äußerte er verdutzt.

Sie tauschte mit der Schwester einen Blick und erwiderte dann: „Ich habe beschlossen, bei Rose zu bleiben, mein Sohn."

„Wie lange?"

„Für immer", antwortete sie.

Er pfiff leise durch die Zähne und erkundigte sich: „Was wird dann aus Albion?"

„Seit Hunter es geerbt hat, war es nicht mehr mein Heim. Nein, sieh mich nicht so finster an! Er war wirklich ein Engel und hat mich wissen lassen, dass ich bis an mein Lebensende in Albion wohnen kann, falls ich das möchte." Lily stellte die Schüssel mit den Bohnen beiseite. „Aber Albion ist nicht mehr mein Heim und auch nicht mehr mein Leben. Durch die Reisen in Europa habe ich mich verändert. Das Wiedersehen mit Rose und der Verlust von Fayette haben mich die Zukunft nur umso deutlicher erkennen lassen", fügte sie hinzu und strahlte die Schwester an. „Mein Heim ist bei meiner Familie, die jetzt aus Rose besteht."

„Ich finde, das ist ein guter Einfall, Mama", erwiderte Ryan ehrlich.

„Natürlich wirst du Rose und mich oft besuchen", sagte sie und beugte sich ängstlich auf dem Stuhl vor.

„Ja, das werde ich tun", versprach er ebenso ehrlich.

„Wir werden eine Kiste mit Sachen, die Lily und ich für Miss Peabody ausgesucht haben, zum Hafen hinunterschicken", verkündete Rose. „Miss Peabody scheint nicht die Neigung zu haben, Garderobe für sich zu kaufen. Daher haben wir uns die Freiheit genommen, einige Erinnerungsstücke an die Zeit hier für sie auszuwählen."

„Wo ist sie jetzt? Packt sie?" wollte Ryan wissen und hoffte, die Fragen hätten möglichst beiläufig geklungen.

„Oh, ich bin sicher, dass sie bereits gepackt hat“, antwortete Lily. „Ich glaube, sie ist wieder unterwegs.“

„Unterwegs?“ wiederholte Ryan und verengte die Augen.

„Ja, sie ist dauernd irgendwo“, sagte Rose. „Sie besteht darauf, so viele Sehenswürdigkeiten wie möglich besichtigen zu können. Ich glaube, der heutige Ausflug dient dazu, die einheimische Flora und Fauna zu skizzieren.“

„Sie hätte nicht allein das Haus verlassen sollen“, meinte Ryan irritiert.

„In den letzten Tagen war niemand da, der sie hätte begleiten können“, entgegnete Lily sehr betont.

„Wohin ist sie heute unterwegs?“ fragte Ryan.

„In den Wald. Sie wollte die Quellen Unserer Lieben Frau von Gloria do Outeiro besuchen.“

„Und sie ist tatsächlich allein unterwegs?“

„Ja.“ Rose nickte. „Der Spaziergang ist nicht sehr anstrengend. Ich befürchte jedoch, dass sie sich nichts zu essen und zu trinken mitgenommen hat.“ Rose wies auf einen mit einer bestickten roten Stoffserviette zugedeckten Korb. „Angelica hat ihr das alles herrichten lassen, aber Miss Peabody vergaß den Korb.“

Mutter und Tante tauschten einen Blick, der Ryan sogleich eine Verschwörung vermuten ließ. „Mama!“ erwiderte er warnend.

„Vielleicht könntest du Miss Peabody den Korb bringen“, schlug Lily mit Unschuldsmiene vor.

Ryan fluchte verhalten und fand, er solle Miss Peabody im Wald verhungern lassen.

Er wusste jedoch zu gut, dass er das nicht tun würde.

Isadora beendete die Skizze einer Orchideenblüte und schlenderte weiter. Vom Hausmädchen Angelica, mit dem sie sich an ihrem ersten Tag in der Villa do Cielo angefreundet hatte, war ihr mitgeteilt worden, dass sie, wenn sie höher in die Berge stiege, einen großen, durch eine Quelle gespeisten Wasserfall sehen würde. Berichten der Einheimischen zufolge war das Wasser dort das sauberste und kälteste in den Bergen, und es wurde so geschätzt, dass der Hersteller von Brasiliens bestem Aguardiente Wasserträger angeheuert hatte, die es in großen, auf den Schultern getragenen Fässern herunterbrachten. An diesem Tag lag der Weg zur Quelle jedoch verlassen vor Isadora.

Der Aufstieg wurde bald steiler und steiniger. Das Rauschen des Wasserfalls klang verlockend. Sie kam durch eine Kurve, schob die herabhängenden Wedel einer Palme beiseite und vermutete, sie werde bald bei der Quelle sein.

Vorfreude auf den bevorstehenden Anblick erfüllte sie, während sie weiter in die Höhe stieg. Mehr und mehr wurde sie sich bewusst, dass ein nicht vom Plätschern des Wassers und Rauschen der Blätter im Wind übertöntes Geräusch zu vernehmen war.

Jäh misstrauisch geworden, blieb sie stehen und drehte sich um.

In Gedanken sah sie Bilder schrecklicher Geschöpfe, die im Wald lebten, von blutsaugenden Fledermäusen, Jaguaren, Pfeilgiftfröschen, riesigen, mürrisch aussehenden Faultieren und Würgeschlangen.

Sie verließ den Pfad, legte das Skizzenbuch beiseite und hob ein langes Stück Holz auf. Schleimige kleine Wesen und aufgescheuchte Käfer rannten aus der Kuhle im fruchtbaren Erdreich, in der das Holz gelegen hatte.

Heftig klopfenden Herzens hockte sie sich hinter einen Busch, und der Schweiß rann ihr über den Hals und in den Ausschnitt des Kleides. Sie bereute, dass sie nicht auf Angelica gehört und sich für diesen Ausflug wie eine Einheimische gekleidet hatte. Aber die Kleidung der Einheimischen erinnerte sie stets zu lebhaft an den mit Captain Calhoun zum Markt unternommenen Ausflug, und das war ihr nicht recht, weil sie sich angestrengt bemühte, den Skipper zu vergessen.

Die Schritte näherten sich, und jäh dachte sie an die Warnung, die Angelica ihr gleich zu Beginn der Ausflüge in die Wildnis auf den Weg mitgegeben hatte. Mrs. Raines hatte sie vor den Quilombos gewarnt, vor den Banden entlaufener Sklaven, die jemanden sofort angriffen und erst dann Fragen stellten.

Etwas, das groß, unheilvoll und gefährlich aussah, sprang auf Isadora zu. Sie reagierte instinktiv und schlug mit aller Kraft mit dem Knüppel zu.

18. KAPITEL

Vor Angst und Anspannung zitternd, schaute Isadora erst den Knüppel und dann den auf der Erde liegenden Mann an.

„Allmächtiger!“ sagte sie und hockte sich neben ihn. „Captain Calhoun!“

Er stöhnte und rieb sich den schmerzenden Hinterkopf. „Ich bin hergekommen, weil ich befürchtete, Sie könnten in Gefahr sein“, äußerte er ächzend. „Es hat jedoch den Anschein, dass Sie sich sehr gut verteidigen können.“

Stirnrunzelnd ließ Isadora den Knüppel fallen. „Habe ich Sie verletzt?“ erkundigte sie sich besorgt.

„Blute ich?“

Zögernd untersuchte sie seinen Hinterkopf und antwortete: „Nein, ich sehe kein Blut.“

Er stemmte die Hände auf die Erde, setzte sich auf und schob seinen Rucksack zurecht. „Sie haben mich an der härtesten Stelle meines Schädels getroffen“, meinte er, „und daher nehme ich an, dass er noch intakt ist.“

„Es tut mir unendlich Leid.“ Isadora sah Captain Calhoun aufstehen und den Kopf schütteln, ganz so, als versuche er, ihn freizubekommen, und Staunen mischte sich in ihr Bedauern. Es sah ihr überhaupt nicht ähnlich, jemanden niederzuschlagen, den sie für einen Angreifer hielt.

„Es gefällt mir zu wissen, dass Sie imstande sind, sich zu wehren. Beim nächsten Mal könnten Sie mir indes einen Gefallen tun. Üben Sie Ihre Verteidigung lieber an einem Baum oder dergleichen."

Isadora unterdrückte ein Lächeln und kam sich albern und dumm vor. „Wieso haben Sie angenommen, ich könnte in Gefahr sein?" fragte sie.

Mr. Calhouns Blick verdunkelte sich, und seine Augen verloren den ihnen eigenen Glanz. Wie so oft hatte Isadora das Gefühl, Ryan empfände etwas, das er nicht zu erkennen geben mochte. „Sie hätten sich hier verirren können", antwortete er.

„Ich bin auf dem Pfad geblieben."

„Ja", räumte Ryan ein und ergriff ihre Hand. „Und da ich jetzt schon hier bin, kann ich ebenso versuchen, diese berühmte Quelle zu finden, oder den Teich, oder was immer es sonst ist."

Isadora freute sich über die Aussicht, von Captain Calhoun begleitet zu werden. „Vielleicht finden wir einen Jungbrunnen", meinte sie.

„Das wäre genau das, was ich brauche, um wieder ein Junge zu sein."

„Das sind Sie noch", murmelte sie und empfand unvermittelt Zärtlichkeit für ihn.

Gemeinsam stieg man den Pfad hinauf, und es gefiel ihr, dass er ihre Hand festhielt. Hin und wieder warf sie Mr. Calhoun einen Blick von der Seite zu und erkundigte sich schließlich: „Wie war Ihre Kindheit?"

„Ich nehme an, wie die eines jeden Jungen, der in Virginia auf einer großen Plantage aufwuchs. Ich lebte in einem großen Haus, hatte einen Vater, der sich kaum um mich kümmerte, und eine Armee von Erziehern."

„Und Sklaven zu Dienstboten", warf Isadora ein. „Ist Ihnen das, als Sie noch jung waren, immer ungerecht erschienen?"

„Nein", antwortete Ryan. „Mein Vater hatte ein kaltes Wesen, war jedoch kein strenger Herr. Er hat nie einen Aufseher eingestellt, der grob gewesen wäre. Daher habe ich, als ich im heranwachsenden Alter war, das hässliche Gesicht der Sklaverei nie miterlebt, nie sehen müssen, dass jemand hungern musste, ausgepeitscht, gequält oder vergewaltigt wurde."

Wider Willen zuckte Isadora zusammen.

„Sehr junge Menschen begreifen oft raffiniert begangene Grausamkeiten nicht, und ich nehme an, das trifft auch auf mich zu." Ryan holte tief Luft, betrachtete einen Moment lang eine über den Pfad hängende Liane und schob sie dann zur Seite, damit Miss Peabody weitergehen konnte. „Ich glaube, dass ich zum ersten Mal begriffen habe, was Sklaverei wirklich bedeutet, als Journey Delilah heiratete. Nach der Trauung gab man ihnen eine Stunde, in der sie ungestört waren. Dann wurde Delilah weggebracht, weil sie einem Nachbarn gehört, und ich habe sie von ihrem Mann Abschied nehmen gesehen. Ich habe zugeschaut, wie die beiden sich trennten. Journey, der schon damals über einen Meter achtzig groß war, brach weinend zusammen. Das konnte ich nicht mit ansehen, ohne zu begreifen, wie niederträchtig das Halten von Sklaven ist. Damals habe ich meine Entscheidung getroffen."

„Ihm die Freiheit zu geben, nicht wahr?" fragte Isadora spröde.

„Ja", bestätigte Ryan und schritt aus, weiterhin ihre Hand haltend. „Wie weit ist es noch?"

„Das weiß ich nicht." Sie fühlte sich unbehaglich, denn seit dem Tag nach dem Maskenfest hatte sie ihn nicht mehr gesehen. Möglicherweise dachte er nicht mehr daran, dass er sie geküsst hatte. Sie hoffte, das möge der Fall sein, da es sie jetzt verlegen stimmte, im hellen Tageslicht an das Zusammensein mit Mr. Calhoun zu denken. Vermutlich küsste er ständig irgendeine Frau. Jedenfalls hatte sie ihn am Abend der ersten Begegnung mit ihm dabei beobachtet, wie er die Hafenhure küsste.

Die Bäume wirkten wie Wächter. Ihre ledrigen Blätter und dicken Stämme verliehen ihnen das Aussehen wachsamer Riesen. Dünne Ranken, die so fest wie Seile waren, hingen aus dem Geäst. Edelfalter flatterten von Blüte zu Blüte, und an den Ästen hing Laubmoos, so lang wie der Bart eines alten Mannes. Hie und da waren, halb in der Astgabelung eines Baumes verborgen, Orchideen oder Tilandsien zu sehen, die Blüten von erstaunlicher Schönheit hatten.

Als man sich dem Ende des Aufstiegs näherte, flog ein Schwarm Aras vorbei. Die bunten Papageien flatterten so niedrig über Isadora und Mr. Calhoun hinweg, dass sie den durch die Flügel verursachten Luftzug verspürte. Tukane und andere Vögel krächzten hoch im Geäst der Bäume.

Viel eindrucksvoller als alles, was sie bisher gesehen hatte, war jedoch der Wasserfall. Von einer hoch aufragenden nassen Felswand stürzte er in einen tiefen, klaren Teich, und sein donnerndes Rauschen, der harte Aufprall des Wassers auf das in dem kleinen natürlich geformten Becken machten Isadora erschauern. Die aufstiebende Gischt glitzerte in den Regenbogenfarben, und leichter Dunst hing über den Felsen der Umgebung und zwischen den Bäumen.

Isadora hielt den Atem an, berauscht von diesem Anblick, und sog tief die feuchte Luft ein.

„Nun, was halten Sie davon?“ fragte Ryan.

„Ich finde keine Worte, so schön ist dieser Anblick“, antwortete sie. „Ich wünschte mir, ich könnte ihn in einem Brief beschreiben oder eine Skizze davon machen, um sie anderen Leuten zu zeigen. Aber das Bild, das dieser Wasserfall bietet, ist einfach zu überwältigend, um es irgendwie wiedergeben zu können."

„Kein Brief?" fragte Ryan und zog eine Augenbraue hoch.

„Nein, kein Brief, nicht einmal eine Tagebucheintragung", sagte Isadora. „In der letzten Zeit war ich in dieser Hinsicht sehr nachlässig." Sie hielt wieder den Atem an und wartete darauf, dass Captain Calhoun eine boshafte Bemerkung über ihre früheren Berichte an Mr. Abel Easterbrook machte.

„Gehen wir zum Wasser hinunter", schlug er vor und ergriff sie wieder bei der Hand. „Vorsichtig! Der Untergrund ist schlüpfrig."

Ryan entdeckte eine Stelle auf einem vorragenden Felsblock, wo die Sonne durch das Laubdach drang, legte den Rucksack ab und bedeutete Miss Peabody, sich zu setzen.

Sie kam sich unbeholfen vor, als sie die Röcke raffte und sich hinsetzte. Einer Frau, die wagte, etwas anderes zu tun, als nur in einem Salon oder einer Gartenlaube zu sitzen, waren so viele Röcke und Unterröcke ausgesprochen hinderlich und lästig.

„Ich habe etwas zu essen mitgebracht", verkündete Ryan.

„Sie haben vorausgeplant, mir zu folgen", erwiderte Isadora und starrte ihn an.

„Nein", widersprach er. „Im Gegenteil, ich hätte hundert andere Dinge zu erledigen. Aber meine liebe Mutter und meine Tante hatten Pläne für mich gemacht."

Im Stillen danke Isadora Mrs. Calhoun und Mrs. Raines dafür.

Man aß mit Genuss die wohlschmeckenden Speisen und ließ sich zum Abschluss Melonenscheiben und anderes Obst schmecken. Wasser zum Trinken schöpften sie mit der hohlen Hand aus dem Teich. Spritzer benetzten Isadora das Kleid, doch das störte sie nicht, da das Wasser kristallklar war.

Nach dem Essen zog Ryan eine kleine, grünlich aussehende Tabakrolle hervor, die Isadora an einen Stumpen erinnerte, oder an eine Zigarre, wie der Vater sie rauchte. „Das wurde mir nicht von meiner Mutter geschickt“, sagte er.

An einem Felsbrocken strich er ein Zündholz an, zündete den zigarrenähnlichen Gegenstand an und rauchte ein Weilchen. Dann hielt er ihn Miss Peabody hin und äußerte: „Das raucht man wie eine Zigarre.“

„Ich rauche keine Zigarren.“

„Das ist kein Tabak“, erwiderte er. „Das sind Blätter einer Kräuterpflanze.“

Isadora roch am graugrünen Rauch, der vor der seltsamen Zigarre aufstieg. „Allmächtiger! Ist dieses Kraut stark! Um was für ein Kraut handelt es sich?“

„Um Hanf. Hier! Atmen Sie den Rauch ein und halten Sie ihn einen Moment lang in der Lunge. So!“ Ryan paffte an der dünnen Zigarre, bis die Spitze glutrot wurde. Dann schloss er die Augen, blieb einen Moment lang ganz still sitzen und atmete schließlich den bläulichen Rauch aus.

Isadora schlang die Arme um die hochgezogenen Knie und fragte: „Und weshalb soll ich das tun?“

„Es ist etwas Neues, ganz anderes. Sie werden höchst interessante Regungen empfinden“, fügte er grinsend hinzu und hielt ihr erneut die Zigarre hin.

Sie zögerte, sie entgegenzunehmen. Doch weil sie wusste, sie würde eine solche Gelegenheit nie wieder bekommen, da sie bald wieder in Boston sein würde, in der erdrückenden Welt steifer Konventionen und vorgeschriebener Verhaltensregeln, nahm sie die ihr angebotene Zigarre entgegen, steckte das leicht feuchte Ende in den Mund, spitzte die Lippen an und sog den Rauch ein.

„Das machen Sie sehr damenhaft“, meinte Ryan grinsend.

Sie blies den Rauch aus und fing an zu husten, da der eingeatmete Rauch des Krautes im Hals kratzte. Sie rümpfte die Nase. „Das ist schrecklich“, erwiderte sie. „Und wann spüre ich die Auswirkungen?“

„Sie müssen den Rauch zusammen mit frischer Luft einatmen, Miss Isadora. Versuchen Sie es noch einmal, und denken Sie daran, den Rauch in der Lunge zu halten.“

Isadora steckte die Zigarre wieder in den Mund und begann zu schielen, weil sie auf das glühende Ende blickte.

Ryan brach in schallendes Gelächter aus und ließ sich auf den Felsbrocken zurückfallen.

Sie beachtete ihn nicht und atmete tiefer ein. Es war ihr unangenehm, den starken Rauch in den Lungen zu halten, und schließlich gab sie ihn furchtbar hustend von sich. Tränen trübten ihr die Sicht, doch sie unternahm einen zweiten Versuch, den Rauch lange genug in den Lungen zu halten. Es gelang ihr, und unvermittelt verspürte sie deutlich ein Prickeln. Wellenartig wallte ihr Wärme über Arme und Beine, und jäh fühlte sie sich schwerelos und euphorisch.

Sie inhalierte noch mehrmals und genoss den Eindruck, dass jeder Augenblick sich auf seltsame Weise hindehnte. Die Farben des Regenwaldes verschmolzen und verschwammen auf der Oberfläche des Teichs. Das Summen der Insekten und Zwitschern der Vögel kam ihr zunehmend lauter vor.

In wachsender Faszination beobachtete Ryan sie und sagte nach einer Weile: „Sie haben zu schnell geraucht, Miss Isadora.“

Sie kicherte. Er war der einzige Mensch auf Erden, der sie zum Kichern bringen konnte. Erneut machte sie einen langen Zug an der Hanfzigarre. „Kein Wunder, dass so viele Männer Zigarren rauchen.“

„Das ist ein bisschen anders“, entgegnete Ryan auflachend.

Plötzlich sah das Wasser im Teich viel zu klar und zu kühl aus, um der Verlockung widerstehen zu können. Isadora knöpfte die Schuhe auf und rollte die Strümpfe herunter, ohne zu überlegen, ob sie das tun solle.

„Ach, du meine Güte!" murmelte sie und steckte die nackten Zehen ins Wasser.

„Gefällt es Ihnen?"

„Ja."

Dieser Augenblick, den sie mit Ryan Calhoun erlebte, war, wie so viele andere, die sie vorher mit ihm verbracht hatte, etwas Besonderes in ihrem Leben. Sie fand diesen Ort, an dem sie sich jetzt aufhielt, zauberhaft, erfüllt von einer geheimnisvollen, erregenden Atmosphäre, und ein Teil von ihr wünschte sich, für immer hier verweilen zu können. Ihr war jedoch klar, dass sie sehr bald wieder in die Wirklichkeit zurückkehren müsse. Sie schaute Mr. Calhoun an und fragte sich, ob es überhaupt möglich sein würde, unbeeinflusst in die Realität zurückzukehren, sich wieder in ihr früheres Dasein zu fügen.

Er verschränkte die Arme hinter dem Kopf, lehnte sich an einen Baumstamm und legte einen Fuß über den anderen. „Hatten Sie in Rio eine schöne Zeit, Miss Isdadora?" erkundigte er sich.

Durch das Rauchen der Hanfzigarre kam sie sich albern und unbefangen vor. „Stellen Sie diese Frage allen Ihren Dolmetschern?" wollte sie wissen.

„Natürlich!" antwortete er todernst.

Sie reichte ihm die Zigarre zurück und äußerte: „Ich glaube, es ist besser, wenn ich jetzt aufhöre."

„Warum wollen Sie jetzt aufhören?" fragte er und nahm einen langen Zug, damit die Zigarre nicht ausging. „Befürchten Sie, ich könnte Sie wieder küssen?"

Isadora errötete stark. Die Auswirkungen des gerauchten Krauts hatten ihr jedoch die Zunge gelöst, und daher antwortete sie keck: „Vielleicht befürchte ich, dass Sie mich nicht küssen werden.“

Sie unverwandt anschauend, legte er betont langsam die Zigarre beiseite, stand auf und ging zu Miss Peabody. Er nahm ihr Gesicht zwischen die Hände und gab ihr einen Kuss auf den Mund.

„Ich hätte längst etwas unternommen, wäre mir bewusst gewesen, dass Sie beunruhigt waren“, äußerte er dann, zog Schuhe und Socken aus und ließ sich neben ihr auf dem Felsen nieder. „Was glauben Sie, wie schnell ich Sie dazu überreden könnte, mit mir schwimmen zu gehen?“ fragte er und ließ langsam die Beine baumeln.

„Hier?“ Sie wies auf den Teich und hatte den Eindruck, dass ihre Hand nicht mehr ihr gehörte, weit von ihr weg schwebte. „Jetzt?“

„Ja.“

„Ich werde darüber nachdenken. So! Ich habe darüber nachgedacht. Ja, ich möchte gern hier schwimmen gehen. Es gibt allerdings zwei Probleme.“

„Welche?“

„Zum einen habe ich keine Badekleidung“, antwortete Isadora beunruhigt, hob die Hanfzigarre auf und machte einen langen Zug. Eine Gefühl der Schwerelosigkeit und Ruhe überkam sie.

Ryan erhob sich, reichte ihr die Hand und zog sie auf die Füße. „Isadora“, sagte er. „Sie brauchen keinen Badeanzug. Wir sind hier allein.“

Sie ahnte, dass seine Behauptung nicht ganz logisch war, konnte den Trugschluss jedoch nicht herausfinden. Derweil sie noch darüber nachgrübelte, an welcher Stelle seine Gedankenführung unschlüssig war, knöpfte er ihr gelassen das Oberteil ihres Kleides auf, zog es auseinander und streifte es ihr behutsam über die Schultern.

„Und welches ist das zweite Problem?“ wollte er wissen. „Sie haben gesagt, es gäbe zwei Probleme.“

„Zwei was?“

„Zwei Probleme, weshalb Sie hier nicht baden gehen können. Der erste Einwand war nicht stichhaltig.“

„Den zweiten habe ich vergessen“, erwiderte Isadora benommen und lachte laut auf.

Ryan griff ihr auf den Rücken und hakte die Verschlüsse ihres Rocks auf.

„Was machen Sie?“

„Ich ziehen Ihnen Ihre Sachen aus.“

„Oh! Sollten Sie das tun?“

„Das hätte ich schon vor langer Zeit tun sollen, Schätzchen!“

„Oh!“ äußerte Isadora erneut und stieg über den ihr um die Fußgelenke gefallenen Rock. Ryan fluchte, als er ihr das Korsett abnahm, und sagte unwirsch: „Um Gottes willen! Stählerne Stäbchen!“ Er warf es weit von sich und zog ihr dann das Unterhemd, das Leibchen und die Pantalettes aus.

„Allmächtiger!“ murmelte sie und machte wieder einen langen Zug an der grünen Zigarre. „Ich bin nackt!“

„Hab Geduld, Liebling. Auch ich werde gleich nackt sein“, erwiderte Ryan und entledigte sich des Hemdes und der Hosen.

19. KAPITEL

Getreu seinem Versprechen zog Ryan sich splitternackt aus, derweil Isadora die Zigarre bis zum Ende rauchte und ihn dabei anstarrte. Sie hatte stets angenommen, er müsse einen perfekt gewachsenen Körper haben, und sah nun sofort, dass ihre Vermutung zutraf. Er hatte die stark ausgeprägten Muskeln eines griechischen Athleten und eine glatte, makellose Haut, die, bis auf gewisse Stellen, von der Sonne gebräunt war.

Nach den langen, auf See verbrachten Tagen kannte Isadora den Anblick seiner breiten, bloßen Brust, doch seine Schenkel, sein Gesäß und sein Geschlecht hatte sie natürlich noch nicht gesehen. „Ach, du meine Güte!“ äußerte sie.

„Ja, wirklich, ach du meine Güte!“ wiederholte er, starrte sie an und ergriff sie bei der Hand. „Sollen wir?“

„Sollen wir was?“

Sie an der Hand festhaltend, drehte er sich um und sprang vom Felsbrocken in den Teich. Sie schnappte nach Luft, als das kalte Wasser über ihr zusammenschlug. Gemeinsam mit Ryan tauchte sie tief in den Teich ein, streifte mit den Füßen den kiesigen Untergrund und tauchte dann schwungvoll an der Wasseroberfläche auf.

Sie hustete heftig, spuckte Wasser aus und schlug mit den Armen um sich. Plötzlich traf sie auf Ryan, klammerte sich an ihn und äußerte prustend: „Mir ist der zweite Grund eingefallen, warum ich nicht hätte schwimmen gehen sollen.“

„Und welcher ist das?“

„Ich kann nicht schwimmen.“

Ryan drückte sie an sich, und sie genoss das Gefühl seines sie berührenden, sich mit ihr im Wasser bewegenden Körpers. „Ach, Isadora! Halte dich an mir fest. Ich werde dir zeigen, wie man schwimmt.“ Sich mit den Füßen abstoßend, zog er sie in flacheres Wasser, wo man mit den Füßen den Grund des Teiches berühren konnte. Sie genoss das Gefühl des sie umschmeichelnden Wassers, das an von der Sonne beschienenen Stellen warm war, sie an schattigen durch seine Kühle köstlich frösteln machte. Sie war nicht mehr Isadora, sondern Eva, eine Waldnymphe, ein Geschöpf der unberührten Natur, nicht mehr eingezwängt in das enge Korsett gesellschaftlicher Konventionen, und jetzt in freier Natur mit einem wie ein griechicher Gott aussehenden Mann zusammen, der ihr das Schwimmen beibrachte. Sie kam sich wie in einem phantastischen Traum vor, in dem die Farben zu sehr leuchteten, um der Realtität zu entsprechen, und der Teich zu lieblich war für gewöhnliche Sterbliche.

Sobald Ryan mit ihr im schulterhohen Wasser stand, wies er sie an: „Ergreif meine Hände! Lass dich vom Wasser tragen."

Sie stieß sich vom Untergrund ab und wurde von der leichten Strömung getragen. Ryan fasste sie um die Taille und erklärte ihr, wie man Arme und Beinen bewegen musste. Sie hielt sich an einer Liane fest, während er ihr vormachte, wie man tauchte. Dann unternahm sie einen Versuch, tauchte, sich an der Liane festhaltend, ins Wasser und kam sich so geschmeidig und gewandt wie ein Fisch vor. Als sie die Augen öffnete, nahm sie eine durch das Sonnenlicht verzerrte Umgebung wahr, tauchte schließlich auf und lachte, als sie über der Wasseroberfläche war.

Ryan schwamm zu ihr und sagte anerkennend: „Du bist eine gelehrige Schülerin, Isadora. Nie zuvor habe ich jemandem das Schwimmen beigebracht."

„Du bringst es mir nicht bei, Ryan. Du lehrst mich zu leben." Sie legte den Kopf in den Nacken und schaute an den hohen Zweigen und exotisch geformten Blättern vorbei zum blauen Himmel. „In Boston war jeder Tag gleich. Ich bin aufgestanden, habe gefrühstückt und einige Stunden mit Lesen oder Briefeschreiben verbracht. Manchmal traf eine Einladung für mich ein, die jedoch immer einem Anlass galt, bei dem in jemandes Haus noch mehr gelesen oder Konversation gemacht wurde. Es klingt lächerlich", fügte Isadora kichernd hinzu, „aber was könnte alberner sein, als mitten im Urwald nackt in einem Teich zu schwimmen?" Geistesabwesend bewegte sie die Hand im kristallklaren Wasser. „Es ist nicht so, dass ich Boston nicht mag", fuhr sie fort. „Ich glaube, eher ist es so, dass die Bostoner Gesellschaft mich nicht mag. Man bevorzugt Frauen, die witzig, charmant und amüsant sind."

Ryan schwamm zum Wasserfall und erwiderte: „Das alles bist du. Ich habe nie so viel wie mit dir gelacht."

„Du bist jedoch der Einzige, der das sagt", meinte sie und experimentierte mit den Händen. Sie stellte fest, dass sie, wenn sie mit ihnen gegenläufige Bewegungen machte, im Wasser nach rückwärts trieb. „Alle jungen Damen, die in der Bostoner Gesellschaft Erfolg haben, sind nicht nur witzig und charmant, sondern auch sehr hübsch."

„Das bist auch du."

Sie lachte auf. „Das, was du und ich geraucht haben, was immer es sein mag, hat mich ziemlich wirr gemacht, aber nicht so sehr, als dass ich dir diese Behauptung abnehmen würde." Da Ryan etwas äußern wollte, hielt sie die Hand hoch und fuhr fort: „Ich bin wenig ansehnlich und schüchtern und habe überhaupt kein Gespür dafür, wie ich mich kleiden und aufführen soll. Obendrein habe ich die einzigartige Gabe, anderen das Gefühl von Peinlichkeit zu vermitteln. Ich..."

Er tauchte ins Wasser und kam vor Isadora wieder hoch. Unzählige Wassertropfen rannen an seinem Hals und den Schultern herunter. „Du bist töricht, Isa, ungemein töricht! Ich wünschte, ich könnte dich jetzt in die Freuden der Liebe einführen."

Wie gebannt schaute sie ihm ins Gesicht und auf den Mund. „Ich glaube, das tust du bereits."

„Nicht mit Worten, Liebling. Ich möchte es mit den Händen tun, mit meinem Mund und meinem Körper."

Fasziniert und nicht im Mindesten ängstlich, weil sie schließlich Ryan vor sich hatte, ließ sie sich im Wasser zurücktreiben. „Das darfst du nicht tun", entgegnete sie.

„Das weiß ich."

Sie überlegte einen Moment und fragte dann: „Warum darfst du das nicht tun?"

„Du musst rein und keusch bleiben“, antwortete er sehr geduldig.

„Oh!“ äußerte sie. „Für Chad Easterbrook?“ Seit Tagen hatte sie nicht mehr an ihn gedacht und konnte sich im Moment nicht einmal erinnern, wie er aussah. „Chad! Was ist das überhaupt für ein Vorname! Das klingt wie der Name einer Fischart oder einer Pelzsorte.“ Auf dem Rücken liegend, paddelte Isadora zum Wasserfall und ließ sich das Wasser auf den Kopf stürzen. Es war kalt und verursachte ihr, wenn es auf das wärmere des Teichs traf, ein köstliches Frösteln.

„Ich finde, du solltest es doch tun“, äußerte sie unvermittelt.

„Was sollte ich tun?“

„Mir die Freuden der Liebe zeigen.“

Ryan lachte, als hätte sie einen Scherz gemacht. Dann verengte er misstrauisch die Augen und fragte: „Und warum sollte ich das tun?“

„Ich... ich habe das noch nie getan, genauso wie ich noch nie eine aus Hanfblättern gemachte Zigarre geraucht habe. Es ist mein letzter Tag in Brasilien, und wir sind ganz allein.“ Isadora schwamm vom Wasserfall fort und schaute Ryan an. „Niemand muss je etwas davon erfahren.“

Mit kräftigen Zügen schwamm er zu ihr, zog sie an sich und brachte sie ins flachere Wasser. Sie betrachtete sein Gesicht, sein am Kopf klebendes nasses Haar und die blauen Augen. Ein Lächeln lag um seinen Mund. „So, so! Niemand muss je etwas davon erfahren!“

„Niemand hat je zuvor darüber sprechen wollen. Du begreifst, dass ich daher neugierig bin.“

„Neugierig“, wiederholte Ryan. „Neugierig darauf, was ich, falls ich Liebe mit dir mache, dann tun werde.“

„Ja.“

Er grinste anzüglich. „Dein Vorschlag gefällt mir, Isadora." Ryan schwamm von ihr weg und beschrieb langsam einen Kreis um sie. „Falls ich Liebe mit dir machen würde, finge ich damit an, dich zu entkleiden."

„Das hast du bereits getan."

„Dann mache ich schon Liebe mit dir."

„Ach, du meine Güte!" erwiderte sie und wurde sich jäh eines eigenartigen Gefühls bewusst. „Dann ist es schon zu spät, um meinen Ruf noch zu retten?"

„Das könnte sein."

„Ach, du meine Güte!" wiederholte sie. „Was würdest du als Nächstes tun?"

„Ich denke, dass ich wahrscheinlich mit deiner Hand beginnen würde. Du hast sehr ausdrucksvolle Hände, und deshalb denke ich... ach, es ist einfacher, dir das zu zeigen!" Ryan ergriff Isadoras Hand und hielt sie sacht fest. „Ich bin froh, dass du damit aufgehört hast, an den Nägeln zu kauen." Er hielt den Blick auf ihr Gesicht gerichtet, während er langsam ihre Hand an seine Lippen hob. „Falls ich Liebe mit dir machen würde, täte ich das", fuhr er fort und küsste so andächtig, als hätte er geheiligte Reliquien vor sich, einen Finger nach dem anderen. Nein, der Vergleich traf nicht zu, da Ryan sich überhaupt nicht verehrungsvoll benahm. Er steckte sich einen von Isadoras Fingern in den Mund und saugte an ihm. Sie gab einen Laut des Entzückens von sich.

„Würde es dich kränken, wenn ich das täte?"

Sie fühlte sich schwindlig und antwortete, benommen vor Verlangen und durch das Rauchen der Hanfblätter: „Ich würde mich fragen, was du als Nächstes tätest."

„Ich würde dich an mich ziehen. So wie jetzt."

Sie fand sich in Ryans Armen wieder. Seine nackte Brust berührte ihre bloßen Brüste, und sein Mund war ihrem sehr nah.

„Falls wir tatsächlich Liebe machen würden, hoffte ich, dass du nicht dadurch gekränkt wärst“, sagte Ryan.

„Was könnte mich kränken?“

Er bewegte die Hüften.

„Oh!“

„Das war nur eine Andeutung, wie sehr ich dich begehren würde, falls wir wirklich Liebe machten.“

„Auch ich empfinde... das heißt, auch ich würde einige Anzeichen empfinden“, gestand Isadora.

„Sehr gut! Außerdem würde ich dich natürlich auf die Lippen küssen, und zwar so“, erwiderte er und neigte sich zu ihr.

Sie verlor sich in diesem Kuss und empfand das irrationale, aber eindeutige Gefühl, jeder mit Ryan verbrachte Augenblick habe sie, seit sie ihn zum ersten Mal mit der halb bekleideten Hafenhure auf dem Schoß und in derangiertem Zustand zu Gesicht bekommen hatte, zu diesem Zusammensein getrieben. Ihr Schwindelgefühl verstärkte sich, und Halt suchend klammerte sie sich an Ryan, grub ihm die Fingernägel in die nackten Schultern und staunte darüber, wie hart und doch geschmeidig seine Muskeln sich anfühlten.

Er löste seinen warmen, süßen, weichen Mund von ihrem und flüsterte: „Oh, Liebling! Ja, wenn wir tatsächlich Liebe machten, würdest du mich so berühren! Und ich...“ Er hielt inne, gab Isadora einen empfindsamen, zärtlichen Kuss und sagte dann: „Ich würde dich so berühren.“

Er streichelte sie an ihren intimsten, weiblichsten Stellen, an die zu denken oder sie gar beim Namen zu nennen ihr verboten war. Nun jedoch dachte sie an diese Stellen, an die sie durchströmende Hitze, die nicht durch das kühle Wasser behoben werden konnte, und begriff, dass sie durch das Rauchen der Hanfzigarre konfus geworden war. Zum Glück war das auch Ryan. Sie war froh darüber, sogar dankbar dafür und erstaunt über die Erkenntnis, dass es eine

Substanz gab, die ihr half, es ganz in Ordnung zu finden, nackt mit einem nackten Mann zu baden.

„Und schließlich würde ich dich an Land bringen müssen, um das beenden zu können, was ich begonnen habe", raunte er ihr ins Ohr, während er immer noch mit seiner Hand diese wunderbaren Reaktionen in ihr hervorrief.

„Was du begonnen hast", flüsterte sie.

Er schob ihr die Hand zwischen die Schenkel und erwiderte: „Ich möchte dort bei dir sein, wo jetzt Wasser ist."

Ach, du meine Güte! Diesmal verschlug es Isadora die Sprache, und fasziniert nickte sie nur zustimmend. Hand in Hand watete sie mit Ryan ans Ufer und ließ sich rücklings auf das weiche Bündel ihrer Unterröcke fallen.

„Ich wusste, die Unterröcke würden doch zu etwas gut sein", äußerte er lachend, stützte sich dann auf einen Arm und schaute Isadora an. „Du müsstest dich jetzt sehen! Du bist überall nass, und die Tropfen glitzern auf dir." Er neigte sich zu ihr und zog mit der Zunge Kreise um jede ihrer Brustwarzen. „Du bist eine Göttin, und falls ich tatsächlich Liebe mit dir machen würde, wäre das, was ich soeben getan habe, eine Art von Verehrung."

Ein Leben lang hatte man Isadora zu verstehen gegeben, sie sei es nicht wert, verehrt zu werden, und niemand, erst recht kein Mann, werde sie je begehren. Durch die süße Bemerkung, die der lachende attraktive Mann soeben geäußert hatte, vergaß sie im Nu diese ihr zwar nicht mit einem Rohrstock, aber mit Worten, die viel grausamer waren, eingebläute Lektion.

Ryan hatte sie zu einer Göttin erhoben. Hingerissen und staunend gab sie sich den Wonnen hin, die sie empfand, als er ihr mit den Lippen die Wassertropfen von den Brüsten, den Schultern und dem Bauch küsste, ihr äußerst behutsam die Schenkel auseinander drückte und mit den Fingern begann, sie zu erkunden.

„Soll ich mit meinen Erklärungen fortfahren?“

„Welchen... Erklärungen?“ Statt klarer denken zu können, merkte sie, dass sie von Augenblick zu Augenblick benommener und berauschter wurde.

„Arme Isadora! Soll ich weitermachen?“

„Ja... bitte!“

Ihr geflüstertes Einverständnis schien Ryan zu belustigen. Aufreizend schob er die Finger ein wenig tiefer und sagte: „Das Nächste, das ich tun würde...“

Willenlos bewegte sie leicht die Hüften.

„... wäre, dich... hier zu küssen.“

„Nein!“

„Ah, du kennst deine Rolle sehr gut. An dieser Stelle hatte ich mit schwachem Protest deinerseits gerechnet.“

„Protest?“ wiederholte Isadora und bewegte, stimuliert durch die köstlichen Qualen, die Ryans Berührungen ihr verursachten, erneut die Hüften. „Natürlich muss es einen Protest geben. Das, was du tust, ist unnatürlich.“

„Was könnte natürlicher sein, als meiner Göttin das höchstmögliche Vergnügen zu verschaffen?“

„Das ist sündhaft.“

„Hast du das in der Aufzählung der sieben Todsünden abgedruckt gesehen?“

„Ich weiß nicht einmal, wie man das nennt.“

„Dann kann es das bestimmt auch nicht geben“, erwiderte Ryan, ließ die Lippen an ihrem Hals entlang über ihren Arm, wieder hinauf und dann tiefer bis auf ihren Bauch gleiten und leckte ihr das Wasser aus dem Bauchnabel. „Also hast du nichts zu befürchten.“

„Wir werden in der Hölle brennen!“

„Nein!“ widersprach er und knabberte sacht an ihrem Schenkel. „Wir werden jetzt brennen.“

Mit der Zungenspitze zeichnete er die Rundung ihrer Hüfte nach und gab Isadora einen so tiefen, zärtlichen Kuss, wie sie ihn sich nie auszumalen gewagt hätte. Unvermittelt empfand sie die ungewöhnlichste Reaktion, ganz so, als hätte sie einen größere Menge Curaçaolikör getrunken, tief und anhaltend den Rauch der Hanfzigarre eingeatmet oder einen Sprung in das kristallklare Wasser eines Teichs gemacht, doch das Gefühl, das sie hatte, war sehr viel süßer, Schwindel erregender und schwingender.

Sie war nie wie ein Vogel geflogen, hatte nie in Flammen gestanden, nie mit geschlossenen Augen die Sterne gesehen, doch genau diesen Eindruck gewann sie jetzt.

Die sie erschütternden Reize flauten ab, und Ryan tupfte eine Spur von Küssen auf ihren Unterleib. Sie fühlte sich wie betäubt und eigenartigerweise unbefriedigt.

„Ryan!“ flüsterte sie spröde.

„Hm?“

„Bist du... mit deinen... Erklärungen zu Ende?“

„Das hängt davon ab.“

„Wovon?“

„Das hängt davon ab, was du von einem Zusammensein wie diesem erwartest.“

„Ich weiß nicht, was du meinst.“

„Nun, machte ich tatsächlich Liebe mit dir, müsste ich dich jetzt fragen, ob du eine so reizvolle körperliche Entspannung empfinden möchtest, ähnlich der, die du soeben erlebt hast, oder lieber eine tiefere, seelische Freude.“

„Du meinst, es gibt einen Unterschied?“

„Oh, Schätzchen, es gibt einen Unterschied“, antwortete Ryan verhalten lachend und legte Isadora die Hand auf die Hüfte.

Sie schlang ihm die Arme um den Nacken und erwiderte: „Ich glaube, ich brauche weitere Erklärungen."

„Das würde deinerseits eine sehr viel ernstere Beteiligung erfordern. Man könnte sagen, du müsstest ein Opfer bringen."

„Welcher Art?"

„Du musst dein Herz, deine Seele und deinen Willen opfern. Würdest du das alles aufgeben? Und deine Keuschheit... nun, ich würde sagen, dass du sie bereits verloren hast. Du hast jedoch noch deine Jungfräulichkeit. Bist du bereit, auch sie zu verlieren?"

„Um die seelische Freude zu empfinden, die du mir anbietest?" fragte Isadora und zuckte gleich darauf mit den Schultern. „Warum nicht?"

„Es gilt, einen praktischen Grund in Erwägung zu ziehen. Beim Vollzug des Geschlechtsverkehrs büßt du deine Jungfräulichkeit ein."

„Gott sei Dank! Das war mir schon viel zu lange eine Belastung."

„Wirklich?"

„Ja, wirklich!"

„Du bist nicht in Sorge, dass dein Mann, falls du heiratest, eine Erklärung von dir verlangen könnte?"

„Ich würde ihm mitteilen müssen, dass ich mitten im Dschungel von einem Piraten, der den Irrtum beging, mich für eine Göttin zu halten, verführt worden bin."

„Das ist kein Irrtum!"

Kühn berührte Isadora seine Männlichkeit und lächelte verrucht, als er jäh den Atem anhielt. „Das da ist auch kein Irrtum!"

„Dann willst du es. Ich meine, du willst auch den Rest erklärt haben."

„Ja." Sie konnte nicht fassen, wie bemerkenswert hart er war. „Macht mir das Schmerzen?" fragte sie.

„Nicht so, wie du das annimmst. Ich versichere dir, es ist ganz... normal.“

„Dann solltest du unbedingt mit deinen Erklärungen weitermachen. Was würde als Nächstes geschehen?“

„Nun, da wir im Begriff sind, einen Schritt zu tun, den ich nie leichtfertig mache, würde ich dich erst noch etwas mehr küssen“, antwortete Ryan und küsste sie. Seine Küsse waren jetzt sanfter, rücksichtsvoller, feuchter als vorher und ließen dennoch den Rausch der Leidenschaft erahnen.

„Und dann würde ich dir wahrscheinlich sagen, dass ich dich liebe“, raunte er Isadora ins Ohr.

Die Zeit schien stehen zu bleiben. Alles schien zu stocken – jede Bewegung, der Herzschlag, der Wind, das Rauschen des Wassers. Schließlich fand Isadora die Sprache wieder und fragte: „Würdest du es ehrlich meinen, wenn du mir sagst, dass du mich liebst?“

„Wahrscheinlich nicht in dem Sinn, den die meisten Frauen diesem Bekenntnis geben würden. Es würde eher in dem Sinn gemacht werden, dass ich, wenn ich dich jetzt nicht haben kann, explodieren werde, im Gegensatz zu der Erklärung, sich ein Leben lang an jemanden binden zu wollen.“ Ryan strich über Isadoras Brüste und fuhr fort: „Natürlich würden zum jetzigen Zeitpunkt solche Feinheiten nicht sehr viel bedeuten.“

„Nein, vermutlich nicht“, räumte Isadora ein, konnte indes nicht leugnen, dass seine Worte ihr ein wenig Hoffnung gemacht hatten. „Und was dann? Was würde dann passieren?“

„Halt dich an mir fest, und ich werde es dir zeigen.“

Sie klammerte sich an seine Schultern und überlegte, ob ihm bewusst sei, dass er die gleichen Worte gewählt hatte wie kurz vor dem Schwimmunterricht. Er legte sich auf sie und drang in sie ein. In einem Rhythmus, den niemand sie gelehrt hatte, dem sie jedoch aus einem natürlichen Instinkt folgte, hob sie die Hüften, schlang die Beine um Ryan und empfand plötzlich flüchtig einen Druck, dann einen Schmerzensstich.

„Oh, verdammt! Es tut mir Leid. Ich..." stieß Ryan mit zusammengebissenen Zähnen hervor.

„Mir tut es nicht Leid", flüsterte sie hingerissen und überwältigt. Hingerissen lag sie in seinen Armen und war überwältigt von dem Gefühl, ihn auf sich liegen zu spüren, von ihm erfüllt und besessen zu werden. Sie bewegte sich mit ihm in einem Rhythmus, der ihr so natürlich erschien wie das Atmen, der ihr jedoch so neu war wie der Anblick des durch das im Wasserfall glitzernde Licht erzeugten Regenbogens, den sie hinter Ryans kraftvollen Schultern sehen konnte. Staunend nahm sie gleißendes Sonnenlicht wahr und fand, es entspräche genau den phantastischen Wonnen, die sie mehr und mehr mit sich rissen, sie erfüllten und erhitzten, ihr den Atem raubten und sie schließlich ein Geräusch von sich geben machten, wie sie es aus ihrem Mund noch nie gehört hatte, einen Schrei der Wollust und Befriedigung, in dem alles ausgedrückt wurde, was sie empfand.

Einen Moment später verharrte Ryan reglos, sich auf die angespannten Arme stützend, und sein Blick war eigenartig eindringlich, als er Isadora einen Herzschlag lang anstarrte. In diesem kurzen Moment wurde sie von schrecklicher Angst erfasst, der beklemmenden Befürchtung, alles sei vorbei, der Augenblick beendet, der Zauber gebrochen, alle Freude erloschen.

Aber das war nicht der Fall. „Isadora", sagte Ryan nur, und sie spürte, dass er sich nach einem letzten Stoß in pulsierenden Wellen in ihr verströmte. Er schloss halb die Lider, und sein Gesicht drückte uneingeschränktes Glück aus. Schließlich sank er sehr langsam auf sie, und der lange Traum setzte sich fort wie über Wasser strahlendes Sonnenlicht. Sie fand die Illusion wirklichkeitnaher als alle Realität, lag wartend da und spürte das Gewicht von Ryans

Körper auf sich, nahm den von ihm ausgehenden Geruch frischen Wassers wahr, und einen anderen, der moschusartig und sinnlich war.

„Ach, verdammt! Was habe ich getan?“ fragte er nach einer Weile.

Er löste sich von Isadora, und zum ersten Mal, seit sie mit ihm in den Teich gesprungen war, wurde sie sich ihrer Blöße bewusst und schämte sich.

„Auch ich habe dich gewollt“, erwiderte sie mit kleiner Stimme, riss ihr Unterhemd an sich und hielt es wie einen Schild vor sich. „Vor einem Moment hast du mich angeschaut und eine Göttin in mir gesehen. Was siehst du jetzt?“

„Ich habe den größten Fehler meines Lebens begangen“, antwortete Ryan, wandte den Blick ab und zog die Unterhosen an. Dann schlüpfte er in seine Hosen und knöpfte sie nachlässig zu. „Ich habe dich schamlos ausgenutzt, dich berauscht gemacht und dann verführt.“

„Ryan“, erwiderte Isadora scharf und erschreckte mit dem Ausruf eine Gruppe von Hyacinth-Aras. „Was genau willst du damit sagen?“

Ohne sie auch nur anzuschauen, hielt Ryan ihr das Korsett hin und äußerte: „Ich habe überhaupt keine Ahnung, warum Frauen so darauf beharren, solche komischen Apparate anzuziehen.“

Sie legte sich es an, zog geistesabwesend die vorn angebrachten Schnüre zusammen und spürte, wie der harte Rand sehr unangenehm gegen ihre überaus empfindsam gewordenen Brüste drückte. Sie grübelte darüber nach, warum Ryan das gemeinsame Erlebnis so schnell abtat und als seinen größten Fehler bezeichnete, wohingegen sie die höchsten Wonnen in ihrem Leben empfunden hatte.

Plötzlich dachte sie an die Huren, mit denen er in Boston und am Tage der Ankunft in Rio zusammen gewesen war. Für ihn waren solche Erlebnisse natürlich etwas ganz Alltägliches.

„Ich glaube zu begreifen", sagte sie, zog die feuchten Unterröcke an, die noch leicht den Geruch des Liebesaktes hatten, und zwang sich, ihn nicht zu beachten. Die durch das Rauchen der Hanfzigarre entstandene euphorische Stimmung begann zu schwinden, wie Dunst, der von kaltem Wind vertrieben wurde. Was übrig blieb, war eine leichte Übelkeit und ein Gefühl der Leere. „Ich bin eine Göttin für dich, sobald du berauscht bist, doch wenn du wieder bei klarem Verstand bist, siehst du im Zusammensein mit mir den größten Fehler deines Lebens."

Ryan hielt in diesem Moment beim Anziehen inne, streckte die Hand aus, strich Isadora einmal und so zart, dass sie den Tränen nahe war, über die gerötete Wange, und entgegnete: „Ach, Isadora. Ich bin derjenige, der diesen Fehler begangen hat."

20. KAPITEL

Ryan starrte die größte Menge Bargelds an, die er je im Leben gesehen hatte. Die aufgestapelten Stöße von Pfund-Sterling-Münzen hatten im gleißenden, durch die Kajütfenster fallenden Sonnenlicht einen blendenden Glanz.

Früher wäre dies ein Augenblick des Triumphes für ihn gewesen, denn er hatte sehr viel mehr eingenommen, als ihm durch die von Mr. Abel Easterbrook eingeräumte Ermessensgrenze vorgegeben worden war. Dank guter Winde und der schnellen Reise hatte er sich Prämien und Sondervergütungen verdient, von denen die meisten Skipper nur träumen konnten.

Er konnte seinen Erfolg jedoch nicht genießen, sich nicht einmal darauf freuen, wieder in See zu stechen, da er an nichts anderes als an Isadora dachte.

Er entsann sich, wie er sie am Wasserfall verführt hatte, und empfand Gewissensbisse. Diesmal war er wirklich tief gesunken.

Unter dem Vorwand, sie beschützen und in neue Wonnen einführen zu wollen, war er ihr zum Teich gefolgt und hatte sie überredet, eine aus Hanfblättern gemachte Zigarre zu rauchen. Ohne sich einen weiteren Vorwand auszudenken, hatte er schamlos ihr Vertrauen ausgenutzt, ihre Naivität und, Gott möge ihm und ihr beistehen, auch ihren Zustand hilfloser Berauschung.

Dabei spielte es keine Rolle, dass sie einverstanden gewesen war. Sie war eine anständige Frau aus Boston, die mehr Zurückhaltung seinerseits verdient gehabt hätte.

Und es war auch nicht von Bedeutung, dass sie Verlangen gehabt hatte. Sie war ein Unschuldsengel gewesen, der keine Ahnung von der Folgen des Geschlechtsaktes hatte.

Es war unwichtig, dass sie ihn genossen hatte. Sie hätte aus Stein gemacht sein müssen, um gegen die durch die Auswirkungen der Droge und die durch die dem Paradies ähnliche Umgebung noch verstärkten Wonnen, die sie miteinander erlebt hatten, gefeit zu sein.

Schlimmer noch als die Tatsache, eine unerfahrene Frau ausgenutzt zu haben, fand Ryan die viel gravierendere Erkenntnis, dass ihm das Undenkbare widerfahren war.

Er hatte sich in Isadora verliebt.

Mürrisch trank er einen Schluck Limonade. Jedes andere Getränk hätte ihm, seit er am vergangenen Abend ausgiebigst dem Alkohol zugesprochen hatte, Kopfschmerzen verursacht. Finster starrte er auf die vor ihm liegende Warenliste und fragte sich, wie er so dumm sein konnte.

Wie hatte er hier und jetzt sein Herz an eine Frau wie Isadora Peabody verlieren können? Seine Zukunft war vollkommen ungewiss und nicht ohne Gefahren. Er konnte Isadora nicht auf dem

Weg mitnehmen, den er beschreiten musste, da er noch vor seiner größten Herausforderung stand und möglicherweise gegen alle Prinzipien des Seehandels verstoßen musste, um sein Ziel zu erreichen.

Er musste Journeys Frau und Kinder befreien und dabei vielleicht etwas tun, das ihm die Verurteilung zum Tod durch den Strang eintrug. Alles hing davon ab, was in Virginia passieren würde.

„Du meine Güte!“ sagte Journey beim Betreten des Raums. „Für jemanden, der vor all diesem Geld sitzt, siehst du reichlich düster aus.“

Ryan betrachtete seinen langjährigen Freund und empfand flüchtig Zuneigung. „Ja, nicht wahr? Der Notar ist gegangen. Ich müsste jetzt das Bargeld im Geldkasten einschließen. Sobald ich das getan habe, kann nur Abel Easterbrook ihn öffnen.“

Er unterschrieb auf einem der Dokumente und fing an, das Geld in einer Truhe unterzubringen.

„Das ist bestimmt eine Menge Geld“, meinte Journey.

„Gewiss“, stimmte Ryan zu. Für den Freund bedeutete Geld nur die Wiedervereinigung mit seiner Familie.

„Aber Delilah und meine Kinder...“

„... werden mit uns in den Hafen von Boston segeln“, vollendete Ryan den Satz und erfreute sich an Journeys Miene. Er mochte sein Herz an Isadora Peabody verloren haben, und damit auch die Möglichkeit, nicht nur eine Erinnerung für sie zu sein, doch er würde Journey und dessen Angehörige wieder zusammenbringen, koste es, was es wolle.

Selbst dann, wenn es seinen Tod bedeuten mochte.

„Der Ka... ka... pitän hat mich zu Ihnen geschickt“, sagte Timothy und legte einen Klappdeckel aus marmoriertem Karton, in dem sich Papiere befanden, vor der unter einer Segeltuchplane in einem Deckstuhl sitzenden Miss Peabody auf den Tisch. „Das sollen Sie übersetzen."

Der „Silberne Schwan" hatte seit sechzehn Tagen Rio de Janeiro hinter sich gelassen, und sie war die ganze Zeit bemüht gewesen, dem Kapitän aus dem Weg zu gehen. Sie hatte den Eindruck, dass er diesen Zustand mit einer gewissen betretenen Erleichterung hinnahm.

Er hatte offenbar befürchtet, sie würde ihm wie ein verliebtes Schulmädchen überall hin folgen. Das war ihr inzwischen klar, und es schmerzte. Er hätte es besser wissen müssen. Die praktische Seite ihres Wesens hatte die Oberhand gewonnen. Das Erlebnis am Wasserfall im Wald war nur ein außergewöhnliches, überwältigendes, wunderbares Ereignis gewesen, eine Erfahrung, die so perfekt war, dass man sie kein zweites Mal machen konnte. Sie war ein Phänomen gewesen, das man nur einmal im Leben erlebte, wie der Fund eines vierblättrigen Kleeblatts oder das Sichten eines Kometen am Nachthimmel. Sie konnte sich glücklich schätzen, dass sie diesen Moment überhaupt erlebt hatte, denn die meisten Menschen hatten gewiss nie solches Glück gekannt. Sich mehr zu wünschen wäre nur eigensüchtig und sinnlos gewesen.

Isadora legte den Brief, den sie schrieb, zur Seite und lächelte den Kajütjungen an. Es hatte keinen Sinn, ihn schlecht zu behandeln, nur weil sein Skipper ein Flegel war.

„Vielen Dank", erwiderte sie.

„Gern... geschehen", sagte Timothy. Wenn er die ihm von ihr beigebrachte Atemtechnik anwandte, stotterte er nur noch selten. Auf einmal fiel ihr auf, dass er sie in einer sehr eigenartigen Weise anschaute.

„Gibt es sonst noch etwas?" erkundigte sie sich.

„Hm, nein. Ich möchte nur... wissen, ob Rio Ihnen gefallen hat."

„Ja, sehr."

„Das dachte ich mir."

„Wieso?"

„Sie wirken so... verändert. Das ist alles."

Sie lächelte und wusste, dass ihr Lächeln traurig wirkte, weil sie den Tränen nahe war. „Oh, ich nehme an, dass ich mich verändert habe", erwiderte sie und starrte ins Leere. „Ja, ich habe mich verändert."

Timothy entfernte sich. Sie schaute auf ihre Hände und überlegte, wann sie damit aufgehört hatte, an den Nägeln zu kauen. Auf dieser Reise hatte sie eine tief greifende Veränderung erlebt, und die Auswirkungen zeigten sich auf die seltsamste Weise. Es machte sie staunen, auf ihre Hände zu sehen, die ordentliche, gepflegte Nägel hatten. Ihre Haut war von der Sonne leicht gebräunt, und von der Arbeit hatte sie raue Hände bekommen. Sie staunte nicht nur, sondern war auch verwirrt und wünschte sich manchmal, wieder in ihre alte Haut schlüpfen und sich vor der Welt verstecken zu können, wie sie das auf Beacon Hill getan hatte.

Sie legte den auf ihrem Schoß liegenden Brief beiseite und hatte keine Ahnung mehr, für wen er bestimmt war und was bisher darin stand. Allmächtiger! Neuerdings litt sie an Konzentrationsschwäche und konnte sich nicht mehr lange sammeln.

Ihr Augenmerk richtete sich nur auf Ryan. Ungeachtet ihrer Entschlossenheit, praktisch zu denken, kreisten ihre Gedanken unzählige Stunden lang um ihn, ohne auch nur ein einziges Mal zu etwas anderem abzuschweifen. Diese Besessenheit von ihm war wirklich schrecklich. Rein verstandesmäßig betrachtet, begriff sie den Grund, weshalb er ihr nicht aus dem Sinn ging. Er war der erste Mann gewesen, der ihre Fleischeslust geweckt und ihr körperliche Wonnen bereitet hatte, die sie sich nie hätte vorstellen können. Wie eine Süchtige sehnte sie sich nach den ekstatischen Freuden, die er ihr vermittelt hatte.

Zum Glück war ihr genügend gesunder Menschenverstand geblieben, so dass sie sich dank ihrer Willenskraft nicht eines unbeständigen Kapitäns wegen, der es wahrscheinlich nicht erwarten konnte, dass sie aus seinem Leben verschwand, noch mehr zum Narren machen würde. Durch ihre Entschlossenheit hatte sie die Kraft gefunden, sich allen Konventionen zu widersetzen, als Dolmetscherin an Bord eines Kauffahrers zu gehen und allen Gefahren des Lebens auf See zu trotzen. Gewiss war sie imstande, das niedere und ganz unpassende Gefühl des Hingezogenseins zu Ryan Calhoun zu überwinden.

Als er jedoch einige Minuten später, ganz so, als sei er durch ihre Gedanken angelockt worden, zu ihr geschlendert kam, spürte sie sich in ihrer Entschlusskraft wankend werden. Sie fand es absurd, dass die Natur ihn mit solch körperlicher Schönheit und einer derart anziehenden Aura ausgestattet hatte. Ihr Verlangen nach ihm hatte inzwischen tiefere Wurzeln, da sie aus eigener Anschauung wusste, dass sein ganzer Körper wunderbar aussah und verlockend war.

Sie fühlte sich erhitzt und verschwitzt, überschattete die Augen und legte den Kopf in den Nacken, um den Skipper anzusehen. Der starke Westwind drückte Ryan aufreizend das Hemd an die schweißfeuchte Brust, und im Sonnenlicht hatte sein langes, gewelltes Haar einen rubinroten Glanz. Man hätte denken können, er habe Wind und Sonne bewogen, diesen betörenden Effekt bei ihm zu erzielen.

„Guten Tag, Captain Calhoun“, begrüßte Isadora ihn mit höfli chem Lächeln.

„Guten Tag.“ Er verneigte sich und machte sich mit einem Augenzwinkern über ihre Förmlichkeit lustig. Dann wies er auf die Mappe, die sie in der Hand hielt. „Vielen Dank dafür, dass Sie diese Übersetzungen machen wollen. Ich dachte, nach der Abreise aus Rio hätten wir den Papierkram erledigt, doch er scheint nie ein Ende zu nehmen."

„Es stört mich nicht, meine Pflichten zu erfüllen", entgegnete Isadora und strich mit betont formeller Geste glättend über die Papiere.

Der Skipper schien es nicht eilig zu haben, sie allein zu lassen. Seine Miene war unergründlich, als er sich mit untergeschlagenen Beinen neben Isadora auf das Deck setzte und fragte: „Genießen Sie die Heimfahrt, Miss Peabody?"

„Ja, bis jetzt", antwortete sie.

„Ich muss die Schiffsregisterurkunde noch einmal kopiert haben", teilte er ihr mit und reichte ihr ein zusammengerolltes Dokument. „Wir werden kurz in Virginia einen Hafen anlaufen."

Sie nahm die Urkunde entgegen und wiederholte: „In Virginia? Wir laufen in Virginia einen Hafen an?"

„Ja, aber nur kurzzeitig", antwortete Ryan und presste flüchtig die Lippen zusammen.

„Weiß die Mannschaft das?"

„Falls Sie weiterhin aufsässig sein wollen, übertrage ich Ihre Pflichten jemand anderem", erwiderte Ryan und schaute finster Miss Peabody an.

Früher wäre sie bei diesem Ton zusammengezuckt. Nun jedoch wusste sie, wie sie sich dem Zorn eines Mannes zu stellen hatte, ohne leiden zu müssen. „Im ursprünglichen Segelplan ist Virginia nicht enthalten", stellte sie fest.

„Verdammt, Miss Peabody!" platzte Ryan wütend heraus. „Halten Sie den Mund, und tun Sie Ihre Arbeit!"

„Aye, aye, Sir." Nicht gewillt, sich einschüchtern zu lassen, legte sie das zusammengerollte Dokument in ihr tragbares Schreibpult.

Eine Weile herrschte unwirsches Schweigen. Dann wies Ryan auf den Brief, den Miss Peabody auf dem Schoß liegen hatte, und fragte: „Schreiben Sie wieder an Chad Easterbrook?"

Sein Ton verärgerte sie. „Ich..."

„Natürlich tun Sie das", unterbrach er sie scharf. „Sie haben ihm versprochen, ihm von allen Ihren Abenteuern auf dieser Reise zu berichten."

„Ich glaube mich zu erinnern, dass ich versprochen habe..."

„Und was ist mit dem Abenteuer beim Wasserfall, Miss Peabody?"

Der Hinweis darauf stürzte sie in einen Gefühlsaufruhr. Der Tag damals war der schönste in ihrem Leben gewesen, doch Mr. Calhoun schien entschlossen zu sein, ihn zu bagatellisieren.

„Nun?" fragte er drängend. „Haben Sie Mr. Chad Easterbrook davon erzählt?"

„Wie können Sie es wagen!"

„Wie kann ich was wagen? Meinen Sie, dass ich Sie endlich dazu bringe, über diesen Tag zu reden?"

„Tun Sie nicht so, als sei alles meine Schuld gewesen. Sie haben mich gemieden. Und außerdem besteht keine Notwendigkeit, darüber zu reden, denn die Sache ist für mich erledigt!"

„Das dachte ich mir", erwiderte Ryan. „Aber je mehr Zeit verstreicht, desto mehr denke ich darüber nach", fügte er so leise hinzu, dass Isadora ihn durch das Knarren der Hölzer, die unter dem Druck der windgefüllten Segel knarzten, kaum hatte hören können.

Sie spielte mit dem schwarzen Bündchen, mit dem der Klappdeckel zusammengebunden war, und sagte frostig: „Ich sehen keinen Sinn darin, über diesen Tag zu sprechen. Sie haben gesagt, Sie hätten den größten Fehler Ihres Lebens gemacht, und damit hatten Sie Recht."

„Und was ist mit Ihnen? Glauben Sie, ebenfalls einen Fehler begangen zu haben?"

Das glaubte sie nicht. Das Traurigste an der Sache war, dass sie keine Ahnung hatte, was ihre aufgewühlten, von Sehnsucht, Lust, Zärtlichkeit und Melancholie bestimmten Gefühle bedeuteten. Wenn sie den Mund aufmachte, wusste sie nie, ob sie lachen oder weinen solle. Ryan Calhoun würde es ohnehin gleich sein, was sie für ihn empfand, so wie es bei Chad Easterbrook der Fall gewesen war. Warum also hätte sie sich verwundbar machen sollen?

Die ungezählten Wunden der Vergangenheit hatten sie jedoch nicht vor dem Schmerz verhärtet, sondern nur noch verletzbarer gemacht. Daher tat sie das Einzige, wozu sie fähig war, und antwortete sachlich: „Wir haben eine Droge eingenommen, durch deren Auswirkungen wir dann etwas sehr Törichtes taten."

„Sie empfinden jetzt nichts mehr?"

„Nun komme ich mir nur noch dumm vor", log Isadora. Selbst in vollkommen geistig klarem Zustand wurde ihr jedes Mal, wenn sie an Ryan dachte, schwindlig vor Leidenschaft. Aber die Lektionen, die das Leben sie gelehrt hatte, waren hart gewesen, und daher war ihr klar, dass ein gut aussehender, charmanter Mann ihr nur Herzweh verursachen würde. Sie musste sich beweisen, dass ihre Willensstärke größer war als ihr Verlangen.

„Ich bin sicher, Ihnen ergeht es nicht anders", äußerte sie.

Unvermittelt berührte Ryan mit dem Handrücken leicht ihre Wange. Seine Fingerknöchel strichen ihr über die Haut und hinterließen eine brennende Spur. Die Zärtlichkeit erinnerte sie an andere Liebkosungen, die zu anderen Gelegenheiten erfolgt waren. „Sie haben keine Ahnung, Miss Peabody, wie es in mir aussieht", entgegnete Ryan.

Seine angespannt, fast düster wirkende Miene erschreckte sie. Sie hatte angenommen, ihn zu kennen, doch nun zeigte er ihr eine andere Facette seines Wesens. Sie entzog sich seiner sie beunruhigenden Berührung, obwohl ein Teil von ihr sich danach sehnte, die Wange an seine Hand zu schmiegen. „Vielleicht sollten Sie mir dann erklären, was Sie meinen."

Er fuhr sich mit der Hand durchs Haar und erwiderte: „Ich kann dir nichts geben, Isadora."

„Ich habe dich um nichts gebeten."

Er lächelte, und sein Lächeln hatte etwas herzzerreißend Reuevolles an sich. „Oh, doch, Liebling, das hast du!" widersprach er.

„Ich begreife nicht."

„Du erwartest alles von mir", sagte er. „Du erwartest, dass ich dir den Mond, die Sterne, die Planeten und ihre Monde zu Füßen lege. Aber du hast dir den falschen Mann ausgesucht. Du hast den Fehler begangen zu denken, ich könnte dir etwas bieten."

Sie lachte und war überrascht, wie verbittert es klang. „Wie klug von dir, Captain Alleswisser! Über die Jahre hinweg haben die Männer mir gegenüber jede nur denkbare Erklärung dafür vorgebracht, warum es ihnen widerstrebte, mir den Hof zu machen. So viele Geschichten von verstorbenen Großtanten, an Koliken leidenden Pferden, zerbrochenen Buggyachsen und selbst Fällen von Masern hat keine andere Frau in Boston zu hören bekommen wie ich. Deine Begründung habe ich jetzt jedoch zum ersten Mal gehört." Isadora fiel auf, dass sie vor sich hinplapperte, befürchtete indes, dass sie, wenn sie damit aufhörte, unschlüssig zu sein, weinen, Ryan vielleicht sogar die Wahrheit gestehen würde. „Ich kann guten Gewissens behaupten, dass du der erste Mann bist, der sich mit dem Hinweis auf seine charakterlichen Qualitäten beziehungsweise seine Untugenden für ungeeignet erklärt, um mit mir zusammen zu sein. Herzlichen Glückwunsch! Das ist sehr originell!"

Ryan erhob sich und erwiderte: „Verdammt, Isadora! Ich bin nicht wie andere Männer, und das weißt du verflucht gut!“

Sie zwang sich, eine abwertende Geste zu machen, und äußerte: „Das spielt wirklich keine Rolle. Man hat mir erzählt, dass Männer ständig Liebeleien hätten, und in dieser Hinsicht bist du keine Ausnahme. Es ist die Zeit nicht wert, über deinen Mangel an moralischem Bewusstsein zu reden, wenn es so viel Arbeit zu erledigen gibt.“ Trotzig machte Isadora den Klappdeckel auf, blickte auf die darin liegenden Papiere, konnte jedoch kein Wort richtig erkennen, da ihr die Zeilen vor den tränennassen Augen verschwammen.

Der böige Wind zerrte an Ryans Haaren und seinem Hemd. Sie wartete darauf, dass er sich entfernte, doch das tat er nicht. Er stand einfach da. Sie gab vor, sich mit den Dokumenten zu befassen.

Schließlich äußerte er: „Was diesen Tag angeht... wenn überhaupt... ich meine, falls du ein Kind erwarten solltest, dann bringe ich das in Ordnung. Das schwöre ich.“ Brüsk wandte er sich ab und ging davon.

Unwillkürlich legte Isadora die Hände auf den Bauch. Der Gedanke, womöglich ein Kind zu bekommen, erfüllte sie zugleich mit Entsetzen und Wonne. Eine tiefe Traurigkeit überkam sie, und sie fragte sich, ob Ryan nichts begriff.

Nichts würde je wieder in Ordnung sein.

Luigi Conti und Chips Pole spielten auf der Mundharmonika und der Fiedel einen holprig klingenden Walzer, und Miss Peabody, die einen einfachen Rock und eine Bluse trug, tanzte mit dem ersten Maat.

Seinen Grimm im Alkohol ertränkend, schaute Ryan zu und zuckte unwillkürlich zusammen, als Journey ihn fragte, warum er aufgehört habe, ihr den Hof zu machen.

„Ich hätte überhaupt nie anfangen sollen, um sie zu werben“, antwortete er ungehalten. „Eigentlich habe ich ihr gar nicht den Hof gemacht. Die Sache ist einfach so passiert.“

Journey erwiderte, so sei es immer mit der Liebe. Sie sei plötzlich da.

Ryan entgegnete, er versuche, Miss Peabody zu vergessen, da sie, wenn sie wieder in Boston sei, bestimmt von allen Kavalieren umschwärmt werde. Außerdem wisse sie gar nicht, was sie wolle, und habe auch keine Ahnung, was wahre Liebe bedeute.

Journey hielt ihm vor, dann müsse er ihr das zeigen und ihr beweisen, dass jemand sie von Herzen lieb hatte.

Brüsk wandte der Freund sich ab, und Ryan fragte sich verärgert, warum zum Teufel er derjenige sein sollte, der sich damit abrackerte, Miss Isadora Peabody in der Liebe zu unterweisen, weshalb es ihm obläge, dieser schwierigen, faszinierenden, intelligenten, verwirrenden Person vorzuführen, was wahre Liebe war. Sollte sie doch glauben, Liebe sei eitel Wonne und Sonnenschein. Ryan sah es nicht als seine Aufgabe an, ihr zu zeigen, dass die Liebe auch ihre dunklen Seiten hatte.

Der Gedanke an die Qualen der Liebe stimmte ihn nachdenklich, denn auf die himmelhochjauchzende Freude folgten oft sehr schnell tiefe Niedergeschlagenheit, Angst, lähmendes Entsetzen.

Er blickte zu Miss Peabody hinüber, fluchte leise durch die Zähne und ging, sich unter den straffen Wanten duckend, schließlich mit leicht von den Auswirkungen des übermäßig genossenen Rums benebeltem Kopf zu dem einen Walzer tanzenden Paar.

Ein Sonnenstrahl fiel auf Miss Peabody, und in diesem Augenblick begriff Ryan, dass er die Absicht hatte, sie davor zu bewahren, Schmerz, Furcht oder Unsicherheit zu empfinden. Er wollte sie einfach nur glücklich sehen, denn Liebe war tatsächlich nichts

Eigensüchtiges, sondern das wunderbare, überwältigende Bedürfnis, zu jemandem gut, freundlich und großzügig zu sein.

Er fühlte sich eigenartig befreit, als er dem Obermaat auf die Schulter klopfte und fragte: „Darf ich?“

„Aye, Sir“, antwortete Ralph und überließ ihm Miss Peabody.

Der Zimmermann und der Segelmacher setzten die schaurig klingenden Töne des Walzers fort. Ryan lächelte Miss Peabody an und sagte: „Von nun an möchte ich, dass Sie jeden Walzer für mich aufheben.“ Er zog sie an sich und tanzte mit ihr über das Deck.

Sie schaute ihn an und war sichtlich erfreut darüber, einen Tanzpartner zu haben, der höher gewachsen war als sie. Ihre Miene drückte alles aus, was Ryan wissen musste, und er erkannte, dass er gute Chancen hatte.

Noch am selben Abend begann er, sich so zu benehmen, dass sie erfreut sein musste. Er bemühte sich, sie vergessen zu machen, dass sie einmal das linkische, nicht gesellschaftsfähige späte Mädchen vom Beacon Hill gewesen war. Er machte es sich zur Aufgabe, ihr zu beweisen, dass sie jede Rücksichtnahme wert war, und bereitete sie darauf vor, voller Selbstsicherheit, aber nicht mit Verzagtheit, in ihre Bostoner Welt zurückzukehren. Sie sollte nicht mehr verschweigen, was sie dachte, sondern fähig sein, es auszusprechen.

Er lieh ihr seine Lieblingsbücher, und eines Tages, als das Wetter besonders mild war, kletterte er auf die Marsstenge und trug für Miss Peabody eine Ballade vor, zu der die Mannschaft den Refrain sang. Nachdem sie bekundet hatte, sie könne es nicht ertragen, dass die an Bord befindlichen Hühner geschlachtet würden, erteilte er die Anweisung, das Federvieh zu verschonen.

Auf der Fahrt gen Norden blühte Isadora vor Glück auf, und es störte ihn nicht, dass ihr Blick manchmal etwas verwirrt wirkte. Er versuchte auch nicht, ihr sein Verhalten zu erklären. Die ihn überraschende Wahrheit war, dass es ihn nicht störte, Isadora seine Liebe zu schenken.

21. KAPITEL

Mockjack Bucht, Virginia.
März 1852

Die Reise von Rio de Janeiro war ereignislos gewesen, aber weit davon entfernt, langweilig zu sein. In den ersten Wochen war Isadora sehr damit beschäftigt gewesen, die große Menge an Papieren zu übersetzen, die durch die von Captain Calhoun im Namen von Mr. Abel Easterbrook durchgeführten Transaktionen angefallen waren. Für sie und die Besatzung hatte es sich bald herausgestellt, dass die Reise ein enormer Erfolg gewesen war. Kein Mitglied der Mannschaft würde in Virginia desertieren. Die gesamte Besatzung würde die Heimfahrt bis zum Ende mitmachen, um in den Genuss des vollen Anteils zu gelangen.

Die Vorfreude auf eine lukrative Gewinnauszahlung hob jedermanns Stimmung. Die Aussicht auf den Landfall beunruhigte jedoch Isadora, da sie auf See das eigenartige Gefühl hatte, frei zu sein. Die Männer des „Silbernen Schwans“ beurteilten sie nicht danach, was sie anhatte oder wie sie aussah. Tag für Tag hatte sie sich ihre Rolle als Freundin, Lehrerin, Gehilfin und Lernende mehr angeeignet. Eines Tages hatte sie vergessen, bestimmte Unterröcke anzuziehen. Am folgenden Tag hatte sie sie absichtlich nicht mehr angezogen und sich in der Folge angewöhnt, nur ihre schlichteste Bluse und ihren einfachsten Rock zu tragen. Sie war meist barfuß und ohne Hut gewesen, wenn sie ihre Pflichten versehen hatte.

Aus Gründen, die sie nicht erkennen konnte, hatte Captain Calhoun sich die größte Mühe gegeben, sie zu unterhalten, zu amüsieren und ihr die kapriziösesten Wünsche zu erfüllen.

Es hatte jedoch auch Momente gegeben, in denen sie unerwartet in der Kombüse oder dem Kartenraum auf ihn gestoßen war. Dann war sie innerlich erstarrt, weil Erinnerungen an den Tag am Wasserfall sie überkommen hatten. Danach war sie sicher gewesen, nichts werde je wieder so sein wie früher, und sie fand sich in ihrer Überzeugung bestätigt.

Wenn Ryan Calhoun sich umdrehte und sie anschaute, entsann sie sich der Art, wie er sie angesehen hatte, als er, während er sie aus dem Teich führte, äußerte, sie sei einer Göttin gleich. Wenn ihr Blick zufällig auf seine Hände fiel, erinnerte sie sich der Gefühle, die sie bei seinen Zärtlichkeiten empfunden hatte. Wenn er etwas sagte, hörte sie ihn in Gedanken mit seiner dunkel timbrierten Stimme äußern: „Halt dich an mir fest, und ich werde es dir zeigen."

Sie entsann sich jenes Tages in der Weise, wie man einen bestimmten Traum besonders lebhaft in Erinnerung hatte. Diese verklärte Erinnerung war etwas, das vom Rest ihres Lebens getrennt und wie ein Juwel zu sein schien, das sie in der Ferne schimmern sah, jedoch nicht erreichen konnte. An jenem Tag ihres Lebens war sie zu einem ganz anderen Menschen geworden. Bis zu der Begegnung mit Ryan war sie noch Isadora Dudley Peabody vom Beacon Hill gewesen, danach jedoch namenlos, eine Waldnymphe, zum ersten Mal im Leben schön, nackt und ohne Scham wie Eva vor dem Sündenfall. Sie hatte Leidenschaft empfunden und sie auf einen bemerkenswerten Mann übertragen. Einen wundervollen Tag lang war sie sich selbst fremd gewesen.

Jedes Mal, wenn sie Ryan begegnete, gingen diese Gedanken ihr durch den Sinn. Sie hatte jedoch mit ihm seit dem letzten Gespräch, in dem all ihre Unsicherheit, Verbitterung und Verwirrung zum Ausdruck gekommen waren, nicht mehr über jenen Tag gesprochen.

Bei den sie unbehaglich stimmenden Begegnungen mit ihm konnte sie nicht erraten, was er dachte, da seine Miene stets unergründlich war.

In gegenseitigem stummem Einverständnis hatten sie beide das Erlebnis am Wasserfall als Verirrung abgetan. Aus praktischen Erwägungen war es so, als habe jener Nachmittag nie stattgefunden. Vielleicht war das sogar der Fall, da zwei ganz andere Menschen beteiligt gewesen waren, die es in dieser Form nicht mehr gab.

Isadora stieg zum Achterdeck hinunter und wäre beinahe mit dem Kapitän zusammengeprallt.

„Entschuldigung“, sagte er steif und förmlich. „Ich habe jemanden rufen gehört, Land sei gesichtet worden.“

„Das war ich“, erwiderte sie.

„Oh!“

Da sie es leid war, von Captain Calhoun ignoriert zu werden, und es satt hatte, nicht zu erfahren, was geschehen war, dachte sie nicht daran, ihm aus dem Weg zu gehen, obwohl er eindeutig an ihr vorbeiwollte. „In Boston war es stets von Vorteil, sich unsichtbar zu machen, doch ich versichere Ihnen, das ist auf einem Schiff nicht möglich.“

„Sich unsichtbar machen? Ich weiß nicht, was Sie damit meinen.“

„Sie sehen mich nie an, sondern tun so, als sei ich nicht vorhanden.“

„Dafür entschuldige ich mich. Ich wollte Sie nicht kränken.“

Das gelassene, höfliche Benehmen des Kapitäns verärgerte Isadora. Wiewohl sie wusste, dass es sinnlos war, hatte sie den Wunsch, ihn zu strafen, und erwiderte: „Ich denke, es ist Ihre erklärte Absicht, mich zu verwirren.“

„Sie können mir glauben, dass ich wichtigere Dinge zu tun habe“, entgegnete er und sah finster Miss Peabody an.

„Warum sind Sie dann so höflich und formell?“

„Das bin ich, damit Sie lernen können, wie das auf jemanden wirkt.“

„Sie bringen mir dadurch lediglich bei, dass Freundlichkeit nur ein aufgesetzt beschönigendes Verhalten ist.“

„Ach ja? Wäre es Ihnen lieber, dass ich Sie so behandele, wie Sie von Chad Easterbrook behandelt wurden?“

„Das geht Sie nichts an“, antwortete Isadora und vermochte kaum zu glauben, wie sehr ihre Gefühle für Chad Easterbrook sich auf dieser Reise verändert hatten. Sie hatte noch als sie die Fahrt antrat sich um ihn drehende Träume gehegt, doch in wenigen kurzen Monaten war er für sie zu einer weit zurückliegenden, verblassenden Erinnerung geworden.

Die Besatzung widmete sich ihren Pflichten und bereitete alles für den Landfall vor. Ryan gab Miss Peabody sein Fernglas und zeigte voraus.

„Das ist die Mockjack-Bucht“, erklärte er.

Isadora schaute durch das Fernglas und stellte es auf die in der Ferne sichtbare grüne Küste ein. Ein halbes Dutzend Schiffe lag außerhalb des Hafens vor Anker. Eigenartig geformte Inseln waren zu sehen, und Landzungen ragten ins Wasser. Im Hintergrund erkannte sie bläulich schimmernde Berge und endlose, wogende Getreidefelder. Häuser und deren Nebengebäude krönten, wie aus Zuckerwatte gemacht, jede Anhöhe.

„Das sieht sehr hübsch aus“, meinte sie.

„Ich nehme an, man kann es hübsch finden, doch ich habe meine Jugend damit verbracht, aufs Meer hinauszusehen“, erwiderte Ryan und zeigte auf ein weiter entferntes Anwesen. „Sehen Sie das Haus mit den Säulen?“ fragte er. „Das ist Bonterre, der Besitz der Beaumonts, unserer nächsten Nachbarn.“

Selbst aus der Ferne erkannte Isadora, dass Bonterre ein weitläufiger Besitz war. „Es ist schwer, die Größe abzuschätzen", sagte sie. „Im Vergleich dazu sind die Anwesen in Neu-England so klein."

Ryan nickte. „Ja, die Beaumonts sind die größten Landeigner des Bezirks", bestätigte er. „Mein Halbbruder Hunter hat vor einigen Jahren Lacey Beaumont geheiratet."

Isadora seufzte und malte sich aus, wie die Hochzeit in dem in der Ferne gelegenen märchenhaften Palast stattgefunden hatte. Sie fragte sich, wie Captain Calhouns Vergangenheit gewesen sein mochte und hätte gern alles darüber gewusst, wie er aufgewachsen war und welches Verhältnis er zu seiner Familie gehabt hatte. Sie fand es angenehm, wieder ein nettes Gespräch mit ihm führen zu können, und das bedeutete vielleicht, dass eine freundschaftliche Beziehung nicht ausgeschlossen war.

„War die Hochzeit sehr üppig?" erkundigte sie sich.

„Das entzieht sich meiner Kenntnis", antwortete er. „Ich war viel zu sehr damit beschäftigt, mir in Harvard Tadel einzuhandeln. Als ich meine Schwägerin das letzte Mal sah, war sie ein kleines Mädchen mit Zöpfen. Aber sie hatte immer ein Auge auf Hunter geworfen, schon seit wir Kinder waren."

Isadora versuchte herauszufinden, wie Captain Calhoun über seinen Halbbruder dachte, doch seine Miene war ausdruckslos.

„Journeys Frau und Kinder leben auf Bonterre", fuhr er fort.

„Wird es ihm möglich sein, sie zu sehen?"

Flüchtig presste Ryan die Lippen zusammen, wandte den Blick von Miss Peabody ab und antwortete ausweichend: „Das weiß ich nicht."

„Aber Sie sind doch mit den Beaumonts verwandt und zählen zur Familie."

„Die Situation ist komplizierter, als Sie annehmen", entgegnete Ryan seufzend. Die Bark fuhr aus dem offenen Meer in die Bucht.

„Die Hochzeit meines Halbbruders mit Lacey Beaumont beruhte eher auf Erwägungen, die beiden Anwesen zusammenzulegen, denn auf Liebe.“ Ryan überschattete die Augen und blickte zur Küste. Die Bark war in die Durchfahrt zur Chesapeake-Bucht gefahren, und von der leewärts gelegenen Seite hatte man einen guten Blick auf die Besitzungen an der Küste.

Der Kapitän zischte gefährlich durch die Zähne, und erstaunt fragte Isadora: „Was haben Sie?“

„Das ist Albion“, antwortete er, nahm ihr das Fernglas ab und schaute hindurch. „Da ist etwas nicht in Ordnung.“

„Ich begreife Sie nicht.“

„Die Felder liegen brach. Sie wurden nicht einmal bebaut.“

„Das ist doch üblich, nicht wahr? Man lässt einen Teil unbebaut, damit der fruchtbare Boden sich wieder erholt.“

„Das trifft nicht auf alle Felder zu und wird auch nur eine Saison lang getan.“

„Was könnte nicht in Ordnung sein?“

„Noch habe ich leider keine Ahnung, werde es jedoch herausfinden.“

22. KAPITEL

„Ich bin bankrott, kleiner Bruder“, sagte Hunter mit schwerer Zunge. Er hatte zu viel Whisky getrunken und zu wenig geschlafen.

„Zum Teufel, was ist passiert?“ wollte Ryan wissen und sah erschüttert, wie aschfahl der Halbbruder im Gesicht, wie matt und hoffnungslos sein Blick war.

„Man könnte sagen, das sei das Vermächtnis unseres lieben, verstorbenen Vaters“, antwortete Hunter.

„Ich verstehe nicht. Er hat dir doch alles hinterlassen!“

„Und du kamst dir so hereingelegt vor, weil er dich enterbt hat.

Du hättest dich glücklich schätzen können, Ryan, denn dir wäre nicht recht gewesen, was er mir hinterlassen hat. Das Erbe, das ich antrat, bestand aus Schulden, die so hoch wie die Gewinne aus zwanzig Jahren waren."

Ryan war entsetzt, als er das erfuhr. „Wieso wusstet du und Mutter nicht darüber Bescheid?" fragte er betroffen.

„Vater hat nie über seine Fehlschläge mit mir geredet. Und was deine Mutter angeht, so hat sie sich nie fürs Geschäft interessiert. Vater hatte immer die gleiche Art, mit Problemen umzugehen. Er verdrängte sie. Oder er ließ jemanden, der ein Problem für ihn war, an einen anderen Plantagenbesitzer verkaufen, der weit genug entfernt am Fluss wohnte."

„Das alles ist vor Jahren geschehen. Ich erinnere mich, dass diese Sklavin Seraphim hieß und Wäscherin war. Vater hat damals furchtbar viel geschrien. Journey und ich haben uns unter der Treppe versteckt, als er dein Verhältnis mit Seraphim herausgefunden hatte und nach dir suchte. Heute bin ich überrascht, dass er so wütend über deine Affäre mit einer Sklavin war. Wieso hat er derart getobt?"

„Ich habe gegen die Regeln verstoßen", antwortete Hunter und lachte verbittert auf. „Ich hatte mich in Seraphim verliebt, und das war natürlich unverzeihlich. Ich nehme an, du entsinnst dich noch, wie Vater mich von ihr getrennt hat, nicht wahr?"

„Ja, der Hurensohn hat Seraphim zu einer Sklavenauktion geschickt."

Ryan erinnerte sich, dass sie von den Sklavenhändlern auf ein Schiff gebracht worden war, dessen Fracht auf dem Markt in Savannah verkauft werden sollte. Daraufhin hatte Hunter wortlos ein Pferd gesattelt und war zur Universität von Virginia geritten.

Einige Jahre später hatte er dann Lacey Beaumont geheiratet

und mit ihr zwei Kinder gezeugt, die Belinda und Theodore hießen.

„Wo ist deine Gattin, Hunter?“ erkundigte Ryan sich ruhig.

„Sie hält sich mit den Kindern auf Bonterre auf“, antwortete Hunter. „Verflucht, Ryan! Verdammt nochmal, ich vermisse meine Kinder!“

In diesem Augenblick hörte Ryan die Tür knarren und drehte sich um, sah jedoch niemanden.

Hunter stand auf, ging zur Tür und schaute in den Gang. „Wie lange bist du schon hier, Blue?“ fragte er harsch.

„Das weiß ich nicht, Daddy“, sagte Theodore kleinlaut.

„Gott! Ich habe dich vermisst, Blue!“ Hunter hob den kleinen Jungen hoch, drückte ihn an sich und atmete, während er die Augen schloss, tief durch. „Ich habe dich furchtbar vermisst!“

Ryan ging zu den beiden. Zappelnd befreite der Junge sich aus den Armen den Vaters und schaute mit großen Augen den Onkel an. Der arme Junge hatte die Art engelhaften Gesichts, die in Damen mittleren Alters den Wunsch weckte, ihm in die pausbäckigen Wangen zu kneifen und ihn auf die sommersprossige Nase zu küssen.

„Hallo, Theodore“, begrüßte Ryan ihn.

„Ich heiße Blue.“

„Hallo, Blue. Ich wette, du weißt nicht, wer ich bin.“

„Natürlich weiß ich das. Du bist mein verdammter Yankee-Onkel Ryan.“

„Ach, ich bin ein verdammter Yankee?“

„Ja. Daddy Beaumont sagt das immer.“

Das ließ nichts Gutes erwarten. Ryan hatte, was die Freilassung von Journeys Angehörigen betraf, mit dem guten Willen der Beaumonts gerechnet, fragte sich nun jedoch, was zum Teufel er jetzt machen solle. „Wieso nennt dein Daddy dich Blue?“

„Jeder nennt mich Blue, des Liedes wegen. Als ich noch sehr klein war, hat Daddy mir gesagt, ich würde immer sein kleiner Junge Blue sein."

„Weiß deine Mutter, dass du hier bist?" fragte Hunter.

„Ich bin entwischt, weil ich es dort hasse, Papa. Mammy Georgia gibt mir dauernd eins hinter die Ohren, und ich muss den ganzen Tag lang im Haus bleiben. Außerdem zwingt man mich, Haferschleim ohne Sirup zu essen, und zum Abendbrot bekomme ich Gemüse in Senfsoße."

„Möchtest du gern mit mir einen Spaziergang machen?" fragte Ryan und sah den Halbbruder an. „Ich zeige euch meinen alten Aussichtspunkt. Blue kann auf den Baum klettern und von dort einen Blick auf mein Schiff werfen."

„Gehen wir!" rief Theodore aus und rannte zur Tür hinaus.

Durch kniehohes Gras stapfend, ging man durch den Park zur Anlegestelle. Hohe Binsen wucherten um den Anleger, doch die alte Weihrauchkiefer, die früher für Ryan und Journey ein Zufluchtsort gewesen war, stand noch so hoch aufgerichtet und gerade wie der Mast eines Klippers da.

Ryan hob den Jungen in den Baum und sagte: „Steig die Sprossen hinauf und klettere auf die Plattform. Journey und ich haben einen ganzen Sommer benötigt, um sie da oben anzubringen."

„Ich sehe sie!" rief Blue aus und kletterte hinauf.

„Das ist der ‚Silberne Schwan', die Bark, die unter meinem Oberbefehl steht", erklärte Ryan. Aus dieser Entfernung konnte er nur die Silhouette des Schiffes erkennen. Er war allein an Land gegangen und hatte den nervös auf dem Deck auf und ab gehenden Journey zurückgelassen. Miss Peabody hatte ihm unergründliche Blicke zugeworfen, und die Mannschaft, die schnell nach Boston zurückwollte, um ihre Heuer einzustreichen, deutlich ihre Ungeduld zu erkennen gegeben. Jeder, der sich auf dem Schiff befand, war von ihm abhängig, und diese Erkenntnis bedrückte ihn. Hunters Probleme machten ihm die Situation nicht leichter.

„Wie steht es zwischen dir und den Beaumonts?“ erkundigte er sich.

„Wir sind im Süden, kleiner Bruder“, antwortete Hunter und lachte trocken auf. „Es gibt nichts Schmachvolleres, als arm zu sein.“

„Sind alle Leute weg, die Dienstboten, Arbeiter und Aufseher?“

„Ja. Es wird dich freuen zu hören, dass ich ihnen die Freiheit gegeben habe, statt sie, um Vaters Schulden begleichen zu können, dem Sklavenhändler auszuliefern. Joshua lebt immer noch hier, weil er und seine Frau schon so alt sind. Ich habe ihm und Willa das Haus des Aufsehers überlassen. Nancy, die schon vor Jahren erblindet ist, lebt immer noch in ihrer Behausung, und Willa kümmert sich um sie.“

„Was geschieht jetzt mit dir und Lacey? Was wird aus Albion?“

„Wenn ich Glück habe, brennt es bis auf die Grundmauern ab.“

„Du hast eine Familie, an die du denken musst, Hunter! Joshua, Willa und Nancy zählen auch zu den Menschen, für die du sorgen musst. Oder willst du sie verhungern lassen?“

„Natürlich würde ich das nicht tun, verdammt nochmal!“ sagte Hunter schroff. „Im nächsten Monat habe ich in Richmond eine Verabredung mit den Vorstandsmitgliedern der Dominion Bank. Wenn ich Glück habe, bewilligen sie mir eine Anleihe, mit der ich neu anfangen kann.“

„Du hast keine Arbeiter.“

Hunter lachte wieder auf und sagte: „Diese Hände, kleiner Bruder, haben die Zügel der besten Pferde in Virginia gehalten. Sie hielten Weinflaschen, die mehr wert waren als der Betrag, den manche Männer in ihrem Leben verdienen. Mit ihnen habe ich

Karten ausgeteilt, die mir ein kleines Vermögen einbrachten oder durch die ich es verlor. Und mit ihnen habe ich mehr Frauen liebkost, als ich je eingestehen werde. Das Einzige, das ich nie mit ihnen getan habe, ist, auch nur einen Tag lang ehrlich und hart zu arbeiten. Im Moment sind sie das Einzige, das ich wirklich als mein Eigen betrachten kann. Daher nehme ich an, dass ich mich besser an die Vorstellung gewöhnen sollte, etwas durch meiner Hände Arbeit erreichen zu müssen."

„Es gibt zu viel zu tun."

„Dein Optimismus ist herzerwärmend, Bruder."

„Ich denke nur realistisch."

„Seit wann ist dir etwas an meinem Schicksal gelegen, Ryan?"

„Du bist mein Bruder", antwortete Ryan, überschattete die Augen und gab Theodore durch Winken zu verstehen, er solle vom Baum klettern.

„Dann musst du mir das Geld leihen, mit dem ich einen neuen Anfang wagen könnte", schlug Hunter vor. „Ich spiele mit dem Gedanken, irische Rennpferde..."

„So viel kann ich dir nicht leihen", unterbrach Ryan, da er einen anderen Verwendungszweck für sein Geld vorgesehen hatte. „Nachdem ich hier einiges geregelt habe und meine Fracht in Boston entladen wurde, werde ich heimkommen und eine Weile bleiben. Dann helfe ich dir, wieder auf die Füße zu kommen."

Hunter nickte geistesabwesend. Theodore sprang neben ihm zu Boden und ergriff die Hand des Vaters.

„Ich gehe jetzt besser", äußerte Ryan, und bei der Aussicht, was vor ihm lag, wurde das Herz ihm schwer. „Ich muss zu meinem Schiff zurück, um etwas zu holen, ehe ich den Beaumonts einen Besuch abstatte."

„Warum willst du zu ihnen?" fragte Hunter und versteifte sich innerlich.

Ryan hatte den eigenartigen Wunsch, sich ihm anzuvertrauen, unterließ es jedoch, da er und der Halbbruder in verschiedenen Welten lebten. „Lacey ist meine Schwägerin“, antwortete er ausweichend. „Außerdem kenne ich meine Nichte noch nicht.“

„Grüß meine liebe Gattin herzlich von mir“, sagte Hunter und lachte verbittert auf.

Ein lauter Fluch hallte über das Deck des vor Anker liegenden Schiffes. Isadora, die in einem Deckstuhl saß und dem ihr aus dem Buch „Zwei Jahre vor dem Mast“ vorlesenden Schiffsjungen zugehört hatte, blickte zum Achterdeck hinüber, wo der Kapitän mit seinem Freund stand.

„Ich habe den Steward nie so laut fluchen gehört“, sagte Timothy. „Vermutlich haben die Geschäfte, die der Skipper an Land hatte, sich nicht gut entwickelt.“

Sie erinnerte sich daran, welches Gesicht Captain Calhoun beim Anblick der brachliegenden Felder von Albion gemacht hatte, und erwiderte: „Ich nehme an, du hast Recht.“

Brüsk wandte Journey Calhoun sich vom Kapitän ab, ging, sich steif aufrecht haltend, zur Reling und starrte zur Küste. Immer wieder ballte er die Hände und öffnete sie. Sichtlich ungeduldig und zunehmend verärgert sagte der Skipper etwas zu ihm und verschwand dann in seinem Quartier.

Timothy legte das Buch beiseite. Impulsiv wollte Isadora zu Journey gehen, unterließ es jedoch und begab sich zur Kajüte.

Sie klopfte an die Tür und rief: „Ich bin es, Miss Peabody.“

Nach einem Weilchen antwortete Ryan: „Sie können ebensogut hereinkommen.“

Als sie sah, was er auf dem Tisch vor sich liegen hatte, verschlug es ihr den Atem. „Das ist das Geld aus dem Geldschrank des Schiffs!“

„Wie scharfsinnig!“ erwiderte Ryan.

Sie ging nicht auf seinen ironischen Ton ein. „Ich dachte, nur Mr. Abel Easterbrook könne den Geldkasten öffnen.“

„Nun, dann haben Sie sich geirrt, Schätzchen.“

Sie näherte sich dem Tisch, stützte sich mit den Händen darauf und fand, dies sei nicht der Mann, den sie kannte. Er wirkte gehetzt und verärgert, verschlossen und sogar etwas bedrohlich. Doch auch sie hatte sich verändert und ängstigte sich nicht mehr vor ihm.

„Sagen Sie mir, was Sie beunruhigt.“

„Mein Halbbruder ist bankrott, und der Besitz ruiniert.“

Sie setzte sich auf die geschnitzte, beim Tisch stehende Bank und äußerte: „Sie können Ihrem Bruder das Geld nicht geben!“

„Verdammt, für was halten Sie mich?“

„Das weiß ich nicht“, antwortete sie ehrlich. „Warum geben Sie mir keine Erklärung?“

Er schenkte sich aus der in einem silbernen Behälter stehenden Karaffe, die sich auf dem Tisch befand, ein Glas Portwein ein und bot Miss Peabody ein Glas an.

Ablehnend schüttelte sie den Kopf und sagte: „Erzählen Sie mir Ihre Sorgen.“

„Ich muss drei Sklaven kaufen“, antwortete Ryan kaum hörbar. „Das ist ein Versprechen, das ich vor langer Zeit gegeben habe.“

Vor Schreck verschlug es Isadora die Sprache. Sie riss die Augen auf und lehnte sich dann, als sie den Zusammenhang begriff, entspannt an die mit Quasten verzierte Rücklehne der Bank. „Sie meinen Journeys Gattin und seine beiden Kinder, nicht wahr?“

Ryan äußerte sich nicht. Er musste nichts sagen, denn Isadora sah die Antwort in seinem Gesicht. Am liebsten wäre sie aufgesprungen, hätte sich an ihn geschmiegt und mit Küssen getröstet. Die ganze Zeit hatte sie ihn für selbstsüchtig und ehrgeizig gehalten, doch nun begriff sie, warum dieser Eindruck bei ihr entstanden war.

Natürlich ging sie nicht zu ihm. Das hätte sie jetzt nicht tun können.

„Sie begreifen also, in welchem Dilemma ich mich befinde, nicht wahr? Um das Journey gegebene Versprechen halten zu können, bin ich genötigt, meinen Arbeitgeber zu bestehlen und folglich auch meiner Mannschaft die Heuer vorzuenthalten."

„Gäbe es keine andere Möglichkeit? Könnten Sie... wie hieß der Mann?"

„Beaumont."

„Könnten Sie ihm keinen Schuldschein ausstellen?"

„Nein. In der letzten Zeit ist der Ruf der Calhouns in dieser Gegend nicht mehr viel wert."

„Und was ist, wenn Sie das Geld nicht an sich nehmen?"

„Dann müsste ich hier ohne Journeys Frau und Kinder abreisen, und das tue ich nicht."

„Ich weiß einen Weg, wie man Ihr Ziel erreichen kann", erwiderte Isadora überzeugt.

Ryan schaute sie mit verengten Augen an und fragte: „Welchen?"

„Geben Sie mir die Pfeife des Bootsmannes", forderte Isadora den Kapitän auf.

Stirnrunzelnd nahm er die um seinen Hals hängende Pfeife ab, gab sie Miss Peabody und sagte: „Ich verstehe nicht, warum Sie..."

„Natürlich tun Sie das nicht", unterbrach sie ihn ungeduldig. „Warten Sie hier!"

Sie kehrte an Deck zurück und blies in die Pfeife. Ryan folgte ihr, lehnte sich an ein großes Fass und betrachtete sie unverhohlen skeptisch. Die Mannschaft versammelte sich, sichtlich neugierig geworden, nachdem man gesehen hatte, von wem sie zusammengerufen worden war. Männer! Manchmal hatten sie Bilgenwasser im Kopf statt des Verstandes!

Isadora schaute in die Runde, auf die harschen, bärtigen Gesichter, die von Wind und Wetter gegerbt waren, und begriff klopfenden Herzens, dass sie diese Männer im Verlauf der Reise besser kennen gelernt hatte, als sie die Mitglieder ihrer Familie kannte.

„Ich nehme an, Sie wissen vermutlich, welcher Zweck damit verbunden ist, hier zu ankern", sagte sie.

„Wir wollen die Frau und die Kinder des Stewards holen", erwiderte Timothy ruhig, „damit sie wieder zusammen sein können, wie Gott und die menschliche Natur das vorgesehen haben."

„Es ist nur billig, dass wir die Verzögerung in Kauf nehmen", warf Gerald ein und nickte in die Richtung, wo Journey Calhoun stand.

„Dann sind wir alle einer Meinung?" wollte Isadora wissen.

„Das hängt davon ab, welche Meinung wir haben sollen", antwortete William und rieb sich das Kinn.

„Ich komme gleich auf den Kern der Sache, da Sie gewohnt sind, dass ich mich freimütig äußere. Captain Calhoun braucht eine große Summe für den Zweck unseres Aufenthaltes hier, und die einzige Möglichkeit, das Geld zu bekommen, ist das auf dem Schiff befindliche Bargeld."

„Es wäre ein mit dem Tod durch Erhängen bestraftes Vergehen, die Hände auf dieses Geld zu legen", meinte William.

„Das wäre Piraterie", fügte Luigi hinzu.

„Das geringste Übel wäre, dass man uns die Seemannspapiere abnimmt, falls wir gefasst werden", äußerte Ralph.

„Das sollte meine letzte Fahrt sein", murmelte William. „Ich habe für eine kleine Farm gespart."

„Und ich muss meine Familie ernähren", sagte Gerald.

„Wenn ich meine Schulden nicht begleiche, lande ich bestimmt im Gefängnis“, meinte der Doktor und starrte betrübt auf seine Hände.

„Das war nicht abgemacht“, sagte Chips drohend. „Ich habe meines vollen Anteils wegen angeheuert.“

Isadora richtete sich hoch auf, sah der Reihe nach jeden Mann an und erwiderte: „Es steht Ihnen frei zu entscheiden, wozu Sie bereit sind. Haben Sie mich begriffen? Sie können sich frei entscheiden.“ Sie hielt inne, sah jeden Mann eindringlich an und hatte den Eindruck, dass die Männer unschlüssig wurden. „Die Frau des Stewards hat diese Freiheit nicht! Ich werde Ihnen Ihre Verluste aus meiner Mitgift wettmachen.“

„Das können Sie nicht tun“, wandte Gerald ein. „Was würden Sie dann, wenn Sie heiraten, Ihrem Mann mitbringen?“

Isadora lachte gequält auf. Es fiel ihr schwer zu glauben, dass sie früher davon geträumt hatte, Chad Easterbrook heiraten zu können. Welch erbärmliches, sich selbst täuschendes Geschöpf sie damals gewesen war! Gewiss, Ryan Calhoun hatte ihr das Herz gebrochen, ihr jedoch auch die Augen geöffnet.

Sie spürte seinen Blick auf sich ruhen und wagte es, ihn anzusehen. Er hatte ihr die hoffnungslosen Träume für immer zerstört. Dafür hätte sie ihm dankbar sein müssen, doch im Moment ließ ihr Herzweh keinen Raum für Dankbarkeit zu.

„Glauben Sie mir, die Sklaverei ist ein viel größeres Übel, als es für mich der unverheiratete Zustand einer alten Jungfer wäre“, sagte sie.

Ryan wandte sich ab, stemmte die Hände auf die Hüften und starrte auf die in der Ferne sichtbare Küste.

„Was meinen Sie, meine Herren?“ fragte Isadora und gab vor, die Verärgerung des Kapitäns nicht zu bemerken. „Stellen Sie sich auf die Seite Ihres Schiffskameraden?“

„Ich habe das Joch der Sklaverei nie erdulden müssen“, sagte der Doktor zum Steward. „Aber auch ich bin ein Afrikaner und Ihr Bruder im Geist. Ich werde, Schulden oder nicht, meinen Anteil hergeben."

Journey schloss die Augen, und seine Miene drückte Erleichterung aus.

„Nehmen Sie das, was Sie brauchen, von unserer Heuer", schlug Gerald vor und sah den zweiten Maat hart an. „Das ist doch recht so, nicht wahr?"

„Nach dieser Reise hat jeder von uns einen großen Anteil zu erwarten", warf Timothy ein. „Und Miss Peabody wird Ihr Versprechen bestimmt einhalten."

„Ich habe nie gesagt, dass ich meinen Anteil nicht hergeben werde", äußerte William und wies mit einem Nicken auf den Steward. „Wir müssen das hergeben, was benötigt wird."

Journey gab ein halberstícktes Geräusch von sich und wandte sich ab. Als er sich umdrehte, konnte er nur „Vielen Dank" murmeln.

Isadora strahlte die Besatzung an und sagte: „Ich gehe jetzt die Abrechnungsbücher holen."

„Und was ist, wenn die Sache nicht klappt?" murmelte Ralph neben Miss Peabody, während er von der Reling aus dem in einer Barkasse an Land rudernden Skipper hinterherschaute.

„Es wird funktionieren", erwiderte Isadora. „Die Beträge ergaben genau die Summe."

„Ich befürchte, das Geld ist nicht das Problem."

Sie drehte sich halb um, schaute den Obermaat an und fragte: „Was ist Ihrer Meinung nach das eigentliche Problem?"

„Vielleicht hätte ich früher darauf zu sprechen kommen sollen. Ich glaube nicht, dass Mr. Beaumont das Geld zum Ausgleich für Journeys Frau und Kinder annehmen wird."

„Woher wissen Sie so viel darüber?“

Nach kurzem Zögern antwortete Ralph: „Meine verstorbene Frau hatte afrikanisches Blut in den Adern.“

Staunend sah Isadora ihn an. „Mr. Izard!“

„Glauben Sie mir! Ich weiß Bescheid!“

„Warum haben Sie sich dann nicht schon früher zu Wort gemeldet?“

„Hätte jemand auf mich gehört? Hätten Sie mir geglaubt?“ fragte er und breitete die Arme aus. „Vielleicht behalten Sie Ihre Mitgift doch noch!“

„Das war nicht komisch.“ Isadora ging auf und ab und biss sich flüchtig auf die Unterlippe. „Es muss etwas getan werden, das wagemutig und kühn ist und zum Erfolg führt.“

Ralph schwieg längere Zeit und erwiderte dann: „Welche Chancen sehen Sie, Miss Peabody, einen alten Südstaatler um den kleinen Finger wickeln zu können?“

Sie lachte auf und antwortete: „Um Himmels willen, ich kann niemanden betören.“

„Nicht einmal dann, wenn das Wohlergehen einer ganzen Familie davon abhängt?“

Isadora wurde ernst. Selbstzweifel plagten sie wie früher. Doch dann blickte sie zum Vordeck und sah Journey Calhouns hohe, schlanke Silhouette sich gegen den Nachmittagshimmel abzeichnen. Er wirkte einsam, und ihr fiel ein, dass er gesagt hatte, er habe seine zweite Tochter noch nie gesehen.

Sie straffte die Schultern und antwortete: „Ich glaube, Mr. Izard, dass ich anfange, charmant zu sein.“

Ryan hatte mit einem kühlen Empfang in Bonterre gerechnet, doch die unverhohlene Feindseligkeit Mr. Beaumonts überraschte ihn. Kaum hatte er die hufeisenförmige Auffahrt hinter sich, war ein junger Diener ins Haus gerannt. Gleich darauf war Hugh auf der schimmernden, von hohen Säulen eingefassten weißen Veranda erschienen.

Seit Ryan ihn zuletzt gesehen hatte, war keine große Veränderung mit ihm vorgegangen. Er war immer ein sich straff haltender Witwer gewesen, der langes Haar und einen geölten Schnurrbart hatte, dessen Enden so weit auseinander ragten, dass zwei Vögel darauf Platz gefunden hätten. Er trug gut geschnittene, schwarze und schneeweiße Sachen, die in starkem Kontrast zu Ryans kanariengelbem Hemd und pfauenblauem Jackett standen. Ryan überlegte, dass es vielleicht doch besser gewesen wäre, auf Journey zu hören und sich in gedecktere Farben zu kleiden, doch dafür war es jetzt zu spät.

„Es ist mir ein Vergnügen, dich zu sehen, Hugh", begrüßte er den Vater seiner Schwägerin, ging die Verandastufen hinauf und reichte ihm die Hand.

Hugh beachtete die ihm entgegengestreckte Hand nicht und entgegnete: „Für mich ist es kein Vergnügen, Sie zu sehen. Kein Calhoun ist mir in meinem Haus willkommen."

Ryan setzte sein gewinnendstes Lächeln auf und erwiderte: „Das ist kein guter Anfang, nicht wahr? Also gut, Sir, ich schlage vor, Sie vergessen, dass Sie einen Calhoun vor sich haben. Ich bin aus einem einfachen Grund hergekommen. Ich möchte Ihnen einen Handel vorschlagen, und danach verschwinde ich wieder."

„Welche Art Handel?"

„Ich bin daran interessiert, einige Sklaven zu kaufen", antwortete Ryan und wäre fast am Wort Sklaven erstickt. „Die Frau heißt Delilah, und außerdem möchte ich ihre Kinder erstehen."

Hugh warf den Kopf in den Nacken und brach in schallendes Gelächter aus. „Ich habe mir gedacht, dass man Ihnen in Harvard nicht viel beigebracht hat, denn andernfalls wüssten Sie verdammt gut, dass ich über Sie bestens im Bilde bin. Sie sind nur an Delilah interessiert, weil Sie ihren Mann mitgenommen und freigelassen haben." Hugh hörte zu lachen auf. „Begreifen Sie nicht, mein Junge? Hätten Sie ihn hier gelassen, wäre die Familie immer noch zusammen."

Ryan musste alle Selbstherrschung aufbringen, um sich davon abzuhalten, Mr. Beaumont Vernunft einzubläuen. „Ich bin bereit zu zahlen, Sir", erwiderte er.

„Onkel Ryan! Onkel Ryan!" Theodore kam über den Rasen gerannt, gefolgt von einem kleinen Mädchen mit zerzausten blonden Haaren. „Hallo, Onkel Ryan! Was machst du hier? Bleibst du zum Abendessen?" Theodore überschüttete ihn mit Fragen, während er das kleine Mädchen die zur Veranda führenden Stufen hochbrachte. „Können wir noch einmal dein Schiff ansehen gehen? Wirst du mir helfen, ein Baumhaus zu bauen?"

„Halt mal die Luft an, mein Sohn", antwortete Ryan lächelnd und hockte sich hin. „Ist das deine Schwester?"

„Ja. Das ist Belinda. Sie ist drei Jahre alt."

„Nun, hallo, kleine Belinda!" Ryan zwinkerte sie an. Sie steckt den Zeigefinger in den Mund und schaute ihn mit Augen an, die so blau wie die gemalten einer Porzellanpuppe waren. „Ich bin dein Onkel Ry..."

„Kinder, kommt sofort her!" befahl Lacey ihnen nervös.

Rasch richtete er sich auf. „Wie schön, dich wieder zu sehen, Lacey", begrüßte er sie.

„Ich kann nicht behaupten, dass ich mich über das Wiedersehen mit dir freue", entgegnete sie und machte die Fliegengittertür einen Spalt auf. Mit niedergeschlagenen Mienen, aber gleichzeitig vorwurfsvollem Blick gingen Theodore und Belinda zu ihr. Aufgeregt wedelte sie mit den kleinen, schönen Händen, hielt den Blick vom Schwager abgewandt und sagte: „Ich hoffe, Vater, du lässt nicht lange auf dich warten. Für die Kinder ist es bald Zeit zum Schlafengehen."

Er nickte. Sichtlich erleichtert ließ Lacey die Tür hinter sich zufallen.

Der Abend nahte, und die Strahlen der Sonnen fielen jetzt weit und schräg über die Bucht. Auf der vor dem Haupthaus verlaufenden Straße wieherte ein Pferd, und irgendwo in der Ferne sang jemand mit tiefer Stimme eine Hymne. Wie immer in dieser geheimnisvollen Wattgegend waren Schönheit und Brutalität zu gleichen Teilen vorhanden.

„Ich will kein Geschäft mit Ihnen machen, Mr. Calhoun", sagte Hugh. „Ist das klar?"

Ryan holte tief Luft und antwortete: „Ich zahle Ihnen das Doppelte von dem, was die Sklaven wert sind."

„Es ist keine Frage des Geldes", erwiderte Hugh lächelnd, „sondern des Prinzips. Ließe ich diesen Handel zu, würde dadurch das natürliche Gleichgewicht der Dinge gestört. Ich kann einfach nicht eine Familie verkaufen, damit sie die Freiheit bekommt. Das wäre unverantwortlich von mir."

Ungläubig lachte Ryan auf und fragte: „Großer Gott, Mr. Beaumont? Wissen Sie überhaupt, was Sie soeben gesagt haben?"

Hugh straffte sich und äußerte kühl: „Sie, Sir, sind derjenige, der nicht weiß, was er redet! Mit Ihnen mache ich kein Geschäft! Die Frau und ihre Kinder stehen zu keinem Preis zum Verkauf." Verächtlich stieß er den Atem aus und fuhr fort: „Ihre ganze Familie macht uns allen Schande!"

Wütend ballte Ryan die Hände, zwang sich jedoch, sie ruhig an den Seiten zu halten. Jetzt musste er zwar nicht mehr auf die Einnahmen aus der Fahrt zurückgreifen, aber einen anderen Weg ausfindig machen, wie er Journeys Frau und Kinder in den Norden bringen konnte.

„Leben Sie wohl, Mr. Beaumont“, äußerte er förmlich. „Ich werde meinem Bruder Grüße von Ihnen ausrichten.“

„Ihr Bruder, Sir, weiß genau, wie hoch er in meiner Wertschätzung steht“, entgegnete Hugh.

„Daran zweifele ich nicht.“

„Entschuldigen Sie, aber da kommt noch jemand zu Besuch.“ Hugh eilte an Mr. Calhoun vorbei und ging die Freitreppe hinunter.

Ryan drehte sich um und erblickte eine hoch gewachsene Frau in Schwarz, die einen federgeschmückten schwarzen Hut mit Schleier trug und rasch über den Rasen zum Haus strebte. Jäh bekam er einen trockenen Mund, als er sie erkannte. Teufel auch! Warum hatte der Obermaat ihr gestattet, an Land zu gehen? Das konnte nur Ärger bedeuten und möglicherweise dazu führen, dass man ihn, Ryan, schneller als befürchtet aufhängen würde. „Zum Teufel! Was...“

„Kennen Sie die Dame?“ wollte Hugh wissen und schaute neugierig Mr. Calhoun an.

Ryan konnte sich nicht vorstellen, was sie vorhatte. Auch wenn es mit Mr. Beaumont nichts mehr zu verhandeln gab, entschloss er sich zum Bleiben, um zu sehen, was geschah. Miss Peabody hatte ihre Fehler, doch Dummheit gehörte nicht zu ihnen. Unverbindlich zuckte er mit den Schultern und wartete darauf, dass sie vor dem Haus eintraf.

„Hier sind Sie, Mr. Calhoun!“ sagte sie im bemerkenswert gut imitiertem Tonfall einer aus Virginia stammenden Frau. „Ich habe mich bereits gefragt, wohin Sie unterwegs sein mögen.“ Ehe der Kapitän etwas erwidern konnte, wandte sie sich an Mr. Beaumont und fuhr fort: „Bitte, verzeihen Sie mir die Störung, Sir.“

„Nicht der Rede wert, Madam“, erwiderte Hugh, hielt inne und wartete darauf, dass Mr. Calhoun ihn der Dame vorstellte.

Bevor der Skipper die Möglichkeit hatte, etwas zu sagen, streckte sie die in einem schwarzen Spitzenhandschuh steckende Hand aus und äußerte: „Ich bin... Isa... Isabel Swann von den... den Hipsucket-Swanns, die im Spotsylvania-Distrikt leben. Man hat mir eine Passage auf Captain Calhouns nach Boston fahrendem Schiff versprochen, und ich war bereits in Sorge, er könne ohne mich abgereist sein."

Hugh, der Alleswisser, lächelte höflich und murmelte: „Ich verstehe. Ich bin Hugh Beaumont, Madam, zu Ihren Diensten."

Durch den ihr Gesicht verbergenden Schleier hatte sie eine geheimnisvolle Aura bekommen. „Ich fürchte, ich muss Sie darum bitten", erwiderte sie. „Ich meine, um Ihre Dienste, Sir."

„Oh?"

Sie straffte sich, und ihre steife Haltung schien höchste Missbilligung auszudrücken. „Ich war auf dem Weg zu Mr. Calhoun, doch dann blieb unsere Kutsche auf der Straße stecken. Wäre es möglich, dass einige von Ihren Leuten uns behilflich sein könnten?"

Ryan versuchte herausfinden, was Miss Peabody mit ihrer List bezweckte, und staunte über ihr ruhiges, gefasstes, vornehmes Gebaren. Wie sehr dieses betörende Geschöpf sich von der linkischen jungen Frau unterschied, die ursprünglich auf sein Schiff gekommen war!

„Ihre Kutsche ist stecken geblieben?" fragte Hugh erstaunt.

„Ja, leider!" Anklagend wies Isadora auf Mr. Calhoun und fuhr fort: „Das ist nur Ihre Schuld, Sir, weil Sie derart kreuz und quer durch die Landschaft stromern. Ich wäre Ihnen dankbar, Mr. Beaumont, wenn Sie uns Hilfe zukommen lassen würden."

„Gewiss, Madam! Ich werde meinem Aufseher den Auftrag geben, mit einer Schar Männer zu Ihrer Kutsche zu gehen."

„Ich danke Ihnen von ganzem Herzen. Wir werden ziemlich

viele Männer benötigen, da der Wagen sich sehr tief festgefahren hat."

Ryan fragte sich, wo Miss Peabody diesen weichen Südstaatenakzent gelernt haben mochte.

„Und ich erbitte noch einen Gefallen von Ihnen, Mr. Beaumont", fuhr sie fort, beugte sich vor und legte ihm die Hand auf den Arm. Die Art, wie sie das tat, verärgerte Ryan sehr. „Ich muss Ihnen ein Geständnis machen, Sir. Seit Jahren habe ich von einem wundervollen Ort namens Bonterre gehört und würde gern die sich mir jetzt bietende Gelegenheit wahrnehmen, das Anwesen zu besichtigen."

Plötzlich erkannte Ryan, welch wahnwitzigen Plan Miss Peabody hatte. Es war ein Verbrechen, entflohene Sklaven in die Freiheit zu bringen. Miss Peabody und jeder an dieser Aktion Beteiligte würde in Zukunft ein Flüchtiger sein, auf dessen Ergreifung ein Kopfgeld ausgesetzt war.

Ryan beschloss, Miss Peabody gewähren zu lassen. Gott mochte ihnen allen gnädig sein!

„Oh, Mr. Beaumont, Sie sind ein Charmeur!" äußerte Isadora belustigt. „Ich werde nie fortgehen wollen, wenn Sie nicht aufhören, so charmant zu mir zu sein!"

Im Licht der sinkenden Abenddämmerung ging Hugh neben Miss Swann her, zupfte sich die Krawatte zurecht und erwiderte: „Das Gegenteil ist der Fall, Miss Swann! Sie sind charmant!"

„Mir schwillt der Kopf von all dem Lob, Sir!" sagte sie geziert.

Ryan schnaubte verächtlich.

Hugh beachtete ihn nicht und äußerte: „Ich stehe vollkommen in Ihrem Bann, Miss Swann."

Sie war fassungslos und vermochte nicht, ihm zu glauben. Der Gedanke, irgendein Mann könne sie charmant finden, war ihr vollkommen unbegreiflich, eine sie überraschende Neuigkeit, und sie fragte sich, ob sie wirklich nicht mehr tun müsse, um charmant zu wirken.

Isadora staunte über die notgedrungenermaßen von ihr entwickelten Fähigkeiten. Es hatte Zeiten gegeben, in denen sie rückgratlos gewesen war, doch nun schien alles davon abzuhängen, dass sie sich forsch benahm.

Sie lachte wieder auf und amüsierte sich darüber, wie leicht es war, mit jemandem zu kokettieren und das Gehabe einer gesellschaftlich gewandten Südstaatenschönheit zu imitieren. „Ich bestehe darauf, dass Sie auf der Stelle mit Ihren Komplimenten aufhören, Sir! Mein armes Herz kann so viele Schmeicheleien nicht verkraften."

„Gott möge verhüten, dass Ihr Herz Schaden durch Schmeicheleien nimmt", murmelte Ryan, während er ihr und Mr. Beaumont folgte.

Sie lachte verhalten. Allmächtiger! War Captain Calhoun etwa eifersüchtig? Das konnte er jetzt doch nicht sein! Er musste wissen, wie verzweifelt die Lage war. Isadora hatte ihren Plan nicht zuvor mit ihm besprochen. Vom Rand der Straße her, wo die Kutsche seines Halbbruders tief in den sumpfigen schwarzen Morast gefahren worden war, hatte Isadora mit ihren Begleitern in der, wie sich herausstellte, vergeblichen Hoffnung gewartet, Mr. Beaumont würde dem Skipper die Sklaven verkaufen. Als der Kapitän allein aus dem Haus gekommen war, hatte man gewusst, dass man den Plan ausführen musste.

Ein leicht gebeugt gehender Mann traf an der Spitze einer Gruppe von Arbeitern ein. Im Licht von drei Fackeln konnte Isadora erkennen, dass es sich bei den Männern um Afrikaner handelte. Verstohlen versuchte sie, Captain Calhouns Aufmerksamkeit auf sich zu lenken, da sie befürchtete, er könne den Erfolg des

Plans gefährden. Als sie endlich seinen Blick auffing, sah sie, dass er sie unwirsch anschaute. „Miss... Swann?“

Sie wappnete sich innerlich und fragte: „Sie wünschen, Sir?“

„Ich hoffe, Sie rechnen nicht damit, dass ich mir die Hemdärmel hochrolle und helfe, die Kutsche aus dem Morast zu schieben.“

Isadora hatte das Gefühl, vor Erleichterung würden ihr die Knie schwach, denn der Skipper schien begriffen zu haben, um was es ging.

Man erreichte die festgefahrene Kutsche, einen vierrädrigen, geschlossenen Viersitzer, vor den das einzige Pferd gespannt worden war, das Mr. Hunter Calhoun noch besaß. Isadora hoffte, Mr. Beaumont möge im Schein der Fackeln den müden Klepper nicht als Eigentum von Ryans Halbbruder erkennen. Mr. Izard und Mr. Conti hatten ausgezeichnete Arbeit geleistet, als sie die Hinterräder der Kutsche in das weiche Erdreich der Marsch am Rande der Straße drückten.

Das so genannte Missgeschick war in der Nähe von etwa einem Dutzend Bretterbuden passiert, die planlos um einen unbewachsenen Versammlungsplatz standen.

„Treten Sie bitte zurück, meine Herren“, sagte Ralph und bedeutete Mr. Beaumont und dem Skipper, sich ein Stück zu entfernen. „Sie wollen doch nicht über und über mit Dreck bespritzt werden.“

Eine Reihe von Mr. Beaumonts Leuten war gekommen, um behilflich zu sein. Isadora fand es eigenartig, dass man diese Männer als Leute bezeichnete, obwohl sie wie Vieh behandelt wurden. Ein Mann, vermutlich der Aufseher, pfiff und brüllte Befehle.

Der erste Maat nickte kurz in Isadoras Richtung, wandte dann den Blick ab und gab das Zeichen, den Plan auszuführen. Sie wedelte sich mit einem Taschentuch vor dem Gesicht herum und äußerte atemlos: „Ach, du lieber Himmel! Plötzlich ist mir sehr schwindlig geworden, und ich fühle mich einer Ohnmacht nahe!“

Stützend legte Hugh Miss Swann die Hand unter den Ellbogen und erkundigte sich: „Möchten Sie, dass ich Sie ins Haus bringe?“

„Das ist nicht nötig“, antwortete sie, Verlegenheit heuchelnd. „Die Ursache für mein Unwohlsein ist sehr weiblicher Natur.“

Diese Erklärung veranlasste Hugh, nicht weiter über die Gründe von Miss Swanns Unpässlichkeit nachzudenken. Ryan bemühte sich, nicht zu lachen, und richtete die Aufmerksamkeit auf die festgefahrene Kutsche.

„Ich werde mir dort ein Plätzchen suchen, wo ich mich etwas ausruhen kann“, verkündete Isadora und näherte sich klopfenden Herzens dem Sklavenquartier. Zwei Frauen starrten sie an. Eine stand beim Brunnen, die andere neben der großen offenen Feuerstelle. Isadora nahm an, beide seien entsetzt darüber, dass eine weiße Frau unaufgefordert zu ihnen kam. Küken kratzten und pickten auf dem festgestampftem Erdboden, und Kinder spielten – wie ihre weißen Altersgenossen – im letzten Tageslicht vor Anbruch der Nacht mit Stöcken und Steinen. In sehr kurzer Zeit würden sie jedoch auch dieses Vergnügens beraubt sein.

Isadora kam sich vor, als beträte sie eine neue, fremde Welt, einen Ort, der einer Frau wie ihr verschlossen war. Die Sklavinnen machten einen abwehrbereiten, wilden Eindruck, und sie vermutete, sie verhielten sich deshalb so einschüchternd, weil eine weiße Frau in ihrer Mitte nichts Gutes bedeuten konnte. Sie war mit den in Boston gegen die Sklaverei publizierten Traktaten vertraut, doch durch das, was sie bisher gelesen hatte, nicht auf die direkte Erfahrung vorbereitet worden, wie verwahrlost und feindselig ein Sklavenquartier sein konnte.

Sie befürchtete, nicht imstande zu sein, Journey Calhouns Frau unter den schweigenden, misstrauischen und in handgewebte Sachen gekleideten Frauen erkennen zu können. Der Instinkt riet ihr, sich umzudrehen und zu flüchten, sich zu verstecken und einem Ort fern zu halten, an den sie eindeutig nicht gehörte. Dann hielt sie sich vor, aus welchem Grund sie hergekommen war, und sagte sich, Journey Calhoun warte an Bord des „Silbernen Schwans“ auf seine Angehörigen. Sie konnte ihn nicht im Stich lassen. Außerdem hatte es eine Zeit gegeben, zu der auch das Schiff kein Ort für sie gewesen war. Mittlerweile fühlte sie sich dort jedoch heimischer als in irgendeinem Salon eines Hauses auf dem Beacon Hill.

Den Kopf hochhaltend, ging sie zum Brunnen und überlegte, wie eine Dame aus dem Süden eine Sklavin nach einem Schluck Wasser fragen würde. Sie holte tief Luft und sagte: „Ich möchte bitte einen Becher voll Wasser haben.“

„Ja, Madam.“ Ohne ihr in die Augen zu sehen, drückte die beim Brunnen stehende Frau die Ziehstange herunter und holte einen Eimer herauf.

Isadora trank aus dem Zinnbecher das leicht brackige Wasser, wurde dabei jedoch von ihrem Gesichtsschleier behindert. Eine magere Katze sprang auf dem Platz herum, und ein kleines, barfüßiges Mädchen rannte kichernd und sich der zwischen den Frauen bestehenden Spannung nicht bewusst hinter dem Tier her.

„Celeste!“ rief jemand. „Komm sofort hierher!“

Isadora versuchte, an der jungen, ein verschlissenes Kleid tragenden Frau nicht zu interessiert zu erscheinen, und war froh darüber, dass es dunkelte und sie den Schleier vor dem Gesicht hatte. Unwillkürlich lächelte sie zufrieden, denn Celeste war der Vorname von Journey Calhouns jüngerer Tochter.

Sie stellte den Becher hin, vertrat dem Kind den Weg und beugte sich vor. „Deine Mama hat dich gerufen, Celeste“, sagte sie freundlich und hielt dem Mädchen die behandschuhte Hand hin. „Komm! Ich bringe dich zu ihr.“

Das Kind erstarrte zur Salzsäule und schaute Isadora aus weit geöffneten Augen an. Sie haderte mit sich, weil sie nicht daran gedacht hatte, dass eine verschleierte Fremde für das Kind so Furcht erregend wie ein Gespenst sein musste. Celeste holte tief Luft und schien schreien zu wollen.

Isadora befürchtete, ihr Vorhaben könne misslingen. Das Geschrei des Kindes würde Mr. Beaumont aufmerksam machen, und dann war alles verloren.

Ehe Celeste schreien konnte, war ihre Mutter bei ihr, ergriff sie bei der Hand und zerrte sie von der Fremden fort. Das Kind klammerte sich an den Rock der Mutter und schaute entsetzt die unbekannte Frau an.

„Delilah!" flüsterte Isadora, den Blick starr geradeaus gerichtet. „Renn bitte nicht weg! Ich habe etwas für dich."

„Ich gehe besser, Madam", erwiderte Delilah und wich zurück. Ihr anderes Kind klammerte sich fest an ihre Hand. „Es wird Zeit, meine Kleinen ins Bett zu bringen."

Isadora musste sich zwingen, Delilah nicht festzuhalten. „Ich habe etwas von deinem Mann für dich", raunte sie ihr zu und hoffte, kein Außenstehender möge sie gehört haben.

Delilah atmete überrascht ein und sagte leise: „Ja, Madam."

Einige Frauen kamen langsam näher, und Isadora fühlte sich umringt. Du lieber Himmel, sie war dem Ziel so nahe gewesen! Wie sollte sie jetzt noch weiter mit Delilah sprechen?

„Die Mistress muss einen Katzensprung weit mitkommen", äußerte Delilah ruhig. „Mehr nicht! Die Mistress muss nur einen Katzensprung weit mitkommen."

Sie ging zu einer Hütte voran, deren Lehmwände Risse hatten. Zu Isadoras Erleichterung machten die anderen Frauen Raum.

Isadora setzte sich auf eine wacklige, vor der Hütte stehende Bank und nahm durch die offene Haustür einen alten Ofen wahr, auf dem ein dampfender Teekessel stand. Die Schlafstelle war der nackte, aus Brettern bestehende Fußboden; das Kopfkissen bestand aus einem Holzscheit, und als Überwurf hatte man eine raue Decke.

Die Männer auf der Straße pfiffen und redeten noch immer auf das Pferd ein, während sie versuchten, die festgefahrene Kutsche freizubekommen. Isadora war klar, dass ihr nur wenige Augenblicke blieben. Rasch zog sie die aus einer von Delilahs Haarlocken gemachte, an einem Lederband befestigte winzige Schleife aus ihrem Handschuh und drückte sie Journey Calhouns Frau in die Hand.

„Das ist von Journey", flüsterte sie.

Hastig schloss Delilah die rauen, schlanken Finger um das Glück bringende Liebesunterpfand und erwiderte so schwach, dass ihre Kinder sich an sie klammerten: „Gott sei gedankt!"

„Ihr Mann hat dieses Liebesunterpfand seit dem Tag, an dem er Sie verlassen musste, um den Hals getragen", erklärte Isadora. „Wir haben nicht viel Zeit. Wenn Sie heute Abend von hier fortwollen, werden meine Begleiter und ich Ihnen helfen."

Delilahs große Augen drückten Angst, Hoffnung und, dem Himmel sei gedankt, auch Vertrauen aus. Das Liebesunterpfand hatte sie überzeugt. „Ja, Madam."

So schnell wie möglich erläuterte Isadora den Plan und fügte dann hinzu: „Wir haben nicht mehr die Zeit, ihn zu überdenken. Aber die Risiken liegen auf der Hand. Sie müssen nicht von hier fort."

„Ich kenne die Risiken", entgegnete Delilah.

Sie hatte überzeugt geklungen. Isadora war klar, dass Delilah besser als sie wusste, was auf dem Spiel stand, aber dennoch eine Entscheidung getroffen hatte. „Ich habe viele hundert Nächte um meinen Mann getrauert", fuhr Delilah fort. „Jetzt will ich nicht mehr trauern."

„Dann wissen Sie, was Sie zu tun haben." Isadora stand auf und wandte sich rasch ab, um nicht erkennen zu lassen, dass sie ein besonderes Interesse an der Frau hatte. Sie fächelte sich heftig mit dem Fächer Kühlung zu und hoffte, Mr. Izard würde das bemerken, da sie damit das Zeichen gab, den nächsten Schritt zu unternehmen.

Die Anspannung war ihr unerträglich. Unter vielem Rucken, Stoßen und Schieben, Stöhnen und „Hebt-an!"-Rufen der Männer gelang es schließlich, die Kutsche aus dem Morast zu bekommen. Das erschöpfte Pferd wieherte einmal und ließ dann den Kopf hängen.

Isadora rauschte das Blut in den Ohren, und das Herz klopfte ihr bis zum Hals. Der kalte Schweiß brach ihr aus, als aus einem Hüttendach eine Flamme loderte. Dann hörte sie eine Frau schreien und sah Leute zum Brunnen rennen. Der Segelmacher hatte eine Fackel an das Dach gehalten und so die größte Verwirrung gestiftet.

Eilends kehrte Isadora zur Kutsche zurück, die in der Aufregung jetzt vergessen auf der Straße stand. Delilah, auf jeder Hüfte ein Kind haltend, schlich neben ihr her, sich in die Schatten drückend. Niemand schien sie und ihre Kinder zu bemerken, als sie hinter dem Wagen verschwanden. „Schnell unter die Decken!" flüsterte Isadora eindringlich.

Delilah gehorchte und beschwichtigte ängstlich eines der Mädchen, das zu weinen begonnen hatte.

Isadora hoffte, dass die Flucht von Journeys Angehörigen in der Dunkelheit und der allgemeinen Verwirrung nicht aufgefallen sei. Geduldig wartete sie, bis die Flammen gelöscht worden waren, was nicht viel Zeit in Anspruch nahm, da das Feuer sich nicht rasch hatte ausbreiten können.

„Geht es hier immer so aufregend zu, Mr. Beaumont?" fragte sie.

„Nein, zum Glück nicht", antwortete er. „Im Übrigen ziehe ich die Aufregung vor, die durch eine so reizende Besucherin wie Sie entsteht." Galant hob er ihre Hand zum Kuss an die Lippen, richtete sich auf und schaute stirnrunzelnd auf den Wagen. „Ist das nicht eine Kutsche aus Albion?" fragte er misstrauisch.

„Ach, um Himmels willen, das würde ich nicht sagen", erwiderte Isadora leichthin. „Ich habe sie in Fairfield gemietet, samt dem Kutscher und dem Diener." Geschwind vertrat sie Mr. Beaumont den Weg, als er auf den Wagen zuging, und fuhr fort: „Nun muss ich wirklich weiter. Ich danke Ihnen sehr, Sir. Sie haben keine Ahnung, wie viel Sie mir heute Abend gegeben haben."

Er verneigte sich und erwiderte: „Sie haben mir diesen Abend bereichert, Miss Swann, der sonst sehr langweilig geworden wäre."

„Und Sie, Sir, sind ein unvergleichlicher Gentleman. Kommen Sie, Mr. Calhoun", forderte sie ihn auf. Du lieber Himmel! Sie hatte schon fast wie die Mutter des Captain geklungen! Hoffend, auch Mrs. Calhouns würdevolle Haltung zu haben, ging sie zur Kutsche und ließ sich von Mr. Conti hineinhelfen.

Sie wagte nicht, daran zu denken, was der Skipper von der ganzen Sache hielt. Sorgfältig die Röcke raffend, nahm sie Platz, während er in den Wagen stieg. Dann rollte das Fahrzeug an und ließ Bonterre für immer hinter sich.

Jedenfalls hoffte sie das.

Mitten in der Nacht zu verschwinden, war nicht das Korrekteste, das Ryan je getan hatte, doch aufgrund von Miss Peabodys List war ihm nichts anderes übrig geblieben. An sich hätte er wütend sein müssen, konnte sich das Grinsen indes nicht versagen, und dachte ständig an das Wiedersehen zwischen Journey und dessen Angehörigen.

Es war ein wunderbarer Augenblick gewesen, den er nie im Leben vergessen würde. Eine Meile von Bonterre entfernt hatte man die Kutsche stehen gelassen. Die Frauen waren vom Obermaat und dem Segelmacher zu einer Bucht gebracht worden, wo der Zimmermann mit einem Bumboot gewartet hatte. Mit aller Kraft rudernd, war der „Silberne Schwan" bei Mondaufgang erreicht worden. Delilah und die Kinder hatten den unruhig auf Deck auf und ab gehenden Mann und Vater bereits gesehen, und Ryan würde nie den Ausdruck in Dees Gesicht beim Anblick des Gatten vergessen.

Dee hatte ihren Mann im Licht einer Lampe des Kompasshauses erkannt, während er vom Deck auf sie herunterschaute. Wie eine Betende in einer Kirche hatte sie den Blick nach oben gerichtet, die Arme fest um ihre Kinder geschlossen, und Journey unter Tränen angesehen.

Isadora hatte hemmungslos geweint, als Journey seine Frau an Deck empfing. Er hatte seine Töchter in den Armen gehalten und war dann, mit einem lauten, fast schmerzlich klingenden Schrei, dankbar auf die Knie gefallen. Er hatte Dee die Arme um die Taille geschlungen, die Wange an ihren Bauch gedrückt und geweint. Jedes durch das Leben auf See abgehärtete und gegen Gefühle gefeite Mitglied der Besatzung, auch Ryan, hatte zu weinen begonnen. Selbst William Click hatte sich die Augen gerieben und sich in sein großes buntes Taschentuch geschnäuzt.

Dann hatte man die Segel gesetzt, und das Schiff war im Dunklen zur Meerenge der Chesapeake-Bucht gefahren. Beim Passieren der Durchfahrt war der Wind aufgefrischt und hatte die Segel gebläht.

Ryan drehte sich um. Die dunklen Hügel von Virginia zeichneten sich schemenhaft vor dem sternenklaren Himmel ab.

Er hatte Virginia ins Herz geschlossen, doch dort musste die Heimat bleiben. Nun würde er nie mehr zurückkehren.

Er fühlte sich eigenartig. Ganz gewiss war dieser Augenblick des Wiedersehens zwischen Journey und seiner Familie ein Moment des Triumphes, auf den er jahrelang gewartet hatte. In gewisser Hinsicht hatte sein Leben ihn zu diesem Augenblick getrieben, seit er in Schande aus dem Haus des Vaters fortgegangen war. Dieser Moment war der Höhepunkt all dessen, das er sich gewünscht, für das er gearbeitet und an das er geglaubt hatte. Das Herz hätte ihm vor Freude überfließen müssen.

Aber ihm fehlte etwas. Er brauchte mehr, um das Gefühl zu haben, ganz ausgeglichen zu sein.

Der böige Wind schien ihm einen Namen zuzuraunen. Er fröstelte, und die Nackenhaare richteten sich auf. Er ermahnte sich, ganz besonders jetzt nicht an Miss Peabody zu denken. Schließlich waren er und seine Männer nun Ausgestoßene. Er war nicht imstande, ihr oder irgendjemandem sonst eine gesicherte Zukunft zu bieten.

Sein Ziel lag deutlich vor ihm. Er musste Miss Peabody nach Boston zurückbringen, sie in die Obhut ihrer Familie geben und dann mit Journey und dessen Angehörigen nach Kanada reisen.

„Captain Calhoun?"

Beim Klang ihrer Stimme hätte er fast die Pinne losgelassen. „Es ist spät", erwiderte er barsch. „Sie sollten längst im Bett sein."

„Wie kann ich nach dem, was wir erreicht haben, schlafen?" fragte sie. Ihre Bewegungen waren lebhaft, und ihre Augen glänzten im Mondlicht. Sie strahlte Vitalität und Energie aus. Wie sehr sie sich verändert hatte! Sie war nicht mehr das blässliche, linkische Wesen, das vor langer Zeit in Boston den „Silbernen Schwan" betreten hatte. Nun trug sie ihr Haar gelöst, war barfuß und hatte sich einfache Sachen angezogen. Sie sah so unglaublich betörend aus, dass Ryan beinahe laut aufgestöhnt hätte.

„Das war ein wunderbarer Tag", sagte sie.

Ihr freudiger Ton erboste Ryan. „Sie haben uns alle zu Verbrechern gemacht!"

„Tun Sie nicht so, als missbilligten Sie die Sache. Sie wollten Journeys Frau und Kinder doch in die Freiheit bringen, nicht wahr?"

„Ja, ich wollte, dass Journey und seine Familie wieder zusammen sind", gab Ryan zu, „hatte jedoch gehofft, das tun zu können, ohne zum Piraten zu werden."

„Sklaverei ist kriminell!"

„Aber nicht in den Augen des Gesetzes!" entgegnete er und wurde sich betroffen der hässlichen Wahrheit bewusst, dass der Erfolg dieses Tages, dieser Sieg, nicht seiner war. Miss Peabody hatte ihm wie selbstverständlich beides genommen, und tief im Innersten fühlte er, dass er von ihr übertroffen worden war.

23. KAPITEL

Boston, April 1852

Eine schnittige Harfenbarkasse legte vom „Silbernen Schwan" ab. Die Insassen waren der besten Stimmung, und ihr fröhliches Gerede hallte über das Wasser. Ryan stand an der Reling und schaute der Barkasse hinterher. Er hatte den ersten und den zweiten Maat mit der Anweisung an Land geschickt, die Ankunft des Schiffes den Hafenbehörden mitzuteilen, und ihnen den Auftrag erteilt, einen schnellen holländischen Schoner für eine heimliche Fahrt nach Kanada zu mieten. Der Preis dafür würde ihn trotz der lukrativen Reise nach Rio und zurück fast zum Bettler machen, doch das war ihm gleich. Es war sein Ziel, den Freund und dessen Familie in Sicherheit zu bringen, an einem weit entfernten Ort, wo sie in Freiheit leben konnten.

Nach einigen Augenblicken traf eine weitere Barkasse ein, in der zu Ryans Unbehagen nicht nur der Kommissionär und der Sekretär der Reederei saßen, sondern auch Mr. Chad Easterbrook.

Ryan schaute sich um, doch weder Miss Peabody noch Delilah und deren Kinder waren zu sehen. Er hatte Order gegeben, sie nicht an Deck zu lassen, da Mr. Beaumont deren Verschwinden bestimmt schon bemerkt und den Behörden eine genaue Beschreibung seiner geflohenen Sklaven gegeben hatte.

Nachdem Chad an Bord gelangt war, begrüßte er den Skipper, erkundigte sich dann, ob dieser die Papiere für die Ladung habe, und nickte zufrieden, als Captain Calhoun, während er die von Miss Peabody in Rio erstellten Geschäftsunterlagen aushändigte, erklärte, die Dokumente seien in Ordnung.

Widerwillig entsprach Chad dann dem Wunsch des Vaters und lud den Kapitän zu einer Tanzveranstaltung ein, die abends in seinem Heim stattfinden sollte.

Ryan nahm die Einladung an und teilte Mr. Easterbrook mit, die Fracht werde am nächsten Tag gelöscht.

Schon im Begriff, das Schiff zu verlassen, nahm Chad aus dem Augenwinkel eine Katze und gleich darauf ein etwa dreijähriges Mädchen wahr, das hinter dem Tier herrannte.

Auf die verwunderte Frage hin, ob ein nicht gemeldeter Passagier an Bord sei, antwortete Ryan rasch, die Mannschaft habe, da sie wisse, welcher Menschenfreund Mr. Abel Easterbrook sei, ein Waisenkind aufgenommen.

So gleichmütig wie möglich hob der Doktor das Mädchen auf die Arme und nahm es in die Kombüse mit.

Der Sohn des Reeders verließ das Schiff, doch Ryan war nicht sicher, ob Mr. Chad Easterbrook ihm die Erklärung abgenommen hatte. Er hoffte indes, dieser werde das Mädchen im Laufe des Tages vergessen.

Ein Weilchen später erschien Miss Peabody an Deck und wirkte sehr überrascht, sogar etwas bekümmert, nachdem sie erfahren hatte, dass Chad Easterbrook auf der Bark gewesen war. Ihre Miene sah so düster aus wie der Himmel im Osten, wo sich stürmisches Wetter zusammenbraute. Ryan bedauerte, dass sie so verändert erschien, nicht mehr der Mensch war, der voller Abenteuerlust die Reise angetreten, sich lachend und barfuß an Deck aufgehalten und wie der fähigste Matrose Segel gerefft oder schwierige Seemannsknoten geknüpft hatte. Er reichte ihr die Einladung, ohne sie anzusehen, und antwortete, als sie unschlüssig fragte, ob sie an dem Fest teilnehmen solle, sie müsse es besuchen, da gewiss auch ihre Familie dort sein werde.

Er selbst werde, sobald er Journey, Delilah und die beiden Kinder untergebracht habe, ebenfalls in das Haus des Reeders kommen.

„Sie müssen nach Kanada, nicht wahr?“

Er nickte, ohne Miss Peabody indes weitere Einzelheiten mitzuteilen, da er sie nicht mit dem riskanten Plan belasten wollte, dessen Ausführung er noch vor sich hatte.

„Journey und seine Angehörigen können nie mehr zurückkehren“, sagte Isadora leise.

„Nein, jedenfalls so lange nicht, wie die Sklaverei noch nicht abgeschafft ist.“

„Sie werden ihn sehr vermissen, nicht wahr?“

Er würde ihn wie seinen rechten Arm vermissen, falls er diesen verlor. Er sprach den Gedanken jedoch nicht aus, hörte in der Ferne Donnergrollen und sah, dass die unheilvollen dunklen Wolken näher gekommen waren. Ein Unwetter hatte ihm gerade noch gefehlt!

„Sie machen sich besser für den Empfang bei Mr. Easterbrook bereit", empfahl er Miss Peabody. „Ich werde Sie in der Barkasse an Land bringen."

„Ich möchte..."

„Gehen Sie", unterbrach er sie scharf. „Richten Sie sich für den Empfang her."

„Ja, Sir!" erwiderte sie erbost. „Genau das werde ich jetzt tun!"

Es donnerte, als sie sich entfernte. Ryan zwang sich, ihr nicht zu folgen, doch sein Herz mochte sie nicht ziehen lassen. Er brauchte sie. Gott! Er brauchte sie noch einmal, nur noch einmal!

In der engen Kabine, die so viele Wochen lang die Unterkunft gewesen war, saß Isadora in der Sitzbadewanne und bemühte sich, die stärker werdende Besorgnis zu verdrängen. Sie war wieder daheim in Boston.

Sie hatte sich in frischem Wasser und mit Seife gewaschen, weil es nun, nach der Ankunft im Hafen, nicht mehr nötig gewesen war, auf die Trinkwasservorräte des Schiffs Rücksicht nehmen. Sie hatte Unmengen von Wasser verbraucht und beim Baden gegrübelt.

Der Gedanke, wieder in Boston zu sein, hätte sie eigentlich nicht beunruhigen dürfen, denn sie gehörte hierher. Sie hätte sich darauf freuen müssen, ihre Familienangehörigen wieder zu sehen, ihr Zimmer, ihre Bücher, und wieder das gewohnte Leben führen zu können.

Aber sie fragte sich, wie sie sich in ihr altes Dasein fügen könne. Die Vorstellung, ihren Verwandten und Chad Easterbrook entgegenzutreten, erschreckte sie, desgleichen der Gedanke, an einen Ort zurückzukehren, wo das Leben so grausam zu ihr gewesen war.

Schweren Herzens machte sie die Reisetruhe auf und holte das vertraute Kleid aus schwarzem Bombassin heraus. Sie zog Unterhemd, Korsett und Unterröcke an und hatte das Gefühl, ihre Stimmung verschlechtere sich mit jedem Kleidungsstück, das sie anlegte.

Sie seufzte schwer, nahm die versilberte Bürste und bemühte sich, ihr Haar einigermaßen in Ordnung zu bringen. Unvermittelt begann sie zu träumen und dachte an den Tag, an dem Ryan Calhoun ihr das Haar abgeschnitten hatte. Damals war sie ungeheuer wütend auf ihn gewesen. Dann hatte er jedoch ihre Wange berührt, und irgendwie war sie dadurch besänftigt worden.

Unvermittelt hörte sie jemanden an die Tür klopfen, forderte zum Eintreten auf und sah den Kapitän in die Kabine kommen.

„Miss Isadora!"

Allmächtiger! Niemand hatte ihren Namen je so gedehnt, so vertraulich klingend, mit diesem Südstaatenakzent ausgesprochen.

„Ja, bitte?"

„Sie sollten sich für eine Gesellschaft herrichten, aber nicht für ein Begräbnis", sagte er.

Sie strich über den dicken schwarzen Stoff des Rocks und entgegnete: „Das ist mein bestes Kleid."

„Ich habe nicht darüber geredet, Zuckerpüppchen, auch wenn es reichlich düster aussieht. Nein, ich habe mich auf Ihre Miene bezogen. Sie sehen aus, als sei jemand gestorben."

Isadora rang sich ein mattes Lächeln ab. „Ich habe daran gedacht, wie einfach das Leben auf einem Schiff ist. Jeder von uns kennt seine Rolle. Für mich wäre es sehr viel leichter, wenn ich hier bleiben könnte."

Der Kapitän schmunzelte. Sie versuchte, indigniert zu wirken, verspürte jedoch den Drang, ebenfalls zu lächeln, wie immer, wenn

Ryan Calhoun erheitert war. Er streckte die Hand aus und sagte: „Kommen Sie her, Miss Isadora!"

„Ich bin doch hier! Die Kabine ist viel zu klein, als dass ich mich weit entfernen könnte."

Er lachte auf, ergriff Miss Peabody bei der Hand und erwiderte: „Nein, ich meinte, kommen Sie mit. Ich möchte Ihnen etwas zeigen."

Sie folgte ihm in den Korridor, ging mit ihm den Niedergang hinauf und stieg dann hinter ihm die schmale Leiter zum Achterdeck hoch. Dort angekommen, zog der Skipper sie in seine Kajüte.

„Mir wäre es lieber gewesen, Sie hätten es mir gesagt, dass noch mehr Schriftkram zu erledigen ist", sagte sie ungehalten. „Ich habe mein Abrechnungsbuch..."

„Miss Isadora."

Die Art, wie er ihren Namen ausgesprochen hatte, ließ sie dahinschmelzen.

„Ja, bitte?"

„Es geht nicht um weiteren Papierkram."

„Um was geht es dann?" Sie schaute Ryan in die Augen und wusste, was er im Sinn hatte. Ihr stockte der Atem, und ihr Herz machte vor Freude einen Sprung.

„Darum geht es", sagte Ryan und zog sie in die Arme.

Jäh begriff sie, dass sie auf diesen Augenblick gewartet hatte. Sie hatte ihn so lange ersehnt, dass sie sich nicht mehr erinnern konnte, wie es war, ihn nicht herbeizuwünschen. Ryan küsste sie, und all die ihr vertrauten, inständig ersehnten Gefühle überkamen sie und erinnerten sie an den zauberhaften Tag im Regenwald, an dem er ihrer Welt ein neues Gesicht gegeben hatte.

Diesmal war jedoch alles anders, viel besser, bedeutungsvoller, intensiver, weil weder Ryan noch sie sich durch das Rauchen von grünem Hanf berauscht hatten, sondern genau wussten, was sie taten.

„Ryan“, flüsterte sie.

„Vergiss es“, erwiderte er leise. „Diesmal höre ich nicht auf.“

„Ich wollte dir nicht sagen, dass du aufhören sollst.“

Sein Blick war triumphierend, als er sich zu ihr neigte und sie erneut küsste. Diesmal ließ er es nicht bei einem Kuss bewenden, sondern zog sie mit seinen kräftigen Seemannshänden aus. Wiewohl der Himmel bedeckt und das Wetter stürmisch war, drang fahles Licht durch die Heckfenster. Isadora stand plötzlich nur noch im Unterhemd da und hielt sich vor, für ihren Mangel an moralischer Entrüstung oder Verlegenheit nicht einmal den entschuldigenden Vorwand zu haben, sie sei durch Drogen betäubt.

Ihr kam jedoch nicht der Gedanke, die Situation anstößig zu finden. Als sie das erste Mal an Bord des Schiffes gekommen war, hatte sie Ryan mit einem leichten Mädchen angetroffen, doch auch die Erinnerung an dieses Erlebnis störte sie nicht mehr. Nichts war ihr unangenehm.

Sie wollte mit Ryan zusammen sein, sich an ihn klammern, weil er für sie nach der jetzt zu Ende gegangenen Reise den letzten Halt verkörperte. Wenngleich sie wusste, dass sie sich von ihm trennen musste, erschien diese Aussicht ihr unvorstellbar. Er hatte ihr nichts anderes zu bieten als diesen kurzen Augenblick, die intime Zweisamkeit, und beides nahm sie hocherfreut entgegen, da ihr klar war, dass sie jahrelang mit den Erinnerungen leben würde.

Schweigend liebten sie sich in der Koje. Isadora wünschte sich, das Liebesspiel möge ewig dauern, hatte jedoch das große Bedürfnis, die Wonnen der Erfüllung zu erleben, damit sie sicher sein konnte, sich beim ersten Mal nichts eingebildet zu haben. Ryan liebte sie stürmisch, und schließlich begriff sie, was es bedeutete, mit einem Mann zu schlafen. Sie fühlte sich eins mit ihm, und obwohl das Zusammensein sehr lange dauerte, hatte sie, als Ryan und sie zum Höhepunkt kamen, das Gefühl, es sei viel zu schnell beendet worden.

Im Regenwald hatte sie gemeint, einen Blick ins Paradies zu erhaschen, der ihr jedoch nie mehr gestattet sein würde. Sie hatte geglaubt, einen kleinen Teil vom Himmel zu erleben, diese überirdischen Wonnen indes nie mehr empfinden zu dürfen. Im trüben Tageslicht und bei vollem Verstand fühlte sie jetzt dieses Entzücken jedoch erneut, und diesmal war es stärker, überwältigend, bedeutungsvoller.

Diesmal nahm sie das Erlebnis nicht durch einen von Rauschgift erzeugten Nebel wahr. Ihre Leidenschaft kulminierte in einem Ausbruch von Wonnen, die sie auf ganz andere Art betäubten. Sie lag einfach da und genoss das Gefühl, Ryan in sich zu spüren, und wäre beinahe wieder in Verzückung geraten, als sie merkte, dass er sich in ihr verströmte.

Er ließ sich auf sie sinken, und sein warmer Atem streifte ihren Hals. Immer wieder flüsterte er dann ihren Namen.

Sie schloss die Augen, lächelte geheimnisvoll und versank in beglückte Benommenheit.

„Wieso lächelst du?“ fragte er nach einer Weile und küsste Isadora auf die Schläfe.

„Es war kein glücklicher Zufall“, antwortete sie.

„Was war kein glücklicher Zufall?“

„Der... hm... der Augenblick höchsten Vergnügens.“

Ryan löste sich von ihr, legte sich neben sie und ließ gemächlich die Fingerspitzen über ihre nackten Brüste und ihren Bauch gleiten. „Du hast gedacht, beim ersten Mal sei es ein glücklicher Zufall gewesen?“

„Ich hatte keine Vergleichsmöglichkeit“, erklärte sie. „Außerdem hatten wir die aus grünen Hanfblättern gedrehten Zigarren geraucht. Deshalb hatte ich angenommen, die... hm... Wonnen seien auf den Genuss des Rauschgifts zurückzuführen.“

„Keine Droge kann dieselben berauschenden Auswirkungen haben wie das intime Zusammensein mit dem richtigen Menschen, Liebling“, erwiderte Ryan, neigte sich vor und drückte Isadora Küsse auf die Brüste.

„Wie willst du wissen, welcher Mensch der Richtige ist?“

„Das kann man nicht wissen, jedenfalls nicht zu Beginn einer Bekanntschaft. Das ergibt sich dann einfach.“

„Und du weißt, welche Frau die Richtige für dich ist?“

„Ja, das weiß ich.“

„Oh, Ryan!“

„Du solltest wissen, dass ich dich nicht in Witwenkleidung nach Boston zurückkehren lassen konnte.“

„Warum schneidest du jetzt dieses Thema an?“ fragte Isadora und klammerte sich an ihn.

„Nun, ich dachte, du würdest vielleicht überlegen, warum ich dich hergebracht und dir deine Sachen ausgezogen habe“, antwortete er, geschickt das Thema wechselnd.

„Sehe ich darin wie eine trauernde Witwe aus?“

„Du... du bist nicht mehr der Mensch wie früher, nicht mehr die Isadora Peabody, die Traurigkeit, Zaghaftigkeit und Angst vor dem eigenen Schatten ausstrahlend, an Bord dieses Schiffes gekommen ist. Du bist weit gereist und hast Abenteuer erlebt.“

„Ich hatte Abenteuer“, sagte sie. „Ich hatte dich.“ Sie wollte noch mehr äußern, unterließ es jedoch. Nach kurzem Schweigen fuhr sie fort: „Ryan...“

„Still!“ Er legte ihr den Zeigefinger auf die Lippen. „Du musst heute Abend zu einem Fest.“

Bedrückt betrachtete sie ihre in einem Haufen auf dem Fußboden liegende Unterwäsche und das düstere Kleid.

„Nicht dieses Kleid“, sagte Ryan, stand auf und zog sich Hemd und Hosen an. „Ich habe einen besseren Einfall.“

„Aber...“

„Still!“ wiederholte er. „Solange wir uns an Bord dieses Schiffes befinden, bin ich der Skipper, und du wirst das tun, was ich dir befehle.“ Er verneigte sich höflich, streckte die Hand aus und sagte: „Kommen Sie her, Miss Peabody.“

Sie war nicht verlegen, kam sich eher verrucht vor, als sie das Bett verließ und zum Waschstand ging. Das Wasser in der Schüssel war frisch, aber lauwarm. Ryan bestand nachdrücklich darauf, sie zu waschen, und benutzte die nach Pfefferminz riechende Seife, die in der Küche des Hauses seiner Tante hergestellt worden war. Er ließ sich viel Zeit, schäumte Isadora ein, wusch ihr den Schaum ab und küsste sie an Stellen, wo sie es ihm eigentlich hätte untersagen müssen. Sie fühlte sich jedoch wie unter einem Bann stehend und machtlos, gegen irgendetwas Einwände zu erheben, das er mit ihr machte. Sie vertraute ihm vollkommen und ließ sich genüsslich von ihm bedienen. Das Waschen wurde für sie zu einem sinnlichen Abenteuer, das ihr vor Freude beinahe die Tränen in die Augen trieb.

Nachdem Ryan sie abgetrocknet hatte, legte er ihr einen Morgenrock aus Flanell um die Schultern, ging zur Tür und rief etwas einem der an Deck befindlichen Männer zu. Einige Minuten später machte er die Tür auf, zog eine aus dem Laderaum hergebrachte Packkiste in die Kajüte und brach mit einem Stemmeisen den dikken Holzdeckel auf.

„Plünderst du bereits deine Vorräte?“ fragte Isadora in scherzhaft vorwurfsvollem Ton.

„Ja, aber dafür habe ich einen achtbaren Grund“, versicherte Ryan. „Meine Mutter hat das als Geschenk für dich mitgegeben.“

Isadora legte den Kopf zur Seite und las die an der Wand der Kiste eingebrannte Schrift: „Seta fina dall'Italia."

„Hier ist auch ein Kästchen mit Schminke, Parfüm und Haarlack."

„Was in aller Welt soll ich damit anfangen?"

„Das wird sich zeigen."

So feierlich wie ein Pariser Couturier nahm Ryan das pfauenblaue, mit roten Rüschen verzierte Kleid aus der Kiste und fuhr fort: „Meine Mutter hat behauptet, das würde gut zu deinem Teint passen. Gefällt es dir?"

Isadora lachte, weil Ryan, der sich das Kleid vorhielt, so lächerlich aussah. Dennoch gefielen ihr dessen Schnitt und die wagemutige, irisierende Farbe. Plötzlich ging ihr der Tag durch den Sinn, als sie sich für das Krocketspiel ganz in Weiß gekleidet und Thankful sich über sie lustig gemacht hatte, und betreten schlug sie die Lider nieder.

Ein hübsches Kleid würde aus einem Frosch noch lange keine Prinzessin machen. „In diesem Kleid würde ich mich nicht behaglich fühlen", murmelte sie.

„Glaub mir, du wirst dich darin behaglich fühlen", widersprach Ryan.

Sie entsann sich, dass er zu ihr gesagt hatte, sie sei ein anderer Mensch geworden. Vielleicht war sie jetzt jemand, der ein schockierend auffallendes Kleid zu einer steifen Tanzveranstaltung auf dem Beacon Hill tragen konnte.

„Ich weiß nicht, Ryan..."

Er brachte sie mit einem Kuss zum Schweigen. „Erzähl mir nicht, dass eine Frau so küssen kann wie du, und dann nur Schwarz tragen will!" sagte er schmunzelnd.

Er bestand darauf, ihr in das Kleid zu helfen. „Wieder diese Eiserne Jungfrau", äußerte er abfällig und stieß das Korsett mit dem

Fuß beiseite. „Ich werfe es den Haien zum Fraß vor." Er gestattete Isadora nur einen Unterrock, obwohl sie Einwände erhob. Dann nötigte er sie, Seidenstrümpfe anzuziehen, die so durchsichtig waren, dass man ihre Haut erkennen konnte.

Es war ein sündhaft angenehmes Gefühl, die Seide auf sich zu fühlen. Das Oberteil des Kleides war eng geschnitten, ohne beengend zu sein, und Isadora fand es wunderbar, den glatten, teuren Stoff auf sich zu spüren.

Schließlich trat Ryan einen Schritt zurück, schaute sie prüfend an und sagte: „Das geht über meine Fähigkeiten. Ich brauche Hilfe."

Isadora fühlte sich heftig erröten und glaubte, er mache sich lustig über sie. Er ging jedoch zielstrebig zur Tür, pfiff und rief die einzelnen Mitglieder der Mannschaft zu sich. Dann ging er in den Gang und murmelte mit den eintreffenden Männern. Eine lange, Isadora schrecklich erscheinende Zeit verstrich, doch dann geschah etwas sehr Ungewöhnliches.

Alle Männer und sogar Delilah kamen in die Kajüte.

Journey brachte ihr ein Paar bestickte Tanzschuhe, die er aus der Kiste geholt hatte, und zog sie ihr an. Mr. Craven nutzte seine Fähigkeiten als Tätowierungskünstler und verwandte Khol und Karminrot, um ihr die Augen und die Lippen zu schminken. Luigi Conti, der Segelmacher, kam mit Nadel und Faden zu ihr und nähte das ihr in der Taille zu weite Kleid enger. Der Doktor beehrte sie mit einer Halskette aus hübsch skulpturierten und gefärbten Herzmuscheln, die schimmerten, als sei das Mondlicht von ihnen eingefangen worden. Selbst Mr. Pole brachte etwas sehr Überraschendes mit. Er übergab Isadora einen Zerstäuber, in dem sich ein seltenes Hibiskus-Parfüm befand. Delilah widmete sich hingebungs dem Lackieren von Isadoras Fingernägeln, derweil ihre beiden Töchter staunend zuschauten. Und zum Schluss wurde Isadora vom Kajütjungen mit großer Konzentration frisiert.

Mit der Reglosigkeit einer misstrauischen Prinzessin Aurora ließ sie die Männer gewähren, die für sie wie Feen in der zerlumpten Kleidung von Seeleuten waren. Als ihr bewusst wurde, was sie für sie taten, hatte sie das Gefühl, einen Kloß im Hals zu haben.

„Das alles war bereits geplant, nicht wahr?" erkundigte sie sich in sprödem Ton.

„Ja, das war es", antwortete der Doktor stolz. „Wir konnten Sie doch nicht in die Welt zurückschicken, ohne etwas Besonderes für Sie getan zu haben."

„Vergessen Sie nicht, graziös das Haupt zu neigen, wenn ein Herr Sie zum Tanz auffordert", ermahnte Gerald Miss Peabody und machte es ihr noch einmal vor.

„Und spreizen Sie beim Teetrinken den kleinen Finger ab", riet Timothy ihr und steckte ihr einen Perlmuttkamm ins Haar.

Ryan beobachtete das Geschehen und lächelte wie ein wohlwollender Gott. „Auf Ihre Weise haben Sie uns alle gerührt, Miss Isadora", sagte er.

„Aber nicht doch!" rief Journey aus und reichte ihr ein hauchdünnes Taschentuch. „Fangen Sie jetzt nicht an zu weinen, sonst ruinieren Sie Geralds Werk!"

Sie schloss die Augen, atmete tief durch und presste dann die Lippen zusammen. Aber das half ihr nicht viel, doch da Mr. Craven sie so stolz und erwartungsvoll anschaute, wagte sie nicht, das ihr von ihm um die Augen aufgetragene Khol durch Tränen zu verschmieren.

„Sie alle sind die ersten wahren Freunde, die ich je hatte", erwiderte sie, ließ den Blick durch die überfüllte Kajüte schweifen und versuchte, die innere Anspannung dadurch zu vertreiben, dass sie sich den Rock des Seidenkleides glättete. „Aber was um Himmels willen soll die Bostoner Gesellschaft von mir denken?"

„Überzeugen Sie sich doch selbst!" Chips sah zum Segelmacher hinüber, der eine Kiste mit der Aufschrift „Zerbrechlich" hereinbrachte. Luigi benutzte das Brecheisen, um den Deckel freizubekommen, und hob dann mit dem Zimmermann einen herrlichen vergoldeten Spiegel heraus.

Sie stellten ihn auf, und jäh wurde Isadora sich gewahr, dass sie sich seit Monaten nicht mehr in einem Spiegel gesehen hatte. Der Rasierspiegel des Kapitäns war so klein, dass sie darin nur einen Teil ihres Gesichtes erblickt hatte. Sie fürchtete sich fast davor, einen Blick in diesen Spiegel zu werfen, da es ihr nie behagt hatte, das Ebenbild einer linkisch wirkenden, viel zu pummeligen jungen Frau zu sehen.

Doch dann, zum ersten Mal seit der Abreise aus Boston, schaute sie sich in einem großen Spiegel an, und das, was sie sah, machte sie sprachlos.

Sie kam sich wie eine Fremde vor.

Sie blickte auf eine schöne Fremde.

Aus dem hässlichen Entlein war ein prächtiger Schwan geworden.

Und das hatten Ryan Calhoun und seine Mannschaft fertig gebracht. Wider Willen brach sie in Tränen aus.

„Aber nicht doch!" riefen alle Männer gleichzeitig. Sie war jedoch nicht imstande, den Tränen Einhalt zu gebieten, umarmte jeden der Männer und auch Delilah und hatte schließlich zwei Taschentücher nass geweint.

„Sie alle sind mir so ans Herz gewachsen", flüsterte sie und wies auf ihr hübsches, trauriges Ebenbild im Spiegel. „Ihre Freundschaft hat mich zu jemandem gemacht, der zu sein ich aus eigener Kraft nie fähig gewesen wäre."

Delilah kühlte ihr das Gesicht mit einem feuchten Tuch, und Mr. Craven erneuerte ihr die Schminke.

„Es ist Zeit zu gehen“, sagte Ryan und nahm Miss Peabody bei der Hand.

Sie kam sich wie in einem Traum vor, als sie mit ihm an Deck ging, dann in eine Barkasse gesetzt und von ihm an Land gerudert wurde. Sie drehte sich noch einmal zum Schiff um und sah die Besatzung an der Reling aufgereiht stehen. Die Segel des „Silbernen Schwans“ waren gerefft, und am Horizont braute sich ein Sturm zusammen. Der Anblick war so dramatisch und herzbewegend, dass sie beinahe wieder in Tränen ausgebrochen wäre.

„Nicht weinen!“ sagte Ryan warnend. „Ich bin beim Schminken nicht so geschickt wie Mr. Craven. Also fang nicht wieder zu weinen an!“

„Nein, ich werde nicht weinen!“ erwiderte sie.

Für ihr Empfinden war der Kai viel zu schnell erreicht. Ryan half ihr beim Verlassen der Barkasse. Der Boden schien unter ihr zu schwanken, und Halt suchend lehnte sie sich an Ryan. Er stützte sie mit einer Hand, während er dem Kutscher des Schiffskaufmanns ein Zeichen gab. Die Pferde vor dem Wagen trugen wappengeschmückte Decken, und die Türen das vertraute Emblem der Reederei – den silbernen Schwan auf blauem Grund.

„Amüsier dich heute Abend gut beim Ball, Prinzessin“, sagte Ryan und zwinkerte ihr zu. „Du verstehst es inzwischen doch, dich zu amüsieren, nicht wahr?“

„Ja, das tue ich“, antwortete sie lächelnd. „Kommst du später zum Empfang?“

„Ja! Ich verspreche es dir“, sagte Ryan und berührte sie leicht am Kinn. Es war ihr gleich, wer sie beide dabei beobachtete.

„Ryan?“

„Ja, was ist?“

„Kann ich dich etwas fragen?"

„Alles!"

„Warum hast du nach dem Tag beim Wasserfall Distanz zu mir gewahrt? Wieso konnten wir nicht so freundlich miteinander verkehren, wie wir das jetzt tun?"

Er lachte, doch es klang etwas spöttisch. „Du kannst dir den Grund wirklich nicht denken?"

„Welchen Grund sollte ich mir denken können?"

„Du hast wirklich keine Vorstellung?"

„Was sollte mir vorstellen?"

„An diesem Tag habe ich mich in dich verliebt, Isadora", antwortete Ryan, neigte sich zu ihr und gab ihr einen Kuss.

Eine Weile war sie viel zu verblüfft, um etwas äußern zu können. Schließlich erwiderte sie: „Mach dich nicht über mich lustig! Das ist grausam!"

„Ich habe nicht gescherzt", widersprach er und sah sie eindringlich an. Sein Blick war so voller tiefer Zuneigung, dass sie sich die Erinnerung an diesen Ausdruck für immer im Herzen bewahren wollte.

„Warum hast du mir das nicht schon früher gesagt?"

„Welchen Sinn hätte das gehabt?" Erneut küsste Ryan sie, wandte sich dann ab und ging mit ihr zur Kutsche. Er half ihr beim Einsteigen und wies den Kutscher an: „Fahren Sie vorsichtig! Sie haben kostbare Fracht!"

Und das war die Trennung von Ryan. Er stand auf dem Kai, die Hand auf eine herausgedrückte Hüfte gelegt, und der auffrischende Wind zerrte an seinen Haaren und seinem Hemd. Isadora hatte das schreckliche Gefühl, sie werde ihn nie mehr sehen, obwohl er versprochen hatte, später zum Empfang zu kommen.

Am liebsten hätte sie laut aufgeschrien. Sie unterließ es jedoch, weil sie sonst vollkommen die Fassung verloren hätte und der

Schmerz aus ihr hervorgebrochen wäre. Dann hätte sie sich leer gefühlt und nicht einmal mehr auf Erinnerungen zurückgreifen können, die ihr geholfen hätten, die Trennung zu überleben.

24. KAPITEL

„Wir sind angekommen, Miss", sagte der Kutscher, nachdem er den Wagenschlag geöffnet hatte, und klappte die hölzernen Trittstufen herunter. „Ich hoffe, Sie haben einen angenehmen Abend."

Geistesabwesend bedankte sie sich, machte indes keine Anstalten, das Fahrzeug zu verlassen, sondern starrte nur den kunstvoll verzierten Eingang zum Haus des Reeders an. Flankiert von hohen Steinvasen, führte eine marmorne Freitreppe zum weit geöffneten Portal hinauf, durch das eine Menschenmenge sich in das Foyer drängte. Gaslampen brannten und tauchten die elegant gekleideten Gäste in weiches Licht.

Hinter den hohen Bogenfenstern sah man Tänzer vorbeiwirbeln, und Isadora überlegte, ob sie ihre Familienangehörigen wieder sehen würde. Arabella musste inzwischen verheiratet sein.

Der Gedanke zu heiraten war der Anfang und das Ende ihrer Träume gewesen, doch nun bekam Isadora Zweifel, weil sie begriffen hatte, dass der Schlüssel zum Glück weniger etwas mit einem akzeptablen Gatten und der Errichtung eines Hausstandes, sondern weitaus mehr damit zu tun hatte, einen Mann zu finden, der ihr Zuversicht, Seelenfrieden und Leidenschaft vermitteln konnte.

„Miss?" fragte der Kutscher drängend, räusperte sich und hielt ihr die in einem Lederhandschuh steckende Hand hin.

„Ja, ich komme", murmelte sie und ließ sich von ihm aus dem Wagen helfen. Langsam schritt sie die Freitreppe zur Tür hinauf und wurde sich unvermittelt bewusst, dass sie in dem auffallenden, in einem für die Bostoner Gesellschaft ungewohnten Stil gehaltenen Kleid nicht wie die anderen Gäste aussah. Ihre Frisur bestand aus einer Fülle lose wallender Locken und entsprach somit nicht dem griechischen Haarknoten, aus dem Korkenzieherlocken herunterfielen. Außerdem hatte der Aufenthalt in Wind und Wetter ihr die Blässe des Teints ruiniert, die sich zu bewahren andere Damen sich die größte Mühe gaben.

Sie lächelte bei dem Gedanken, dass sie nie in diese Gesellschaftskreise gepasst hatte und an diese Tatsache gewöhnt gewesen war. Anders als früher hatte sie jedoch nicht mehr den Wunsch, unsichtbar zu sein. Im Gegenteil, sie wollte, dass jedermann sie sah, um dem Ehre machen zu können, was Ryan und seine Mannschaft für sie getan hatten.

„Es ist so schön, Sie wieder zu sehen, Mr. Easterbrook, Madam", begrüßte sie den Reeder und seine Frau und hatte den Eindruck, von zahlreichen Augenpaaren angestarrt zu werden. Einst wäre sie, wenn sie festgestellt hätte, dass sie im Mittelpunkt der Aufmerksamkeit stand, vor Verlegenheit am liebsten im Boden versunken, lächelte nun jedoch noch breiter.

Sie wusste, dass sie Anmut hatte. Mr. Izard hatte ihr wochenlang graziöses Benehmen eingebläut. Und der Freundlichkeit einer Schar rauer Seeleute hatte sie es zu verdanken, dass sie nun wusste, wie sie in königlicher Haltung tanzen musste.

Abel tauschte rasch einen Blick mit der Gattin und erwiderte: „Die Freude ist ganz auf unserer Seite, meine Liebe. Willkommen in meinem Heim. Bitte, kommen Sie, damit ich Sie jedermann..."

„Entschuldigen Sie", sagte Chad. „Ich glaube, wir sind uns noch nicht vorgestellt worden."

Beim Klang seiner vertrauten Stimme erstarrte Isadora innerlich. Langsam drehte sie sich um, sah Chad sich vor ihr verneigen und die Hand ausstrecken, um ihr einen Handkuss zu geben. Sie lachte, weil sie merkte, dass er nicht erkannt hatte, wer sie war.

„Im Gegenteil", erwiderte sie, und erregte durch ihr Lachen

noch mehr Aufmerksamkeit unter den Tänzern und den an ihr vorbeigehenden Menschen. „Wir sind uns längst vorgestellt worden, Sir. Schämen Sie sich!“

„Dann tanzen Sie mit mir“, bat er und schaute sie hingerissen an. „Geben Sie mir die Möglichkeit, mein Gedächtnis aufzufrischen.“

Sie fand sein Verhalten erstaunlich. Derweil er sie auf das Parkett führte und sich mit ihr den beiden Reihen einen Reel tanzender Paare anschloss, überlegte sie, ob Leute sich wirklich durch das Aussehen eines Menschen täuschen lassen konnten. Die tiefgreifendste Veränderung hatte sie innerlich durchgemacht, doch offenbar teilte sich das durch ihr Äußeres mit.

Beim Tanzen wurde sie von weiteren Gästen angestarrt, und zum ersten Mal im Leben merkte sie, wie es war, Ziel männlicher Bewunderung zu sein. Foster Candy raunte ihr, als sie sich beim Reel gegenüberstanden, ein Kompliment zu, und sein jüngerer Bruder wäre fast über die eigenen Füße gestolpert, weil er nur Augen für Isadora hatte, statt darauf zu achten, wohin er trat. Chad Easterbrook und Mr. Candy gerieten sich fast in die Haare, weil jeder das Privileg für sich in Anspruch nehmen wollte, Isadora ein Glas Punsch bringen zu dürfen.

Zum ersten Mal bekam sie auch den Neid der anderen Frauen zu spüren. Lydia Haven bedachte sie mit einem giftigen Blick, und hinter vorgehaltenen Fächern tuschelten andere junge Damen heftig über sie.

Diese Situation war nicht sehr angenehm. Es lag Isadora fern, irgendjemandem ein Gefühl des Unbehagens zu geben. Sie wollte sich, wie Ryan es sie gelehrt hatte, einfach nur in Gesellschaft amüsieren, weil sie früher dazu nicht fähig gewesen war.

Ryan!

Sie warf einen Blick zur Tür und fragte sich, wo er blieb. Sie vermisste ihn und war noch immer über das letzte mit ihm geführte Gespräch betroffen.

Er hatte geäußert, er habe sich an jenem Tag im Regenwald in sie verliebt.

Sein Geständnis ging ihr nicht aus dem Sinn. Sie nahm die Musik nicht mehr wahr und tanzte rein mechanisch, ohne bewusst ihre Schritte zu lenken. Ryan hatte sich in sie verliebt! Ryan! Ihr aufreizender, wunderbarer, wilder, gefährlicher, besorgter, fröhlicher und unkonventioneller Kapitän zur See!

Sie konnte es nicht erwarten, ihn wieder zu sehen.

„Wir warten besser, bis der Sturm sich gelegt hat", sagte Ryan und blickte besorgt auf die von Nordosten heranziehenden Unwetterwolken. Journey und er befanden sich an Deck des Schoners, den der Obermaat hatte mieten können. Der Besitzer war eindeutig habgieriger als stolz auf sein Schiff, denn der Zweimastschoner hatte die Holzfäule und krängte beträchtlich zur Steuerbordseite, auch wenn er sich noch für eine schnelle Fahrt eignete.

„Ich meine nicht, dass wir warten sollten", erwiderte Journey und reichte dem Skipper das lange Fernglas aus Messing. „Sieh dir mal das Skiff an!"

„Der Zollbeamte!"

„Das Skiff hält direkt auf den ‚Silbernen Schwan' zu."

Der Position des Klüverbaums nach zu urteilen, hatte Journey recht. Andererseits lagen viele Schiffe im Hafen, die vom Zoll angesteuert werden konnten.

„Die Mannschaft wird die Insassen des Skiffs aufhalten wollen."

„Der Sohn des Reeders hat Celeste zu Gesicht bekommen", wandte Journey leise und in ängstlichem Ton ein. „Verdammt,

Ryan! Sind wir bis hierher gekommen, um jetzt erwischt zu werden?"

„Das Wetter ist gefährlich!" gab Ryan dem Freund zu bedenken. „Nur ein Narr würde jetzt den Anker lichten lassen."

„Ein Narr oder ein Flüchtling", hielt Journey dagegen.

Das Skiff war in der Nähe des „Silbernen Schwans" angekommen, so dass Ryan die Insassen besser sehen konnte. Was er durch das Fadenkreuz des runden Objektivs erblickte, ließ ihn unverzüglich zu einer Entscheidung gelangen. „Im Skiff sitzen bewaffnete Polizisten!"

Journey und er tauschten einen stummen Blick. Beiden war klar, dass sie nun keine andere Wahl hatten, als unverzüglich zu verschwinden.

„Sind Dee und deine Töchter unten?"

„Yeah!"

Ryan nahm sich nicht einmal die Zeit, den Anker des Schoners hochhieven zu lassen. Er ließ die Ankerketten kappen und die Segel setzen. Der Schoner hob und senkte sich in den vom wachsenden Sturm gepeitschten Wellen, und der Wind heulte durch die Takelage. Unwillkürlich dachte Ryan an Isadora, der er versprochen hatte, bei der Tanzveranstaltung im Hause des Schiffskaufmanns zu erscheinen. Nun hatte er das erste ihr gegebene Versprechen bereits gebrochen, und das war gewiss ein Zeichen dafür, dass sie ohne ihn besser auskam.

Was mochte sie jetzt tun? Lächelte sie bezaubernd, während sie inmitten einer Gruppe sie anhimmelnder Verehrer Hof hielt?

Ryan behagte der Gedanke, dass er die Hand dabei im Spiel gehabt hatte, Isadoras Träume wahr werden zu lassen.

War es falsch gewesen, ihr zu gestehen, dass er sie liebte? Er wusste es nicht, war indes froh, ihr die Wahrheit bekannt zu haben.

Vermutlich hatte er ihr damit das einzige ehrliche Geschenk gemacht, das er ihr je geben konnte.

Jedes Mal, wenn Isadora an Ryans Liebeserklärung dachte, staunte sie mehr und wartete noch sehnlicher auf sein Erscheinen. Weitere Gäste trafen ein, aber er war nicht unter ihnen. Der Tanz klang aus, und in der kurzen Pause nach dem Applaus für das Orchester hielt sie erneut Ausschau nach Ryan.

„Ich hoffe, Sie gestatten mir, Ihnen die Aufwartung zu machen", bat Chad und legte ihr besitzergreifend die Hand auf die Taille.

Das zu hören, hätte die Erfüllung eines Traums sein müssen. Jahrelang hatte Isadora sich gewünscht, Chad Easterbrook möge sie bemerken, mit ihr zusammen sein wollen. Nun jedoch schaute sie in sein Gesicht, das wie das eines Märchenprinzen aussah, betrachtete seine tadellos geschnittene Garderobe und begriff, dass sie sich selbst getäuscht hatte. Er war ein Trugbild für sie gewesen, so illusionistisch wie eine Illustration in einem Kinderbuch. Sie hatte nicht ihn geliebt, sondern ihre Vorstellung von ihm. Er verkörperte alles, was ihr gefehlt hatte – gutes Aussehen, gesellschaftlichen Schliff, allgemeine Beliebtheit. Nun jedoch, da das alles ihr zu eigen geworden war, begriff sie, dass diese Errungenschaften nicht das Allheilmittel waren, für das sie sie gehalten hatte.

„Sie haben keine Einwände, Madam?" erkundigte Chad sich besorgt, weil er ihre Stimmung nicht einschätzen konnte. „Ich meine, wenn ich Sie aufsuchen möchte?"

„Warum sollte ich etwas dagegen haben?" murmelte Isadora geistesabwesend. Sie war nicht fähig, den Blick von der Tür zu wenden. Ein Windstoß rüttelte an den Scheiben der Seitenfenster, Blitze zuckten über den Himmel und erhellten das Foyer mit kaltem, grellem Licht.

Einige Minuten später trafen noch mehr Gäste ein, und wieder war Ryan nicht unter ihnen. Trotzdem freute sich Isadora, die Neuankömmlinge zu sehen, und schaute ihnen lächelnd entgegen.

„Dora? Du lieber Gott! Das ist Isadora!" sagte Arabella, und gleich danach war die Hölle los.

„Das ist... Miss... Isadora?" Chad blieb der Mund offen stehen.

Isadora umarmte die Schwester, die sie überrascht anstarrte. „Oh, Belle! Es so schön, dich wieder zu sehen!" erwiderte sie, drückte sie eng an sich und trat dann einen Schritt zurück, weil Arabella sie auf Armeslänge von sich schob und ungläubig ansah.

„Ich traue meinen Augen kaum!" äußerte Arabella staunend. „Sieh dich doch an, Dora! Sie siehst absolut hinreißend aus!"

Isadora wusste, dass diese Behauptung nicht der Wahrheit entsprach, jedenfalls nicht in dem Sinn, in dem Arabella ihre Bemerkung gemeint hatte, lachte aber dennoch und war gerührt, weil der Schwester die Veränderung aufgefallen war. Ihre anderen Schwestern und ihre Brüder kamen sie begrüßen, gefolgt von den Eltern, während um sie herum alle Gäste sich aufgeregt die Neuigkeit erzählten und Chad sich verblüfft abseits hielt.

„Wann bist du zurückgekommen?"

„Was in aller Welt hast du mit deinem Haar gemacht?"

„Wo ist deine Brille?"

„Ist das die Mode in Rio de Janeiro?"

„Kannst du mir die neuen Tanzschritte zeigen?"

Isadora versuchte, so viele Fragen wie möglich zu beantworten. Sie wurde sich der wachsenden Schar von Neugierigen bewusst, die sich um ihre Familienangehörigen versammelten. „Ich habe euch so viel zu erzählen", sagte sie. „Ich komme mir vor, als sei ich jahrelang fort gewesen, und nicht nur einige Monate."

Die Eltern strahlten vor Stolz. „Wir sind froh, dich wieder daheim zu haben", sagte Sophia. „Wir haben dich sehr vermisst!"

Und nun erkannte Isadora, dass sie endlich etwas getan hatte, das die Mutter erfreute, und sie sagte sich, sie könne zufrieden sein. Sie war jedoch verwundert und fragte sich, warum es so leicht war, anerkannt und umschmeichelt zu werden, wenn man nur hübsch aussah und gut zu tanzen verstand.

Ungeachtet der Freude über das Wiedersehen mit ihrer Familie konnte sie sich nicht davon abhalten, ständig nervös zur Eingangstür zu blicken.

„Erwartest du jemanden?" wollte Bronson wissen.

„Ja, Captain Calhoun", antwortete sie. „Inzwischen hätte er längst hier sein müssen. Die Reise war ein immenser Erfolg für ihn..."

„Wissen Sie denn nicht Bescheid?" fiel Abel stirnrunzelnd Miss Peabody ins Wort. „Captain Calhoun wird heute nicht herkommen. Sein Obermaat hat mir eine Nachricht geschickt, der Skipper ließe sich mit dem größten Bedauern entschuldigen."

Bis zum nächsten Vormittag war Miss Isadora Dudley Peabody der gesellschaftliche Mittelpunkt von Boston geworden. Einst hätte es für sie die Welt bedeutet, so umworben zu sein, doch jetzt wusste sie, wie oberflächlich es war, etwas erreichen zu wollen, das von den Ansichten und den Wertvorstellungen anderer Leute abhing und nichts mit ihr selbst zu tun hatte.

Nach dem Erwachen setzte sie sich verschlafen und leicht verwirrt im Bett auf, zwinkerte und schaute sich um. Ihr Blick schweifte über die dicke, genoppte Tapete und den in einer Ecke des Raums stehenden Hepplewhite-Schreibtisch, die Aufsatzkommode und die von Samtdraperien umgebenen französischen Türen, und erst jetzt wurde sie sich gewahr, dass sie sich im väterlichen Haus in ihrem Schlafzimmer befand.

Zu Hause! Sie war wieder daheim!

Und wieder kam sie sich wie eine Fremde vor, wie das früher in diesem Haus immer der Fall gewesen war.

Sie erinnerte sich an das Fest und daran, dass sie getanzt hatte, bis ihr die Füße wehtaten. Vom vielen Lachen und Reden hatte sie einen wunden Hals bekommen, aber so war es eben, wenn man umschwärmt wurde. Vielumworbene junge Damen wachten nach einem Ball immer in dieser körperlichen Verfassung auf. Isadora hatte immer hübsch und umworben sein wollen, jedenfalls so lange, bis Ryan ihr gezeigt hatte, dass es im Leben nicht auf solche Oberflächlichkeiten ankam.

Sie stand auf, wusch sich am Waschstand und putzte sich die Zähne. Dann machte sie die vom „Silbernen Schwan" mitgenommene Truhe auf und entdeckte noch mehr elegante Kleider, die Mrs. Calhoun ihr überlassen hatte. Sie zog ein Kleid an, beschränkte sich auf einen Unterrock und fing schließlich an, sich das Haar zu richten. Unvermittelt klopfte jemand an die Tür.

„Herein!" rief Isadora.

Thankful eilte mit einem Tablett in den Raum und sagte: „Hier ist Ihr Tee, Miss, und eine Menge von Einladungen und Briefen."

„Danke. Leg die Umschläge auf den Seitentisch", erwiderte Isadora und lächelte geistesabwesend, weil sie in Gedanken noch beim verflossenen Abend war, an dem alle ihre Träume hatten wahr werden sollen, es jedoch nicht geworden waren.

Thankful blieb vor der Tür stehen und betrachtete unverhohlen neugierig Miss Peabody.

Isadora sah in den Augen der Zofe auch unverhüllte Bewunderung. Thankful, die sie verspottet und sich auf der Hintertreppe über sie lustig gemacht hatte, war nun plötzlich von der mit ihr vorgegangenen Veränderung fasziniert.

„Im Moment brauche ich dich nicht mehr, Thankful", sagte sie, schenkte sich Tee ein und trank ihn, während sie die eingegangene

Post durchschaute. Sie hatte eine Unmenge von Einladungen erhalten, zu Tanzveranstaltungen, Picknicks, Kartenpartien und Ausfahrten aufs Land, kurz, zu allen Arten von gesellschaftlichen Anlässen, die sie sich hätte erträumen können. Alles, was sie sich je ersehnt hatte, war ihr nun auf einem Silbertablett serviert worden.

Ärgerlich war nur, dass sie diese Art Leben nicht mehr führen wollte.

Bei dieser Erkenntnis ließ sie die Briefe fallen. Du lieber Gott! Sie hatte Jahre damit verbracht, sich etwas zu wünschen, das jetzt vollkommen bedeutungslos geworden war.

Da Ryan am vergangenen Abend nicht beim Fest erschienen war, hatte ihr etwas gefehlt. Jäh fühlte sie sich wieder wie früher unsicher und überlegte, ob er ihr aus dem Weg ging, weil er seine spontan vorgebrachte Liebeserklärung bedauerte.

Nein, das konnte nicht sein. Sie entsann sich des Ausdrucks in seinen Augen, als er ihr seine Liebe erklärt hatte, und war sicher, dass sie sich darauf verlassen konnte. Unerwarteterweise hatte der aufregendste Mann der Welt sich in sie verliebt. Eigentlich hätte sie das schon längst erkennen, es hinter seinem scherzhaften Gehabe ahnen, es langsam eintreten sehen müssen. Er hatte ihr seine Liebe auf die mannigfachste Weise zu verstehen gegeben und vielleicht schon damals damit begonnen, als er so rüde ihre Brille über Bord warf.

Sie war nur zu kurzsichtig gewesen, um zu begreifen, was sein Verhalten in Wirklichkeit bedeutete. „Ich war dumm", sagte sie. „Dumm, dumm, dumm!" Alles, was sie sich ersehnte, hatte sie an Bord des „Silbernen Schwans" innerhalb ihrer Reichweite gehabt. Sie war jedoch derart darauf fixiert gewesen, wieder auf Beacon Hill zu sein, Chad Easterbrook zu erobern und alle Leute, die sich über sie amüsiert hatten, zu beeindrucken, dass sie die Dinge, auf die es wirklich ankam, nicht gesehen hatte.

Ryan war für sie von Bedeutung, und die Art, wie sie mit ihm zusammen sein konnte, wie sie ihn liebte.

„Allmächtiger!“ murmelte sie, legte einen Schal um die Schultern und setzte einen Hut auf. „Ich liebe Ryan tatsächlich!“

Angst und Freude zugleich empfindend, rannte sie die Treppe hinunter und wäre im Foyer beinahe gegen das Tablett gestoßen, das sich rasch mit einem neuen Stapel von Einladungen gefüllt hatte. „Ich gehe aus, Mutter!“ rief sie und machte, ohne auf eine Antwort zu warten, die Haustür auf.

Vermutlich bot sie einen seltsamen Anblick, während sie die regenfeuchten Straßen vom Beacon Hill zum Hafen hinunterrannte, den Hut an seinen Bändern auf dem Rücken baumelnd, die Röcke bis zu den Knien hochgerafft. Kindermädchen, die Kinderwagen vor sich herschoben, blieben stehen und starrten Isadora an. Gärtner unterbrachen die Arbeit, und aus vorbeifahrenden Kutschen wurden ihr neugierige Blicke zugeworfen.

Das war ihr gleich. Sie bemerkte kaum, welches Aufsehen sie erregte. Der Weg zum Hafen auf den regennassen Straßen war nicht lang, doch bisher hatte sie ihn nie zu Fuß zurückgelegt. Jetzt war sie erstaunt, dass sie lediglich einige Minuten brauchte, um die Piers zu erreichen. Sie hatte nur den einen Gedanken, Ryan zu finden und ihm zu sagen... Was wollte sie ihm mitteilen?

Dass sie ihn liebte?

Erst tags zuvor hatte er sie gefragt, welchen Sinn das gehabt hätte. Hatte er damit gemeint, eine Beziehung zu ihm habe keinen Sinn, weil er überzeugt war, dass sie, Isadora, ihn nicht lieben könne? Oder gab es einen anderen Grund, weshalb sie sich nicht lieben durften?

Wie dem auch sei, ihr erschien es ironisch, dass ihr ihre Liebe zu Ryan nicht früher bewusst geworden war, sie jetzt jedoch plötzlich an den Gefühlen für ihn keinen Zweifel mehr hegte. Warum hatte sie, wenn er sie in den Armen hielt, küsste, sie liebte, nicht längst begriffen, dass ihr Herz voll Liebe für ihn war?

Sie entschuldigte sich mit dem Gedanken, die Erfahrungen in ihrem früheren Leben hätten sie gelehrt, gesellschaftliche Konventionen und Regeln befolgen zu müssen und den eigenen Gefühlen zu misstrauen. Erst Ryan hatte sie etwas anderes gelehrt. Tief in Gedanken versunken, bemerkte sie nur flüchtig, dass es erneut leicht zu regnen begann. Sie entdeckte die ihr vertrauten Segel des „Silbernen Schwans“ und eilte auf das Schiff zu.

Hafenlotsen hatten die Bark an den Liegeplatz gebracht, und die Fracht entladenden Schauermänner waren auf den Decks und dem Kai beschäftigt.

Isadora bemerkte den Kajütjungen, winkte ihm zu und rief, die Hände um den Mund gelegt: „Ich muss Captain Calhoun sprechen!“

Timothy Dattys Haltung schien sich jäh zu verändern, und unwillkürlich fragte sich Isadora, ob das Licht ihr einen Streich spiele oder das Gesicht des Schiffsjungen tatsächlich blasser geworden war.

Und dann sah sie ein nasses schwarzes Band von einer Rahnock hängen.

Sie zwang sich, einige Schritte zurückzugehen, und wartete darauf, dass Timothy Datty die Gangway herunterkam. Der Regen trommelte auf die Straße; eine Möwe kreischte, und das Pferd eines Rollkutschers wieherte. Timothy hielt an, begrüßte einen Ölzeug tragenden Fischer, redete kurz mit ihm und näherte sich dann Isadora.

Sie wollte nicht hören, was immer an Schrecklichem er ihr mitzuteilen hatte. Am liebsten hätte sie sich die Ohren zugehalten, doch das wäre falsch und feige gewesen. Wenn sie etwas von Ryan gelernt hatte, dann war das, Mut zu haben.

Sie ging auf den Kajütjungen zu, begegnete ihm auf halbem Weg und blieb im Regen stehen, jeden einzelnen Tropfen im Gesicht spürend. Es war ihr gleich, dass sie durchnässt wurde.

„Wo ist Captain Calhoun?“ erkundigte sie sich in festem Ton, wenngleich sie seit dem Augenblick, als sie das schwarze Band gesehen hatte, voller Angst war.

„Gestern Abend hat es Ä... ä... ärger gegeben“, antwortete Timothy, nervös atmend. „Bitte, Miss Isadora, kommen Sie aus dem Regen!“

„Sag es mir, Timothy!“ bat sie ihn. „Schnell!“

In wachsender Hoffnungslosigkeit bemerkte sie, dass die anderen Mitglieder der Besatzung sich ihr, die Mützen in den Händen, mit niedergeschlagenen Blicken näherten.

„Gestern Abend kam die Hafenwache an Bord und sagte, man habe gehört, wir würden entflohene Sklaven verbergen, die wir so... so... fort aushändigen sollten“, erklärte Timothy.

„Wir haben die Hafenwache so gut wie möglich aufgehalten“, warf Ralph ein. „Aber sie hätte ohnehin nichts finden können, weil der Skipper und Journey Delilah und die beiden Kinder bereits an Bord des Schoners gebracht hatten. Dem Captain war keine andere Wahl geblieben, als unverzüglich in See zu stechen, trotz des Unwetters. Die Hafenwache verfolgte den Schoner mit einem Skiff und einem großen Beiboot, aber nur bis zum Hafeneingang. Dann wurde sie durch den Sturm zur Umkehr genötigt.“

„Und was geschah mit dem Schoner?“ wollte Isadora wissen.

„Die Mannschaft der ‚Gail‘ hat ihn vor der George’s-Sandbank gesehen und versucht, ihm zu helfen, doch es war zu hoher Seegang. Schließlich ist der Schoner gesunken.“

Isadora rauschte das Blut in den Ohren. „Aber bestimmt sind... Großer Gott! Die Menschen auf dem Schoner konnten sich doch bestimmt in Barkassen retten!“

„Nein, Miss", entgegnete Chips bekümmert. „Es gab keine Überlebenden."

Etwas zerbrach in Isadora. Sie fühlte sich innerlich wie tot.

Sie konnte jedoch nicht weinen. Das Ausmaß ihres Verlustes war viel zu groß, um es durch Tränen mindern zu können.

Sie wurde von einer unheimlichen Ruhe überkommen, als sie sich von der Mannschaft des „Silbernen Schwans" abwandte und fragte: „Wo sind die Leichen?"

„Jeder, der an Bord war, ist mit dem Schiff untergangen", antwortete Ralph niedergeschlagen. „Kommen Sie bitte mit uns in die Kombüse. Der Doktor wird Ihnen Tee machen..."

Sie beachtete den Obermaat nicht, hörte nicht auf das mitfühlende Gemurmel, ignorierte alles, nahm nur das Dröhnen in ihren Ohren wahr. Sie fühlte sich wie gelähmt, innerlich von einer Eiseskälte erfasst, die so drückend war wie der Ballast, den der „Silberne Schwan" auf seiner mythischen Reise ins Paradies im Laderaum gehabt hatte.

25. KAPITEL

Boston, Juni 1852

Unsichtbar zu sein hatte Vorteile. Isadora Dudley Peabody wünschte sich, die Leute würden sie nicht so anstarren, und das auf Hochglanz polierte Parkett des Ballsaals möge sich öffnen und sie verschlucken. Niemand wäre überrascht, wenn so etwas tatsächlich passierte. Es würde sehr viel Mut erfordern, mitten in einem überfüllten Ballsaal zu verschwinden, doch seit einiger Zeit hatte Isadora den Ruf, sehr couragiert zu sein.

Die einzige Art, wie sie von einem Tag zum nächsten leben konnte, ohne innerlich zu zerbrechen, war, sich beherzt, sogar dreist zu geben. Nach dem regnerischen Vormittag im Hafen hatte sie sich abgekapselt und geweigert, etwas zu essen. Sie war nicht fähig gewesen, Schlaf zu finden, und hatte sich außerstande gesehen zu weinen. Die ersten Tage nach dem Untergang des Schoners würden für sie immer eine verschwommene Erinnerung bleiben.

Sie war von Behördenangestellten aufgesucht und über die auf dem „Silbernen Schwan" versteckten Sklaven befragt worden. Sie hatte den Männern ins Auge gesehen und erklärt, sie wisse überhaupts nichts über diese angeblich entflohenen Sklaven.

Man hatte nach den Überresten des vermissten Schoners gesucht. Die Küsten waren nach Treibgut und – Gott behüte! – angeschwemmten Toten abgesucht worden. Leichen hatte man jedoch nicht gefunden. Ryan, Journey und dessen Angehörige waren von der Bildfläche verschwunden, als hätte es sie nie gegeben. Isadora hatte sich gezwungen, einen Brief an Mrs. Calhoun zu schreiben, und sich danach vollkommen leer und erschöpft gefühlt.

Die Mannschaft des „Silbernen Schwans" hatte sich in alle Winde zerstreut.

Isadora hatte wenig gesprochen, sich kaum geregt, und daher war von den Eltern ein Arzt gerufen worden. Sie hatte ihn bei seinen Untersuchungen gewähren lassen, bis er, weil sie nicht kooperativ gewesen war, seine Bemühungen einstellte.

Der Narr! Konnte er nicht begreifen, dass seine Patientin tot war?

Sie kam sich wie tot vor, so leblos und schrecklich dahingeschieden wie Ryan in der tiefen, kalten See. Zu ihrer Verärgerung atmete sie jedoch noch, und ihr Körper funktionierte, weil sie ihm nicht befehlen konnte, seine Funktionen einzustellen.

Die Tragödie überraschte niemanden. Ryan Calhoun und sein afrikanischer Freund und Geschäftspartner waren gut für ihre Auflehnung gegen alle Konventionen bekannt gewesen, und zwar in einem Maß, dass man den Eindruck gehabt hatte, die Welt sei noch nicht für sie bereit. Vielleicht war das der Grund gewesen, dass sie nicht hatten überleben können.

Isadora überlegte, ob Journey es jetzt in seinem nassen Grab an der Seite seiner Frau und Kinder besser haben mochte. War es besser, im Tod vereint, statt im Leben getrennt zu sein?

Isadora sehnte sich nach dem Tod. Sie hatte versuchte, sich ihm in die Arme zu werfen, doch das Leben hielt sie fest. Vor etwa zwei Wochen war sie zu einer Erkenntnis gelangt, die sie dann endgültig wieder in den Kreis der Lebenden zurückgebracht hatte.

Sie hatte sich mit einem Gefühl der Übelkeit, das stärker gewesen war als das bei der Seekrankheit, aus dem Bett gequält, sich in das Waschbecken erbrochen und plötzlich begriffen, was mit ihr los war.

Sie war schwanger, erwartete von Ryan ein Kind.

Durch diese Erkenntnis waren alle Dämme gebrochen, und der lange unterdrückte Kummer, die verdrängten Gefühle, hatten sie überwältigt. Tränenüberströmt war sie zusammengebrochen und hatte geweint wie nie zuvor im Leben. Sie hatte sich alle ihre Liebe, ihren Schmerz, ihre innige, nie ausgesprochene Liebe zu Ryan von der Seele geweint. Er war tot, und sie würde ein Kind von ihm zur Welt bringen.

Sie bewahrte dieses Geheimnis und versuchte, einen Weg zu finden, wie sie Angst und Freude ertragen könne. Scham empfand sie nicht, obwohl man, sobald der Skandal bekannt wurde, von ihr erwarten würde, dass sie sich schämte. Sie wusste, sie werde sich dessen nie schämen können, was sie für Ryan Calhoun empfunden, mit ihm getan, ihm gegeben und von ihm empfangen hatte.

Der schmerzlichste Gedanke war, dass sie ihm nie gesagt hatte, sie liebe ihn. Sie hatte nicht begriffen, dass die Leidenschaft, Zärtlichkeit und Zuneigung, die sie für ihn aufbrachte, im Grunde Liebe war. Sie war so sehr mit sich und ihrem Leben in Boston befasst gewesen, dass sie das, was sie vor Augen gehabt hatte, nicht erkannt hatte. Ryan war der Mann, den sie liebte, und es verwunderte sie, dass sie ihn hatte anschauen können, ohne die Wahrheit zu erkennen.

Die Entdeckung, dass sie sich in anderen Umständen befand, hatte sie in einen Gefühlsaufruhr gestürzt, aus dem zu befreien ihr schwer gefallen war. Erneut wurde der Arzt gerufen, der diesmal versuchte, ihr hysterisches Weinen einzudämmen. Schließlich war es keine Arznei, durch die sie gerettet wurde, sondern die Liebe. Das Universum versuchte, ihr etwas mitzuteilen. Sie mochte nicht fähig sein, sich zu verzeihen, dass sie Ryan nicht gesagt hatte, sie liebe ihn, doch nun war eine höhere Macht am Werk. Das Kind, das sie unter dem Herzen trug, legte Zeugnis davon ab, dass alles, was sie mit Ryan geteilt hatte, etwas Besonderes, Magisches war, etwas, das selbst der Tod ihr nicht nehmen konnte.

Die Vorstellung, sie würde sich ihres Kummers wegen der Welt fern halten und dem Kind das Leben versagen, war für sie inakzeptabel. Und so beschloss sie, dass es an der Zeit sei, wieder unter die Lebenden zurückzukehren.

Ihre erste Handlung hatte darin bestanden, sich gegen die für die Zerstörung von Ryan, Journey und dessen Familie verantwortliche Institution zu stellen. Sie hatte angefangen, an Kundgebungen teilzunehmen und sich eingehender mit dem Anliegen der Abolitionisten zu befassen, die alles unternehmen wollten, damit die Sklaverei abgeschafft wurde.

Und so fand sie sich auf dem von ihren Eltern veranstalteten Maskenball wieder, in ein albernes Kostüm gekleidet, vortäuschend, dass sie gern an dem Fest teilnahm.

In Wirklichkeit hatte sie ein geheimes Anliegen. Sie hatte sich mit der Bostoner Abolitionistengesellschaft in Verbindung gebracht und wusste, dass die Eltern, wenn sie davon erfuhren, natürlich entsetzt sein würden. Sklaverei gehörte zu den Dingen, die von den Eltern nicht gutgeheißen wurden, die aber dennoch nie so geschmacklos sein würden, dieses Thema zu dramatisieren.

Isadora hatte vor, es nicht nur zu dramatisieren. Bei einer Zusammenkunft der Abolitionistengesellschaft hatte sie erfahren, dass es ein besonders für die Flucht von Sklaven hergerichtetes Schiff gab. Es handelte sich buchstäblich um ein Geisterschiff, weil niemand seinen Namen, den Skipper, die Mannschaft und den Heimathafen kannte. Einige Leute meinten, es könne sich nur um ein Gerücht handeln, wenn es hieß, das Schiff fahre mitten in der Nacht in die Südstaatenhäfen, nehme viele geflohene Sklaven an Bord und segele so schnell, dass kein anderes es einholen könne, mit ihnen nach Kanada in Sicherheit.

Isadora fand diese Geschichte, auch wenn sie möglicherweise nicht zutraf, romantisch und hatte, falls das Gerede doch auf Wahrheit beruhte, beschlossen, ihr Leben der Unterstützung dieses Vorhabens zu widmen.

An diesem Abend hatte sie eine geheimnisvolle Nachricht erhalten, in der ihr mitgeteilt wurde, beim Maskenball werde sie eine wichtige Begegnung haben. Neugierig geworden, hatte sie das Kostüm angezogen und ihre Eltern mit der Entscheidung entzückt, am Fest teilzunehmen.

In Gedanken versunken und bemüht, die neugierigen Blicke der Gäste zu meiden, drückte sie sich in eine halbrunde Fensternische, wo sie dem Gerede der Leute jedoch nicht entzogen war.

„Sie unterscheidet sich sehr von den anderen Peabodys und ist in mancherlei Hinsicht das schwarze Schaf der Familie“, flüsterte jemand empört, den sie nicht hätte hören sollen. „Ihr Teint ist so braun wie der einer Wilden, wohingegen ihre Geschwister so frische Farben wie der junge Frühling haben.“

Fanden die Klatschmäuler niemand anderen, über den sie herziehen konnten?

„Aber sie sieht so gut, so hinreißend aus, und ich finde es verwunderlich, dass niemand das früher bemerkt hat", lautete die Erwiderung. „Es heißt, sie könne jeden Mann haben, den sie heiraten möchte, doch neuerdings sei sie sehr seltsam geworden."

Isadora verließ die Nische, weil sie nicht noch mehr hören wollte. Die verblüfften Klatschbasen, zwei Freundinnen ihrer Mutter, räusperten sich betreten, wedelten echauffiert mit ihren Fächern und setzten unschuldsvolle Mienen auf.

Wie immer gab sie vor, nichts bemerkt zu haben, nahm sich vor, die Freunde ihrer Eltern herzlich zu begrüßen und steif mit hoffnungsvollen jungen Männern zu tanzen, die sich ihr früher hastig entzogen hatten, wenn sie auf sie zugekommen war, nun jedoch Schlange standen, um mit ihr tanzen zu können.

Das Gefühl der Erniedrigung und des Verletztseins, das sie früher empfunden hatte, weil sie bei solchen gesellschaftlichen Anlässen verspottet worden war, kam ihr jetzt trivial vor. Inzwischen hatte sie nämlich die höchsten Höhen der Freude und die tiefsten Tiefen der Verzweiflung kennen gelernt und war nun, dank des eigenartigen Zustandes dumpfer Benommenheit, in dem sie sich befand, imstande, alles zu ertragen.

Gewiss, eines Tages würde sie eingestehen müssen, dass sie in anderen Umständen war. Dann würden alle Leute auf Beacon Hill sich den Mund über die gefallene Tochter der Peabodys und deren unverschämten Südstaatenkapitän zerreißen. Sie hatte bereits beschlossen, mit dem Kind zu verschwinden, ehe es unter dem Skandal leiden musste. Vielleicht würde ein Geisterschiff wie das, auf dem ehemalige Sklaven in die Freiheit transportiert wurden, sie holen kommen und in ein weit entferntes Land bringen, wo sie die Möglichkeit hatte, ihr Kind in einer Atmosphäre von Zuneigung und Anerkennung zu erziehen. Das zumindest war sie Ryan und der Liebe, die sie beide miteinander verbunden hatte, schuldig.

Gedankenverloren tanzte sie mit mehreren Herren, zumeist Freunden ihrer Brüder aus Harvard, die als Kavaliere, Vampire und Ritter kostümiert waren. Chad Easterbrook, der in der Toga eines römischen Kaisers samt silbernen Lorbeerkranz auf den schwarzen Locken erschienen war, gab sich den Anschein, Isadora nur für sich haben zu wollen, tanzte einen langen Walzer mit ihr und führte sie danach durch die französischen Türen auf die Veranda. Er geleitete sie die drei zum Hauptbrunnen führenden Stufen hinunter, dessen Schmuck aus einem Karpfen bestand, aus dem das Wasser fortwährend in eine riesige Seemuschel plätscherte, und ergriff ihre Hand.

Du lieber Himmel! Er war doch hoffentlich nicht die ihr angekündigte Kontaktperson!

„Es ist so schön, Sie wieder bei uns zu haben“, sagte er und schaute sie begierig an. „Seit Sie von der Reise zurück sind, konnte ich nur an Sie denken.“

„Sie übertreiben hoffentlich“, erwiderte Isadora trocken, „denn sonst müsste ich denken, dass Sie Luft im Kopf haben.“

Chad lachte, als habe sie einen Scherz gemacht. „Nein, ich habe Ihnen die Wahrheit gesagt, Miss Isadora. Ich fand es schmeichelhaft, daran zu denken, dass Sie früher, wie ich glaube, großes Gefallen an mir hatten.“

Sie sah keinen Sinn darin, ihn zu belügen, und äußerte ehrlich: „Ja, Chad, es gab eine Zeit, in der Sie alles waren, wovon ich träumen konnte.“

„Das weiß ich“, erwiderte er, schloss sie fest in die Arme und drückte sie an sich.

Jäh war sie sich gewahr geworden, dass er die ganze Zeit um ihr hingebungsvolles Interesse an ihm gewusst, es jedoch für richtig gehalten hatte, es nicht zu beachten. Sie hätte ihm vielleicht verzeihen können, wenn es ihm nicht aufgefallen wäre, doch Bescheid zu wissen und ihre Gefühle für ihn kalt zu missachten war etwas ganz anderes.

Plötzlich verspürte sie das Bedürfnis, von ihm fortzukommen, und sagte: „Chad..."

„Lassen Sie mich ausreden, Miss Isadora. Inzwischen ahnen Sie meine Absichten bestimmt. Ich möchte Sie heiraten. Wir werden..."

„Bitte, Chad, ich..."

„Nein, hören Sie mir zu! Sie sind das faszinierendste Geschöpf, das mir je begegnet ist. Ich bin Ihrer gewiss nicht wert, werde jedoch alles versuchen, Ihnen gerecht zu werden. Mein Vater hat mich bereits zum Vorstandsmitglied der Reederei ernannt, weil er sehr davon beeindruckt war, wie ich einen Skandal um den ‚Silbernen Schwan' verhindert habe."

Jäh von bösen Vorahnungen überkommen, erwiderte Isadora: „Ich weiß nicht, was Sie damit meinen. Welchen Skandal galt es zu verhüten?"

„Es wäre Mr. Calhoun, diesem Schuft, dem niemand hinterhertrauert, zu verdanken gewesen, dass unsere Firma beinahe ihren guten Ruf eingebüßt hätte. Nachdem der ‚Silberne Schwan' in den Hafen eingelaufen war, hatte ich zu Recht geahnt, dass sich entflohene Sklaven an Bord befanden. Ich habe sehr schnell gehandelt und die Reederei vor Schaden bewahrt, von hohen Strafgeldern ganz zu schweigen."

„Sie also waren derjenige, der die Behörden über Mr. Journeys Familie in Kenntnis gesetzt hat!" entrüstete sich Isadora und entzog Mr. Easterbrook brüsk die Hand.

„Das ist gesetzlich vorgeschrieben", nahm er sich in Schutz. „Ich hätte mich der Mitwisserschaft schuldig gemacht, wenn ich den Behörden meinen Verdacht nicht mitgeteilt hätte. Vergessen Sie nicht, dass unser Schifffahrtsunternehmen auch im Süden Geschäfte macht. Wir können es uns nicht leisten, auf den Handel mit Tabak und Baumwolle verzichten zu müssen."

Isadora fühlte sich versucht, die bei den Zusammenkünften der Abolitionisten gelernten Argumente zu nutzen, ihm ihren Standpunkt klarzumachen und einen Vortrag über die Menschenrechte zu halten. Ihr war jedoch klar, dass es keinen Sinn gehabt hätte. Chad Easterbrook hatte nicht so viel Vernunft, um begreifen zu können, dass andere Menschen einen eigenen Verstand und Rechte hatten, schon gar nicht, wenn es um einen Schwarzen ging, und ganz bestimmt nicht, wenn es sich um eine Frau wie Isadora handelte.

Sie ging einige Schritte zurück und sah ihm in die Augen.

„Bis jetzt habe ich Sie nie richtig gekannt, Mr. Easterbrook! Sie gefielen mir besser, als mir Ihr wahres Wesen noch nicht geläufig war!"

„Wie bitte?"

„Entschuldigen Sie mich."

Chad hielt sie am Arm fest, furchte verärgert die Stirn und fragte: „Habe ich richtig gehört? Sie weisen mich ab?"

„Sie waren immer ein Opportunist!" antwortete sie und starrte auf seine Hand. „Lassen Sie mich jetzt bitte los!"

„Oh, nein! Glauben Sie, mich zurückweisen zu können? Denken Sie nicht, Ihr Ruf sei jetzt, nachdem Sie sich mit einem Haufen von Seebären und entsprungenen Sklaven an Bord des ‚Silbernen Schwans' befunden haben, über jeden Tadel erhaben!"

Endlich hatte jemand den Mut gehabt, ihr die Wahrheit ins Gesicht zu sagen. Isadora wurde bewusst, dass ihr guter Leumund doch nicht unbeschadet geblieben war.

„Ich fand die Gesellschaft dieser Leute weitaus amüsanter als die jedes anderen Menschen, den ich hier kenne", entgegnete sie.

„Das ist nur ein Beweis für Ihr schlechtes Urteilsvermögen! Von dem Augenblick an, da Mr. Calhoun sich in Harvard eingeschrieben hat, war mir klar, dass er zum Pöbel gehört. Diese lächerliche gedehnte Aussprache, wie sie in Virginia üblich ist, und dann diese billigen Weiber, mit denen er verkehrte!"

„Es ist mir ein Vergnügen, Ihnen mitzuteilen, dass ich eins dieser billigen Weiber bin, wie Sie das nennen. Wollen Sie mich nun immer noch heiraten?"

„Ich befürchte, keine andere Wahl zu haben, weil Ihr Ruf auf meinem Schiff Schaden genommen hat."

„Wieso wollen Sie, der mächtige Mr. Chad Easterbrook, eine gesellschaftlich Verfemte wie mich heiraten?"

Seine Miene verdüsterte sich flüchtig, drückte dann jedoch unverhülltes Verlangen aus. „Natürlich wäre es unter meiner Würde, Sie jetzt zu heiraten, doch ich könnte Ihnen eine gesellschaftlich höhere Stellung geben. Sie sind eine einzigartige Frau, und ich erwarte, dass Sie mir nach unserer Hochzeit bis zum Ende Ihres Lebens dankbar sein werden."

Isadora wusste nicht mehr, wie Mr. Craven den Hieb genannt hatte, den auszuteilen sie beabsichtigte. Entweder nannte man ihn einen Schwinger oder einen Kinnhaken. Sie entsann sich jedoch noch sehr genau, wie sie ihn anzubringen hatte. Da ihr Arm von den Arbeiten auf dem Schiff noch immer sehr kräftig war, ballte sie die Hand und drosch Chad Eastbrook die Faust mit voller Wucht ins Gesicht.

Er ließ ihren anderen Arm los und torkelte dann rücklings gegen den Brunnenrand.

Sie presste ihm die Hände auf die Schultern und drückte ihn ins Wasser.

Die Hände auf die Hüften gestemmt, schaute sie auf den prustenden, spuckenden Chad Easterbrook, der jetzt überhaupt keine Ähnlichkeit mehr mit dem Idol ihrer Kindheit hatte. „Oh, Mr. Easterbrook!“ säuselte sie. „Sie sind ja ganz nass! Und Ihr hübsches Kostüm hat lauter grüne Flecke bekommen! Was werden die Leute jetzt über Sie reden?“

26. KAPITEL

In der Hoffnung, unbemerkt das Haus verlassen zu können, eilte Isadora durch den Ballsaal, hielt auf den Eingang zu und blieb unter dem aus Walnussholz geschnitzten Hauptbogen stehen. Vor weniger als einem Jahr hatte sie genau an dieser Stelle gestanden und versucht, sich von einem Fest zu entfernen, auf dem sie unglücklich gewesen war.

Auch damals hatte sie sich gewünscht, verschwinden zu können. Seinerzeit hatte sie jedoch ihrem Leben entrinnen wollen.

Wenngleich die Umstände sich fatal ähnelten, wusste sie jetzt, dass sie ihr Leben weiterführen musste. Der mit Putten verzierte vergoldete Spiegel hing noch im Atrium. Der anmutige Farn, den sie damals ramponiert hatte, wuchs wieder in dem vierfüßigen Blumentopf, ganz so, als sei das Missgeschick überhaupt nicht geschehen.

Noch ein Schritt, und dann ein weiterer, und sie war nicht mehr sichtbar. Sie war unsichtbar und konnte wie ein Vogel fliegen, wie eine Schlange gleiten, geschmeidig und graziös, behände, nur einen Lufthauch erzeugend, wenn sie im Nichts verschwand, in die Freiheit.

Die Bewegung, die an der Eingangstür entstand, fiel ihr kaum auf. Sie vernahm ein Geräusch, drehte sich um und sah noch mehr Gäste ankommen, darunter einen maskierten, wild aussehenden Piraten.

„Allmächtiger!“ flüsterte sie, über seinen Anblick erschrocken. Ihre dauernde gedankliche Beschäftigung mit Ryan hatte ihn für sie zu einem Phantom werden lassen, und sie befürchtete, bereits den Verstand zu verlieren.

Der Pirat hatte das Ende seines zerschlissenen Schals um einen Fuß des Topfes geschlungen, in dem der Farn stand, und zerrte jetzt fröhlich lachend an dem Halstuch.

Die Zeit schien langsamer abzulaufen, und Isadora glaubte, den Verlauf des Geschehens wie durch Wasser gebrochen zu sehen. Der Schal spannte sich und riss den Topf mit der großen Pflanze um. Der Alabasterbehälter zerschellte auf dem marmornen Fußboden.

Das Umstürzen des Farns und der Knall des zerberstenden Topfes ließen die im Ballsaal Anwesenden jäh erstarren. Dann schaute der maskierte Pirat die neugierig herüberblickenden Leute an und sagte: „Hoppla!“

Du lieber Gott! Er war kein Phantom, sondern Wirklichkeit!

Die Schar wüst aussehender Seeräuber drängte in das Atrium und gab vor, die Gäste mit rostigen Degen und altmodischen Pistolen zu bedrohen. Für Isadora schien die Welt stillzustehen.

Sie nahm nur den hoch gewachsenen Mann mit dem zerschlissenen Schal wahr, hörte nur sein vertrautes Lachen.

Ryan!

Sie hatte seinen Namen nur in Gedanken ausgesprochen, da sie viel zu überrascht war, um einen Laut hervorbringen zu können.

Ryan!

Er lebte! Entgegen all den schrecklichen Berichten über seinen Tod war er am Leben!

Vor Freude wurden ihr die Knie weich, und hastig presste sie die Hand auf den Mund, um nicht laut zu weinen, obwohl die Tränen ihr schon über das Gesicht rannen. Vage wurde sie gewahr, dass die Mitglieder ihrer Familie sich um sie versammelten und sie besorgt betrachteten, während die maskierten, fröhlichen Piraten sich johlend durch die Menschenmenge zwängten. Sie erkannte Mr. Poles kahlen Kopf, die schlanke, sich geschmeidig bewegende Gestalt des Kajütjungen, den Doktor, Mr. Craven, den Segelmacher, und auch den mürrischen zweiten Maat. Ein jeder brüllte vor Vergnügen, während die Männer den sich nicht wehrenden, das Geschehen für einen lustigen Streich haltenden Gästen deren Habseligkeiten raubten.

Das alles bemerkte Isadora mit tränenverschleiertem Blick, obwohl sie die Augen nicht von Ryan wandte. Er warf den Kopf in den Nacken, lachte herzhaft und näherte sich ihr, während die übrigen Gäste sich belustigt mit dem scheinbar inszenierten Überfall abfanden.

Geschwinder als der Wind eilte er durch das Atrium, hob Isadora auf die kräftigen Arme und sagte: „Glaubtest du, mir entkommen zu können, mein Täubchen?“ Er bahnte sich einen Weg durch die Menschenmenge und trug Isadora ins Freie. Frischer, salzig riechender Wind wehte vom Hafen her.

Ryan blieb stehen und küsste sie begehrlich und stürmisch. Endlich war er für sie Realität geworden, kein Traum mehr, kein von den Toten auferstandenes Gespenst, sondern Ryan, ihr Ryan.

Die Hände um seinen Hals verschlungen haltend, ließ sie sich an ihm zu Boden gleiten und äußerte: „Ich dachte... jedermann hat geglaubt, dass du beim Unwetter auf See umgekommen bist. Was ist aus Journey, Delilah und ihren Kindern geworden?“

„Sie arbeiten jetzt auf einer Apfelplantage in Kanada. Wir mussten den Untergang des Schoners vortäuschen, um unsere Verfolger abschütteln zu können.“

„Wieso hast du mich in dem Glauben gelassen, du seist tot?“ flüsterte Isadora. „Warum hast du mich trauern lassen?“

„Ich wollte dir nicht wehtun, Liebling, und bin so schnell zu dir gekommen, wie es mir möglich war."

Sie schloss die Augen, drückte sich an Ryan und schwelgte in dem Bewusstsein, dass er zu ihr zurückgekommen war. Gott! Sein Geruch! Der Wind! Die See! Ryan!

„Ich muss dir etwas mitteilen", flüsterte Isadora.

„Oh, verdammt! Der hundsgemeine Rankenfußkrebs hat es gewagt, nicht? Chad Easterbrook hat dich gebeten, seine Frau zu werden!"

„Ja, das hat er tatsächlich getan, aber..."

„Verdammt! Verdammt! Ich wusste, dass ich zu spät komme. Ich werde den Schuft zum Duell fordern und ihm seinen hohlen Kopf von den Schultern blasen!"

„Ich habe nur bestätigt, dass er mich darum gebeten hat, ihn zu heiraten, Ryan. Noch habe ich dir nicht gesagt, was ich darauf erwiderte."

Ryan starrte sie an, und aus seinem Blick sprach aufkeimende Hoffnung. „Du meinst..."

Isadora spürte, wie der Wind ihr die tränennassen Wangen kühlte. „Wie hätte ich Chad Easterbrook auch nur in Betracht ziehen können, da doch nur du in meinem Herzen bist? Ich dachte, ich würde alles, was ich wissen muss, in meinen Büchern finden, doch die Liebe habe ich von dir gelernt, Ryan. Ich liebe dich!"

Er küsste sie wieder, und sie war sicher, sein Glück zu spüren. Sie sah es in seinen Augen, als er den Kopf hob und fragte: „Was wolltest du mir mitteilen?"

Sie ergriff seine Hand, legte sie auf ihren Bauch und äußerte: „Erinnerst du dich, dass du mir gesagt hast, du würdest, falls ich schwanger werden sollte, das in Ordnung bringen?"

Er schluckte schwer, und seine Miene erhellte sich in langsamem Begreifen. „Ja, ich entsinne mich, dass ich dir das versprochen habe", erwiderte er in sprödem Ton.

„Gut! Du wirst dieses Versprechen einhalten müssen."

Ungläubig erstarrte er einen Moment, warf dann den Kopf in den Nacken und gab einen Jubelschrei von sich. Er hob Isadora wieder auf die Arme und sagte, während er mit langen Schritten über den Ziegelweg eilte: „Jetzt gehörst du nur noch mir!"

Er trug sie zum Hafen hinunter, und sie lehnte, erfüllt von ihrer Liebe, lachend und weinend zugleich, den Kopf an seine Schulter. „Oh, Ryan!" flüsterte sie bewegt. „Hast du es denn nicht gewusst? Ich habe immer nur dir gehört!"

Band-Nr. 25011
5,95 €
ISBN 3-89941-011-4

CANDACE CAMP

Die geheimnisvolle Mitgift

Würde Cassandra die geheimnisvolle Mitgift finden, die ihre Vorfahrin Margaret Verrere versteckt hat, dann wäre alle Not vorbei, und vor ihr und ihren Geschwistern würde eine gesicherte Zukunft liegen. Doch sie schafft es nicht, das schwierige Unterfangen allein zu bewältigen. Zum Glück weiß Cassandra, wen sie um Hilfe bitten könnte: Sir Philip Neville, dem seit einer kurzen romantischen Begegnung ihr Herz gehört. Der weltgewandte Philip findet Cassandras Ansinnen zwar abwegig, entschließt sich aber nach anfänglichem Zögern, sich an der Schatzsuche zu beteiligen. Denn der Lohn reizt ihn – nicht das Gold, nicht das Geld, sondern Cassandras Hand.

MIRA®